深圳职业技术学院学术著作出版基金资助出版

那年青春时

袁存亮◎著

芸芸众生，大多如浮云一样飘过，
能够留下一点痕迹的也只有个性出于众人之人

九州出版社
JIUZHOUPRESS

图书在版编目（CIP）数据

那年青春时／袁存亮著. -- 北京：九州出版社，
2020.6

ISBN 978 - 7 - 5108 - 9190 - 8

Ⅰ.①那… Ⅱ.①袁… Ⅲ.①中国文学—当代文学—
作品综合集 Ⅳ.①I217.2

中国版本图书馆 CIP 数据核字（2020）第 101401 号

那年青春时

作　　者	袁存亮　著	
出版发行	九州出版社	
地　　址	北京市西城区阜外大街甲 35 号（100037）	
发行电话	（010）68992190/3/5/6	
网　　址	www. jiuzhoupress. com	
电子信箱	jiuzhou@ jiuzhoupress. com	
印　　刷	三河市华东印刷有限公司	
开　　本	710 毫米×1000 毫米　16 开	
印　　张	20	
字　　数	359 千字	
版　　次	2020 年 8 月第 1 版	
印　　次	2020 年 8 月第 1 次印刷	
书　　号	ISBN 978 - 7 - 5108 - 9190 - 8	
定　　价	68.00 元	

序　言

哪年青春时？

那年青春时。

我不知道自己的青春从哪一年开始，却清楚它是到哪一年结束。

初三那年，班级教室后面就是操场。晚饭后，我会偶尔走到操场中央，躺在那里，手里握着书。我抬起头，凝视着天空的云彩和拖着长长尾巴的飞机。那时，我很想知道飞机将要飞往何处，很想去看看外面的世界，很想体验一下坐飞机的感觉。

只是，我那时一无所有，唯有手里的书相伴。之于我，那时的想法就如"痴人说梦"一样。

那年青春时，我是"静"的。我喜欢独处，在上学和放学的很多时候都是独来独往。在那条走了无数次的路上，我用看似"成人"的成熟眼光观察着周围发生的一切。我洞悉一切，只是不言语出来。我无法分享，也不想去分享。我喜欢一个人躺在床上看书，看到昏天黑地，沉浸在书里不出来；在夏天夜深人静的时候，我喜欢一个人站在三叔家房顶欣赏四周的黑暗和天空中遥不可及的星星；在月上柳梢头的时候，我喜欢站在那里望月亮，喜欢塞着耳朵体验死一般的寂静。

那年青春时，我是"动"的。从我家到县城，每个周末，我都会奋力蹬着自行车往返二十多公里。踏着晚霞，迎着缓缓升起的太阳，我可以在车辆不多的时候高声呼喊、奋力歌唱。那一刻，我好像卸去了所有负担，沉浸在属于我的喜乐之中。在学校那个没有硝烟的"战场"和徒有四壁的"家"之间，只有这段路是让我轻松自由的。我不用担心竞争，不用担心家里发生的一切让我闷闷不乐的事情。

那年青春时，我是"飘"的。我离开了家，去读大学，从省的西南角到了东北角。从此之后，我就开始"飘"了起来。由烟台，到南京，到伊犁，到上海，到杭州，到深圳，到香港，到台湾，到泰国，到马来西亚，到土耳其，到美国，到日本……我就这样"飘"过了祖国的高山平原，"飘"过了地球的大江大海。我离开了曾经躺过的操场，实现了我那时脑海里闪过的一个个想法。只是，无论走到哪里，我都觉得身如浮萍，心里念念不忘躺在操场时候的"我"。

那年青春时，我是"逆"的。毕业时，我一门心思想到一处没有人认识我的地方，忘乎所以地过着自己认为的"自由而有个性"的生活。后来，我如愿以偿，来到了距家数千里之遥而又举目无亲的城市。我终于松了一口气，犹如"翻身"了一样。我捯饬着自己的发型和发色，穿着个性十足的衣服，读着"逆味儿"十足的书，视一切规章制度如无物。那时，在不少人眼里，我就是一个"trouble-maker"。

那年青春时，我是"苦"的。高中时候，捡过垃圾，一个星期花12元吃一周方便面；大学时候，发过传单，为了挣两元钱而每天打扫教室，做家教；读研时候，一周做六份兼职，骑车穿梭在南京城的大街小巷，风雨无阻；工作后，依然在这个城市的东西端搭乘公交车奔波了数年。彼时的我，好像精力无限而不知疲倦。

那年青春时，我是"傻"的。我可以为了遵守一个口头承诺而去等待十年。殊不知，十年里，一切早已物是人非。即便知道再久的等待都是"水中月，镜中花"，我依然平静度过了那120个月的日日夜夜。我可以很容易相信一个人，哪怕最后的结局是引火上身而让自己度日如年。

那年青春时，我是……

现在的我，已然过了"青春"的年龄，所以才有了"那年青春时"。所有的"逆""苦""傻"，都成了过去时。如今的我，不再是青春前的样子，而是渐渐活成了我曾不希望看到的样子。

这是我的宿命，也是很多人的宿命。毕竟，很多人都活成了自己曾讨厌的样子。

如今的我，不再"静""动""飘"，不再愤青。在我眼里，所有的一切好像都成了"正常"之事。我觉得生活就该是这个样子，就该稳定，就该清静，就该中规中矩。

这并不是我曾经想过的生活，可这已经成了我现在的生活。

李安执导的电影《双子杀手》中，51岁的"我"和20岁的"我"相遇。老年之"我"觉得青春之"我"无情和幼稚，青春之"我"觉得老年之"我"顽固和不堪一击。二者相遇，有很多话想说，但又好像无法交流。

此时的李安已经不是执导《卧虎藏龙》时的李安，而他一定也在期待或者幻想过遇到那个时候的"我"。

若是我遇到那年青春时的"我"，或许也会觉得他幼稚、愚笨、极端、狂妄，而他也会说如今的我死脑筋、冥顽不化、"倚老卖老"。

李安用电影诠释了他与青春之"我"之间的对话，而我却用一篇篇文字记录着青春之"我"。每一篇，都让我回到了某时某刻。

你，是否记得你的"那年青春时"？

目　录
CONTENTS

散文篇

随笔与诗歌篇

小说篇

散文篇

我与峻熙

夜深了，峻熙在我身边已经安然入睡。

我关上了灯，房间里只有敲击键盘和时钟秒针滴答走过的声音。

转眼之间，峻熙已经八岁了。

八年里，峻熙在一天天成长、懂事，而我也从一个曾经有点个性、有点愤青、有点激进的青年蜕变成了一个有点不思进取、一事无成、不修边幅的"大叔"。

峻熙刚半岁的时候，我失去了父亲；峻熙不到一岁的时候，我失去了母亲。在还没有从痛失双亲的悲痛中走出来的时候，我却要学会用双肩承担起不只是作为一个父亲的责任。

彼时，我很忐忑。因为，我不知道怎样才算是一个合格的父亲，也不知道怎么做才会是一个合格的父亲。从我父亲那里，我学会最多的是沉默。即便我知道父亲关心我、疼爱我，可是对于如何做一个父亲，我好像没有从他那里继承什么。

彼时，我很惶恐。举目望去，在这个城市里，尽管我一个人单枪匹马奋斗那么多年，最后称得上至交的朋友却一把手可以数得清，围在我身边的亲人只有二姐和表姐。

近八年与之前的十年相反。我一改抑郁的文笔、叛逆的生活，甚至停止思想、停止写作，只用短暂的文字或者图片在微信朋友圈里记载生活的点点滴滴。即便是发一些文字，也总是正面的、阳光的。像一如既往坚持写博客十年一样，如今的朋友圈我也总在不时更新。不是为了"show"，而是为了记录点滴。博客文字记载的是我那十年的心路历程，朋友圈记录的是峻熙成长的一天又一天。将来的某一天，我会把每一年的朋友圈整理好，按照年代装订成册，等峻熙长大后送给他当作童年的记忆，让他看看他是如何一点点进步和成长的。那时的他，抑或是惊讶，抑或是一笑。

近八年里，我深知自己的处境。所以，在峻熙生活的每一个阶段里我都没有落下，陪伴其左右。无论他是开心还是伤心，我都陪他一同走过。

两岁那年的初夏，峻熙感冒，二姐感冒，我也感冒。我带着二姐去医院输液，委托朋友帆和他妈妈到家陪峻熙几个小时。回来时，已是晚上。我很疲惫，冲了一杯感冒杯子。峻熙转身时不小心碰倒杯子，热水直接把他大腿内侧的皮烫掉一片。刹那间，我愣住了。二姐也不知所措，赶紧把峻熙的衣服扯下。此时，皮在一块块脱落。二姐用酱油涂伤口，说是可以止疼。我赶紧给表姐打电话，三人一起带着峻熙到了北大深圳医院。可是，这家医院没有烧伤科，不接诊。随后，我们又奔到市二院。医生埋怨二姐用涂抹酱油的土办法，让护士把酱油一点点清洗掉，再涂上药膏，而且是在不能用麻醉药的情况下。

清理伤口的时候，我到了医院大楼外边，不敢也不忍看。表姐站在我身边，我的泪水唰唰流了下来。那时已是凌晨，四周一片寂静。哭是出于无奈，也是出于自己给峻熙带来的伤痛而自责。

峻熙三岁多时，第一次病发肠套叠。最初，我和二姐都没有经验，一直以为是拉肚子。后来，病情没有随着吃药而好转。峻熙会一时平静，一时痛得腰弓起来。看了峻熙大便的颜色后，我上网搜索才知道这不是一般的拉肚子。随后两年，此病又复发两次。三次治疗，三次住院，我和表姐前前后后在儿童医院奔跑着找医生，二姐则在病房里守护着峻熙。峻熙疼得哭叫，我安慰着他，顾不得擦我自己脸上的泪水。最后一次，也是最严重的一次。在灌气治疗的时候，我双手夹着峻熙瘦小的臀部，浑身都是汗水。峻熙大声哭叫着他不舒服，他想回家。医生在旁边一个劲儿地责怪我力度不够，无法顺利实施灌气。当晚，我给领导请假的时候，电话里的我一边流泪，一边诉说着峻熙的病情发展。最后，尝试灌气治疗无果，只能通过手术治疗。当医生给我介绍手术风险后让我在"家属告知书"上签字的时候，我想到了我在父亲手术告知书上签字的场景。当峻熙在我眼前被推入手术室的时候，我内心的焦虑无以言表。

人生的轨迹好像又进入了一个新的循环和轮回。

近八年里，除了在老家外，峻熙的每一次发烧、感冒、皮肤过敏、牙齿不舒服……我无一缺席。多少次，半夜三更我和二姐爬起来抱着峻熙去看急诊；多少次，半夜三更我和二姐爬起来一起用物理疗法为峻熙降温；多少次，我和二姐在医院里守护着峻熙；多少次，我辗转难眠。

三岁那年，峻熙该上幼儿园了。那时，我单纯地以为直接报名就可以了。后来才知道，没有提前报亲子班的孩子不能正常入学。我好说歹说请求老师加了一个名额。六岁那年，峻熙要上小学了。我查询网络，咨询家长，办理手续，网上报名。由于没有弄清楚学区划分细则，在最后的时刻我又不得不为他换学校。找人换学校，找人确定班级，一向厌烦应酬和求人的我，此时也学会了一次次给明明知道不会帮自己的人发信息，希望对方能给予一点帮助。对于人，我总是充满善良的想法。因为，举手之劳的事情我可以帮别人做，也很乐意去做。但是，并不是每一个人都会像我一样愿意去做，或者不计成本地去做。

那一段时间的来回奔波后，我身心疲惫不堪。一切安顿好的时候，我有点想倒下去的感觉。之于教育，我一直都是顺其自然地让峻熙去学，以形成好的习惯。我希望他一点点积累，积少成多。我不随波逐流，不人云亦云，不搞特殊教育，不给他报各种培训班。我不希望他十八般武艺样样都学，只希望他学会坚持自己的追求而不轻言放弃。

近八年里，峻熙的记忆慢慢从无到有。我不知道他将来回忆他父亲的时候会记得什么，忘却什么。

我在他面前，和我的父亲在我面前一样，不善言谈。我可以为他做好一切，但从没有在他面前说过一次"我爱你"。

每日，我都如此这般出现在他的生活里，尽可能地陪伴他，让他知道我在他身边。

往逝

母亲嗓子沙哑得说不出话来。

我不知所措，一个劲儿"埋怨"父亲为何不早点带母亲去输液。

父亲说没事，可能是因为天气太冷，家里有不少的人生病。可是，我知道母亲一生病会是什么样子：咳嗽，转移到肺管上，然后要输液一周左右。

十年来，几乎每一年，母亲都是在大年初一那天病倒躺在床上。

十年来，每次的春节之于我都是一个压抑大于快乐的节日。

今年，母亲和父亲从山东第一次来到深圳看我。此时，他们刚从深圳返回家中几天。在深圳，我从来没有见过母亲如此开心过。一个多月的时间里，除了几次吃药，母亲没有生过大病。我觉得这是一件很幸福的事。父亲说，要是母亲在深圳患病，没有任何医保，恐怕花费不止一两百块。在父母来之前，我计划带他们到大医院去体检一下。只是，父母没有"体检"的概念，认为在没有任何身体不适的情况下去医院检查就是纯粹浪费钱。因此，无论我如何劝说，他们就是不同意去。

今年，家里比往年冷。

老家屋里屋外的温度相差无几，都是零下几度。尽管可以盖几床被子，可依然驱除不了那刺骨的寒冷。母亲说，回家没有几天她的脚和手都生冻疮了。

在老家，闲暇之时，母亲帮邻居剥蒜瓣，挣了八十多块钱，代价却是两个大拇指的指甲盖因为感染而齐刷刷地掉了。母亲没有当回事，微笑着给我看她的指甲。我没敢看。此时，我才明白母亲的手指头上为何会贴着质量低劣的不防水胶布。我跑到药店，给母亲买了一盒防水创可贴。

送父母回山东那天，我们坐在深圳火车站外的麦当劳里候车。看到母亲的手指用塑料纸包着，我突然想到我忘记了什么。我跑到地铁站里的便利店，买了几包创可贴。也许，这是我当时唯一能做的。母亲的眼睛特别红，因为她的眼睛向来都不好，有炎症。放假在老家的时候，我经常跑到镇上的大药房给母亲买眼药水，买最好的那种。每次去买的时候，母亲都说之前买的还没有用完，总说炎症是老毛病了，不需要用眼药水，用手绢擦擦就好了。

十年里，房子、家具、冰箱、洗衣机、电视、微波炉、电磁炉、保暖炉、有线电视……在农村很多家庭都没有的家电，我已经给父母添置完备。我没有别的奢望，只是希望他们能健健康康地活着，多出来看看，多陪我几年，多享受一下人生。

我只想尽自己最大的努力让父母少受一点苦，不想再让他们生活在冰点的温度里。

我委托大姐夫到市里去买一个空调。

母亲用沙哑的声音说不要买，太耗电。

可是，我主意已定。我给大姐说，这就算是我给父母买的最后一件家电吧。

朋友 Emily 经常说我不该忧郁，不该悲观，不该片面。其实，每个人的生活都是片面的。在丰衣足食的人看来，生活也许都是花儿一样，充满了开心和乐趣，充满了阳光和芳香。

我不是保尔·柯察金，只是一个普通的小人物、小市民。但是，一路走来，我并没有失去奋斗的勇气。只是，人总有累的时候，总有疲倦的时候。在对外的工作或生活中，我坚强地忙碌着，挣着钱，维持着生计。然而，在一个人独处的时候，人总有另外一面。我确实可以过着得过且过的生活，过着别人眼里的小资生活。可是，我没有。就这样，我在两个世界里来回转换，也因此是辛苦的，是累的，是疲惫的。

我不是谁的保尔·柯察金，也没有谁是我的保尔·柯察金。

我只知道，一天天奋斗，总有一天，生活会好起来的。

在电话里，母亲用尽了力气告诉我说二舅死了。二舅比母亲小三岁，一辈子没有结婚。他死时距离春节还有十天，当天就被埋掉了。母亲知道这个消息的时候，二舅已经入土了。

母亲的侄子告诉母亲不用过去了。

六年前，农历新年前一天，母亲的母亲离开了这个世界。

六周年

母亲农历五月二十六日凌晨去世，五月二十八日下葬，五月二十九日峻熙过一岁生日。

母亲去世与父亲去世相隔一百九十七天。

曾经，我不止一次地想，如果母亲离开了我，我该怎么接受。然而，转眼之间，母亲已经离开了六年。

六年来，母亲和父亲的坟头从大到小，到渐渐长满了杂草。

只是，有关母亲的记忆，并没有随着六年光阴的流逝而渐渐褪去。母亲的神态、母亲的发型、母亲的围巾、母亲走路的姿势、母亲笑起来的眼神，甚至母亲脸上皱纹的深浅我都记忆在脑海里。

和沉默寡言的父亲相比，母亲对我的影响渗透在我的骨髓和血液里，散布在我生活的点点滴滴之中。

是母亲给了我启蒙教育。尽管她只有小学二年级的文化水平，却在我小的时候给我讲述了很多民间故事，教会了我不少民间小曲儿。有些故事和小曲儿，到现在我都记得。

是母亲搂着我睡到十岁，直到母亲第一次病重出院回来之后，我才突然懂事了一样和母亲分床睡。

是母亲在家里粮食不够吃的情况下，蒸馍的时候单独给我蒸一个白面馒头，满足我那时最大的奢求。

是母亲在我因为家里没有钟表而根据月亮高度判断错时间导致凌晨两点就起床上学后，主动买了石英钟。

是母亲在我为了中考把自己关在偏房里熬到深夜不小心睡着后，推开房门让我早点躺下休息。

是母亲在我每周从县城高中骑车回家时一次次到路口等我，唯恐我迟归有闪失。

是母亲告诉我不要在学校里捡废纸卖，怕同学笑话我。

是母亲在我大学放假回家时把专门留给我的苹果从柜子里拿出来。

是母亲在我每次离家时计算着还有多少天再回家。

是母亲在我每次离家前一天晚上陪着我聊天，想多和我坐一会儿。

是母亲为了让我吃上煎饼，一次次去找原材料，然后坐在地上为我摊煎饼。

是母亲在疾病复发躺在床上时鼓励我考研究生，并且说只要我考上就给我在乡镇电视台点播戏曲《三进士》。

是母亲坐了近十个小时汽车，和大姐一起到南京参加我的研究生毕业典礼。

是母亲来到深圳后看到我的生活说"我知道俺小儿活得累，什么事都要操心"。

是母亲在受了委屈后流着泪让我为她买回老家的车票，说想早点回去。

是母亲在回老家的火车上泪眼婆娑地安慰着我，叮嘱着我，担心着我将来的生活。

……

从小到大，母亲没有给我提过任何要求，只是在尽着母亲的责任。或许，她也有过想法和要求，但是从来没有表达出来过，或者根本不知道该怎么去表达。只是，母亲的一句话或者一个眼神，我都可以领会。

母亲无意中说想住砖建的房子，我就尽力去多兼职攒钱出一份力。

母亲说我考上研究生就给我点播戏曲，我就努力去学习。

母亲的眼睛不舒服，我会在黑灯瞎火的晚上跑到集上大药房买眼药水。

母亲吃饭后出去串门，我会尽快把锅碗洗刷好，收拾好厨房。

母亲桌子上堆放的都是药品，容易拿错药，我会跑到市里买来小塑料盒分装。

母亲过六十六岁生日，我会在四千里之外订六十六枝康乃馨快递给她当生日礼物。

母亲不想来深圳，觉得那样会给我添麻烦，我会提前把机票买好。

……

我和母亲就这样彼此照顾着对方的感受，用一种特别的方式关心着对方。

从未用语言表达，但是彼此都在默默付出。

六年前的今天，我刚回到菏泽，在医院看到了已经无法再辨认出我的母亲。她躺在病床上，身上插着管子。任凭我如何拿起她的手抚摸我的脸，希望她能感觉到儿子回来看她了，她都没有任何反应。

我多么希望当时母亲能再睁开眼，像往常那样说一句"俺儿回来了！"

就那样，我守着母亲，直到她的嘴唇在我手指的感觉下慢慢变凉，直到心率仪上的数字逐渐降低到零。

此情此景，我这一辈子都难以忘记。

从小到大，每次回家第一个字叫的就是"娘"。在我的世界里，"娘"的回应代表着一种温暖，代表着一种归属，代表着一种踏实，代表着一种安全。

六年来，我依然每年都回家。可是，我再也没有进门喊过"娘"，因为"娘"已不在这世间。

记忆与乡愁

——"忘不掉的是记忆，带不走的是乡愁。"

蔡楼村曾隶属于力本屯乡，现归属于马集镇，受制于定陶县（今定陶区），统辖于菏泽市（旧称曹州府）。

蔡楼村位于县城以西，距县城约十一公里。村西头曾是一所小学，名字是"东风小学"。不过，该小学荒废已久，现已成为粉皮加工厂。村东头曾是包括高中部的定陶县第四中学，现在也已没有昔日的盛况。村南头是一条通到县城的东西向柏油路，村北边是一片片庄稼地。

鼎盛时期，蔡楼约有一千二百人。与周围的村庄比，它算是一个大村子。村里有三姓，第一大姓是"蔡"，第二大姓是"袁"，第三姓是"刘"（只有一户人家）。

我的姓是"袁"。

在蔡楼村，袁姓人家集中在不到三条胡同里。缘此，众人称这三条胡同为"袁家胡同"。

蔡楼的名字起源有历史记载，而袁家胡同的形成却众说纷纭。有人讲，袁家祖爷当年在临近的张湾镇做生意，被蔡家的一位老奶奶（姑娘时）看中，非要下嫁给袁家祖爷，所以袁家落户在蔡楼。亦有人讲，蔡姓人家出于风水和自身的安全，把袁家请来落户。因为，蔡楼的南面是郭庄，西面是牛庄。蔡通"菜"，郭通"锅"。"郭"里炒"蔡"，"牛"吃"蔡"。所以，蔡姓人家把袁（园）家请来，把"蔡"圈住使其得到保护。

每到春节，蔡姓男人们会选派代表到供奉袁家家谱的那户人家磕头，以示尊重过去和现在。所以，蔡姓和袁姓大部分时间内都相安无事，没有大的矛盾发生。

不管出于什么原因，袁姓人家最终确实是来到了蔡楼，在这里落地生根。到现在，按照庭院算，袁姓人家计有四十一户。当然，实际在蔡楼居住的不会有那么多户，因为很多年轻人已经在县城或者市区买房，或者到外地工作，安家落户。

按照家谱看，袁家胡同的形成也就一百多年的历史。因此，往上数三五辈，基本都属于一户人家。可以说，第一户人家是干，现如今的所有人家都是枝。有趣的是，"家谱"的英文翻译是"family tree"，一棵大树，长满了枝杈，很是形象和生动。

我小的时候，袁家胡同的每一家都是大家庭，也就是英文中的"extended family"。有几户人家，家家都是四女孩一男孩；有几户人家，家家都是三女孩一男孩。此外，还有五女孩四男孩的人家。由于姑娘多，逢年过节，每个胡同里都热闹得很。嫁出去的姑娘走娘家，各自带着女婿和孩子，各自找各自幼时的好闺蜜和好伙伴。聊天叙旧，欢声笑语充斥着各个院落。

提起蔡楼村，四邻八乡都知道蔡楼制作的绿豆粉皮质量口感上乘。至于绿豆粉皮是蔡姓的祖传手艺，还是袁家祖爷带来的，现在已不可考证。无论起源于哪一姓，制作粉皮都曾给整个蔡楼村民带来了收益。

我的父辈那一代，人人都会这一项手艺。不过，到了我这一代，还在靠这个手艺谋生的人寥寥无几。即便是有人延续，也基本上是机械化操作了。到了下一代，这门手艺也许会失传，因为很多孩子已经不再有兴趣学，也没有机会再去学。

我的记忆仍然停留在手工制作粉皮时代。

绿豆泡在缸里足够时间后打碎成汁，把汁放在纱箩上用木制工具挤出来渣，成浆。经过沉淀，剩下白色的绿豆粉面。天气晴好的时候，把粉面弄碎，掺水和稀，用订制的铝制工具做成粉皮。接着，把粉皮揭下来晾在高粱秆串成的帘子上自然风干。随后，再揭下，选择性地用硫黄稍微熏一下。最后，码齐，装订成捆。

那时，家家制作粉皮，胡同里人来人往，有贩卖绿豆、豌豆、扁豆的，有贩卖粉皮的……

制作粉皮需要很多帘子，而帘子则要先把高粱秆去皮，然后再手工串成。我小的时候，最喜欢高粱秆去皮的时节，因为去掉一根高粱秆的皮可以挣一分钱。有人家需要的时候，我就把两块砖放在地上，中间放一把菜刀，双脚抵住砖。双手拿着高粱秆的每一节在刀上滚动，皮很快就去掉了。挣的钱虽然不多，但对于那个时候的我而言已是一笔不小的收入了。

平日里，尽管拌嘴的事会偶尔发生，但袁家胡同的人依然亲切相处。尤其在红白喜事的时候，袁家胡同的团结更是可以显现出来。小到丧事的糊白鞋和喜事的贴红纸，大到发丧和娶嫁仪式，每个人都各显其能，能帮一把手的绝不会退缩。谁家有事，吆喝一声，人员很快就会到齐。

随着老人的离去，随着早年嫁出去姑娘的离世，随着年轻人搬到城里居住，袁家胡同渐渐冷清起来。曾经热热闹闹的过节气氛，很少再见到踪影。由于计划生育的推行，大家庭早已变成了小家庭。而且，小家庭里儿子多，女儿少。农村有句谚语："有女儿的人家才有客。"因此，到袁家胡同走亲戚的客越来越少。

袁家胡同的落寞随着时光流逝而越发明显，如今只剩下一处处的荒废院落在述说着它的过去。等到我这一代翻篇的时候，下一辈怕是会把袁家胡同的如今当作常态，无暇去回顾它的往世今生了吧。

我的求职路（一）

本科毕业的时候，我很茫然，既不知道该如何找工作，也不知道该做什么工作。

对我来说，一切都是一个未知数。只是，我唯一清楚的是我不想回老家。因为，在没有"关系"的老家，一切都不是我能有机会选择的。

那时，考研的结果还不知道。我虽然很着急自己的成绩，但也不能坐等。如果不着手找工作，又考不上研究生，我的档案就会被退到老家县城。

为了能挂靠一个单位，我找到了朋友 Daisy。她爸爸是一个厂长，我特别希望她能帮我把档案暂时挂靠在她爸的工厂。为此，我还去了她家一次。只是，最终没有什么结果。

二〇〇一年春节一过，我和一位叫春现的男孩到北京去找寻工作机会。春现是和我从小玩到大的伙伴，和我同一年毕业。此时，在河北张家口读书的邻家男孩振龙在北京已经落实了工作。

我和春现去北京就暂时住在他那里。

　　我心里没有着落，更不知道自己为何去北京。

　　我和春现一起挤着睡了一个晚上。

　　第二天，我们去了举办招聘会的中国展览中心。之前，我没有到过大城市。到了现场，我才发现到北京找工作的人是那么多，多得我现在都记忆犹新。我拿着简历，一路走，一路问，一路看。挤了一天，我并没有多少收获，连盒饭都没有舍得吃。

　　首善之区的吸引力实在太大，全国各地大学的毕业生蜂拥而至，我就读的烟台大学在那里有点不入流的感觉。有时候，我都不敢拿出来给招聘单位看，害怕受鄙视。

　　那天，我只投出去几份简历。

　　然后，我在振龙的宿舍里等候消息。

　　我留给自己在北京等候的时间是三天。三天内，如果没有单位给我面试信息，我就走人。当时，我没有手机，也没有呼机，留的电话都是振龙的。

　　结果，两家单位让我去面试。一家是幼儿培训公司，一家是翻译公司。我到第一家公司的时候，里面已经坐满了求职者。面试结束出来时，我没有注意到透明玻璃门，一头撞了上去，差点晕倒在地。第二家公司虽然一般，但是要求颇高。我站在那里，觉得就是集市上等待出售的"大白菜"，等着人来挑选。面试人员给我一张纸，让我坐在那里直接翻译一篇和工程相关的文章。我脑子里一片空白，稀里糊涂地翻译完毕。

　　两家公司都没有给我复试机会。

　　我黯然离开了北京，回到烟台。那个时候，我有点讨厌自己，有点失落，觉得自己一无是处。读书的时候，我觉得自己能力还可以，到了外面的世界才发现自己的水平是如此低。

　　返校后不久，振龙给我说有个公司让我去面试。我特别不想去，因为从烟台到北京坐火车要十六个小时。可是，我又觉得毕竟是一次机会，不想错过。

　　最终，我决定去，突然之间决定的。

　　由于还要上课，我在周四出发，周五面试后就回来。

　　周四阴天，下着小雨，特别冷。由于是临时订票，我没有买到去北京的直达票，要坐汽车到济南转火车，再到北京。在济南火车站，我打开了随身携带的圣经，读到了一段文字。犹如上帝给我的启示一样，我意识到北京根本不是我要去的地方。此时，我想返回学校，可找不到人商量。我找到了火车站的公用电话亭，拨通了苏珊的电话，说了自己的想法。苏珊说，"不管结果如何，买了票就去吧。即便北京不是你的最终的工作地，那也算是一种经历。"

我吐了一口气。

车到北京站的时间是凌晨五点。下车后，我转坐地铁。人生地不熟，我问了好多人后才走到了面试的金银街附近。站在空荡荡的街头，我觉得北京的楼好高，好壮观。

我买了几个包子当早餐。吃过之后，距离面试还有一个多小时。经历了一天的奔波，我的样子无法见人，更不用说参加面试。

我守候在一个小理发店外。由于太早，它还没有开门。我敲了敲门，成了当天那个理发店的第一个顾客。

洗头后，理发师把我的头发吹得很高。我感觉怪怪的，很不自在。

到了面试公司，让我吃惊的是，他们把我领到一个电脑面前，给我一纸中文让我翻译，内容与医疗器械有关，限定时间三十分钟，不管翻译多少，都要输入到电脑里。我一下懵了，因为以我那蹩脚的电脑打字速度，在三十分钟之内完成这些内容是不可能的。

我只好硬着头皮来。

在接下来的面谈环节里，我没遇到大的问题。但是，我心里已经知道了结果，就好像一切已经注定了一样。

走出那个大楼，我坐公交、转地铁、买火车票，坐火车回到烟台。

几天后，振龙给我打电话说那个公司没有录取我。

我早知道结果会是如此。虽说只是一次经历，但对我来说也是一次挫折。

去不了北京，我又选择去青岛。

我有一个高中同学在青岛，专科已经毕业。

那是我第二次去青岛。

招聘会在五四广场旁边举行，同样是人山人海。我看到很多远洋公司招船员到海外作业，可是我不符合条件。

当时的失望，只有我自己知道。

我投了一家中韩酒店，名字叫海天大酒店。但是，他们并没有给我面试通知。为了不让那个女同学笑话，我说自己得到了面试通知，去参加面试。

不管如何，我都要主动去参加一下。

酒店的位置很好，里面也是富丽堂皇。只是，我心虚得很。毕竟，我没有面试通知。

我应聘的职位是铺床员，月薪六百块。

我对此一窍不通，和别人一起站在大厅里成一排。我感觉很别扭，又一次成了被挑选的"商品"。

结果可想而知。

那时，我眼里的青岛是那么漂亮。可是，我和它没有缘分，只是一厢情愿地喜欢。

在学习和信仰方面一直自信的我，经历了北京和青岛之行后，对自己再也没有了自信。

我茫然无助，把唯一的希望寄托在了考研结果上。

成绩出来的那一天是周日，我在宿舍。南京大学的师姐张琴华给我打电话告诉我成绩，因为我前一天晚上委托她帮我查成绩。

电话里，我紧张得要命，话都说不出。我问她我的成绩有没有超过二百分，说如果没有超过的话，就不要告诉我了。她说远远超过二百分，是三百五十二分，排名第九。

我问有没有机会考上，她说可以的。

瞬间，我心里的那种开心和喜乐无法形容。我飞快地跑到楼下给苏珊打电话，把消息告诉了她。她很开心！

随后，我出去逛了一上午。中午回来的时候，我给南京大学的导师陈老师打电话，他说我英语成绩六十二分不是很理想。我说考研英语和我学习的英语类型还是有一点区别的，我准备得不够好。我问我的成绩是公费还是自费，他说按照惯例，本校保送一个，我就是第十名。全系招收二十个学生，前十名是公费。照此看，我应该是公费的。

我给老家的姐姐打了电话，说是考研成功了，而且很有可能是公费。

一切好像已经成了定局。

至此，至少三年内我不用再担心自己的档案问题，不用再费尽心思去奔波找工作。

我的求职路（二）

二〇〇三年十一月二十二日，南京举行第一次大型招聘会，地点在江苏展览馆。

三年之后，除多了在更好一点的大学学习和兼职的经历外，我好像没有收获什么。而研究生和本科的学历到底在找工作时有什么不同，我还没有体会过。

这次招聘会，我俨然把它当成了一块试金石。

我在宿舍用自己买的惠普打印机打印了十份简历，中英文各一页共二十张纸，没有制作封面。这与本科毕业找工作时完全不同。三年前，和很多同学一样，每一份简历资料详备，加上彩色的封面，厚厚的一沓。

我骑着朋友送我的自行车到了展览馆，里面的人山人海不比我三年前在北京和青岛见到的场面好多少。此时，我唯一的想法就是能找到一份可以用到英语的工作。可是，很多单位看到我的研究生专业后并没有多"感冒"，而我的兼职和新疆支教经历也不能给自己增加多少砝码。

我在人堆中挤着走了几圈，浑身汗水。十份简历，九份投给了大学，一份给了南京的一家公司。

在大学展位前逗留的时候，我都先说明自己本科学习英语，研究生学习历史，再问自己是否可以应聘。自然，每次说的时候我都是底气不足，内心自卑。

这次的自卑和三年前的自卑有所不同。那次是觉得自己没有毕业于名校，这次是觉得自己的专业在市场上看来过于冷门。

从地域上来看，九所大学中，我选择了安徽、湖北、浙江、上海，最后一份投给了深圳。

每次，我都是近乎求着单位把简历收下，因为我有我的劣势：非英语专业研究生出身。此刻，我终于意识到，纵使自己有再大的本领，若是没有人给自己机会，那自己的本领也是永远不可能展现的。有的人说，只要自己有能力，没有学位也可以，照样是人才。其实那只是还没有经历过现实的考验，安慰自己罢了。到求职现场的时候，他才会意识到自己的想法是多么幼稚和单纯，意识到现实是多么残酷。

中午时分，我还没有吃饭。我已经没了多少力气，各个展位的招聘人员也在准备吃盒饭了。

我走到了杭电展位前面，重复了一遍自己的情况。

接待我的老头只回复说："不好意思。"

我失望地走开了，不想再接着自找没趣。

走了不到五米，那个老头叫住我回到展位前，说是可以收下我的简历。他微笑着说可以给我一次机会，给外语系的主任打个电话让我去面试一下。

我激动万分，连声感谢。

几分钟后，他说让我下午两点去××酒店参加面试。

我出了门，吃了一份鸭血粉丝汤。快到两点的时候，我骑车去了那家酒店。

在我前面参加面试的是南京大学外语系的一个女生，这是我进去的时候外语系主任对我说的。

主任姓李，是一个四十多岁的女性，慈眉善目。

我坐下，她和我开始用英语交流。她问我的从教情况，我说自己一直有在兼职并且到新疆伊犁师范学院支教过半年。

她说很希望招一个既会英语又有西方文化知识的老师教英语国家概况。他们外语系有外教，但教学质量并不好，学生一直有投诉。毕竟，文化方面的课程并不是一个有着外国皮肤的人就可以教的。

她问我待遇方面有什么要求。

我有点"虚伪"地说，只要适合我，待遇并不是很大的问题。

她说我从烟台到南京，从南京到新疆，现在又从南京到杭州，一直在动，问以后会不会还"move"。

我的答案是斩钉截铁的"No"。

聊了十五分钟左右，她突然问我有没有随身带"paper"。

我说"paper"在电脑里。当时，我以为她问的是毕业论文。

她说是毕业生就业协议书。

我愣了一下。我们专业的协议书没有发下来，还在历史系办公室系秘书那里。况且，我也没有想到会在第一次招聘会上的第一次面试中就能敲定工作去向。

她让我回去拿，说晚上七点之前一定要决定是否签订协议，因为她第二天清早就要离开南京回杭州

走出酒店的时候，我的脚有点软，有点不敢相信自己的经历。

经历过本科的求职打击，突然的幸福让我猝不及防。

我有点懵，不知道该怎么办。机会突然来了，我反而有点不知所措。

我飞快骑车到历史系办公室要了协议书，问询行政秘书有没有听说过杭电。行政秘书说听说过，往年有过一个博士签了。后来，因为校园在大学城，距离

杭州市区太远，博士放弃了。

我一次次问她杭电的年薪 4 万 ~ 5 万是否可以接受。

她说还不错，因为大学一般都是这个水平。

在校门外青岛路上的小卖部，我给导师打电话。

导师说签就签了吧，毕竟进个外语系也不容易。

我回到宿舍，和舍友说到准备签约的事情。

他们大吃一惊，说我成了历史系第一个签协议的人。

我拿着协议到了晚上准备参加聚会的金陵神学院旁边。圣诞节快到了，我在那里参加节目彩排。当然，去参加彩排也是拖延一点签约时间，因为我不知道这样快"卖掉"自己到底好不好。

最终，我拿着协议到了酒店，签了字，违约金是三千元。

李主任说我可以出去庆祝一下了，因为已经落实了工作。

我很感谢她。

我真的成了历史系第一个找到工作的人。

接下来的几天里，我陆续收到了安徽的大学、宁波大学、湖北大学和上海民办高校杉达学院的面试通知。

我投的唯一一家公司没有给我任何回复。

几所学校中，我选择了去上海杉达学院看看。

此刻，我心里没有了找工作的压力，权当去游山玩水。

杉达学院通知说在上海交大门前集合，然后到距离上海五十公里的浙江嘉善校区参观。

我提前一天到了上海，到复旦大学见了一下基督教会里认识的朋友黎霞和倪刚。

我给黎霞说我有地方住，其实我还没有找到住所。走出来的时候，外面一片漆黑。我不知道该到哪里住，此时已经是八点多了。

这是我第二次到上海，第一次是在研究生一年级时。当时去了上海交大本部参观，所以我就又到了交大本部附近，住进了江西上饶驻上海办事处的招待所。

当时，上海还是蛮冷的。房间很小，而且没有暖气，几十块一个晚上。

我把闹钟调好，和衣而睡，冻得不行。

杉达学院的嘉善校区还不错，一片崭新。在那里，我又参加了面试。

我知道我不会去那里工作，尽管面试人员一直说工作一年就回到位于上海浦东的本部。

从嘉善，我又坐汽车到了杭州，想去看看和我签协议的杭电是什么模样。

学校很新，在下沙大学城，距离市区确实很远。

我在外语系楼里走了好几圈，仿佛已经是其中的一员了。

想到我以后能在这里上班，开开心心地教英语，内心还是蛮兴奋的。

回到杭州市区，我给李主任打电话说想当面感谢她，问她是否可以见个面。

她答应了。

我买了一大束康乃馨去了她家，没有拿别的礼物。

她丈夫也在家，是学习设计的。我在那里停留的时间不长。聊天时，她说在东北工作的儿子和我一样大，说看到我就像看到自己的孩子一样，觉得一个年轻人在外求学求职蛮不容易。

临出门的时候，她送给我两包点心。

我坐公交到了火车站，坐火车途径安徽回到了南京。

我的求职路（三）

曾经，我总觉得南方不安全。所以，我不止一次给朋友说我不会到杭州以南的地方工作。

二〇〇三年十二月二十九日，我收到了SZY的面试通知。在我投递简历的九家大学中，它是最后一个给我消息的。

那天，我在去南京旅游学校兼职的路上。天空下着雨，我停下自行车，跨在车上，回电话给当时的系主任路老师。

路老师说他要去出差，我要是去面试的话必须在一月四日之前。

兼职回来后，我在网上搜索这个学校。之前，我没有听说过这个学校，对它一无所知。看网络评论，似乎知道这个学校的人也不多。即使有回复，也多是"钱多"二字。

"深圳"这两个字,我并不陌生,从小学地理就知道了它是特区之一。

不管最终能否去深圳工作,就算找个理由去特区旅游一下吧。

主意拿定,我决定乘坐飞机去深圳。当时,南京没有直达深圳的火车。要么从合肥坐火车直达深圳,要么从南京到广州再转车到深圳。在选择什么交通工具的问题上,我犹豫了很久。毕竟,一张打折后的机票也要六七百块。尽管我有相对不错的兼职收入,但还是不舍得。况且,如果真不想到深圳工作的话,又何必折腾浪费钱呢?

当时,学生中流行用论坛。我在北大论坛"一塌糊涂"上发帖问这个学校的情况,竟然遇到了在这个学校就读的一个学生。

我好像找到了一个救星一样,问了她很多问题。她叫赵红,学习管理专业,说如果我要去深圳的话,她可以接我。

我们交换了联系方式。

面试要求我准备好 PPT 课件。我在教学中一直用粉笔板书,没有用过 PPT 上课,所以我不知道怎么准备。我的家教学生武强帮我做了课件,并教会了我不少这方面的知识。

南师大的朋友陈洁把她的笔记本电脑借给了我,说是备不时之用。一切就绪后,我准备出发了。

到了深圳机场后,我坐机场大巴直到福田区华联大厦下车。坐在深南大道边的 KFC 里,我联系了赵红。她临时说在惠州实习,不能当天赶过来接我,让我坐公交 101 路去学校。此刻,我感到很无奈,可也没有其他选择。让我吃惊的是,上车后买票发现公交票价是七元。我从来没有坐过这么贵的公交车,初到特区就让我有了不一样的感受。车经过华侨城,树木郁郁葱葱。我特别喜欢,以为是到了森林。

我下车的时候,天已经黑了。后来,我才知道 101 路是去学校的车中最慢最贵的一路车。

由于没有预订酒店,我找住的地方花了不少时间。不舍得住贵的,便宜的找不到。

最后,我住在了壮丽招待所。单间价格本来要九十五元一晚,我和店主说我是来面试的,能否便宜一些。碰巧,他一个亲戚也在这所学校上班,而且是教授。他说是缘分,给我打了折,收我八十元,说是我一个学生出来不容易。

我蛮感动的，在阳台上和他聊了一段时间。

第二天就是面试，地点在第一教学楼 226 教室。

我讲的主题是英国宗教状况。下面坐着一些老师，男男女女，包括主任路老师。我用英文讲了没有多久，路老师说还是用中文吧，因为他有点听不懂英文，说我的英文水平肯定没问题。

二十分钟过后，面试结束。

我在校园里见到了赵红。她的装扮像男孩，短发，矮个头，皮肤黑黑的，性格也很直率坦诚。

面试结束当天，我买了火车票转道广州回南京。到南京后，我和陈洁去朱记龙虾馆吃饭。那天很冷，天很昏暗，雾蒙蒙的。我在南大门口等她。她到后，我骑车，她坐在后座上。

几天之后，SZY 给我电话说面试通过了，要我选择年后去实习一个月。

从那个电话开始，我就开始心烦意乱起来。如果去深圳实习，就代表自己有到深圳工作的可能性。如果这样，杭州那边又该怎么去回复？我疯了似的在南大论坛"小百合"和北大论坛"一塌糊涂"上发帖，咨询别人的意见。其中，有的说金钱重要，有的说位置重要，有的说所在城市重要，有的说本科比专科院校好……

回复各式各样，我更加不知该怎么选择。

没有选择的时候痛苦，有了选择的时候更痛苦。

那个寒假，我闷闷不乐。假期还没有结束，SZY 就打来电话说让我确定实习时间。

一个月的时间，对别的毕业生来说可能不是很大的问题。因为，毕业生的重中之重就是找工作。可是，对我来说却很难。当时，我在南京旅游学校一周兼职的课就有十几节。如果我走一个月，课该怎么上？我该怎样向南京旅游学校请假？

说明情况后，南京旅游学校没有为难我，让我在去深圳之前提前上一些课程，甚至是晚上加课，从深圳回来之后再找时间补剩余的。最后，我选择在二月份实习。这样，我耽误的兼职课程最少。

那段日子，我的生活过得浑浑噩噩。

这次去深圳，我选择从合肥坐火车。去合肥那一程，我选择从南京中央门汽车站坐大巴。我在南大金陵学院兼职上课时教的一位刘姓自考学生送我到汽车站。在汽车站二楼，我们一起吃了大娘水饺。

那是我第一次去合肥。

周四，我到达深圳，转车到学校时，已经接近下班时间。我提着行李包到了系里，路老师说让我先找个地方住，问我为何没有带被子之类的床上用品。此刻，我傻眼了，因为没有人告知我要自带被褥等用品。

那个晚上，我又住进了壮丽招待所。

赵红说她要毕业了，可以把床上的一些简单用品送给我，还有洗衣桶和衣架。

提着一桶她送我的东西，我很是感激。若不是她，也许我更加觉得无助。

第二天，我正式报道。到后勤去办理住宿时，工作人员把我安排在一个单间宿舍里。进去后，我看到里面有两个上下铺的床。已经入住的一个博士见到我很吃惊，或许是因为后勤处没有提前告知他吧。

我搭讪了几句，没有多说什么。

那天晚上，刘姓同学从南京给我打来电话，问我有没有固定电话号码，说是有话对我说。我在走廊里走了很久，找到了一个老师宿舍的固定电话。

刘姓同学说她要在电话里给我说清楚，不管说出后结果是什么，就是伤心她也准备好了。我预感到她要说什么，立刻回复她不要再说了，我已经知道了。她说她喜欢我，我听见了她紧张的呼吸声，以及她背后同学的欢呼声和笑声。

我说给我一点时间吧。当时的情况下，我说什么都不合适。回到自己的床上后，我给她发了一个信息，说还是做朋友比较好。

我不知道她怎么度过那个夜晚的，但我做到了直截了当地回应，没有拖泥带水。

宿舍里的蚊子很多，我买了蚊香。一天晚上，半夜醒来，我发现床上有火光。蚊香把被子燃着了，火星四射。我赶快用力拍打被子。

博士醒了，问我怎么回事。我说不小心点着了被子，没有大事，只是有点烧焦的味道。若我没碰巧醒来，可能就会葬身火海。

系里给我一个办公卡位。

我很少说话，天天坐在那里看书。同事之中有一位郝姓老师，河南开封人。她知道我是山东菏泽人之后，说是到过我老家。就这样，我们熟悉了起来。她的儿子当时正在读高三，问我能否帮助他学习一下英语。

　　我爽快地答应了。

　　接下来，在学校里郝老师用她的饭卡请我吃饭。下班后，我和她一起去她家给她儿子辅导两个小时英语。那一个月，我吃饭基本上没有花钱。那时，我的实习工资是一个月七百五十元，还不够南京到深圳来回的火车票钱。

　　也是在那个月，我到广州见了朋友海霞，也是本科毕业后的第一次相见。她约我去绿茵阁吃饭，说是尽地主之谊。随后，我写下了《绿茵阁的约定》。

我的求职路（四）

　　在实习的那个月，郝老师全家带我去了一趟深圳西涌看海。

　　实习快要结束的时候，学校组织专家面试，包括人事处的面试。人事处处长姓施，是一位看上去很干练的女性。她问我喜欢看什么题材的电视剧，我说历史题材的，比如《走向共和》。她对我印象比较深刻。在入职后办手续的一次聊天中，她问我是否觉得自己的性格中有点女孩子的"柔"，我笑着说也许是自己受家庭和读书环境的影响太大了。她和我谈起她在中山大学读书的儿子，聊了聊考什么专业的研究生比较合适。

　　专家面试结束了，一切还算顺利。最后，我还要再讲一次公开课，效果要得到听课专家的认可。我选择给2003级国际导游专业的学生上课，讲的是"中西文化对比"。

　　结果，我顺利通过。和我一起实习的一位老师，最终因为讲课没有通过而被刷掉了。

　　我没有想到这个工作机会需要那么多关面试。

　　我回到了南京，等候通知。

　　几周之后，SZY人事处给我打电话说需要我再到一次深圳，因为我上次体检的医院资质不够，要到深圳市第二人民医院体检。

　　接电话的时候是下午，我正骑车走到华严岗，赶往南京旅游学校上课。我当时就生气了，质问说："南京到深圳那么远，你们以为是南京到上海吗？不是几个小时就到了！上次体检为何不告诉我，要我跑到西丽医院去体检？"

　　人事处说工作人员通知错了。

　　我问是否可以在南京找一家三甲医院体检，然后把结果邮寄过去。

人事处说不可以。

我埋怨他们折腾人，说："我不去了，可以了吧?!"

然后，我就把电话挂掉了。

当时，我觉得自己很拽。

后来，路老师给我打电话说是他的责任，当时没有搞清楚。现在需要我再到深圳体检一次，路费可以报销。

面试了那么多关，到了这一步，他也很为难。如果我不去体检，程序就会中断，他们再面试一个新人又要从头开始。

我答应了。

我先跟南京旅游学校请假，又在周二买票到合肥，从合肥到深圳，周四体检，周五坐车从深圳回合肥，再回南京。

我在医院待了俩小时，坐车来回却花费五十多个小时。

见到负责接待我的刘老师时，我说如果不是我有兼职，早就折腾不起了。因为，这一次次的费用对一个学生而言不是小数目。他说没事的，正式上班一个月后就可以报销这些费用了。

我回到南京，又开始了等待，等待接受函。

此时，对杭电那边我不得不有所交代。首先，我给李主任写了一封信，暗示自己有两个选择。

她回信说尊重我的选择，说年轻人有个选择是好事。

只是，我不知道该如何去当面告知杭电人事处，如何去毁约。经历了几关折腾，SZY依然没有给我接收函。我一次次电话催，他们总是说要一起等通知。

此时，已是二〇〇四年五月份，毕业在即。

我是系里第一个工作签约的人，却成了最后一个确定意向的人。如果我提前与杭电违约，深圳不发接收函，我最终就一无所获。如果我不提前跟杭电说，又觉得对不起李主任。

我左右为难。

那时，我一直埋怨深圳所谓的"效率就是生命"这句话。现实当中，怎么会是这样的速度呢?

五月底，我终于等来了深圳的接收函。怎么给杭电说明情况摆上了议事日程。李主任对我很爽快和友善，我不知道该怎么开口。

去杭电毁约，我就要准备好违约金。我的兼职收入已经所剩无几，SZY 还没有把报销的路费给我。

我向海霞借钱，问她能不能借给我五百。她知道我一般情况下是不会张口的，给我了八百，说不用还。

我觉得有点丢人。

我又向在宁波的"雨百合"借钱，她邮寄了给我。

我很感激。

那段日子是我求学阶段少有的窘迫时光。

我去了杭州，因为不能再拖下去。多拖一天，我内心就愈发沉重一天。

清晨，我在杭州东站下了火车。此时，距离学校上班还有一段时间。我一个人到了西湖，在那里坐了俩小时，因为觉得以后再也不会有机会坐在那里了。

我坐公交车到了杭电，直接走到了人事处。此时，学校名字已经变成了"杭州电子科技大学"。我站在校门那里看了很久，好像有深厚的感情一样。

我给人事处的理由是我考上博士了，不能入职。这是一个很荒唐的谎言，但是我又不好意思直接说换了工作。

人事处接待我的是当初给我机会的那个老头，他问我有没有跟李主任说，我说没有。

他当着我的面给李主任打电话说我来了，李主任以为我来入职报到了。知道我不能来工作后，李主任并没有说什么，只是在电话里祝福我。

我很惭愧。

接下来就是谈违约金的问题。按照合约要三千，我当时东拼西凑准备好了钱，但又问他能不能少一点。我说我是学生，很多钱都是借的。

他说那就打个八折吧。

我说两千是否可以。

或许，我的窘迫感动了对方。最后，违约金的事以我付两千元告终。

走出学校大门的时候，我又看了看学校的牌匾。

二〇〇四年六月二十八日，我离开了南京，坐飞机到深圳。我教的几位南京旅游学校的学生送我到机场，金陵学院的学生刘华英送我到机场大巴。临别时，刘华英说下次见面不知道什么时候，说我的性格好像不适合深圳。

我的求职路（五）

我终于到了深圳，一个我做梦都没有想到过要来工作的城市。可是，命运最终把我带到了这个地方。

求职路本该结束，可是对于我这样一个爱折腾的人来讲，还没有画上句号。

来到单位，后勤把我安排在东校区一套一室一厅的房子里。卧室里入住了一位刘姓博士，我只能睡在客厅上下铺的床上。客厅很脏，我扫了一遍。来之前，我没有料到会睡在一点私人空间都没有的客厅里。

我教2003级旅游专业，认识了几个学生。其中，一个学生的朋友（也是学生）住在一个叫"新围村"的农民房里。他要搬家到他处，我的学生就帮我介绍让我接手那个房子。

就这样，一周没有过完，我就从单位安排的宿舍里搬了出来。我没有通知单位退房，和刘姓博士商量后房租由他替我交。

那天下午，我一个人提着行李包，走在烈日下，浑身是汗。

租的房间是一个大约十来平方米的单间，分割成三个空间：一个卧室兼客厅，一个厨房，一个洗手间。卧室里有一张床，一个小桌子，一个风扇，一双拖鞋，都是之前租住的那个学生留给我的。

房租是一个月三百，不包水电。

虽然条件不好，如鸟笼子一样，但我总算有了一个属于自己的空间。

我买了一台电视机和一台迷你型半自动洗衣机。住在那个小房子里，为了不让自己觉得寂寞与孤单，我经常开着电视。

单位上班要打卡，我不习惯。在我的预想里，大学上班是不用打卡的，至少我就读过的大学是这样。但是，我只能遵守规定。有时候，我早早起来去打卡，再返回到房间里，坐在那里发呆。

那一段时间，我加班比较多，觉得办公室比小房间舒服。

晚上回去，天气太热，我让风扇不间断吹一个晚上。

那年暑假，前两周要参加教师实践培训，包括擦机床和接电灯泡。

我很不解一个英语老师为何要参加这些培训。

实践培训结束后，新入职教师要到华南师范大学参加培训。那时，由于和一位朋友有了严重冲突，我在培训的时候很想从楼上跳下来。培训过程是十六天，我到培训点外吃了十五天麦当劳。有时候，不是为了吃东西，只想一个人静一下。培训地方的宿舍里只有几个小风扇，很热，我几乎天天睡不着。我很感谢朋友帆，他每天给我打电话劝慰我。

一天，我找到了给我们上课的心理学老师，把自己的一些烦心事和他交流了一下。他和我谈了很久，劝我不要极端，一定要学着走出来。

在广州，我见到了HX。我很想把一些事情和她说说，但又不想让她担心。我们吃了个便饭，在一起总共不到几个小时。

那个暑假，我只回山东待了十天。

那个暑假，我有了写第一部小说《情错》的想法。

正式开学后，我要打卡，填一些表格。现实与理想是有差距的，至少老师的具体工作和我想象的差别很大。

我有点后悔。

九月，不到二十天的时间里，我在熟睡的时候被盗窃了两部手机。第一次被偷的时候，我不相信，还一直找，怀疑是不是自己丢在了洗手间，或者……那天下着雨，我起床很早，敲开房东的门，借他电话拨打我的号码，已经关机。房东说广东话，我听不懂。中午，为了安慰自己，我直接到苏宁买了个一模一样的手机，型号是诺基亚3120。

第二次，学生请我吃夜宵，我喝多了酒。回去吐了后，躺在床上给帆打电话。我哭得很厉害，和他聊到凌晨。

不知为什么哭，就是觉得委屈和无助。

第二天，手机又不见了，和第一次情况一模一样。

我一脸疲惫，赶到教室上课。在走廊里，我碰见了郝老师，说又被偷了手机。我不知道该怎么继续，该怎么办。

我想搬家，因为我害怕了。

Peter（我在烟台教过的一个家教学生）妈妈的朋友徐姐来看我，我给她说了自己的情况，说我想换工作。她带我见了一位龙姓先生，吃了一顿饭，但没什么下文。她帮我找到了一个距离她家不远的小区，三房两厅。一对老夫妻带着一个小孩居住在内。我租了其中一间，一个月房租六百五，有独立洗手间。

几个月之内，我搬到了第三个住地。

房租押一付一需要一千三百元，徐姐先帮我垫付了。随后，她开车把我的家当载到新的房子，包括一个电视柜，一台洗衣机，一台电视，一台风扇。

那时，我一心想离开深圳回杭州。我给家里打电话，父亲说如果不开心就不要干了。我没有给父母说自己被偷东西的事情，害怕他们担心。和"雨百合"之间，我们几次三番在电话里吵架。她一直要来深圳，可是我想离开。有时，我气得想摔电话。

我厚着脸皮给杭电的李主任写信，打电话。我说想回去杭州，能不能再给我一次面试机会。她说当年只招博士，但由于和我认识，又录用过，就再给我一次机会。

现在，用文字可以轻描淡写地几句话带过，实际情况远非如此。当时，我在楼下的报刊亭不知道为此打了多少次电话。

面试时间安排在十二月底，正好是英语四六级考试的时间。不巧的是，单位安排了我周六监考。

我请假四天，保证周六回来监考。

徐姐把我送到了机场。

到了杭州，我坐公交到了杭电。我穿着黑色大衣，围着一条围巾，站在杭电门口等一位邵姓朋友。他在杭电读研究生，是我在论坛上认识的。

他帮我找了一个旅馆住，里面空调不好用，也没有热水洗澡。

周三，我去面试，面试官还是李主任，地点在她办公室。我详细说了自己在深圳的一些想法和经历后，她并没有问其他的，只说全国高校情况都差不多。

对我的面试或许只是程序上的。晚上，李主任告诉我说通过了面试，并希望这次不要让她失望。

我很开心。

周四，邵姓朋友陪我去了一个小饭馆，点了一盘炝豆芽。我给他说我的朋友"雨百合"在宁波，想去看望一下。他给我说怎么坐车。饭后，我去了宁波。到了之后，我在"雨百合"的房子里坐了一会儿。她送给我了一些礼物，包括一个钱包和一张雅戈尔的西装打折券。我们打车去雅戈尔专卖店，下车后不久我发现自己的钱包不见了。钱包里钱不多，但是有我的身份证等所有证件。此时，我身无分文，但又必须回杭州赶周五的飞机回深圳。

我们去当地派出所开了一个证明，以为这样可以证明自己被偷身份证而不影响登机。

在宁波汽车站，"雨百合"取了一些钱给我应急。

回到杭州，我住在浙大附近的一个招待所，赶第二天的飞机。

周五早晨，我和邵姓朋友到西湖派出所开了一个证明，因为他有一个朋友在那里上班。到机场后，开的证明并没有用，安检不让我过去。我说自己是袁存亮，但是别人不承认。我们返回浙大。别无他法，我只好打电话给深圳的郝老师，请她到派出所把我的户口传真过来。她忙了好久，最后给我传来。我拿着传真，拍了快照。

我和邵姓朋友又折回机场，但是机场工作人员说只有全价票，或者我可以乘坐周六的飞机，机票便宜。

但是，我的监考怎么办？我打电话给领导说明了情况，说只能赶第二天的飞机，希望别人替我监考一下。

一切安排好后，我和邵姓朋友又坐机场大巴回到市内。路上，我笑着对他说要第三次送我到机场了。

到了市内，下车十几分钟后，由于着急赶路，我发现新钱包又落在了大巴上。此时，大巴已经回机场接人了。由于是刚走不久，工作人员让我打车去追。

我们乘坐出租车，在高架上一路狂奔。在大巴经过市区最后一个站点的时候，我们追到车，拿到了钱包。

那个晚上，我又住进了浙大附近的招待所。

就这样，我又回到了深圳。

最终，我还是没有到杭电工作，又一次辜负了李主任对我的期望。

此次折腾后，虽然后来也有小的变动，但最终我还是在深圳稳定了下来。到今天，我在深圳工作已经十五年了。我不相信命运，但走过之后又觉得很多都是命中注定。幸好曾经用文字记下了这些细致的经历，如今的我才可以再次回味那时求职路的艰辛与折腾。

我的兼职路（一）

一个人的双面舞。

一面是开心，一面是痛苦。

从上大学开始距今已经十个年头了。十年里，我忙忙碌碌，很少有停歇。

很多时候，我也想停下来。但是，如同上紧的发条，我不知道停下来该去做什么。就如电影《肖申克的救赎》里 Blake 出狱以后不能适应外面的生活而选择上吊自杀一样，我如果停下来，也会不知所措。

我不知道到底是赚钱的欲望让我不时忙碌，还是强迫症让我不能停下。

十年里，我的生活因为兼职而与众不同，普通的日子里平添了几分色彩。其中，不仅有物质上的收获，还有很多难以磨灭的回忆。

往事不经提起就会慢慢淡忘，等到自己老去的时候，就再也记不起来。

十年，对我来说，能坚持下来也算是一个奇迹。

读大一的时候，我做的第一份兼职是教我语音语调的孙姓老师介绍的。了解了我家庭经济困难后，他给我介绍了一份家教，学生是一位中年男人，地点在烟台芝罘区的幸福小区。小区距离学校很远，我只去教了一次，两个小时挣了五十元。那个学生没有再让我去教，也许是因为我当时太年轻了，没有足够的教学经验，知识也不完善。

第二份兼职是发传单，是我通过学校一个招聘广告去应聘的，工作地点在烟台市中心。那天，我跑了一天，爬了六百多层楼，按照要求把传单塞在每一家的门缝里，然后飞奔下楼，寻找新地盘。我特别累，午饭也没有来得及吃。发完后，我在一个包子铺买了几个包子。除去公交车费和包子费，我挣了十八块。

我用这两笔钱跑到烟台三站批发市场买了一双军用皮鞋。

那是我第一次穿皮鞋。

后来，在来自威尔士的外教 Elery 那里，我认识了一位徐姓自考学生。他自考本科，又考上了苏州大学研究生。由于要去苏州，他把自己的一份家教工作介绍给了我，同时把家长提供给他的自行车送给了我。

家教学生的英文名叫 Peter，家就在烟台大学校园内，但是他和爷爷奶奶住在中国煤炭经济学院。晚上，英语角结束后，我骑车去辅导他。那时，他刚读五年级。

　　他小学毕业后，我接着辅导他初中功课。那三年多时间里，他是我教得最久的一个学生。他很有个性，酷酷的。可惜，虽然出身书香门第，他的成绩并不是很好，特别是英语。而我，到别人家里上课，总觉得有点别扭。在农村生活习惯了，突然要定期到一个陌生人家里关起门来上课，浑身不自在。

　　有一天，我敲门，Peter 开门。和以往不同的是，他在哭。我不知所以然，后来得知他是因为成绩不好被家长打了一顿。我在房子里站也不是，坐也不是，安慰不是，不安慰也不是。

　　那堂课，我不知道自己是怎么结束的。

　　教 Peter 的时候，课酬不是按照小时计算的，而是一个月一百五十块。当时，我的生活费一个月不到二百块。

　　让我惭愧的是，Peter 的英语成绩并没有提高多少。后来，他搬到烟台大学和父母一起住，我们的交流就多了。虽然他在学习上没有特别大的进步，但我们还是成了不错的朋友。

　　Peter 的母亲是一位牙医，父亲是烟台大学保卫处的。那一段时间，我偶尔会在他家吃饭。他父母对我很好，在我毕业的时候开车把我送到车站，送给我他们家里不用的窗帘和雨衣。

　　现在（写此文时），Peter 已经是一个大帅哥了，在一所艺术大学读绘画专业。

　　每次回烟台，我都会见见他和他父母。他父母也会开车送我，接待我。二〇〇二年暑假，去新疆支教前，我回了一趟烟台。他父母得知后资助我一千元钱，说是新疆辛苦，让我多准备一点用。

　　我心里满是感激。

　　因为时间和距离的缘故，我们虽然有联系，但同时也在疏远。

　　二〇〇七年，他们一家来深圳游玩，我尽自己能力去接待，希望他们知道我没有忘记他们对我曾经的帮助。

　　大三时，我准备考研。大一时帮我介绍家教的孙老师准备让我辅导一个高二的学生英语。当我问他何时上课的时候，他要我好好复习考研，等考试结束后再说此事。当时，我蛮失望的，因为我觉得自己可以应付过来。可是，当时孙老师坚决不让我去兼职。

　　研究生考试结束之后，我开始辅导那个同学。他姓张，最初给我的印象并不好。我总觉得他好像思维有问题，对人冷漠得要命。他妈妈是烟台毓璜顶医院的医生，特别照顾我，每个小时给我三十块课酬。在当时的烟台，这是非常高的家教费了。

这样，每个月，凭辅导张同学我就有近三百块的收入了。

我辅导他直到我本科毕业，上课内容是《新概念英语》和高考练习题。二〇〇一年，他也考上了南京大学，读材料物理专业。

后来，我和他妈妈成了亲人一样的朋友。我母亲和四姐身体不好，她从烟台邮寄药品给我，带我四姐去烟台看病。二〇〇二年冬天，在新疆支教时，我的手机被偷了。回到南京，她专门给我邮寄了一部摩托罗拉翻盖手机，并给我一千元钱让我带她儿子在南京过五一。只是，那一年五一时"非典"比较厉害。周末时，我会到南大浦口校区看他，尽我所能去关心一下他。她到南京看望儿子的时候，我也会尽力招待。

滴水之恩，当涌泉相报。每年公历新年时，我都会邮寄贺卡或者打电话问候。

现在（写此文时），张同学已经在德国读书了。

读本科的时候，我还在一家培训学校当过老师。机会是 Peter 的奶奶给的，因为那个培训中心的负责人和 Peter 的奶奶认识。

缘此，我有了第一次到培训中心兼职的经历。

那几年，我忙的事情比较多：学习，兼职，举办英语角，组织学习小组、学习聚会，探访其他同学……

每次兼职，我都会和自己教的学生以及他们的家长成为朋友。

就如张同学的妈妈说的那样，从农村出来的孩子，情商比较高，对人有一颗感恩的心，而这正是一个人的品质中最宝贵的部分。

那几年，我兼职的收入没有多少，每一份兼职都不是中介公司介绍的。

后来到了南京，情况就完全不同了。到了南京，我才知道找一份兼职的程序是什么，做一份兼职到底有多难。

我的兼职路（二）

怀揣着剩余的几千块钱，我到了南京。

　　南京毕竟不同于烟台，城市大，大学生也多。在南京，我没有亲戚朋友，兼职的工作无从说起。但是，如果不兼职，仅靠着每月二百零八元的研究生补助，在一个省会城市，应该是生活不下去的。

　　在南京，我第一次听说有家教中介。烟台也许有，但是我没有见过。

　　在南京，我只有通过中介才能找到兼职。从内心而言，我并不相信中介，因为他们要预先收费。收费价格不等，一般是七十元，求职者提前支付。中介提供兼职联系信息，求职者去联系。如果成功，请家教的一方会把三十或者四十元返还给求职者。

　　简而言之，要成功找一份家教，我需要付出三十或四十元。我不想花这笔钱。但是，除了找中介，我别无选择。即使有被骗的危险，我还是要尝试。

　　在南京，我的第一份兼职是教一位小学六年级的学生，地址在南京三牌楼附近。学生是一个男孩，跟着婆婆和太婆婆住，家里还有阿姨家一个七岁左右的男孩子。男孩的父母关系不好，妈妈应该是后妈。我去他家面试的时候，是他爸爸和婆婆接待我的。商量的结果是每个小时课酬八块钱，每天两小时，每周七天，每月五百块。

　　对于如此低廉的价格和满满的安排，我犹豫了一下还是答应了。如果我不接受，则每个月五百块的收入也没有。虽然研究生的薪酬要求应该高一些，但在生活的压力下，我没有提出，因为害怕失去这个机会。想想我的父亲，他忙碌一天还不到十六块的工钱，而我两个小时就有十六块，已经很不错了。

　　男孩的婆婆说提供一辆自行车给我。

　　此后，每个月，我都风雨无阻地骑车到三牌楼，到那座陈旧的小楼房里上课。

　　男孩的婆婆对我很好，同时我也能感觉到男孩的爸妈对他很不好。在那几个月的教课时间里，我没有见过他父母几次。有一次，我去的时候，男孩在哭。也许是生气过度，或脾气倔强，他的手上都是鲜血。男孩的婆婆告诉我，是他爸爸因为男孩学习不好打的。

　　男孩很机灵，但不爱学习。他家里人应该知道孩子的情况，而我做得最多的是陪他写作业。男孩一口南京话，笑起来有时候也很可爱。他的婆婆可能觉得我这个人好说话，有时候也让我免费教那个七岁左右的孩子。就这样，一个小时八块钱，我教两个孩子。

　　那几个月是很辛苦的，因为教小孩子付出的努力和辛苦要远大于教高中生或成年人。其中的辛苦，只要教过小学生的人都会深有体会。

男孩的婆婆有时候也会留我吃饭，让我品尝一下大闸蟹。

我心里清楚，这份工不是我所想要的，我必须要有别的打算。

那时，在家教结束后，我会偶尔去一次南大英语角。南大的英语角和烟台大学的英语角不一样，谈论的都是出国考试和留学。很多我之前没有听说过的内容，在那里都有所耳闻。

有一天，我在那里遇到一位女士。她很高冷，至少给我的感觉是这样。我们谈了很久关于出国和留学的话题。从谈话中，我知道了她在一个学校教书。

我说我想找一份兼职。

她说如果她工作的学校有机会，我可以去试试。

我希望留下她的联系方式。

她说不需要，只要把我的联系方式给她就可以了。

我把宿舍电话留给了她，因为二〇〇一年的时候我还没有手机。

她走了，我都不知道该怎么称呼她。

机会渺茫，我告诉自己。

几天后，我在宿舍接到了她的电话，说是她工作的学校需要一个兼职英语教师，之前的一位老师因为教学太差被学生赶下去了。

我很吃惊，因为那是十一月份左右。正常情况下，没有学校会在此时招老师的。

我到了她的学校，见了负责英语教学的邵老师。面谈后，邵老师同意我临时去代课，地址在南大附近的中心大酒店。

我兼职的学校是南京旅游学校。从此之后，我在那里教了两年半，可以说是兼职了两年半。后来，上课地址从中心大酒店转到距离学校很远的华严岗。第一次去上课时，我穿着西装，打着领带，手拿文件袋。进教室时，学生以为我是一个新来的学生。当我把文件袋放到讲台上的时候，他们才意识到我是老师，有的学生甚至起哄说我是"帅哥老师"。

那个班级是我在那两年半里认识朋友比较多、交往比较好的一个班级。他们中的部分人已经工作了，我和他们年龄差距也不大。在二十七八岁的学生眼里，刚刚二十二岁的我，还是一个大男生。在那里，我认识了来自贵州的胡姐，认识了来自湖南的一些学生和更多的南京本地学生。

在南京旅游学校兼职时，一节课九十分钟，课酬一百三十五块。对我来说，这是一个天文数字。我很兴奋，给室友说在拿到薪水之后的圣诞节请他们吃饭。但是，第一个月结束后，我很久没有收到课酬。我不知道他们发放课酬程序复杂，不知道需要我提供账户和银行卡。我几次问学校教务处，还给负责人写了一个贺卡道歉。

第一个月的课酬到账后，我很开心，因为之前从来没有挣过那么多钱。用第一个月的课酬，我买了一部八百多元的飞利浦手机和一台四千多元的新蓝电脑。

在南京旅游学校，我只是白天教课。在那里，有的学生不爱学习，有的学生经常旷课。对于第一次教大班的我来说，经常遇到不同的挑战。

二〇〇二年春天，通过中介，我又找了一份晚上上课的家教。一次三个小时，一个小时十五块，一周一次，一个月一百八十块。学生叫徐丹，读高三。他母亲在南京药科大学当教师，父亲是做生意的。徐丹是一个很不错的男孩，学习认真，只是英语需要提高。第一次去他家时，他母亲给我说要签一个协议。基本工资是每个小时十五块，高考结束之后，如果达到一百二十分，每个小时加五块，到一百三十分，加十块……我说我没有把握拿到最高的课酬，但是我会尽力。徐丹的母亲素养很高，时不时找我谈心，问我关于徐丹的学习情况。我和徐丹也经常交流，谈论学习、人生、爱好、思想……

二〇〇二年暑假之前，我确定了下半年要去新疆伊犁支教，并告诉了徐丹，同时祝他高考取得好成绩。

决定去新疆支教是我临时的选择。此时，南京旅游学校已经给我排好了下学期的课程。我临时告知邵老师我不能上课了，说我要去新疆。我觉得对不住邵老师，因为告诉她那么晚，再招一个老师很难。其实，在去不去新疆支教的问题上，我犹豫了很久。如果去，我就会失去一份收入稳定的兼职。在支教的事情上，我最初只是好奇。那个时候，支教应该是一些人的"梦想"，虽然原因各异。

九月份，去新疆之前，我得知徐丹考上了南京药科大学，但是英语没有考好。他在一家高档餐厅请我吃饭，给了我五百块钱，说是他母亲交代他给我的。他母亲说英语考试不到那个水平不是我一个人的责任，这笔钱就算是送给我去新疆的一个礼物。

离开南京旅游学校的时候，我很伤心。临走之前，我写了一封信给邵老师，提到了我教学中失落和开心的感受。邵老师把那封信转给了班主任，班主任在班里朗读了那封信。

因为去新疆，我的兼职路暂时画上了句号。

我的考研路

考研距今已经有 18 年多了，要不是和彬郎聊天时他问我考研的经历，我对那段往事怕是要淡忘了。

考研对现在的毕业生来说，好像和高考一样，大部分人都会参加。至于参加的意义，我相信很多都是为情势所迫。我们那个时候也是如此，每一年都会在系里传出谁考上了名牌大学，然后找那些人来讲经验，开座谈会。虽然我们那一届还不算扩招的开始，但是考研之风已经是到处吹了。

考上北大一直是我的梦想。因此，我一直想，即使报考也要考北大。只是，要考什么专业，我一直没有想好，也从没有想过要考所读英语专业的研究生。一是觉得英语越学越窄，二是觉得自己的二外日语并不好。因此，我只有选择跨学科考试。

那个时候，跨学科考试的热门专业是法律。每年，我们系都会有考上法律专业的。只是，我对法律从来不感冒，因此就断了这条路。我打算考历史，因为历史是我的爱好。为此，我选择了北大，还给北大历史系写了一封咨询信。当时，除了考普通大学的硕士之外，教堂的牧师本来要推荐我去中国最好的神学院金陵神学院学习，然后回到教堂工作。我想，其中的原因一是我在教堂很热心，牧师觉得我可以为主所用；二是我也和牧师咨询过这方面的问题。我知道，当时有一个叫于雷的牧师在金陵神学院学习。

我和于雷在烟台的妻子，刘晓燕牧师，以及孔牧师、田牧师，还有在教堂领导唱诗的尹姐妹都很熟悉。很多时候，我都和他们一起聚会。

一次，我和于雷的妻子谈到考研之事，她说可以到南京看看，她的丈夫在那里。这样一来，有个熟人，有个照应。因此，我去南京的第一个想法是去神学院看看，后来才想到了南京大学历史系。

二〇〇〇年的五一，我给 S 说我准备到神学院看看，也去南大看看。但是，对南大，我一无所知，也从没有想到会和它有不解之缘。我当时想，要考南大历史系就要考英国史方面的，考北大就要考中国史方面的。我后来放弃了报考北大，因为觉得考古代史就会丢掉英语专业，内心不舍。

我去了南京，找到了于雷，住在了神学院。于雷对我很好，带我去参加他们学校的晨祷，给我介绍他的同学。在那里，我遇到了一个男信徒，对我蛮好的。后来，他去了欧洲的一个国家学习。

随后，我就去了南大。但是，报考南大里哪个导师，我真不知道。我跑到了历史系办公室，历史系的秘书问我找谁，我答不上来，也因此没有要到任何一个导师的电话。当时，我说我是烟台大学来的，要考硕士。那个秘书说不知道我们这个学校，只听说过烟台师范。我顿时哑口无言。其实，也不能怪他，因为我们大学没有历史系。每年考上南大的，烟台师范的人很多。我走出历史系办公室，在学校里转悠，手里提着一个蛇皮口袋。不知不觉，我逛到了南大出版社，翻开了关于南大校史的一本书，里面有历史系导师的名字和介绍。我很开心，随便记了一个导师的名字，又回到历史系办公室。我把名字报上之后，顺利拿到了那个导师的电话。我到电话亭给导师打电话，导师夫人接的，说导师在学校上课，不在家。我就又在校园里坐了下来，看看周围的大树。我觉得南大特别好，古色古香。看着在有历史感的大楼里上课的学生，我特别羡慕他们。挨到放学，我又打电话到导师家。我说明来意，导师同意我到他家见见面。我提着蛇皮口袋，一路问了很多人才找到导师家。当时，我觉得南京真大！导师接见了我这样一个什么礼物也没有带的"愣头青"。导师家房子不大，我在那里停留了十五分钟，谈一些基本问题和我的兴趣、爱好。导师知道我住在神学院并信仰基督教时，跟我说他的学生也有信仰基督教的，建议我回去后和她联系。临出门时，导师还给我打印了一份往年试题，跟我说只要买一套教材就可以了。按照他的吩咐，我到南大出版社买了一套高教版教材。那几天，我过得很开心。住在神学院里，环境很好，吃饭也很便宜。

随后，我回了一次家。回家后，我才知道母亲病得厉害，并为此差点放弃考研。

怎么复习？这对我来说是个问题。教材有六本，从古到今。当时，我们班还有一个男生和我报考的学校与专业一样。不过，他准备的时间很充分，仅笔记就做了很多。既然要考试，我就要好好复习。从此之后，我就开始看那些教材。考研的科目有5门，我最害怕的是政治和专业课。政治最让我头疼，高考就失败在政治上。但我还是买了一本教材，仅一本。英语科目，我觉得自己还好。所以，我仅买了往年的一些二手试题，做了40套。对于专业科目，我制订了计划。从头到尾看一边，从尾到头看一遍，再复习一遍。坦白说，看的遍数多了，我有时候会恶心、头疼。我和导师推荐给我的那个师姐联系上了，委托她帮我买了试卷。随后，我拿着试卷到图书馆五楼的工具书阅览室查大百科全书、做笔记，总共写了70页笔记。蛮有成就感的！虽然很忙，那个暑假我还是照样回家陪了父母，还是照样去教堂，去英语角。为此，很多人不理解我的做法。但是，我很开心，也很情愿。只是，有时候不想丢日语，我就在别人午休的时候去小树林里一个人叽里呱啦念日语。当然，收获不大，只是满足一下自己罢了。

九月份，当年的考试大纲和参考书目出来了。看到后，我很是惊讶。因为上面列了很多书，其中很多我都没有。而我的那个同学都买了，且都看了。我很着急，给导师打电话问怎么办。导师说，有的书目可以看，也可以不看，只要把教材吃透就可以了。我松了一口气，也没有花钱再买那些书，因为买了也看不完。

在复习的时候，我也会就一些问题打电话给导师。他给了我不少解答，让我少走了弯路，把课本变得越来越薄。最后几个月，我和室友，也是我最好的伙伴，经常到走廊里看书，一看就是到凌晨。冬天很冷，我就靠在暖气片旁边。有时候，我回宿舍早，有时候他回去早。我们一起学习，共同走过了那几个月。

终于挨到了考试的日子，考场在市里一所学校。我就住在了尹姐妹家客厅的沙发上。第一天考试英语和政治，一切都还算顺利。第二天，到达考场的时候，我发现准考证不见了。当时，我就傻眼了，监考人员不让我进。我求了很久，说如果下午找不到就自动放弃考试。最后，他们让我进去了。万幸的是，中午回去后，我费了很大劲在沙发下面找到了准考证。考专业课的时候，我都是提前交卷。有的题，我是按照自己的思路回答的，还用上了英语词汇学的知识。我觉得，一个人的综合知识好，考试应该很容易。当时，我前后坐的都是烟台师范的学生，前面那个男生后来还成了我南大的校友。

考研成绩是二○○一年三月份出来的。师姐帮我查了成绩，英语 65，政治 62，专业英语 83，世界古代史和世界近现代史是 142，总分 352 分。我的成绩在专业里排名第 9，加上一个保送的就是第 10 名。导师说，专业每年招收 20 个学生，前 10 名是公费。我听了之后，很是开心，跑到楼下给 S 打电话，她也很开心。

可是，到南大复试时，我又遇到了问题。导师说，今年情况有变化，因为保送两个学生，我成了第 11 名，所以有可能是自费。但是，历史系 5 个专业招录的 89 个学生里还有一个机动名额是公费的。如果这个名额给了我报考的英国史专业，我就是公费，否则就是自费。也就是说，我有 20% 的希望是公费的。听到这个消息后，我傻眼了，因为那样我就要交两万左右的费用。当天晚上，我跑到电话亭打电话给 S，说明了情况，说如果是自费，我就不上了。S 在电话里让我不要担心学费的问题，说有很多人愿意资助我读书。听到这样的话，我当场就落泪了。那个晚上，那个师姐告诉我，如果我的名字出现在第二天上午复试的名单里，我就是公费，如果在下午的名单里就是自费。我赶紧委托她到系里帮我看看。当晚，她就去了。随后，她专门到我住的招待所告诉我是上午面试，而且是最后一个。第二天早晨，我跑到系里看时，我的名字确实是上午面试名单里的最后一个。

经历过这么多曲折，我的考研之路终于走到尽头，有了一个结果。

那年，去新疆

二〇〇二年夏天，南京。

在宿舍里时，我看到了新一批去新疆支教的报名通知。

对很多在校生来说，去新疆支教是一个不错的机会。在支援边疆教育的同时，还可以获得一千元的月补助，同时领略一下祖国西北的大好山河。

我在学业上不出色，又不是学生会干部，即使报名，得到机会的可能性也微乎其微。

当时的我，在业余时间里，除了教一个叫徐丹的高三男生外，还在南京旅游学校兼职教书，每月有几千块的稳定收入。单纯从经济方面而言，我从来没有想过报名去新疆支教。

通知我是在周日知道的，报名时间只有三天。

周二的时候，我就听说名单已经上交。周三，我去系里的时候，得到的答复是名单确实已经上交。

我很愤怒，问为何没有到截止时间就上交了名单。

答复是人数已经太多。

我说这样很不公平。

答复是如果我有意见可以一个人到研究生院单独报名。

我不知从哪里来的勇气，骑车直接去了研究生院。

我说我报名。

负责的是一位王姓老师，说我们系的名单已经上交，为何我一个人来报。

我说因为还没有到截止日期。

我看到了名单，一张 A4 纸上写满了密密麻麻的名字。我曾经耳闻有人利用学生会的权力为自己提前报名，我没有相信。但是，看到名单的时候，我发现事实确实如此。

我在纸张的最后面写上了名字。

王老师和我聊了起来，问我有没有教学经历，能够教什么课程。

我一一回答。

十来分钟后，她说让我回去考虑一下，算是暂定我一个名额，在下班之前给她一个答复。

我甚是惊讶。

我是最后一个报名，却是第一个得到机会。如圣经上所写的那样，最前的必靠后，后的靠前。

走出研究生院大楼时是下午三点多。

我回到宿舍，躺在床上，不知道该怎么选择，因为我没有想到突然之间有了去新疆支教的机会。

放弃稳定的几千元收入去拿一千块的补助？

放弃南京的生活到一个万里之遥的地方去工作半年？

如果去新疆，我该怎么回复兼职的学校？下学期的课程已经排好，临时改变是一种很不负责的行为。

如果不去，我该怎么回复研究生院？说我兼职太多和挣钱多，所以不去新疆？

我很想告诉苏珊，可是她在美国。

由于时差，即使写邮件，我也不会在一个多小时内得到回复。

五点之前，我决定先回复研究生院，答复是肯定的。

随后，我给苏珊写了一封信。

周四，好友 Simon 从烟台给我打了一个电话，说自己又和女友吵架了，要寻短见，很想见我。

对 Simon，我觉得自己做了很多。读本科时，我一直帮助他改正个人的"洁癖"习惯，帮他维护他和女友的关系。此时，我已不在烟台。南京距离烟台是十八个小时的车程，我不能像坐公交那样随意来回。

尽管如此，知道他的情况后，我没有任何犹豫，答应他周五下午就坐火车去烟台看他，并叮嘱他不要做傻事。

我买了硬座车票，十八个小时后，到了烟台，见到了 Simon 和他女友。

Simon 的女友很吃惊，没有想到我会对他们如此好，竟然会如此不辞辛苦地跑去烟台。

他俩请我去了一家粥店吃饭。当着我的面，Simon 的女友保证以后绝对和他好好相处，不会再让我担心、跑来跑去。

我很开心他俩能够因为我的到来而和好。

我在烟台只待了两个白天，因为还要回南京读书和兼职。

在那里，我见到了外教 Lisa 和 Fran。

我和她们认识，但不是很熟悉。得知我的担忧后，她们毫不犹豫地支持我去新疆，让我不要担心家里的经济情况，说如果苏珊在中国，肯定也会支持我的。

我不知道该怎么回复兼职的学校。如此出尔反尔，从新疆回来之后，我肯定会失去这个兼职机会的。

我尝试着给负责英语教学的邵老师说起此事，她很理解我，说是有这样的机会也不错。当时，我没有好意思提新疆回来之后能否继续兼职的事情。

我写了一封信给她，表达我在那里教学一年的感受和歉意。

她把信转给了我最钟爱班级的班主任，班主任在班级里读了那封信。后来，有的同学告诉我，听到信内容的时候，有的学生哭了。

我理解他们的感受。那一年里，我和他们在一起学习、吃饭、逛街、唱歌、游玩……有了很深厚的友情。

知道我要去新疆的消息后，家人的第一反应是吃惊，没有想到我会如此选择。

那一年暑假，我又回了一趟烟台，见到了曾经的家教学生 Peter。

八月底，我回到南京。

我辅导的徐丹参加完了高考，考上了南京药科大学。

就这样，我踏上了去新疆支教的路程，写了后来的《新疆日记》。

在新疆时，我给邵老师写了一封信，提及了我在新疆的生活，也问了一下我能否在回去之后继续兼职。

我没有期望她能给我肯定的回答，毕竟是我放弃在前。

让我意外的是，元旦时，我收到了她的一张贺卡。上面没有多少文字，却写着让我尽快告诉她回南京之后的空余时间，好给我排课。

我兴奋地跳了起来，心里充满了感激。

新疆的生活虽然辛苦，但也有很多乐趣。

我在伊犁师范学院外语系支教，主教综合英语。在那里，我认识了来自美国的留学生 Jimmy 和 Andrew。我们成了很好的朋友，经常串门做饭。

那一年圣诞节，我很想买一棵圣诞树，但是我的收入不允许我过一个有圣诞气氛的圣诞节。

圣诞节前夕，Jimmy 说去香港看望女友。

回来后，我去拜访他。结束后，他送我下楼。当时，天空飘着雪，地上积雪很深。

他说在香港时有一个朋友让他带一个礼物给我。

我很纳闷，因为我在香港没有朋友。

他说那个人的名字是 Francis。

我几乎不敢相信自己的耳朵！Francis 是一个在烟台大学待过的美籍香港人。我们虽在一起聚会过，但不是很熟悉。何况，他已经不在烟台很久。

Jimmy 说他开会时见到了 Francis，聊到了各自的生活，谈到了一个叫 Charlie 的人，没想到说的竟然是同一个 Charlie。Francis 问到了我在新疆的生活，交给了 Jimmy 一个信封说是送给我，让我好好过一个圣诞节。

听到此，我在雪地里搂住了 Jimmy。在我看来，这一切过于神奇。

信封里装有五百元钱，是到现在为止我收到的最奇特的一份礼物。

我去当地市场买了圣诞树和装饰品，放在我的小房间里。

平安夜，我邀请了几个学生去做饭，过了一个平凡而又让我感恩的节日。

时光如梭，七年快过去了。

回忆起来，去新疆支教的收获大于失去。但是，去新疆之前，我是不会想到有如此多收获的。去新疆以及在新疆的经历，除了用"神奇"来形容，无法用别的来解释。

放弃优越的兼职，前途未知，很多人不理解我的行为，或者认为我有点傻。但是，结果证明人的意念是多么狭窄。

很多时候，我们不想放弃，因为我们看不到放弃后会收获什么，心里充满了恐惧和未知。

有的时候，我们要有信，就如电影 *Chariots of Fire* 里的 Eric 一样。他看似失去了一块金牌，其实并没有失去。最终，因为相信，他除了得到另外一块金牌外，还得到了更多尊重。

Eric 说他来到这个世界上是有原因的。

你呢？

个性

我喜欢有个性的人，不管他因为自己的个性犯过多少错，受过多少人的嘲弄。因为，芸芸众生，大多如浮云一样飘过，能够留下一点痕迹的也只有个性出于众人之人。

拥有个性注定要痛苦，注定要受思想的折磨，注定享受不了常人享受到的，注定经历不了常人能经历的。

然而，个性也让自己的经历与众不同。

一个人大概三分之一的时间处在睡眠之中，三分之一的时间处在自己不喜欢或不满意的工作之中，能够留给自己思考或活出个性的时间充其量只有人生的三分之一。

按照人活八十岁来计算，只有二十六年是属于个性张扬的时间。其中，还要去掉懵懂未知的童年。那个时候，人还不知道个性为何物。

人在这个社会上生存，要从技术层面和精神层面两方面考量。其中，技术层面并不能反映一个人的高与低。就如两个老师讲英语语法一样，无论怎么讲，结果还是语法，只是叙述方法不同罢了。决定两个老师根本不同的是各自的精神层面。

只是，如今的社会太重视技术层面，忽视精神层面。技术层面可以决定一个人的生活温饱与富足，但精神层面却决定着一个人生活质量的高低，决定着一个人的生活状态。

贫穷的时候一碗粥和一身破衣服足矣，富足的时候一碗人参汤也许还不能让自己满足，一身名牌也许还不能让自己开心。

因为，技术层面的需求可以相对容易满足，而精神层面却甚难。

一个高中生也好，一个博士生也罢，学位的高低只是技术层面的不同。对人生、对事物的理解是决定着二者不同的因素。因此，不能说博士比高中生的思想就高尚多少。

很多时候，我们失去了思考的习惯。

其实，恰恰是思考才让人与人彼此不同。每一天，每个人拥有的时间都是二十四小时。在这二十四小时的三分之一的时间里，我们有没有思考过自己的人生或者生活？有没有过自己的思想？很多人好像没有追问过，或者无暇过问。

很多人让我们放弃思考，因为他们不思考，想让我们与其相同。他们总会用一种口气说："想有何用，社会就是如此。"逐渐，我们就会重新审视自己，觉得自己是异类，然后慢慢放弃自己的思想，被环境同化。

我们渐渐觉得自己庸俗起来。

只是，当我们意识到的时候已经太晚。

其实，不让人有思考的习惯是环境使然。大学七年里，除了苏珊老师对我的影响，让我坚持与众不同，在其他生活方面我还是蛮失败的。因为，在大学里，我没有看到思想的火花，没有看到思想的碰撞，仅有的一丁点儿还是从异域人士那里得来的。

因此，我们可以让天堑变通途，但在思想领域却一直停滞不前，而且越加颓废甚至倒退。

本来是思想的前沿阵地和思想最活跃的地方，现在却成了限制思想的地方。发言稍有不慎，就会被人做工作。

人的思想是没有国界的，没有边界的。当给出一个框框的时候，又如何能产出所谓的"思想大师"？

大学俨然成了某个机构的附属品，变成了一个培养"产品"或者"工具"的场所。至于"思想"的创新，好像不是大学应该做的，与自己没有丝毫关系。

每天三分之一属于自我的时间里，如何去生活，那毕竟是自己的事情。纵使挣脱很多束缚，那毕竟是属于自我的时间，是自我的生命或者自我的生活。

不要说别人让我们丧失了思考的习惯，不要说环境让我们变得庸俗。因为，那三分之一左右的时间掌握在我们自己手里。在这三分之一里，我们依然可以找到"本我"和属于自己的那一片天地。

如果别人看着我们的个性而大加嘲讽或者摇头，那就让他们去做吧。

任何时候，不要忘记思考，因为思考让自我的人生与众不同。

九月

这个九月是几年来最热的九月，热得我喘不过气。由于瘦，我一直认为自己是一个不怕热的人。

朋友"水草"说我好像很怕热。

其实，怕热只是一种心理作用，习惯使然。回到家，关上门，我做的第一件事就是打开空调。

不幸的是，空调在这个不寻常的九月里坏了。

第一次维修，我在百度上搜索了一下，按照提供的电话找了一家公司。公司派个人来修，收了一百三十块后走人了。

第二次维修，我花了二百六十块。结果是只有吹风，没有凉气。维修员过来复查，说是要换压缩机。

我不打算修了，想卖掉。我去问收购废品的人，收购废品的人说是可以给我二百块。我禁不住说人怎么那么"心黑"啊。

第三次维修，我直接找到了厂家。厂家服务很热情，派人把外机拉走了，说是免费更换压缩机，只要辛苦费二百块。几天没有音讯，我打电话咨询，回复我说缺一个压缩机。我哭笑不得，因为修好空调唯一要换的部件就是它。

我问何时能修好。

对方回答说十五个工作日。

掐指一算，那时国庆节已经过去了。

我幽默地对工作人员说，那个时候台风已经扫过深圳了，可能就用不着空调了。

在和二姐通话时，我几次说想抱着小狗乐乐去宾馆凉快几个晚上。二姐很赞成。可是，二姐在外租住的房子里连照明电都没有，夏天也照样过来了。于是，我决定自己忍忍，就没有再浪费辛辛苦苦挣来的钱。

我对二姐说，再热再穷的日子都过来了，现在熬熬就过去了。

戏谑一下可以，风扇我还是得一个劲地吹。

热气冲冲的厨房里，我坚持天天做饭。一是要提高自己的厨艺，二是吃腻了外面老几样的快餐。再者，看着自己做的饭菜，心里也有成就感。

有个人牛气地和我说他多有钱，只要他在家就不会让家人做饭，一律出去吃馆子。我肯定不能与其比，只能自己动手，丰衣足食。

是不是人有钱后都变得那么牛，那么冲？至少，在我眼里，身边的有钱人好像一个个都是如此。

那个晚上，下课后，我在停车场和平时几天交流不了一句话的父亲滔滔不绝通了三十分钟电话。

父亲的心态我知道。

我给父亲说，当他和别的孩子父母说话的时候，知道别人的孩子诉说委屈哭的时候，可曾想到在深圳的我也有流泪的时候。

如果说别人在这个城市有父母为自己撑腰的话，我在这个城市里一无所靠。

有的人以为有了钱就有了一切，一个劲地在我面前吹嘘年薪几十万；而我，恰恰不是那种见了"钱势"就会屈服的人，更不是一个眼红别人有"钱势"的人。

除了不得不出去的场合，我都会正襟危坐在书桌前。我时刻提醒自己，不能因为追求"物质"而丢掉了对"历史"的爱好。

一个朋友问我在干什么？

我说在做"作业"。

他很奇怪我还有"作业"。

我说我的"作业"都是自己给自己布置的。

记忆与淡忘

生活之事，沧海一粟，随风而去，无影无踪。

今日忆昨日或前日之事，或历历在目，犹在眼前。然忆数十年前之事，已非易事。或曰，淡忘并非憾事，记忆徒增伤心尔。纵忆起令人开怀之事，亦添留恋伤感之情。

吾幼时之事，父母鲜提及。偶言吾肥胖有加，背足以擀面矣。

吾每听而笑之，奈何今日吾之身瘦若嶙峋。彼时家贫，无影像留存，今徒叹息而无力也。

于入学之事，吾记之甚少。邻人曰吾继承母亲之聪慧而敏于学，然吾不以为然。吾慧根并不足，徒勤奋努力尔。

乡间之教育，落后有加。然吾得机缘入幼稚园，且任一班之长。彼时之玩具，仅数皮球尔。至今，吾仍有疑于得班长职位之因。学业乎？身高乎？体壮乎？

彼时读书，无课桌，仅一木板横放砖墩之上。条件之差，如今日贫困山区之校舍。

三年级之时，水泥材料之石板替换木板，置于砖墩之上。寒冬腊月之时，手触及之处冰凉。

五年级之时，需夜读。因无照明之电，师购一汽灯悬于室内横梁之上，夜如白昼。然彼时年幼，贪玩之心重。某生不时置异物于锁眼之内，致夜读不成。一日，某生涂胶水于锁眼之内，师怒而同学乐。

小学校园位于村西，然名曰"东风小学"，应是应伟人之"不是东风压倒西风，就是西风压倒东风"。校园空旷，有一空地。未几，师谋而种地瓜于内。劳动课时，同学忙于种地瓜之秧。有一张姓女先生，于同学闲暇之时，召之去其农田助其摘拾棉絮。吾辈兴奋而去，置裙布或口袋于腰间。号令之下，一争高低。

彼时之学习累，亦有不少乐趣于其中。

无奈，吾自幼命运多舛，病不离身。缘此，每日放学之余，首要之事乃让邻居之女打注射之针。其后，欢快如故。

命，吾信也。

末针之时，吾坚持去乡卫生院。或药剂之误，针后，吾口吐白沫，嘴唇青紫，不省人事。幸遇一经验丰富医生，速掐吾之人中，吾渐醒。

此日，巧合于镇上一人下葬之日。父母与众人皆曰彼魂魄惊吓我矣。

吾听之笑之。然不可揣测之事，信优于疑也。

因吾多病，父母四处求医，然多无效。邻居张氏之娘家，有一通神之人，曰"四神仙"。父母请其来为吾医治。

"四神仙"曰吾病乃因幼时丢一魂魄与村南之坑底。

家人疑而信，因吾姊曾踏车载吾去近村之农场，途中确有摔坑底之事。

按"四神仙"之要求，母备烙饼数个置于猪圈围墙，父抱吾踩踏于其上。

彼时，另一人执一铁耙，置吾衣于其上，至坑底为吾"招魂"。

今或有人笑之。然招魂之后，吾身体确有好转，逐渐康复。

忆及彼时，吾悔玩心过重，不能体谅父母之难，错过奋力读书之光阴。

彼时无游戏，常与伙伴在煤油灯下耍纸牌。众人围坐，以点大小定输赢。村后一路旁，有胶泥。闲暇之时，吾与同伴飞奔而去挖胶泥，制成拖拉机、火炉之状。

安静之时，二十年前之往事如泉涌，非一时笔墨所能详尽。就吾记或喜或悲之琐事，今日孩童恐懵然不知吾所云矣。

岁月悠悠

岁月悠悠，催人老去。怀念过去，忆者甚少。然经时光之沉淀者，如影随形，挥之不去。

吾幼时酷爱读书，然家贫无藏书。

母有一堂妹曰孔宪社，与吾家住一胡同。其家有书，不知何所来。吾闲暇之时，求书于她。每得二三本即欣喜归家卧床而读，至天渐暗而不知。

母言暗光之下读书于视力有害。吾不听，一如既往。

彼时所读之书，演义与神话之类尔。

吾之历史嗜好，亦从中萌芽。

二十载后，缘糖尿病，母之堂妹已近乎双目失明。每归家，吾叹其生活之艰辛，命运之悲惨。其藏之书已不知所终，然吾心存感激至今。

吾幼之时，喜母亲搂睡。或源于家中独子，母娇惯余。至吾十岁之时，犹如此。

吾渐长成，母让余独睡，吾不应。每遇母让余独睡，吾则在寒冬之时或赤身于褥外，或站于地。母心不忍，则唤余。

母哺乳之恩，吾今思之，如在昨日。泪湿衣襟，岂敢忘怀。

隔壁胡同有夫妻，育一女曰圆圆。其生之时，吾已九岁。闲暇之时，吾常往其家，助其父母逗乐于她。其父母每夸余懂事之孩童矣。经年之后，其已长大成人，而吾不见其久矣。

　　邻有一老妇，夫早逝。其子谋生于外，经年不归家。老妇生活甚孤寂，吾常见其一人手执瓢至低矮厨房生火做饭。其院有一矮墙，残垣断壁。彼时，学雷锋、赖宁之风盛，吾唤伙伴二人推倒矮墙而重建之。吾思之善事，静待夸奖之言。然墙倒之时，老妇见之，恐吾等调皮以倒墙为乐，斥责吾等多时。

　　今思之，吾犹觉其时之幼稚与天真可笑矣。

　　邻村有农种甜瓜于田，吾等馋之。一日，天小雨，看戏归来，吾与友谋"摘"一二尝之。友犹豫不决，吾乃独自前往。瓜田内独有一庵，吾窃喜之。欲下手，忽见一人执铁铲从庵中出奔余而来。

　　吾心悸而狂奔。

　　彼时之农村，一片凋敝，一村仅有一二14寸黑白电视。然吾等之少年，犹观之如痴如醉。吾十岁之时，二姊找一对象于王庄村。其家有一电视，间或搬至吾家。吾置其于庭院之内，众人围观之，喜甚。吾十四岁之时，家始有黑白电视。二载后，家始有彩色电视。

　　观今日时代之变迁，吾叹之。沧海桑田之变化，吾有幸经历也。

　　彼时，吾家甚贫，纵一白面馒头亦可望而不可得。其中滋味，别文已述之。吾今虽不愁吃喝，然忆其时之感，犹有悲凉之心。

　　于农耕，吾别无他长，唯打猪草尔，且手甚快。每与同伴出，赛之。日落之时，吾与友若干赌草于沟底或田间。一人抛铲于地，观铲之位置定输赢。

　　二十载后，吾幼时玩伴命运各异。或已撒手西归，或已娶妻生子，或已外出谋生。

　　叹人生之迥异，悲生活之无奈。

　　然吾知，最终，众皆殊途同归。

南京忆

　　如果不是九龙的朋友到南京读书，不是九龙因为国庆去南京旅游问我一些问题，南京的印象都已经淡漠得让我摸不着边际了。

　　曾经给自己很多个理由要回南京一次：研究生导师在南京，两个读研时候的室友在南京，玩得很疯的一帮我曾教过的学生在南京，好弟兄荣美在南京……

然而，在潜意识里，我还是悄无声息地抹去了那一点点回去的念头。

在导师眼里，我并不是一个出色的学生；和室友的关系，在读书时候比较淡漠；面对比我小很多的学生，我不知道该怎么交流我在深圳的状态；和荣美弟兄，我更是无法诉说一些思想的进步与倒退。

一边是回去的意愿，一边是不让我回去的声音。

只是，无论回去与否，南京都是值得我回忆的一个地方。

想写点关于南京的什么，但又不知从何写起。按说，我骑着自行车在南京晃荡了几年，应该有很多东西如泉水一样涌出来，可真正要打字出来的时候脑子里却一团乱麻。

南京的小吃，我最喜欢鸭血粉丝汤。在南京，出售鸭血粉丝汤的小店很多。哪家正宗，哪家不正宗，好像没有标准。在我印象里，湖南路上的回味店味道最好。流油的小笼包，红红的辣椒油，再加上一些鸭肝……多少次，我一个人骑车从南大或者兼职学校去吃，然后再匆匆返回。

南京地跨长江，不南不北。说它土气，又有那么一点儿江南气；说它秀气，又不如杭州有十足的江南味。由于历史的原因，南京一直处在被遗忘的角落。虽然它也曾富有和繁华过，但在很长的时间里，它只想奋力用一把刷子把自己洗得更干净。它想尽力转身，可又很难获得它想要的名分。因此，在最近的十年里，它也在拼命拆迁历史，努力把自己打造成国际大都市。只是，历史和地理位置已注定它还有一段很长的路要走。因此，南京的建筑不伦不类。想显摆洋气，可过洋又不符合它本身的文化底蕴。在我的印象里，南京的现代建筑总是那么突兀，显得有点刺眼。如果想去看民国建筑，不骑车穿过小巷是很难看到全貌的。因为，它们要么是被"高人"占据，要么是隐藏在高楼的背后。

从南大到兼职学校有很多条路可以走，但是我走最多的是北京东路。七拐八拐穿过一座座民国别墅，别有一番韵味在其中。或者有士兵在修一个大门，或者是大门外挂着两个大红灯笼，或者是青藤从院墙上绕过垂落下来。

南京也有很多时尚之地，可我好像只去过夫子庙、湖南路和新街口。至于所谓的淘宝店，我不是很爱好，因此知之甚少。我喜欢一个人在湖南路上溜达，就是闲逛的那种。每次骑车经过新街口，我都会看一眼当时的南京最高楼。只是，南京的时尚一定要配上南京话，否则就缺少了那么一点味道。

　　我没有夜里乘船游过秦淮，仅是站在街上欣赏秦淮景色都已经让我有点陶醉。有时是一个人，有时陪远方来的朋友或者亲戚，因此到秦淮的次数记不得。我喜欢晚上看秦淮河里的灯光，喜欢逛江南贡院前的夜市。倚在秦淮河的栏杆上，看着水里的游船，望着所谓的李香君故居，别有一番滋味在心头。太平天国的东王府距离李香君故居不远，二者相会于此，有点不尴不尬。

　　我是一个爱逛大学的人。我喜欢南大的古朴，南师大的灵秀，东大的沉稳。很多次，我骑车跑到四牌楼，就是为了看看东大圆顶的建筑，看看它和南大到底有何外在不同。然后，去那里的小吃街上淘点东西填饱肚子。

　　我住过金陵神学院，去过南邮与河大，走过南农，更是和南财有过一段不解之缘。我喜欢南农的草坪，爱南林的树，留恋神学院的肃穆与安静。

　　居住南京三年，除了走街串巷，我也会去逛历史古迹。我到过梅花山，踩过音乐台，访过鸡鸣寺，走过明孝陵神道。梅花山下，我和朋友席地而坐，谈天论地，笑声不断。明孝陵神道边，倚神兽而拍照，留下精彩瞬间。总统府的门我没进过，尽管每次到秦淮区兼职的路上都会路过。

　　有人说，南京和西安一样，都是以坟墓而著称的城市。虽然陵墓可以让人走近古代历史，但我更青睐的是紫金山脚下的那片森林，尤其是那些遮住阳光的法国梧桐。一天，我鬼使神差地骑车从南大出发，穿过东大，走龙蟠路，过熊猫电器厂，经南京军区司令部，一路骑到中山陵的大门外。黄昏时分，我走走停停。返程时，我穿过太平门，经鼓楼回到南大。

　　古代、近代、现代、当代一个个时代扑面而来。

　　我想，这也许就是行走在历史中的感觉吧。

烟台忆

　　我给很多朋友讲起往事的时候，总会说起读本科四年的所在地烟台，很少提到南京。之所以怀念烟台，是因为我在那里结识了让我人生有改变的人；而在南京，我接触到更多的是物。

　　物是死的，给人描述，总是很难；人是活的，有很多和自己交往的故事，提起来可以娓娓道来。

　　和物交流，需要的是静思；和人交流，需要的是思考。

　　忆烟台，回忆更多的是人。

　　忆南京，回忆更多的是充满历史韵味的物。

　　在看到高考录取结果之前，"烟台"两个字从来只是出现在我学习过的地理课本里，没有进过我的意识里。我从来没有想到会在某一天到这个城市待上四年，而且是改变一生的四年，或者说是人生里最美好的四年。

　　在我曾经的潜意识里，读大学的目的地只有一个，那就是北京。

　　得知自己被烟台大学录取后的那个晚上，我找来一个笔记本，翻到最后一页的山东地图，用手指量量多远，怎么去。

　　家在鲁西南，它在鲁东北。

　　一个在内陆，一个在沿海。

　　一个贫穷，一个富裕。

　　菏泽到烟台没有直达火车，我需要先坐火车到济南，然后转火车。

　　从菏泽到济南的火车是清晨出发。

　　我和大姐夫先到他父亲当门卫的旧厂房里住了一晚，地点在菏泽南关。

　　从菏泽到济南四个多小时，硬座。由于是始发站，我们有座位。

　　我们在济南火车站等了九个多小时，晚上才登上去烟台的绿皮火车。

　　由于是开学季，我和大姐夫没有座位，站在拥挤不堪、各种味道扑鼻的车厢里。

　　大姐夫累了，想靠一个座位休息一下，被一个女孩的妈妈冷眼看了很久。

　　我把大姐夫叫了起来，不想被人看不起。

　　火车在黑夜中到了烟台站。但是，这样一个传说中美丽富饶和经济发达的城市，无论是建筑或者很多人向往的大海都没有给我留下美好的初次印象。

　　写到南京文化底蕴的时候，很多建筑袭上心头，而烟台留给我的都是一张张鲜活的面孔。

　　从军训的教官到有点"母夜叉"脾气的电脑教师，从用言语鼓励我的语音语调老师到被大海吞噬的听力老师，从让我帮着翻译材料给我体育及格的武术教师到穿得笔挺整齐的日语教师。

　　从改变我生命的苏珊到给我讲他秘密的大男孩外教 Bran，从漂亮的英格兰女孩 Catherine 到静如止水的爱尔兰的 Elery 女士，从像个小孩子的 Fran 到由小混混变成虔诚基督徒的香港出生的 Francis。

　　从烟台教堂的掌门人田牧师到蓬莱教堂的秦牧师，从唯一一个在教堂讲圣经的女牧师刘晓燕到从金陵神学院毕业的孔令一，从尹莉姐到戴着眼镜、平平淡淡的于雷牧师的夫人。

从我一直到宿舍去探访的 Simon 到被众多人认为智商低而遭到排斥的 Linda，从让我付出很多又让我伤心的 Tom 和 Roger 到熄灯后一起探讨学习的 Wang。

从被我暗恋并等了十年的 P 到喜欢我却被我骂得一塌糊涂的 S，从分分合合的 Z 到让我起了杀人念头的 Z。

从在海边小树林的聚会到在市区的聚会，从几个人的聚会到几十个人分几批的聚会，从周六下午的聚餐到聚餐后一起叽叽喳喳去教堂。

从几个人开始的英语角到举办英语角成立一百天的晚会，从张贴第一张海报、记下第一个人的名字和联系方式到与另外一所大学搞英语口语联合会。

从疯狂跑到天津去看一个给我人生哲理的人到跑去张家口为邻居好友参加一场"不合格"的考试。

从逛路边的夜市到海边一个人疯狂地对着大海狂吼乱叫、尽情跳舞，从三元湖边那个难忘的耻辱之夜到一个人去校门外的小吃街买炸鸡架。

从在草地上一个人叽里呱啦地念日语到站在三元湖边听 VOA，从周五的晚上去系里看一场英文电影到一个人在下雪的日子去三站批发市场买皮鞋。

从在宿舍里哭了一场之后被好友拉着到停车场去看露天电影到宿舍里挤满了人守着 14 寸电视机看瞿颖和胡兵演的言情剧。

从和美国来访的大学生一起交流到和韩国留学生谈论爱国和聚会，从爱哭的家教学生 Peter 到我觉得情商很低的 Zhang。

从发报纸到扫教室，从当外国来访大学生的向导到给澳大利亚商人做翻译，从教一个学生到教一个班。

……

烟台的风景只有海浪和教堂留在我的意识里。除此之外，全是一张张面孔在我脑海里闪过。

开心过，伤心过，冲动过，压抑过，寂寞过，喧嚣过，爱过，恨过。

这就是烟台忆。

梦

二姐打来电话说，几天来她一直梦到我被人威胁，几次拨打我电话又打不通。

言语中，我能感受到二姐对我的担心和关心。

很多时候，梦的景象与现实相反。但是，偶尔它又会与现实相同。

小狗乐乐被偷走后的那个晚上，我做了一晚上的梦，全是和它有关。我以为它会第二天早上在楼下的门外等我，可当我急匆匆跑下楼，走了很远的路都没有看到它的影子。

不想在博客里提到乐乐的"丢失"，因为不想去过多的回忆什么。回忆我一直以来对它的照顾？还是它带给我的快乐？不管回忆起什么，失去了之后，都是一种痛苦。

很庆幸的是，我给乐乐拍了许多照片。但是，自从它丢失后，我很少去看。它的玩具和吃的东西都在，只是没有了它。我呆呆地坐在电脑前，想着它活蹦乱跳可爱的样子。

F说，乐乐就是一个疯子。如果它真是一个疯子，那我就是一个傻子，因为只有傻子才会信任疯子。

如果不是我信任它，又怎么会让它在那么短的时间之内被人偷走呢？

那个晚上，我祈祷无论乐乐在哪里，都希望它把快乐也带给那一家人。

我第一次登录深圳"名犬网"，给几乎所有的卖狗人或者有狗需要被领养的人发信息，打电话。

除两个人外，所有的回复都是狗已被人领走。

考虑到我住的空间，我联系了一个叫"冰奶茶"的女孩。出于工作原因，她希望自己的狗被领养。

找乐乐时，我的脚扭伤了。那个晚上，下着大雨，我瘸着去买药。回来的时候突然觉得房子里空荡荡的，缺少了欢乐的气氛。

我瘸着脚，打个车跑到了白石洲，送给"冰奶茶"一个在网上提到的二百元红包，抱着一个和乐乐一样品种的博美跑了回来。

它原名叫勾勾，我给它改了名叫亮亮。

因为和乐乐是一个品种，所以亮亮的身上有很多乐乐的影子。它跳的样子、吃东西的样子、疯的样子，都和乐乐相似。

抱着亮亮去买馒头的时候，卖馒头的小男孩说我对狗真有感情。

在我的生活里，乐乐对我的重要性，就如一个朋友说的那样，不只是一个宠物。

曾经，和朋友生气之后，我在客厅里抚摸着乐乐的头，就如《画皮》里的王生看到佩蓉死了之后的样子。接到"威胁"电话后，只有乐乐陪着我度过了那个艰难时刻。

年少时，我很在乎别人对我的看法，极力维护着自己的"虚荣"。随着年龄渐大，很多东西已经慢慢淡化。我不再在乎别人对我指责多少，批评我曾经如何如何，一如既往地把我定格在往事里，让我永远有负罪感、内疚感，永远回想走过的路。

善意或者恶意的刺激，我都会看成一种动力。

有时候，我也想，如果换成别人经历一下我某段时间的生活，也许就会更理解我的一些极端心理或者行为的初衷。

我给学生讲某些人亲身经历的鬼故事，讲主人公的恐惧和胆战心惊的神情。

他们都摇头不信，说是骗人的。

确实，很多事就是这样。别人说，自己不信；让自己经历，又不愿意。

就这样，我们总是站在局外，半信半疑地用自己的感官判断着一切是是非非。

祝乐乐快乐！

理想与现实

把一行行字敲上，又把一个个字逐个删除。

脑子里一片混沌，或许是因为课程太多，或许是不想再去思考。为了不让自己的大脑失去思考，我总想写点什么。

师弟 Ken 说，没想到我会写那么多文字。其实，文字只是一种生活的记述。别人看不懂文字背后的内容，说它虚伪或者做作。但是，我一直相信，在某一天，这些文字会让我好好回忆曾经的生活。

F 给我看了几张我没有保留的照片。看到的时候，我差点叫了出来。看到那些照片，我想起了曾经有过的经历，想到了很多人曾经到我的住处参加过学习和聚会。

对于眼前拥有的，我们很少去珍惜；多少年之后，我们再去寻找的时候，已经没有了原来的痕迹。那个时候，我们也许会仰天长叹，也许会努力在脑海里搜索曾经的影子。但是，搜索到的尽是支离破碎的片段，或者一片虚无。

小时候，我拍过两张照片。一张是在读幼儿园时照的，地点在村小学办公室的一堵墙前面。我穿着开裆裤，拿着一束花，很是害羞的样子。一张是在读五年级时照的，地点在定陶四中照相馆，我在一张桥的布景前面站着，一只手抹着腰。

我可以大致描述出来当时的情景。但是，因为照片的缺失，文字的描述少了很多意义。

从来没有规定过要写什么东西，或者要写多少文字，就是这样漫无目的、漫无边际地写着随笔、小说、散文、歌词……其实，什么叫散文，什么叫随笔，什么是歌词，我从来没想过它们的定义是什么。

就如生活一样，我没有想过一定要去完成什么。尽管如此，我还是一步步走了过来。或许，很多事情正是如此。强迫的永远是不幸福的，只有顺其自然的也许才是最好的。

有个朋友问我翻译《关于耶稣的文章》这本书的意义何在。

也许没有什么意义，只有两个原因罢了。一是让我对《圣经》有所了解，二是这本书说耶稣只是一个普普通通的人，不是先知。按照现在的话讲，他只是一个"民运领袖"，不是一个神。

作者所写的与我所知的恰恰相反。正是因为相反，才让我有了翻译的兴趣。只是，我所感兴趣的，对于别人也许就是没意义的耗费精力的工作。

不为钱，不为出版，不为名，做这些事情有什么意义？这些时间可以用来逛街，去酒吧，去谈天说地，东拉西扯。

很多事情都是如此。

你所珍惜的，是他玩弄的；你所留恋的，是他忘却的；你所哭泣的，是他嘲笑的；你所挽留的，是他抛弃的；你所相信的，是他欺骗的。

就如我读研究生时翻译《风眼》一样。兼职之后，我坐在宿舍电脑前面敲一行行字，然后再一页页修改。最后再修改字体，求证疑难词汇的翻译。投入的功夫，我认为和写毕业论文不相上下。但是，毕业论文还能让我有个毕业证，翻译的数万字文稿只能静静躺在文档里，仅仅记录着我曾经就某一个词不止一次地斟酌过。

有时候，我也想，到底是为了啥？

另外一部译稿的命运更是凄凉。翻译了数万字，到现在都无法公开。或许，它会在那里继续躺下去，永远地躺下去，不见天日。

就这样，我按照自己的心性做着没有任何人要求我去做的事情。时间在这些时光里慢慢耗去，但是却没有很多人收获的那种成就感。

有一个朋友说我对自己的要求过于苛刻，因此总是活得那么累，不知道怎么去享受生活。

也许，他是对的。

我不知道别人是怎么生活的，或者我看到的生活只是表象。在工作之余，很多人是否会思考一下每天的生活，还是迫于生活压力而没有了思考的动力？

一个人很穷的时候，迫于生存压力，他不会去思考；一个人在功成名就的时候，也很少去思考，因为他觉得已经丰衣足食而没有必要再去愤世嫉俗。

我已经度过了"糊口"的阶段，还没有达到丰衣足食。

因此，居于二者中间，我只能时不时提醒自己不要忘记奋斗和思考。

表

表弟送给我一块 Titus 手表，说除了缺一块表之外，我好像不缺少什么。

表已经淡出我的生活有几个年头，因为我觉得有了手机之后不再需要表。因此，当打开盒子看到它的时候，我很吃惊。

不过，有段时间，我对表的印象极其深刻。

正如在《我与母亲》里写的，读初三之前，我家是没表的。上学读书和晚上睡觉全是凭感觉，或者看月亮所在的方位。因此，晚上学习的时候我总会不知不觉睡着，以至于闹出在凌晨爬起床就去上学的笑话。上课以铃声为标准，我从不知道还有几分钟上下课。

春天里的一天，洋槐花盛开的时节，我起床的时候，天已大亮。

朋友阿良的母亲在我家窗户边的织布机上织布。

我嘟囔着埋怨母亲为何不叫我起床，害得我要迟到。

只是，母亲也不知道是几点。北方的春天，早上天亮的时间并不固定。

初三之后，家里有了一块石英钟后，我对时间才有了直观认识。

高中三年里，我每个周六都回家，周日早上骑车返回县城上学。因为表在母亲看得见的地方，所以睡觉醒来，我不时看看窗外的天色，问母亲几点。母亲拉开灯告诉我："才三点，再睡会儿。""才五点，再睡会儿。"……

可是，我害怕迟到，睡不着，会一次次看天色亮了多少。

六点不到，父母起来把一些该拿的东西给我准备好，包括咸菜和馒头。有时候，父母会把咸菜炒好，放上辣椒。不拿咸菜的时候，住在县城的一位申姓女生会主动送我一些，让我吃饭的时候配着馒头和稀饭吃。

我自己拥有手表的时候，已经是大三了。

那时，我和患有抑郁症的 Tom 是好朋友。一天，他从家乡威海回到学校，送给了我一件衣服和一块手表。后来，随着误解一天天加深，我们慢慢成了陌路人，手表也被我放置在一边。我大四毕业时，他出国留学。我到烟台火车站为他送行，依依惜别。此时，那块手表已经不知所终了。

第二块手表是我读研究生时"雨百合"送我的。那时，她刚工作，我还在读书。我小心翼翼地用了很久。后来，不知何故，它自动停止了走动。今天，它还躺在抽屉里。"雨百合"也因为我的冷漠离我而去，有了自己的家庭和事业。

此后，手表就消失在了我的世界之外。曾经戴着手表的手腕上多了几个手链，再也没有戴过手表，直到这次打开表弟的礼物。

追逐

我一个人在案板上擀面条，父亲躺在床上。当我把面条切好的时候，父亲依然静躺在那里。

父亲最爱吃手工面条。我很久没有做过，已觉得有些生疏。

堂嫂说我比堂哥好多了，什么家务都会做。

我笑了笑。

我知道父亲的心情为何那么沉重。

我把菜切好、炒好，母亲回来说二姐在田间地头哭。

我扔下锅铲，骑车冲了出去。

天已黑了下来，大狗跟着我跑，一直到二姐哭泣的地方。

二姐一身土，坐在路边。

十五岁的外甥在路中间跪着。

二姐是个不幸的人。未出嫁前，在家辛苦劳作，受了不少苦。结婚后，姐夫在外打工，她自己在家拉扯儿子长大。看到她哭泣的样子和她那不争气的儿子，我出奇愤怒。我发了火，直走上前打了外甥几下。我恨铁不成钢，气他为何一直让他的母亲如此生气，为何让他去上学如此难。

知识不是万能的，但在某种程度上是可以改变命运的。和二姐的心情一样，我也希望他的命运可以被改变。可是，在饭店做临时工三个月之后主动提出要继续上学的他，现在又选择了再次辍学。

我讲了很多道理，他一直沉默不语。

我十五岁的时候，在读高二，在拼命地读书。

一辆车行驶过。

外甥执意往北走。我冲到玉米地里，又狠狠揍了他几下，问了他几句到底想怎样。

二姐在后面哭着，叫着他的名字。

父亲骑车追了过来，后面跟着大狗。

天完全黑了下来，玉米叶上已经有了露水。

我和二姐走在前。

外甥在后。

父亲跟着。

最后面是家里的大狗。它显得很开心，摇着尾巴。一会儿跑到沟里，一会儿又跳出来。

父母没有心情吃饭，我劝他们为了我也要吃饭，劝二姐不要再生气，劝外甥给自己的妈妈说点好话。我在各个场合用轻松和喜悦的心情说着话，心里却异常压抑。

五年后或十年后，只有小学毕业的他会后悔的。只是，谁也看不到那个时候，因为谁也不知道明天的命运是什么。

一个朋友说我的经历好像比同龄人多了几倍。

我没有解释什么。

其实，有些事情我又何尝想去经历。

只是，有时候，有的事情，我们注定会与它遇见。

一切渐渐平静下来，月亮又挂上了天空。

我唤上大狗，走在村后那条不知道走过多少次的路上，吹着口哨。

星星还是那颗星星
月亮还是那个月亮
山也还是那座山哟
梁也还是那道梁
……

将来

半年以来，终于在周日早晨不用起来赶场一样地去市里。下雨的天气里，我特别开心。

坐在两年没有光顾过的 KTV 里，感觉自己越来越脱离这个世界。歌曲的千变万化，点歌技术的更新换代，一切都让我有点无所适从。

每个包房里都异常吵闹，吵闹得让人可以暂时忘掉外面现实的世界。

其实，每个人都是暂时的开心或者躲避一下罢了。安静下来的时候，还是要为每天不知所终的生活而苦恼。

我是一个不太喜欢唱歌的人，虽然也写过不少"歌词"。我也会唱周杰伦的《菊花台》，但在众人面前，我始终放不开自己。就如一个朋友说的那样，内向的我就知道静静地坐着。

我抽了一根烟，呛得眼睛流泪。虽然有时候我觉得抽烟蛮酷的，但我和它此生无缘。

我一个劲地喝酒，听别人唱。有时候，我觉得特别好笑。每个人都说被感情伤透了心，不再谈什么感情，可在唱歌的时候大部分人又会选择情歌。

人，有时候就是这样奇怪！

很多日子的早晨，我睡眼蒙眬地爬起来，胡乱收拾一下去上班，在这个城市的东西方来回奔波。

每个人都在奔波。或者是为了房和车，或者是为了一份好的工作，或者是为了泛泛而谈的"future"。

哪里是我们的"将来"？我们的"将来"又在哪里？

每天过着早起晚归的生活，说着言不由衷的话，小心翼翼地算计着、防备着、奋斗着、寻找着，自以为开心地得到了什么。

然而，什么也没有得到。

"生活"或者"生命"就这样被"漫无目的"或"有目的"地消耗着。

站在华强北的天桥上，我望着像蜗牛爬行一样的车流。

我没有打伞。像个孩童一样，我开心地向两边远眺。

很多人说，这个城市只相信金钱。起初，我有所怀疑。经历多了之后才发现，人真的可以为了金钱而抛弃一切，包括亲情和爱情。人可以为了金钱而六亲不认，可以为了金钱而走火入魔，可以为了金钱而惶惶不可终日。

听到的每一个故事几乎都和金钱有关：被偷、被骗、被抢劫……

听得多了，我就变得麻木了。

在我看来，无论是有钱人还是没钱人，都在苦恼。

每个人的内心都有为某个人或某件事而触动的时刻。如果我们连此都失去或隐藏起来，不知道该说自己是锻炼到了"炉火纯青"还是"没有人性"的境界。

人在穿衣服遮掩自己的时候，盖住的只是肉体。肉体是我们看得见的，精神或者灵魂是无形的。然而，我们给精神或者灵魂掩盖的东西太多太多了。掩盖之后，我们却不能像回家脱掉衣服那样轻松地去掉这些用来掩盖的东西。

今年，深圳的雨水是近三年里最多的。我喜欢下雨的天气，从小就是这样。除了带来凉爽之外，它还会让我安静下来思考点什么。

靠近与疏远

把 Y 送出皇岗口岸，心里空了很多。虽然我表现得很开心，不像个老师，但内心是骗不了自己的。

我一向不喜欢送人，也不喜欢被人送。但对于 Y，我执意要去，说不清为了什么。但愿 Y 在香港机场和马来西亚不会遇到什么麻烦，毕竟粤语和英语都不熟练的人在香港或国外生活并不是那么容易的。

在深圳，F 送过我两次，每次都是赶时间。一次是去罗湖火车站，路上塞车。下车后，我俩一路小跑。一次是去机场，因为身份证忘记在家，到了机场后又原路返回。再次到机场的时候，距离登机时间只有十分钟了。

生活中，每个人都会经历送人或者被人送的场面，但只有特殊的送别才能让人记忆深刻。

写了《刺猬》之后，看到那么多人在下面留言，我的心情有一种难以述说的低落。不管是说我有神经病也好，有抑郁症也罢，或者是把我说得一钱不值也好，我都接受。这样，别人或许会稍微开心一些。毕竟，和一个"神经病"是没有必要用正常语言说话的，嬉笑怒骂就可以了。S 说，如果朋友之间没有矛盾，几个人在一起住还是蛮热闹的。看到别人的生活态度，我发现自己距离这种态度好远。

我不止一次跟 Y 说，我喜欢一种安静的生活。然而，在这个浮躁的城市里，安静是一种奢侈的追求。

我刻意不去想那些留言。过去的就让它过去吧，否则只会给自己带来不快。如同"十月寒水"说的那样，他还没有看过那么热闹的留言场面。我也没有看到过。留言也许说明我这个"刺猬"曾经伤的人太多了，不管是有意还是无意。

L 问我这个人是谁，那个人是谁。我说，除了我知道的两个人外，别的我一无所知。

过去的都过去了，我又能如何？我只想安安静静地开始新生活，不再用自己的"刺"去伤人。

　　一天，我给一个朋友发信息说，有的人，我始终忘记不了。他说，那是因为我太爱对方或者在乎对方，特别是自己第一次为之付出感情的人。我也清楚答案就是这个，可还是傻傻地去问，希望听到从他人嘴里说出来。那个时候，我正走在熙熙攘攘的大街上。外面喧嚣，我心里却与它距离遥远，不在一个维度。

　　我和Y说，无论如何，我都会努力考到我希望去读书的那个大学。逃避这个城市也好，为了别的原因也罢，我都会在某一天离开这个不属于我、让我伤心的城市。出国的梦想，我不想再去努力，但是读书的想法我不想放弃。因为，那是我能抓住的最后一根"稻草"。

　　曾经以为，我来到这个城市是为了靠近，结果却让我越来越远。

　　几年前，读书的时候，一个朋友发给我一篇短短的文字，名字叫《如果有下辈子》，我一直保存在计算机里。

　　如果有下辈子，记得不要和我相隔太远，因为我怕我们没有机会能碰见。

　　如果有下辈子，你还没能找到我之前，记得不要太早和别人结婚，要相信我们总会遇见。

　　如果下辈子我们能遇见，记得要让你先爱上我，那样的话你可以包容我所有的任性，包括好的和坏的。

　　如果下辈子是你先爱上我，记得要多点在乎我，要保护我，要时刻把我放在心里，就像这辈子我爱你那样的爱我。

　　如果下辈子我可以成为你最宠爱的人，记得对我要多说几句"我爱你"，因为是这辈子你欠下的。

　　如果有下辈子，记得不要再常骗我，坦白就是最好的解释，因为我还是会原谅你。

　　如果有下辈子，我还会为你做你喜欢的事，但你要记得称赞我，给我一个吻，就当是小小的奖励。

　　如果有下辈子，记得不要背着我和别人好，因为我不愿意和任何人分享你。

　　如果有下辈子，记得要和我多说点话，因为我怕被你冷落。

　　如果有下辈子，你要是冷落了我，记得要允许我向你发脾气。因为，我向你发脾气也只为了让你感觉我的存在。

　　如果有下辈子，记得答应过我的事就要做到，别像这辈子一样，把那么多的空承诺给我。

如果有下辈子，我们都要约好相互不再堕落，不要走向极端。

如果有下辈子，记得要在我不开心的时候陪陪我，因为我的心事只想告诉你。

如果有下辈子，记得不要再让我难过，其实我很容易就可以快乐，只因有你。

如果有下辈子，记得我说爱你的时候，相信我说的都是真心话。

如果到了下辈子我们还是不能爱到最后，记得临走前不要说太伤人的话，因为我还是不能负荷太多的伤害。

如果到了下辈子我们还是要分开，记得要和我约好再下一辈子继续爱我。

如果有下辈子……一定还要记得！

立冬

已经到了立冬的节气，这个城市却刚有秋的凉意。

凉风吹来，我感觉冷得刺骨，翻箱倒柜找外套。此时，我发现自己已慢慢被这个城市同化了，渐行忘却了冬天的寒冷，淡忘了年少时在北方经历过的严寒。

我是一个怕冷的人。天气稍微有点凉，我就会两脚冰凉。每逢回乡过春节的时候，我最怕的就是双脚怎么挨过去整个寒假。睡觉时，我蜷缩在被窝里。第二天醒来的时候，脚刚刚有点热意。

山东的冬天，尤其是农村的冬天，让人特别难熬。大多数的家庭没有暖气，没有空调，甚至没有炉子。因此，屋里屋外一个温度。寒冬腊月之时，屋外零下，屋里也基本如此。

屋内唯一暖和的地方就是被窝里，当然是在裹紧被子的情况下。但是，睡之前很多人都会在被窝里先穿衣坐上半个小时，让被窝有点暖意，不至于皮肤接触到冰凉被子的时候尖叫起来。

我小的时候，坚持让母亲搂着睡。如果母亲不答应，我就会站在地上，或者故意把被子掀开，直到浑身冻得冰凉。如此，母亲会心软，让我钻到她被窝里睡。

从初中开始，冬天的时候，我很少脱衣睡觉。一是一个人睡觉怕冷，二是脱衣服睡觉会让自己留恋被窝的温暖，因此懒惰而不想起床去学习。

那几年，我睡在东屋里。一半的空间用来堆粮食，一半是我的床和一块写字用的石板。我经常看到老鼠从梁上爬过，或者在用塑料布扎成的"天花板"上跑来跑去。窗户上没有玻璃，只用报纸糊了起来，到处是洞。风刮来，呼呼作响。

早上放学后，我和伙伴们三三两两走在一起。胡同里，老老少少都端着碗，蹲在街头或者自家门口吃饭。放眼望去，映入眼帘的是碗里升起的热气。

那时，我从没有想过穿衣睡觉是不卫生的，没有想过穿衣睡觉对身体不健康。

人在每个境地，有每个境地的活法。

生活可以追求完美，但是不要活得苛刻和挑剔。

六年中学岁月，我一直穿衣睡觉。大学七年里，我有时候也会如此。工作之后，这个习惯也没有改掉。

从最初的御寒和节省时间，演变成了现在自觉不自觉的习惯。

好乎？坏乎？只要适合自己，就没有好坏之分吧。

在老家，也有御寒的东西。一开始是火盆，后来是加满热水的挂完盐水之后的药瓶，再后来是电暖器和空调。

火盆早已经退出了人们的生活，很难再寻见。在我外甥小的时候，我见过他奶奶如何用火盆为他暖床。把棉花秆或者玉米芯烧透，弄碎，放在火盆里，放床上，盖上一个柳条编的筐，再盖上被子。半个小时后，或者上床睡觉之前，把火盆拿去，褥子就是热的。把小孩子放在暖和的褥子上时，他们都会笑出声，觉得很暖和。

用火盆暖床，对很多孩子而言，是一件值得期待的事。

生活就应该多彩一些，否则就如一张白纸。

不止一个人说过我的生活像是一本书。其实，每个人的生活都是一本书，一本还没有写上结尾的书。每个人都是自己的书的作者，可以让它成为喜剧或者悲剧，平淡或者多彩。

等我们年老有时间写跋的时候，回过头看哪个十年或者五年让自己印象最为深刻。那应该是一件很有意义并让人感觉幸福的事。

车

表姐家到我的住地距离八公里。

在城市里，这算不上远。但对于我这样一个练车新手来讲，却是一段如表姐夫说的"小长途"。

因为这是我长这么大以来第一次开机动车走夜路，而且是走完八公里的路程。

表姐坐在副驾位置，小狗亮亮和豆豆在车厢里打闹着。我手里握着方向盘，偶尔看一下窗外风景。

在表姐的"指导"之下，车安全地停在楼下。

我兴奋地从车上下来，犹如完成了一项艰巨任务。

表姐夸奖着我的"顺利"，不过她心里应该比我紧张。

或许，对很多人来讲，开车是再简单不过的事。但是，于我这样一个动手能力差的人，它却是一个挑战，或者说是一个"飞跃"。

我在很小的时候就学会了骑自行车，到今天技术都很熟练。当然，学习骑车的时候也会连人带车翻倒在老家村后的大沟里。

高中一入学，我的自行车就被偷走了。父亲到学校去看我，我却因为没有看顾好车而哭泣。

高中三年，大约算来，一年四十五个周在校，三年一百三十五个周。每个周末，在学校和家之间，我都会骑车三十里来回。三年下来，走了约四千零五十公里。彼时，在班里，我成了"回家专业户"。每到周末，不管学校放假与否，我都会骑车回家，尽管只是在家睡一晚上。周六下午六点多到家，周日清晨五点多起床上路。

在路上，我一边骑车一边耍酷。我把两只手伸开，不握车把，拥抱天空，大声唱歌，追赶要落山的太阳或拥抱要升起的太阳。

若是没有自行车，我的高中生活会失去很多色彩。

在烟台读书之时，一个朋友要去外地读书。走之前，他把自行车送给了我。有一天，我突发奇想，决意骑车到烟台市区的教堂。到市内的路高低不平，其中有一个四十度左右的大坡。我费力上去之后，下坡的时候才发觉刹车根本不能在如此陡峭的坡上起作用。我用脚在水泥地上摩擦着，直到有惊无险地停了下来。

彼时，我出了一身冷汗。

在南京读书时，第一辆自行车是家教学生家长提供的。

每天晚上，我都会骑车赶到三牌楼，教那个聪明但又不爱学习的小孩子，挣每个小时八元的家教费。

第二辆自行车是一位王姓朋友借给我的变速车，也是陪我最长时间的一辆。一天，我又突发奇想，骑车到秦淮区给一个学生做家教。没有想到的是，他家距离我就读的南京大学非常远。到达后，我发誓再也不会骑车去那么远的地方兼职。那个小孩，我教了一个下午，愣是没有念准"morning"和"afternoon"，因为他 l 和 n 不分。

陪我的第三辆自行车是好友 David 去美国读书之前送给我的。那时，因为电脑问题，我经常骑车跑到他的实验室找他聊天，求教问题。三年的读研生活里，David 算是我比较要好的一个朋友，一个和我交流比较多的朋友。

我骑车去中山陵、梅花山、明孝陵、夫子庙、中华门、太平门，到南京旅游学校兼职。

没有自行车的陪伴，我也不会走那么多南京的大街小巷，不会对南京如此熟悉。

山西路、湖南路、中山路、云南路、福建路、汉口路、广州路、珠江路、太平南路……我不知道在这些路上来回骑车走了多少次。骑车时，惬意于南京的法国梧桐，也烦躁于南京的炎热。

来到深圳，由于没有自行车道，自行车就渐渐退出了我的生活。偶尔骑一次，也只是生活之中的点缀罢了。

选择

雨下了一个晚上，家里停电。

清晨，天昏暗得厉害。父亲穿着雨衣，开着三轮车，我撑着伞。母亲没有像往常一样把我送到村后的那条路上，只是站在家门口目送我远去。

回家的路很短，离家的路却觉得是那么漫长。

汽车站。

姐姐把买好的水和早饭递给我。此时，我觉得纵使和姐姐之间有再深的隔阂，姐弟之间的亲情依然是任何东西也阻断不了的。

抬头时，我看到姐姐发黄的脸上皱纹深深。我把两年前给姐姐拍的照片给她看，说她在两年里老了很多。

其实，她比我更清楚。

大巴上，坐在我前面的是一个非常精神而且可以称之为帅哥的男生。一路上，他悄无声息。到站后，当他给同行的伙伴用手语比画时，我才知道他是一个聋哑人。

郑州，一个我每次都是匆匆而过的城市，依旧让我觉得冷漠。

天空刮着风，突然之间进入了深秋。

我坐在一辆残疾人开的三轮车上，车颠簸得厉害，杯中的可乐洒了出来。

我在街上寻找《南方周末》，因为我已经收藏数年。只是，在陌生的城市里，我分不清东南西北。

虽然来去匆匆，我依然可以看到这座城市日新月异的变化。高楼一片片拔地而起，高架桥一次次增多。虽然牺牲了很多人的利益，让很多"过去"被推倒而化为了乌有，让很多人没有了根，但也让这个城市在外观上漂亮了不少。

机场里，学生 S 一直给我打电话，我没有接。前一天，他说正好要送朋友到机场，可以在机场等着接我。我婉言拒绝了，没把我的出发地和航班时间告诉他。

站在候机大厅里，我依然没有接电话。我不想骗他，也不想说具体时间。后来，他给我发信息说他在深圳机场等了一下午。从 N 地过来的最后一班飞机都没有了，我还是没有出现。

看到这个信息，我愣住了。

他以为我从 N 地过来。

我连发了几条信息，劝他回去。我非常感谢他的好意，但还是批评了他。他这样做，让我不知所措。

他是一个很有思想的学生。每次《中国历史》选修课后，他都会发表一下自己的观点。也许他和我在某些观点上一致，所以总是想找个机会和我好好交流一下关于道家、儒家和历史方面的观点。他说要"对酒邀明月"，彻夜畅谈。

只是，我一再推却。他曾邀请我去看《南京》这部电影。最后，我还是没有赴约。

我也不知道该用什么理由来解释这种行为。曾经，不止一次，我给 F 说过，对于别人的好意或者邀请，我总是临阵脱逃。一边有力量促使我去，一边有力量拉着我不去。最后，后者总是战胜前者。

还好，对于 F 的邀请，我不记得有哪次拒绝或者推脱过。但是，赴约之后，我总会说"我本来不想……"其实，那是我最真实的想法。然而，后来这都成了 F 讽刺我的借口。

我心里的挣扎，F 是无法体会到的。

我给 S 说，如果他不回去，我以后都不敢再与他交流什么了。我不想亏欠别人太多，也不想伤害别人的好意。所以，很多时候，我选择沉默。

一个人走下飞机，热气扑面而来。我回到了深圳，一座让我心情复杂的城市。

生活

每次踏上地铁或公交车的时候，我都会看看周围的人，看看他们和我一样的黑眼圈，还有那睡眼蒙眬、一脸疲惫的神态。

每次走过华强北的时候，耳边充斥着"发票"的叫卖声。我留意着行色匆匆、提着大包小包、拖着货物的人群。

而我，也是别人眼里行色匆匆的众人之一。

到这座城市近五年的时候，有一个朋友问我喜不喜欢这个城市。

我说，谈不上喜欢，也谈不上讨厌。如果说前两年对这个城市充斥着排斥的话，现在只能说是适应了这个城市的生活，严格说是适应了它的生活节奏，包括走路的节奏，吃饭的节奏，睡觉的节奏，工作的节奏……

那个朋友和我说起了北京和上海，说起了那里的文化，那里的生活。

这两个城市，我去过不止一次。那里的文化气氛比这座城市浓厚，人比这个城市的人更有人情味。然而，很多时候，我都觉得那一切好像与渺小的自己都扯不上关系。路再宽广，自己所走的也就那么一条线；楼再壮观，自己能进去的也没有几栋。

我反问朋友，在北京，如果我连生活都成问题的话，还谈什么理想和追求，如何去一次次大批量买书，如何能挤出时间去做一点自己喜欢的事情，写点自己的回忆，整理一点自己的生活故事，发表一些自己的"愤青观点"。

朋友无语。

我很理想化，也很现实化。

　

每次暂时离开这个城市的时候，我都会努力去想这个城市给我留下了什么，或者说是留下了什么样的回忆。

除了气候、绿化，我实在找不到还有什么残存在大脑里。

这座城市是在我生活经历中住得最久的一座城市。但是，除了忙碌，伤心和买醉，回忆起来，更多的却是一片空白。

一个人去泡吧，一个人用叛逆来挑战潜规则，用单纯的想法去对待人和事。但是，生活教会我的却远远超出我的所想。

我心里憎恨过这座城市。但是，至少从三年前，我应该感谢这座城市，感谢它给我的机会，让我繁忙的机会。

　

三年前的春天，我从火车站的香格里拉酒店出发，走过建设路、和平路，拐上深南大道。我小心翼翼地走进每一个大门，极力推销自己。那个午后，趁着别人午饭的时候，我把自己的小卡片像做贼一样塞给那些用狐疑眼光看着我的人。

从上午十点走到下午五点，走到华强北时，我精疲力竭。

没有那七个小时，也就没有我现在的忙碌，我就不会认识 Vincent 和 Mary，不会走进华联大厦，不会有后来的是是非非。

那是我工作之后第一次推销自己。我坚信，机会永远向不怕丢脸、坚持不懈的人敞开大门。

F 看到我制作的小卡片时，觉得我不可思议。他理解我是怎么一步步走到今天的，理解我付出了多少，但是不理解我为何会在生活稳定的情况下依然不遗余力地去推销自己。

和 F 聊天的时候，我不止一次地说我无路可退，说没有让我可以躲避的港湾。我只能一个人努力去拼搏，不能失败。因为，我的失败，意味着很多人会跟着我受苦。自己再苦再累，我都不希望父母回到从前的生活。

如果非要说有什么信念支持着我让我每天忙碌的话，应该就是这些了。

　

有的人可以不去工作，有的人可以随时工作，而我不只要工作，还要努力工作，因为我无路可退。

费尽了千辛万苦，在上帝的垂青之下，在众人的帮助之下，我从贫穷中走了出来，努力地改善着自己和家人的生活。我不想，也不愿意再独自用肩膀扛起一个新家庭的生活。

我问表姐，这是不是说明我太自私。

表姐说不是，说她自己也是从一个小农村走出来，几番辛苦和努力之后才有了现在的生活，非常理解我的想法。

我曾经很羡慕不用辛苦却生活自如的人，现在倒是没有了那种想法。有的人尽管名牌满身，但生活不一定精彩。因为他们失去了体会人生的很多机会，失去了生活中的真实和色彩。或许，在他们眼里，鲜花、咖啡、浪漫才是生活的催化剂和必需品。然而，对于我来说，现实的无奈才是生活的真相。

聚

我和阿帆到了他家附近的乌江鱼馆吃饭。

四年多前认识阿帆，一年半前他来到深圳。

这是我第一次到他住的附近吃饭，也是第二次到他那里找他聊天。

我的借口是他投资黄金之类的产品赚了钱，应该请我吃饭。其实，我就是想找一个人陪我喝杯酒。

阿帆是我在深圳唯一的死党，我们一起泡过酒吧，一起看过电影，一起醉过。他在电话里给我诉说他感情之事的时候流过泪，我也曾为了一件事情的意见与他不同而和他争得面红耳赤，一度恩断义绝。但是，再怎样"绝"，好像都没有阻断我们之间的友谊，反而让彼此更了解对方。

周末，我要外出一天之时，会把他叫来帮我照顾一下小狗乐乐或亮亮。

丢了钥匙数次后，我配了一把钥匙专门放在他那里，以防万一。几次风风火火跑到他办公室楼下拿钥匙的时候，我的心里对他总是充满感激之情。

同样是一个人在深圳"混"，他一次次跑来帮忙，而我却很少去关心他生活的冷暖。

忙碌了一天，回到家喂了小狗亮亮后，我又坐车跑到宝安去看房。售楼人员给我讲着投资什么户型比较合适，哪个位置比较好，而我却对此不关心，只是看着样板房里美轮美奂的装修。

最终，我决定买。

为了什么？

也许就是为了给自己的忙碌寻找一点成就感。

售楼人员一再说不一定保证有房。只是，这样的烟幕弹，我看多了。

真真假假，在每个角落。

那天晚上，在大剧院看张艾嘉主演的话剧。最后时刻，看到张艾嘉哭的时候，我也有点戚戚然。

第一次看张艾嘉的演出，我就深深被她的演技折服。举手投足之间，她把人物角色表现得如此淋漓尽致。我感觉她就是生活在现实之中，而不是站在舞台之上。

在话剧里，一个女人靠着老板升到经理职位，又玩弄手下两个男人。最后，两个男人自杀，自己又回归到孤零零一个人的生活。情节有些离奇，甚至有些夸张。但是，现实中，有的故事比这更匪夷所思。

到公司上班一直是我的梦想。看完话剧之后，我觉得不到公司上班是我的庆幸。照话剧演的那样，在人际关系那么复杂的环境下，我也许会生活得比现在还狼狈，还压抑，还叛逆。

坐在我旁边的是一个年轻的女孩子，说她来就是专门看帅哥郑元畅的。

果然，郑元畅出来谢幕的时候，她兴奋得跳了起来，手舞足蹈。如果不是二楼还有栏杆的话，她差不多会跳下去，并期望着砸在郑元畅身上。

和阿帆一共喝了四瓶啤酒，我自己喝了其中的三瓶。

我的胃难受，跑到他房间的洗手间待了很久。

阿帆一如既往地打着他喜欢的游戏。我躺在他的床上，闭着眼睛，很想吃两片药，但他那里没有。

他把我送到楼下，我打车回家。

异类

马路死了，死在了心爱的女人面前，把自己的心脏和所钟爱的犀牛图拉的心脏留给了她。

一个异类就这样为了自己所信仰的爱情死去，死在了众人不理解的眼光里。

"你爱她，她不爱你；她爱你，你不爱她；两个人相爱，结果是分手。"

《恋爱的犀牛》是一部打动我的话剧。看到马路追逐在墙上被光打出的他心爱但又不属于他的女人影子的时候，泪水湿润了我的眼睛。

女人在前，马路在后，却始终追不到。

马路在前，女人在后，却始终若即若离。

此时此刻，我想到了她、他、她……一幕幕场景如同打在墙上的幻灯片一样闪过。

咔嚓，咔嚓……我忘记了空调的温度。

一个出身低微的男人喜欢上了一个不该喜欢的女人，而那个女人又深深爱着早已经抛弃了自己的男人。

故事简单而又复杂。只是，很多人并没有像马路那样为了自己信仰的爱情等下去，而是让自己委曲求全，得过且过地加入了大众的行列。

可是，他该等下去吗？

她从来没有给他希望，除了在那个伤心的晚上和他有了亲密接触外。她把那看作是一场发泄，他却把那奉为至高无上的荣耀。

偏差由此而生，悲剧由此开始。

按照我的思维，马路也许会放纵，会酗酒，会堕落。可是，他没有，即使获得了五百万大奖之后也没有。

他抛弃了钱财，抛弃了朋友，抛弃了世人所认为正常的东西，去歇斯底里地追求自己理解的至高无上的爱情。

最后，他在爱情里被吞噬。

随之消失的是他的思想，他的理念，他的一切的一切……

而那个女人，依然生活在对那个男人的意淫之中，没有丝毫的负疚感。

马路这样一个异类，做的是对的吗？

是对的！

可结果又是什么？是自己死去。

这就是他做异类的代价。

马路让我想到了《秋日传奇》里的 Tristan。

这部电影我看了至少十五遍，到了会背台词的程度。

只是，电影里等待的换成了两个女人。一个等了五年左右，在"Forever is too long"的台词中另嫁他人，最后在痛苦中自杀。一个等了八年之久，和自己心爱的男人结婚不久之后死于意外。

没有等到最后的人死了，等到最后的人也死了。

Tristan 是一个异类，害死了心爱自己的两个女人。

马路是一个异类，害死的是自己。

如果《恋爱的犀牛》结尾是喜剧，马路和那个女人结婚了，又会怎样？马路也许还是会死去，死在别人的影子里。

那个时候，马路也许是幸福着死去，因为他有过短暂的得到。

每一次给学生看《秋日传奇》，我都鼓励他们做一个"special person"。

他们或许可以有志成为一个"special person"，可是他们承受得了这条路上的代价吗？

一个男生，我曾经认为他很开朗，现在却独来独往。

我找到他的班主任，想了解一下他为何变得如此颓废。

班主任说，那个男生当副班长的时候，因为坚持原则而影响了一部分人评奖学金，从此班里同学都开始孤立他。

坚持原则错了吗？没有。可是，他现在承受的是什么？一个人被隔绝于大众，成了一个名副其实的异类。

有几次，我都想找他谈谈，问问他现在的心理，想知道他现在对人生是何看法。如果再有一次机会，他是否还会坚持原则。

我又没那个勇气，害怕他会因此而更加小心地把自己保护起来。

异类的生活会精彩很多，可是需要付出的代价更大。

你承受得了吗？

变迁

十二年前（二〇〇九年写文章时算起），刚上大学的那一年国庆，我回了老家，尽管刚刚离开家四个星期。

千里之外的家萦绕在我的心头，让我日思夜想。军训的时候，大家站在操场上，我一直望着西南方的天空，想象着父母在家的模样。

当时，在老乡中，回家的只有我自己。我买了一张汽车票，中午十二点出发，第二天早上十点才到家。当时是秋收时节，我在家只住了四天。我偶尔站在地头看着黄昏时候的炊烟升起，看着忙碌不停的人，有一种莫名的满足感。

十二年后，工作后的第六个国庆，我再次踏上回家的路。

这次，我买的是特快火车票。下午两点半出发，第二天十点多到家。

当火车越来越靠近家乡的时候，我心里有一种说不出的感触。沿路景象，我既熟悉又陌生。熟悉，因为它早已刻在我记忆的深处；陌生，因为它距离我的现实生活太遥远。

到家后，我陪母亲去村医务室输液。邻村一个七十多岁的老太太也在输液，母亲和她聊起了家常。她养了四个儿子，却没有一个过问她的病情，甚至希望她早点死掉。四个儿子有家有院，她却只能在村外搭一间房当作栖身之所。按约定，每个儿子一个月给她五块钱生活费，但就连这一点钱都没有得到兑现。

对于老太太，我只是一个陌生人。她说起自己的遭遇时，用的是轻松诙谐的语气，偶尔还会笑。也许，她已经接受了现实，也许她别无选择。

她说有一段时间一直想买点老鼠药吃了，死了算了，可后来又想通了，觉得活着一天就要高兴一天。她说四十年前三年灾害时候的苦日子都熬过来了，现在又为何去死呢？

临别时，我才发现她有一只手是残疾的。

她的乐观精神让我很震撼。

站在地头，我问堂嫂现在播种小麦还有没有用人力来拉的。在我印象里，播种小麦往往要一个人在后面扶着播种的篓，前面几个人拉，然后再一点点踩好。

堂嫂笑话我老土，说那是十年前的事情了，现在都是机械化耕地、打玉米、播种、收割……

我笑着说，在秋收的时候，我最讨厌的事就是用地排车往地里拉粪坑里的有机肥。到了地里，还要一堆堆卸好，耕地的时候撒好弄均匀。每次，我在后面用铁锨推着地排车的时候，总是低着头，闭着眼。我希望睁开眼的时候，已经走到了地头。

堂嫂又笑了，说有机肥现在用来生产沼气都不够用。如今，没有人家耕地用有机肥了，都改成了合成化肥。

中秋节晚上，一切平静之后，我一个人坐在院子里，聆听着草丛里虫儿的叫声，还有偶尔传来的狗吠声。

都市里的自己，天天奔波忙碌；停下来的时候，才发现生活如此惬意。生活没有变，变的是我。

没有了星巴克的咖啡味，更多的是青草味；没有了汽车轰鸣声，更多的是鸡鸣狗吠声；没有了霓虹灯的闪烁，更多的是皎洁的月光。

梦想

跑到中心书城买了《十月的天空》影碟，准备把它当作英语视听说课的材料。

我读大四的时候，外教苏珊在 Video 课上放过这部电影。

被众人认为命中注定当挖煤工人的学生 Homer，在一次次失败中实现了看似永远不能实现的青春梦想。

他梦想的实现源自他对命运的不服输，源自他对梦想坚持不懈的追求，源自影响他一生的恩师 Reliey 的鼓励。

每个人都有自己的梦想。

每个人，尤其是感觉命运不公的人，都或多或少抱怨过为何自己是那个不幸运的人。

然而，并不是每个人都能像 Homer 那样坚持不懈地去追求实现自己的梦想，去改变自己的命运。

父亲阻止他，哥哥嘲笑他，同学讽刺他，可是恩师 Reliey 却鼓励他。

"You don't have to prove anything to anybody."

"You can't listen to what anybody else says. You just listen inside."

我不是男主人公，也没有他那么大的梦想，但是我却有如 Reliey 一样的恩师苏珊。

没有她一次次的"You are special"和"You just listen to your heart"，如今的我不知在世界的哪个角落游荡。或许，早已淹没在众多的流言蜚语里，颓废于众人的嘲笑之中，抑或早已离开了这个让我体会到众多人生味道的世界。

Reliey 得了癌症。

苏珊也是。

男主人公实现了自己的梦想，我也走出了我一直想摆脱的环境，走出了面朝黄土背朝天的日复一日的农作生活。

没有经历过那样生活的人是无法体会到我当时走出去的渴望的，无法读懂我去捡垃圾赚钱，无法读懂我着魔一样地去读书。

一切的辛苦付出都是因为我不要再过像父亲一样的生活，不想再像父亲那样一辈子活得窝囊，不想再一辈子生活在众人审视的目光之下，不想再为了吃不上白面馒头而流泪。

父亲也许服从了那种生活状态，把那当成了命运，可是我没有，也不会。

我不知道自己从什么时候开始有了走出去的想法，或是源自邻居那句讽刺我的话，或是童年伙伴在我面前炫耀的那双高筒皮靴，或是为了吃白面馒头而挨的那一巴掌，或是为了制作卖钱的粉皮而一次次要我从压水井压出的一缸缸水，或是因为我站在地排车后面撅着屁股推那一车车猪粪的味道，或是因为我站在玉米地里时身上一道道红红的伤口，或是因为站在我家门口看我家笑话的邻居，或是因为我复读五年级那年的耻辱感，或是因为我和伙伴一次次骑车去打猪草时候的疲惫……

没有经历过伤心的人，不知道何为开心。

没有经历过贫穷的人，不知道何为富足。

没有经历过耻辱的人，不知道何为自尊。

读大学之前的一切好像都在准备着我和苏珊的相遇，准备着让我迎接人生中的变数，尽管我的生活中总是遇到对我有影响的人。

高一单独找我并建议我报文科的化学老师。

高二到高三一直对我照顾有加的几何老师。她一次次给我讲题，让我去办公室取暖，给我买毛衣裤，给我各种参考资料，在各种场合表扬我，让我一次次去她家吃饭改善生活。那时，我每次都会害羞地躲在她家耳房里，不去和她的亲戚朋友打招呼。高考之时，我住在她家。她没有因为我出身贫穷而冷落我，反而一次次给我信心和勇气，让我知道自己应该更加努力来回报她对我的辛苦付出。

十几年之后，那些场景依然历历在目。

二〇〇一年元宵节，苏珊去了我家。

当时，烟台没有到菏泽的直达火车。她从烟台坐火车到青岛，我去了千里之外的青岛接她。

她在我家住了两晚，睡在堆满杂物、跑着老鼠的东屋里。天气虽然冷，但是我家没有暖气，只给她点了一个炉子。

临走的时候，我去送她。在颠簸的三轮车上，她说，"I think my visit will make your parents proud of you, and will give you confidence."

我明白她的意思。因为，她是到现在为止唯一去过我家村庄的外国人，更是唯一去学生家看望学生父母的外国老师。

泪水

很多次，拖着疲惫的身体坐在公交车里的时候，我也会问自己，为何要让自己那么累。把日程安排得那么满，连逛街都成了一件奢侈的事情。当再次拒绝朋友或者梅君见面之约的时候，我也会问自己，为何要把那么多时间留给工作，给他人留下难以接近的印象，连见面或者一起就餐都成了奢侈的事情。

我很想解释，可又不想说什么。因为，解释只会让人觉得我更不重视对方。

父亲胃病复发的消息是四姐偷偷告诉我的。离开家的这十几年里，家里任何最坏的消息都是最后一个让我知道，就如九年前母亲不省人事住院和四年前父亲动手术的消息一样。

而我，和父母的心情一样，总是希望他们知道我的生活很轻松，不会告诉他们我像一头牛一样来来往往奔波在这个城市的两端。

坐在万象城外面的阶梯上，我给父母打了三十分钟电话，责怪父亲为何还要下地干活，为何还要在大热天去给别人盖房，挣那一天五十块的工资。

电话里听到的只是声音，看不到父亲的面容。突然之间，我的泪水涌了出来。

我找了万象城的药店，可是一家家都关了门。即使不关门，即使我能买到，即使我能邮寄出去，也不能像电视剧里演的那样药到病除。

那个晚上，我一夜未睡。

我给表姐发了一条信息，说这么多年以来我一直关心的是母亲的身体健康，忽略了父亲。尽管我也一直试图做得更好，还是觉得亏欠父亲太多。

第二天，我到药店买了稍微好一点的保健品，用快递邮寄回了家。

我所能做的也只有这些。

接下来几个晚上，又是失眠。在那不久前的一个晚上，我梦见父母突然同时离开了我。

我给梅君说，我这么累和这么拼命的最简单原因就是我不想让父母在生病的时候住不起院，吃不起药，不想眼睁睁地看着父母因为金钱而得不到良好的救治条件。父母是地地道道的农村百姓，没有医疗保障，没有津贴，没有报销，没有很多的储蓄，我不想让他们在晚年因为金钱而担忧。

这就是我如此忙碌、如此辛苦、如此充实的最大动力。

没有经历过贫穷的人是不知道贫穷意味着什么的。在我这样的处境之下，只要是一个上进的人，都会像我这样去生活。

我不期望别人能理解我多少。他们可以责怪我不会花前月下，责怪我不解风情，责怪我冷酷要命，责怪我不重视对方。

在我眼里，所有的浪漫最后都会归为现实。

一个人可以小资、购物、喝咖啡、听音乐、泡吧、喝酒、看演出、打扮、发嗲……只是，在关上房门的时候，一切都会回归到生活的现实中来。

我也会泡吧，也会喝酒，也会听音乐，也会谈时尚，也会购物，也会打扮自己。但是，我知道我生活的原点在何处，根在何方。

很多时候，我们太乐于享受，忽略了享受的前提是什么，忽略了去奋斗。

没有奋斗经历的人，把一切都看得想当然。某一天，突然失去依靠的时候，自己又能否再创造一片属于自己的天空，能否再毫无节制地去"消耗"，能否再过着"空洞无物"的生活，能否再把"party"当常态，把"奢侈"当"主流"？

当人习惯了寄生后，他们会把寄生看成自己无法逃避的环境。只是，他们忘了自己也有选择的权利，忘了自己可以选择奋斗而不是寄生。

执意

楼下的邮局代办处营业时间到晚上十一点。

我隔着铝合金窗口，填好表，把二百块递过去。

办理业务的那个男生已经认识我了—— 一个每个月初都会在某个晚上临近关门的时候去汇钱的男人。

钱是邮寄给母亲的,汇到大姐名下。为了方便,也是为了不让母亲再把我给她的钱都存下来而不舍得花。

母亲爱吃鸡翅。我给大姐说,每个月二百块是专门给母亲买鸡翅用的,并开玩笑说是"鸡翅专款",不得挪用。

由于家庭贫穷和身体羸弱,母亲受过不少委屈,生活上的和精神上的都有。每次回到老家,我都会隔三岔五到超市买回大包小包的东西,希望母亲能够在有生之年多享福一点。

老家的集市每十天三次,逢一、四、八成集。我给大姐建议,每次赶集给母亲买什么吃的,不需要征求母亲的同意。因为,只要问她意见,得到的回答肯定是什么都不需要。

我每天重复着工作,午休的半个小时里都会醒来几次。

每次下了公交车,走出站台,我都会长吁一口气。我望着天空,感叹又走完了一天的路程,希望忘掉那些让我"恶心"的单词,忘掉那些懵懂但是又不在乎的眼神,忘掉那些形形色色的人,忘掉那些讲了一遍又一遍的语法。

几乎每个晚上,我都会到楼后城中村的一家小卖店给小狗亮亮买俩鸡腿。后来,老板娘一看到我去,马上给我准备好两个鸡腿,还不时问我为何每天下班那么晚。

好奇?拉关系?真正的关心?

我也不知道。

几乎每个晚上,我都会拎着买的东西,走过黑暗的巷子,到名字叫"巴蜀轩"的饭馆吃饭。从老板娘,到厨师,到服务员,都认识我这个养着狗的男人,知道我坐在那里会叫什么小菜,会叫什么啤酒,会叫什么主菜。

也许,她们也好奇这个男人为何每次都要在十点半之后来吃饭。

一个歌手弹着吉他,从容地唱着一首又一首歌曲。我喝着"青啤",不是为了酗酒,不是为了买醉,也不是为了摆酷。就如喜欢抽烟的人一样,若只是在那里闷着头吃饭,我总觉得少了一点什么。

突然之间,我想到了远在烟台的四姐,想到了她缺钙的女儿,想到了邻居说她现在的样子犹如一个四十多岁的妇女,想到了她一家四口寄人篱下的窘态。

有的人总是看到生活中的阳光,而我的世界里好像总被乌云遮住天空。

"十月寒水"说我是一个很好的聆听者。或许吧，那是苏珊留给我的印象，或者是我从她那里学来的。

苏珊之后，我很少再找到一个聆听者。如今的我，已经渐渐习惯把歪酷博客当成自己的聆听者，聆听我的喜怒哀乐。

说给人听的话会随风而去，而在这里敲击的尽可能真实的文字却在许多年之后让我有所回忆。

荣美从南京过来见我，这是我毕业四年后第一次与他谋面。四年前，他还是一个学生。四年后，他成了一个职业"牧羊人"。

我有很多话想和他讲，又不知从何提起。

如果我听从了烟台牧师让我去读金陵神学院的建议，今天也许会和荣美一样，脸上写满了平安与喜乐。

可是，我没有选择，反而渐行渐远。有时候，我希望自己就如圣经上浪子回头故事里的浪子一样，也有回头的那一天。

上帝说，凡劳苦负重担的人都可以到他那里，他必卸去我们的重担。

而我，执意要自己去背。

开支

姐姐说我现在花钱大手大脚，和读书的时候完全不一样。

我没有否认。

在这样一个高消费并且什么都用钱来衡量的地方，姐姐不理解我为何会支出如此"大方"也很正常。

每个月都在忙碌，挣着一份份收入，但是那一份份收入又会从自己手里流出去。在上课的时候，我曾问过一些参加工作的人有没有"月光族"，肯定答复的很多。对于我而言，尽管有时候可以说是挥霍，但"月光"却是我不可以接受的。

我害怕欠债，也害怕"月光"。

又到月底，清闲的时候，我计算了一下一个月的花费。工作三年来，这是我第一次粗略估算自己的花费。

买书费：300 元

床垫费：430 元

鞋子费：289 元

交通费：600 元

邮寄资料费：410 元

酒吧消费：165 元

电话费：200 元

网络费：138 元

有线电视费：68 元

水电费：360 元

房租费：500 元

餐饮费：1200 元

银行贷款：3400 元

合计费用：8060 元

这个数应该算是正常的开支，尽管每月的明目会有所变化。

我不想说我"穷"，毕竟我消费了那么多。但我也不可能说自己有钱，因为我每个月所剩无几。有的人说，在这个城市里生存下来很困难。我不想说自己生存多么困难，但我也没有多少资本去享受生活。

若我停下来，很快就会入不敷出。

我只是一个靠卖弄一点知识来生存的人，不可能在收入上有什么大的出息。我所能做的就是一点点地去努力，去拼搏。不说去积累多少财富，只想能自己一个月随心生活，买点书给自己，多一点时间阅读就满足了。

我不想做一个没有精神追求的人，也不愿只做一个"两耳不闻窗外事，一心只读圣贤书"的人。

我想在二者之间寻找一个平衡点：固守自己的爱好和追求，同时力所能及地让自己的生活逐渐好起来。只是，这个平衡需要付出很大的代价。最终，我的生活好像成了只有工作和读书两部分，只有黑或白两种颜色。因此，很多时候，我会在自己空闲的时候拒绝别人。一方面是性格使然，一方面是我不想再去把仅有的一点点时间挥霍浪费掉。

那样，平衡的支点就会倾斜。

去酒吧成了我生活娱乐的一种方式。在那里，娱乐之外，我还可以去观察人生百态。

读书本是学习，混社会也是一种学习。

在这样一座陌生的城市里，我只能如同蜗牛一样慢慢站稳，一点点努力往前爬。

一个朋友说他来这里六年了，前三年可以说辛苦无比。住在最便宜的旅店里，睡在六块钱的草席上，书本当枕头，喝一个月自来水，没钱吃饭……

他说，当时没有觉得委屈什么，认为如果连那一点苦都吃不了的话，还怎么在这个社会上生存。回忆起来虽然苦，可那段日子却是给他印象最深刻的一段岁月。

奋斗的日子，而不是享受的日子，是我们最难忘的。

每周日早晨，我都会打车去市里。楼下蓝牌车的司机，很多已经与我熟识。周日是我最累的一天，也是最奢侈的一天。早晨起来，我宁愿打车，也想多睡半个小时。

到了目的地，我会再洗把脸，打起精神去面对接下来的一整天。

思考

思考是一种痛苦，不思考则可以在醉生梦死、浑浑噩噩中死去。

思考可以改变什么？好像什么也改变不了。现在这个社会好像不需要思考者，只需要生活者，或者是为了生活而奔波者。

就如小沈阳在《不差钱》里说的那样，眼睛一睁一闭，一天过去了；眼睛一闭不睁，一辈子过去了。

思考有何用？不可以给自己带来食物、高档名车、豪宅……

在这个时代里，你思考，那你是抑郁者，你是愤青，你是性格孤僻者，你是不合群者，你是孤芳自赏者，你是特立特行者，你是我行我素者，你是自命清高者，你是做作者，你是傲慢者，你是耍酷者，你是不谙世故者，你是幼稚者，你是脑子进水者。

你思考，你就是被人嘲笑者。

思考的人，就如与转动的风车抗争的堂吉诃德一样，被众人耻笑。风车不会随着堂吉诃德的阻挡而停止，这个社会也不会在人的思考中有质的改变。

纵观历史，自古至今，我们从来不鼓励独立思想者。历史上，每次思想纷呈的年代从来不是大一统的时代。从春秋战国到三国两晋，到民国时代，无不是如此。

战乱之时的思考者又从来不是随波逐流者，如庄周和刘伶，如鲁迅和辜鸿铭。

五年来，尽管身边尽是青年，但我鲜有遇到一个真正独立思考或有自己思想的人，鲜有遇到让我眼前一亮并为之一叹的人。

或许是因为物质优越，或许是因为自己懒惰，每张年轻的面孔每天都看似在忙碌着，但他们自己都不知道在忙碌什么。

社会犹如一座城堡，可以锁住人的肉体，却不能禁闭人的灵魂和思想。

思想如同隐形的翅膀，可以让你飞向高空，俯瞰整个城堡。

可是，多少人不是把隐形的翅膀斩掉，蜷缩在这个城堡里得过且过地为了死而忙碌着？

对于那些为了生活而日夜奔波的人，我们总说他们要为了生存而活着，毕竟填饱肚子是第一位的。

可是，家庭富足、不需要奔波的人中又有多少人在思考？又有多少人每天在浑浑噩噩中度过，挥霍着家庭的金钱，游荡着自己的青春，听不进任何建议，还把它当成"个性"来标榜自己？

五年来，有缘结识了不少有钱人家的子弟，或者说是小康人家的子弟，但还没有一个让我在思想上佩服的人。不愁吃，不愁喝，应该安安分分读书或有点思想的阳光一代，却在大部分的时间里出没于酒肆和娱乐场所。

是社会不让他们思考，还是他们失去了思考的习惯，用那套"freedom 就是自己可以做任何想做的事情"的逻辑告慰着自己，为自己的荒唐生活编织着理由？

我们无法选择自己生活的大环境，但可以选择自己的思想方式。

这个时代可以说是娱乐至上的时代，但是却少有唐伯虎那样的风流和风雅才子出现。

五年来，我自己也在一点点退步。尽管身处名利场之外，但还是看到太多社会之假，看到太多纷争，看到太多让自己哭笑不得的事情。

五年来，我做错了很多事，付出了很多代价，但依然还在忙碌。让自己稍感欣慰的是，在这座有点浮躁的城市里，除了物质之外，我还没有放弃在深夜里看看书，写写文章，没有彻底自暴自弃，放逐自己。

《圣经》上说，上帝的归上帝，恺撒的归恺撒。

如今，我们是否可以做到思想的归思想，物质的归物质？

意义

放假了，放假对于我来说没有多大意义，仅仅是心理上有一点安慰。

朋友说我喜欢孤独，喜欢寂寞。其实，当我回到家关上房门的时候，也会觉得寂静得要命。

到一个朋友家里玩，我很喜欢他家满是生活的气息。既是公司又是住处的房子，他保持得是那样干净和温馨。我笑着说，自己的房间和他的相比真是一个天上，一个地下。

睡觉之前，我会紧紧搂住枕头。那样，我觉得可以驱散寂静夜里的孤独。或许，因为小时候睡觉的时候搂着母亲，我才有了这个习惯。很多时候，我也会趴着睡。据说，心理有问题的人才会保持这个睡觉姿势。睡觉之前我也告诉自己要改正，但醒来后发现依然如此。

对于孤独和寂寞，应该没有任何人喜欢，可它又像形影不离的"幽灵"一样跟随着很多人，渗入他们的骨髓。如同《蝙蝠侠3》里那个邪恶的外套一样，被人不小心穿上就会一直伴随左右，直到穿着的人死去。

刚搬进来的那段时间，我也很希望自己的住处有家的感觉。我跑到东门去买家具，跑到大芬村去买油画，跑到家乐福去买装饰品，跑到国美去买洗衣机，跑到花店去买挂在墙上的花……那时候，我是一个热爱生活的人，一个对生活有幻想的人，一个对感情有幻想的人。那时候，一个大男人过成了居家过日子的"女人"一样。

不知何时，我成了一个对生活没有任何信心和盼望的男人。房间不再想打扫，衣服也几天不洗，灰尘不再去擦。实在看不过去的时候，我才会简简单单地用拖布去洁净一下地面。

家里的厨房已经五个月没有动过烟火。

生活久了，也许都是这个样子吧。

面点王里，我掩饰了自己的不愉快，听 Y 在那里抱怨我作为一个朋友的种种不是。我没有辩驳，只是一个劲地说玩笑。

我一直道歉，毕竟很多事情是我做错了。

Y 说，不管什么朋友，能够让我回信息真的是特别困难，更不用说期待我主动给别人发信息。

类似的话，我听了很多。可是，我还是在这样做。我不是什么大人物，却依然不知悔改，打击着关心自己的人。

我是一个冷酷的人，Y说，一个很多时候好像对谁都不在乎的人。有时候，对于别人，我招之即来，挥之即去。

我冷笑了一下说，我不是皇帝，也没有那个权力。

对于Y，我还是希望他在这个城市有一定的归属感，同时又不会改变自己。

感情的世界里，应该有四类人：一类是对感情抱有幻想的人，一类是正在谈感情的人，一类是感情失败的人，一类是对感情绝望的人。

一般人都逃不了由幻想到热情，到失败，到绝望。

一路风尘

很久没有心思和时间静下来看一些文化书了。当慢慢翻开那些繁体字的时候，自己的眼神有些飘，注意力也在下降。《明史讲义》《清史讲义》……其中好多字是那么陌生，好多内容闻所未闻。虽然我自称很喜欢历史，但看到原文的时候依然很受打击，因为懂的知识是那么肤浅。

大师就是大师，确实不是一般人所能比。

半年来，我一直睡眠不够。当真正有时间停下来的时候，想好好睡觉的时候，又无法安然入睡。

半年来，身边的人来来去去。纵使我表现得平静如水，纵使我知道很多东西不是自己想要的，可它们还是在"消耗"着我的生活。

本来以为不会再感动，可是最后发现我的内心还是软的。

房间里满是鲜花的味道，百合和玫瑰的香味。早晨突然看到那束花的时候，我很感动，也很失落。我故意发着脾气，如无赖一样，为的就是不想伤害人，结果却适得其反。

浪漫是我一直期待的，最后收到的却是带刺的玫瑰。

属于自己的就是自己的，不属于自己的就要学会放弃。

我可以做到潇洒地忘记一个人。只是，有时候，"爱一个人只要一刻，忘掉一个人却需要一辈子"。

坐在房子里，如果有个人和我在一起，我可以一天不说话。这肯定是一件让人郁闷的事情，但有时候或者很多时候我都是这样做的，包括和父母在一起的时候。我喜欢有个人静静坐在我的身边，就那样坐着。很多时候，朋友问我为何不喜欢说话，我说我更喜欢做一个听众。

我依旧我行我素，不接别人电话，不回别人信息。很多朋友一直在包容我、宽容我，只是我改不了我的性格。一个朋友对我说，当我老去的那天，再去找回这些朋友已经不太可能了，因为不是每个人都会去等待。

我回了一句："我没有想过活很老。"

那个朋友无语了，用愤怒的眼神盯着我。

人与人之间的伤害，都是彼此的。我确实伤害了很多无辜的人，就如我和Y说我是一只刺猬，经常把人刺痛。因此，当看到"断交信"或"批评信"的时候，我能理解对方的心情。信里写的都是对的，可是我却无能为力。

一路风尘，走得特别累。我特别想安安静静过一段平静的生活，没有争吵的生活，就那样面对面坐着却又彼此内心相通的生活。

那样的生活距离我还非常遥远，因为我所想要的不一定是他人所想要的。

青春的痕迹

和洪约好了到她学习理发的店里理发。

洪是一个年龄不大但看起来有点成熟的女孩子。她不止一次给我推荐教她理发的师傅，并开玩笑说："老师，如果你不满意，我付钱。"

我笑了。

洪说，在上课的时候觉得我是一个很有个性的老师，并且有那么一点"爱美"。

我很累，在公交车上睡着了。

洪在路口接我，怕我找不到地方。我不想以颓废和失落的面孔出现在她面前，那样与课堂上的状态差别太大。

看到她，我首先说了一句："没有休息好，很憔悴，不好意思。"

给我洗头的女孩子还没有把毛巾放好。我几次想躺下，她笑着问我是不是太困了。我说是的，就想睡觉。

躺下的那一刻，我好想一下子睡过去。

她用熟稔的手艺给我按摩了一下眼睛，又用热毛巾给我敷了一下。她说，看到我的样子就想到了她正在读书的哥哥。她和我聊起了天，但我只想闭着眼睛，一句话也不想说，连微笑都是僵硬的。

她说她来自湖北，有一个哥哥和弟弟，说自己为何没有读书，说自己喜欢物理和化学，说读书时候喜欢年龄大一点、有教学经验的老师，说自己老家的风土人情，说自己的邻居，说有个和我一样瘦瘦的理发师在深圳买了房子，并且指给我看说那个理发师虽然不会写自己的名字，但经历丰富，说这些事情都是别人告诉她的，说自己不喜欢这个没有人情味的城市。

我就那样应付着，僵硬地应付着。

此刻，我觉得这个刚走出校园的女孩好真实，好单纯。那种单纯不是装出来的，不是掩饰后的。

她没有手机，拿过来一张纸，希望我写下名字和电话号码。

她说，来了两个月，今天是说话最多的一次，因为我和她哥哥差不多。

我一再地说"谢谢"。

洪和发型师傅已经在镜子旁边等我。发型师叫 Anne，东北人，一个看上去比较干练和随和的女人。她给我讲述要给我做的发型，但是我一点都不懂。对我而言，手艺是一回事，态度是另一回事。

她认真的态度让我有点受宠若惊。

洪说我气色不好，不精神，出去买了咖啡。

Anne 说起她的外国朋友，说起她的学外语经历，说起她想建立网站并给我看她申请高级职称的论文。洪不止一次给我说起她师傅是一个非常爱学习的人，说她师傅二十一岁就结婚了，有了孩子后又离婚了，单身过了十几年。

Anne 很爱笑。虽然三十七岁了，但她给我的感觉像一个二十多岁的乐观女孩。如果不是洪后来告诉我她的年龄，我都不相信她是一个十几岁孩子的母亲。

Anne 推荐我和洪到一家韩国料理吃凉面，说因为她还有客户，不能一起去。

我婉言感谢她的细心。

这个时候，很多人都还没有吃饭，或没有心思吃饭。我也只是把吃饭当作一项任务，必须要完成的任务。

走出理发店，天色已暗下来。

洪去上课了。她的生活很充实，一边学习理发，一边学习服装设计，一边学习文化课程。看到她，我就想到了当初的自己。只是，我已没有她那么勤奋和上进了。

密密麻麻的人群里，我望过去，一个都不认识。来来往往，忙忙碌碌，我走在熟悉而又陌生的街道上。

认识一个人

J从大洋彼岸打来了电话，还是那副嘻嘻哈哈的"德行"，完全不像结婚几年的人。聊天中，她的嘴里还会不时地说着那句没有任何恶意的"妈妈的"。我能想象得出她说话时露出两颗小虎牙的样子，笑着说很多事情是命中注定的。偶然认识一个人，走过一段路程，然后再慢慢去忘记。三年前，当我们在彼此的世界消失之后，只有她留给我的英语专业八级词汇书被我从南京带到了深圳。从那个时候开始，她成了我留在博客里一篇文章的标题，或者是我回忆在南京读书的时候曾经给我带来过不少快乐的人。写那篇文章的时候，我并没有要把隐私公布于众的初衷，只是记述了一段发生过的单纯感情。只是，事与愿违。她搜索到了我的博客，如同别的朋友一样给我留纸条。我很少去看博客里的纸条，所以回信息也就慢了很多拍。

她过着她的幸福生活，做着一个家庭主妇。

与读书那七年相比，尽管这几年的生活糟糕了许多，我还是没有把不开心的事情与她分享。如果真如自称看透我一切的匿名叫"csl"的在我博客留言中说的那样就好了，希望"别人都来可怜我"。只是，我过于执拗。别人的一个眼神都会让我审视一下自己，更不要说接受别人的可怜了。正是如此的心态让我拒绝了很多人的好意。在我看来，那就是一种类似可怜的怜悯。

因此，不管是上学还是工作后，我的生活方式没有多大的变化，只是在兼职、工作、读书之间切换罢了。

即使在被资助读书的三年多里，我还是在尽力维持着有点神经质的"自尊"。尽管S一再对我说资助我的是匿名人士，但我总认为那些人是在怜悯我。尽管我在需要钱的时候可以到她那里提取，但我还是每天晚上七点去挣微薄的家教费。因此，当S把资助我读书的费用用信封给我的时候，总要给我解释很长时间资金的来历，让我确信它不是别人可怜我才给我的。

在我眼里，帮助有时候就是一种"怜悯"，或者说是"可怜"。然而，我还是接受了三年多。因为我选择不了我的家庭，不能让家庭一夜暴富而给我足够的经济支持。尽管我一直忙碌着赚钱，但相对于学费而言，我挣的那点钱只是杯水车薪。毕业的时候，我的账户上还有几千块余额。S说我可以继续留着用，当作读研究生的生活费。

我对S的感激不是用"谢谢"俩字可以表达的。

书里放着一位同事给我的纸条，邀请我到她家里参加聚会。她已和我说了不止一次，但是碍于晚上的"忙碌"，我每次都是拒绝。拒绝的原因不仅仅是因为自己晚上的工作，更主要的是因为我的心态。去年还在自己家客厅里和众人唱赞美诗，在卧室里给人讲解经文，今年已经物是人非，轮到我受邀去他人家里了。

对于这样的转变，我一时还无法接受。

一年快过去了，家里冷清了很多，而我也没有勇气再在家里举办聚会。

我问B，是不是觉得我这个人特没劲。其实，我自己都觉得生活很没劲，过着单调的重复生活。

他笑着说："没有啊!"

聊天

窗外一片燥热，S坐在肯德基里等我，桌子上放着他给我买好的可乐。之前，他给我发了信息问我喝什么。

我从上班的地方一路走来，不时低头看着刚打印出来的《畸形之恋》文稿。拿着厚厚的一摞文稿，既有喜悦感，又有沉重感。

S约了我很多次。无论是出于师生还是朋友关系，我都不该一次次地以各种借口回绝他。我让他在约好的时间先到肯德基，自己在办公室多待了几分钟。

赴约前，我说还有几节写作课，他也有活动，不方便的话可以改个时间。他知道我说的又是借口，说无论他多忙都会推掉所有活动赴约的。

见面后，S说一个多月不见，感觉我瘦了好多，脸好像削掉了一块。

我笑着说，也许是因为理的头发太短了吧。

环顾一下周围，到处是来来往往、提着大包小包的人群。

S说着他的阅读书目以及心得，我也给他讲了讲自己看的关于文化和历史方面的一些东西。他说他有一点和我比较像，就是觉得自己孤独，很难在人群里找到一个和自己有一样爱好的人。

我说，有时候糊涂要比清醒好很多。就如现在一样，我很少再在博客上写一些愤青文章，只是忙着阅读"康熙遗诏""乾隆遗诏"。

我说，看那些古文的时候，我也费力、头疼。我也很想把书扔在一旁，彻底不读。可是，做任何事都需要慢慢积累，到了一定的阶段才有质的飞越。

只是，忍受寂寞的过程实在是一件有点痛苦难熬的事。

S说我有点林语堂的风格，或者辜鸿铭的那种作风。

我笑了，因为S总是用一种别样的高度来看我。他说，在自己过生日的时候告诉朋友我如何如何中西文化兼通，关键还是个英语教师。

在他的描述中，我俨然是一个才子。

其实，一切只是在他眼里看来那样罢了。我只是站在三尺讲台上讲述一下自己看书的心得体会，并没有让他推崇的才华。

S为上次到机场冒昧接我表示了歉意，说自己做事风格有点鲁莽。

我说我很感动，但也有点尴尬，因为我当时的表现有点不近人情。

S问我国庆的打算，说邀请我一起去武当山。

我拒绝了，说我可能去北京，因为我给他提到过备考博士的事情。

餐馆里，我随手把打印的小说放在了桌子上。

一个服务员看了几眼第一页，冲我笑了笑，把我当成了一个"作家"。

她把此事讲给了一起工作的同事。随后，几个服务员用一种异样的眼光轮流看我，不时走来走去，然后停下来看几眼文稿。

我和S说到了自己性格上的缺点，说自己对不起很多人，包括我一再不接他的电话、不回他的信息。我说，在我读大学的时候也曾一度疯狂和活跃过。后来，不愉快的经历让我慢慢学会了逃避人群，让我不再愿意和人有任何交流，包括感情上的东西。

我尽量去逃避，但逃避又在伤人，有时我自己都无法原谅自己。

S说拒绝人也是一种痛苦，特别是因为自己的性格而去拒绝。

突然，一个服务员走来，面带羞涩地问我能否把小说给她看看。

她有点腼腆，应该是鼓足了很大的勇气才问的。

我有点犹豫，因为我不认识她。稍后，我说可以，但希望她把联系方式留给我，因为书稿我需要拿回。

她拿着文稿快步走到一个柜子边，放了起来。另外一个女孩和她开着玩笑。

我和 S 走在路上，有点沉默。

华灯初上的晚上，一片喧嚣。

走了很长一段路后，我目送他乘上公交离开，自己随后低头踏上了回家的路。

种子

我闷在家里一天，看完了龙应台与儿子的通信集《亲爱的安德烈》。

很让我意外，一个在文学和政治领域都曾留下浓笔重抹的女人在与儿子的交往中遇到过那么多问题。

她与儿子在沟通方面存在的问题绝大多数母亲都会遇到。只是，很少母亲会如此有耐心或者说有文笔来与儿子探索文化、生活、思想、哲学、理念……

从中可以看到她写信时候的焦灼和认真，也可以看到安德烈写信的敷衍和轻浮，至少他的文字没给我留下深刻印象，只是让我觉得他是一个优越环境下长大的玩世不恭的小年轻罢了。

龙应台在信里不止一次提及自己曾经走过的生活历程。只是，在安德烈眼里，那是"另一个世界"。因此，她的苦口婆心，若不是"对牛弹琴"，也只不过是在安德烈眼里的"忆苦思甜"罢了。

不关心自己孩子的母亲很少，不体会母亲的孩子何其多。

就如龙应台所说的："在拥有了丰富的物质世界之后，孩子你是不是又觉得被剥削了什么？"

现在的孩子，除了关注自己认真外，对于他人和周围何曾认真过。在他们的世界里，也会经常埋怨，埋怨自己的父母为何没有他人的父母有出息，为何自己所继承的那么少，为何自己要辛苦、要奋斗，为何父母不理解他们的世界和思维……

自私、冷漠、无礼……让人觉得恍如隔世。

去一个富家子弟家里上课时，我请他帮我到客厅倒一杯水。

我专门用了"请"字。

他反问："你自己去，为何叫我去？"

我甚是尴尬，有点灰溜溜的感觉，好像做了见不得人的事。

原来，我所认为的师生关系，在他眼里或许只是利益关系，甚至连这个关系都不是，只是主佣关系。

辅导另一个富家子弟时，我和他一同坐在他的房间里。

房门打开，他父亲走进来（我猜的，因为之前没有见到过）。我赶忙站起身，心想这个儿子应该会介绍一下他父亲给我认识。

他父亲说着方言味道浓重的普通话，我尴尬地站在那里。富家子弟却坐在那里，盘着腿，一动不动。

最后，他冷冷地对父亲说："这是我老师，不是我同学。"

一个要出国的男生，我给他单独上了两个月的课。

一天，我胃痛，发了一段长长的信息过去，解释第二天的时间需要调整。

他只回了两个字："好吧！"

不知道是我要求苛刻，还是学校教育和家庭教育的失败，我曾经以为家庭富裕的孩子，生活条件优越，应该会知书达理，没有想到却一个个傲气冲天，缺乏待人接物最基本的礼节。或许，在他们眼里，他人只是一个服务者。

我和那个父亲来了却一直坐着的学生上了四十分钟礼仪课。最后，他有点不耐烦地说："知道了！"

纵容好像成了很多父母的通病，没有底线的纵容。

V给我发信息说，每次看到她女儿化妆去酒吧玩的时候，自己心里都很不是滋味，可是又不知道该如何和女儿谈心或者劝阻她。

我说，有的事只有自己体会到切肤之痛后才会有所领悟。当然，此时，一切的说教都为时已晚。

种子已经早早播下，并且生根发芽。在这样一个物欲横流的世界里，又哪能不茁壮成长呢？

幻想

"你的电话多少？"她问。

"告诉你与不告诉你有什么区别吗？"他回复。

各自再无语。

"你知道我为何昨天给你要号码吗？"她又一次上线。

"不知道。"他很冷酷。

"因为我昨晚梦到了你,很想直接跑过去看你,给你一个惊喜。"

"是吗?"他感到意外,"我一直觉得,即使你有我号码,也不会与我联系,而且你也是这样做的。"

"我想告诉你这几年都没有和你联系的原因……"

"不用说,我知道的,不就是有了孩子吗?"他直接回复。

"你怎么知道?"她愣了一下,在电脑面前。

"猜的。"他宁愿相信自己猜的不是真的,"儿子还是女儿?"

"女儿,刚过完一岁生日。"

"我也要结婚了。"他敲出了这样一句话。

"是吗?"她心里有一种说不出的味道,"你总算有了一个归宿。她漂亮吗?对你好吗?"

"很好,我们都蛮喜欢对方的。我错过太多了,不想再错过。"他长吁了一口气。

"知道吗,听到你要结婚的消息,我比自己结婚的时候都高兴。因为你终于走出了我的影子,开始了新生活。"她心里酸楚。

"或许吧!至少,我曾经许诺的已经做到了。这么多年来,你不该有任何内疚,因为我早就不止一次对你提到过我喜欢你、爱你、等你。这都是我自己的选择,而你如何选择是你的权利。或许,我喜欢的、等待的只是一个影子。当然,它就是一个影子。可是,我乐意在一个影子下生活这么多年。你不必有任何对不住我的想法。"他打出了一段文字。

"我知道,只是一想到你,我就会心痛。"

"那就不要想我。"

"只是,我总会不时地想起你。在办公室或家里,我总会想到你一个人过得好不好。"她盯着电脑。

"我过得很好。很多人说我像 playboy,说我穿梭于酒肆,说一看我就是一个好吃懒做的……"

"可我知道你不是。你就是想用外在来给人错觉,来逃避现实,让自己生活在虚构的回忆和现实里。"

"不说那些了,都过去了。你送我一个结婚礼物吧。"

"你要什么我都给你。"她毫不犹豫。

"一条腰带。"

"没问题。"

"很贵，九百多。"

"九千也没问题。"

"我很少跟别人主动提出要求。说实话，只有在你面前，我才如此直白。"

"你我之间根本不需要提到 money 之类的词汇。"

回家班车上，她呆呆地望着窗外。十几年时间里，岁月催老了自己的容颜。只是，每想到还有他在想着自己的时候，她心里又多了一份难以言说的幸福味道。

然而，现在这份幸福也很快要离自己而去。

自己给不了他所想要的，为何在失去的时候又会如此伤感？

她不晓得应该给那种感觉起一个什么名字。

家务、工作、孩子、丈夫……一切让自己距离浪漫越来越远。曾有的幻想和浪漫，最终都还原成了现实。

她请了一天假，因为很想见他。

"你还会吻我吗？"她问。

"当然会！Why not?"

下班后，她到小区的花店订了九支玫瑰。可是，由于出门太早，她没有机会拿到。

她很想送他一张 CD。然而，最近打击盗版厉害，小区里的小贩没有了影踪。

浪漫的设想，最后化为两手空空。

或许，这就是天注定。

小区楼下，他见到了她。数年之后的相见，他与她都很平静，淡淡如水的感觉。

吃饭，游逛。

他在她面前，犹如一个孩子。

望着他对自己保留的那份纯真，望着那张被人误解过无数次的脸，她能体会到他背后的无奈和辛酸。

"既然我们两个不能在一起，等我们有了孩子，就让他们在一起吧。"他做了一个鬼脸。

"你啊，就会开玩笑！"她望着他。

"我是认真的。"他一本正经。

她诉说着生活琐事。

他仔细聆听着。

他搂着她狂吻，忘记了时间和空间。

她有一种冲动，他也有。只是，理智告诉他们彼此之间有一道不可跨越的界限。

"谢谢你的礼物。"他很难为情。

"和我不用说这些。"

"不知道哪天还能相见，或者我去看你。"

"你要好好生活。既然选择了新生活，就要好好去珍惜。我真的很替你高兴。"

"真的吗?"他反问。

她没有言语。

车站里，她头也不回地走了，没有回头是因为害怕自己会流泪。

他望着她的背影，直到她彻底消失在人海中。

听众

收到 F 邀我一起喝酒信息的时候，我正在城市的中心区。

也许是有过没有下文，或者是不辞而别的经历，我犹豫了一下，回复说"十点才到家"。

没有想到，我收到了他再次确认的信息。

我匆匆打车回来，身上的现金不够车费。我跑到银行转账，发现七点之后转账功能已经关闭。

我并不想给 F 留下如此狼狈的印象，但最终还是从他那里拿了钱，付了车费。

看到邀约的信息时，我就猜到了 F 的心情。当然，其中原因我也猜得八九不离十。一般情况下，F 是不会这样冲动到"不辞辛苦"地跑到我这里来喝上一杯酒的。更何况，我们对彼此的性格又如此了解。

我只想做一个听众，不想发表任何意见。

我曾一直希望用"麻木"或者"放纵"忘掉曾经有过的一年多的经历，曾极力克制自己在即使有再多烦恼的情况下也不会主动打一个电话给任何人，包括 F。但是，有的经历还是照旧停留在潜意识里。

　　每次打开房门，看着似曾熟悉的物件，自己又做不到让往事从生活里彻底消失，有时甚至还会增加对过往点滴的记忆。

　　我还没有找 F 单独聊过天或喝过酒，哪怕是再辛苦和不堪也没有。

　　有的事情，我无法释怀，尽管我不再提起。

　　生活总是周而复始，F 的生活也是一样。如今的生活，和两年前的生活相比，没有多少不同，除了角色和场地变了之外。

　　一样的卿卿我我，一样的风云骤起，一样的文打武斗，一样的伤感。

　　聆听的时候，我故作平静，喝着一杯杯有点苦涩的酒。

　　我提议 F 把朋友叫来，结果是没有下文。

　　不叫也自有道理。真到来之后，说不定和两年前的那个晚上一样，尴尬而又充满着愤怒，一杯啤酒洒在地上。

　　往事如烟。

　　当我写完《相逢是首歌》的时候，就是如此感觉。

　　爱、恨、报复、宽恕、欺骗……都已经付诸一笑。

　　有时，我也故作聪明地猜测：F 在这个城市里生活得幸福吗？

　　不管幸福与否，在这个人情冷漠、尔虞我诈的城市里，能够有自己的一个位置已属不易。

　　这也是我向朋友提及 F 时表扬最多的一点。

　　经历过这几年的拼搏，F 也许能够理解我当时的辛苦和无奈，理解我在这个城市里来回奔波的心态。

　　理解了又能如何？时间不能倒流，错过的已经错过。

学习

　　学习如同蜗牛爬行一样，一点点啃着方块字，说不出来的枯燥。但是，掩卷时，获得知识的成就感还是给自己不少安慰。

　　在我很小的时候，学习就成了我选择逃避的一种方式。拿着书本可以让自己忘记很多喜怒哀愁，让自己有不一样的精神享受。

小学时候，我喜欢看演义、打擂、英雄传之类的书。

中学时候，我的身边只有学习教材，别的一切暂停。

大学时候，我喜欢上了文化和宗教。望着一篇篇当时做的学习心得笔记，我非常感叹那时的求知劲头。除此之外，历史又是自己最喜欢的科目。碍于要谋生，我不得不有时候放弃它，花更多的精力学习语言，背单词。

在课堂上，很多人都问我学习方法。其实，各人情况不同，学习方法也不同。任何人只要坚持十年八年，都会有一套自己的方法。

人的秉性不同。聪明的人可以一目十行，过目不忘。愚笨的人，需要笨鸟先飞，需要一种耐性。

寂静的夜里，我捧着书本。窗外，很多车还在来回穿梭。下午睡的两个小时，晚上要补回来。学会弥补，才会有更大的收获。

望着满篇古文，实在煞费功夫。转念一想，作者能够写出来又何尝不耗费光阴。距离他们，自己相差的不是一个档次。不管是《明史讲义》《清史讲义》《大明日落》，还是《太后垂帘》，每一本书都让自己游走在历史的岁月里，跟随着人物的跌宕而起伏。

电视里播放着 Discovery 频道的节目。这是我收费买的节目，每个月二十五元，为的是给自己创造一个学习英语听力的环境。

我不可能为了历史而放弃语言的学习，更不会为了谋生而放弃自己的爱好与追求。

在爱好和谋生之间，贪心一点希望二者兼顾是没有错的。只是，想要的更多，付出的也需要更多。明白了自己想要学什么，付出再多也就不会有任何怨言了。

人害怕的不是没有拼劲，而是没有目标。

在这个什么都讲速度的社会里，急功近利的人很多，只想收获而不想付出的人更多。圣经《箴言》里说，播种有时，收割有时。很多时候，我们都想收割，而没有想到播种。

道理很简单，做起来太难。

学习没有半点捷径，我始终相信这句话。因此，我如一只笨鸟一样，在自己的精神世界里慢慢飞行。

喜欢就是喜欢，没有任何功利的目的。

当在黑板上写下一串串数字，当讲出一个个故事之后，当用英语把历史讲座完成之后，我才发现那些常识早已经渗入自己的脑海深处。

学习是一个重复再重复的过程。很多东西学了不用，就会随着时光的流逝慢慢褪去。

可是，我们有多少人愿意去一遍又一遍重复呢？

等待

天很冷，出奇的冷，尤其是在这样一个南方城市里。

在热闹非凡、暖意融融的 Mall 里，我见到了消瘦的脸上写满了憔悴的她。一年前，也是在这里，我请她在仙踪林喝东西。

我们来自同一个省，不是同一个市，只能算是半个老乡。除了偶尔信息联系之外，彼此并没有什么交集。

我们商量到哪里去吃饭，她说她想去喝酒。据我所知，在这个 Mall 里没有喝酒的地方。我提议说吃饭后去喝酒，或去酒吧。

她说只想去喝酒。

我笑着问她出了什么事，是不是因为买不到春节回家的票。

她否认。

我说那就是感情出了问题。

"你怎么知道？"

"除此之外，我想不到别的事。"

路上，我给她提到朋友宋的感情，想安慰她现在经历的完全可以迈过去。

听后，她说她没有宋幸福，毕竟宋还有个孩子，而自己一无所有。

Mall 的周围我比较熟悉，没费多少周折就找到了一家大碗菜餐馆。

点菜，点酒，在这么冷的天。

她等了一个男人四年。那个男人已婚，比自己大八岁，妻子和孩子在老家。他告诉她自己和妻子感情不和，准备离婚。四年过去了，他还是让她等一下。男人领她见过父母，父母的意见是不支持也不反对。作为家中长女，这样下去，她根本无法和家人有个交代。

男人回家过春节了，和老婆孩子，还有父母，给她发信息说一切都会好的。

她问我她傻不傻，眼里有点湿润。

我没有发言。我理解她的心理，因为我也经历过。

她说第一年推第二年，第二年推第三年，第三年推第四年。一个人最好的青春有几个四年？可是，她确实喜欢他。说不清楚原因，就是那种感觉。

说到此处，她笑了，一种幸福的笑。

我说我也等过一个人，而且是明明知道没有结果的等待。不同的是，我给自己一个期限，过期就不再继续。然后，我会开始崭新的生活。

我非常理解她那种没有目标和希望的等待是什么滋味。

我也曾经让别人等过。但是，当人失去耐心的时候，多一天都不会等。

她说她不后悔，因为这也是一种经历。只是，她不明白命运为何会这样对她。

我说命运只让她等四年。在明知没有任何希望的情况下，自己再去等第五年，那不是命运，而是自己的选择。

她说的不后悔只是一种无奈的不悔罢了。

我们喝了四瓶啤酒。冰凉的啤酒加上屋外的温度，冷上加冷。

我希望她能从中走出来。

她说此事说起来容易，做起来太难。毕竟，自己付出了四年，又怎会在四天内忘记。

爱会让人发狂，一种别人看起来是歇斯底里而自己却觉得是幸福的疯狂。

四瓶酒和一次聊天并不能让她走出心理困境，更不能使她忘记一千多个日夜的守候。但是，不忘记又能怎样？那个男人如果说在一年内与她结婚，再让她等一年，她肯定会接着去等，无怨无悔。

只是，那个男人没有说，而是让她空等。也许，就是知道自己再也没有希望了，她才会那么伤心。

人在困境之时，只要有一线希望，都不会轻易放弃的。

通话

宋打来电话的时候，我还在被窝里睡觉。在这个异常寒冷的冬天，被窝是最好的去处。

我和她七年没有见面了，最近一年多更是没有任何联系，甚至连她的新号码都没有。如果她不说自己的名字，我都不知道对方是谁。

"我做妈妈了！"她说这句话的时候声音很大，有点害羞的笑声在里面。

我很吃惊。最后一次联系时，她说要去上海做一份月薪很高的工作，诉说着自己的将来，希望从感情的伤害中走出来。当时，我还一直恭喜她，也希望她换一个地方生活。毕竟，从小城市到大都市，很多思维都会改变，心情亦然。

"恭喜你！"我没有多问。

"孩子没有爸爸。"她又说了一句。

"爸爸呢？"

"我们没有结婚。孩子七个月大的时候，他让我打掉，我没有。"她在电话里对我讲着。

对于宋的感情经历，我不想评论什么。我读大三的时候，她喜欢过我，追过我，但我一次次拒绝了她。她需要我任何方面的帮助，我都没有答应过，更没有任何近距离接触。当时的我，就是想着不要给她错觉。后来，我到南京继续读书。她留在了原来读书的城市，一边工作，一边学习。

一年冬天，她打电话到我老家，说起了她的感情，说她找了一个男人，说那个男人如何花心，说自己经常和他吵架。

我好言相劝，说有的事情不要太多疑，更不要约束对方太多，否则风筝线会断的。

电话结束的时候，她说还是觉得我这个人好，说我当时虽然残忍拒绝了她的追求，但没有伤害她。

听到她这句话，我很愕然。

再后一次电话，她说她又找了一个军校的男生，要报复原来那个男人。如今，这个孩子就是那个军校男生的。

其中发生了什么，包括为何没有结婚，我不清楚。她和母亲带着半岁的女儿在那个城市生活。

那个军校男生转业回到老家县城，做了公务员，结了婚。她闹到当地，要求孩子的抚养费。

结果，那个男生在结婚三个月之后就离婚了。

最终，按照男生当地工资标准的20%，男孩一次性补偿给了她十八年的四万二千抚养费。

她心有不甘，觉得太少，找当地政府，找报社，找电视台。结果一次次被告知不能给政府抹黑，不能给军人形象抹黑。

她问我怎么办。

我说不知道，因为我不知道究竟谁对谁错。仅仅听她一面之词，其他的恩恩怨怨，我并不知晓。她觉得自己委屈，也许那个男生也觉得委屈。在我眼里，孩子好像成了她的一个挣钱工具，她没有一点对孩子的怜悯。

我问她觉得多少钱合适，她说至少十万。

我没有评论。

我不知道她对那个男生是否还有一点点感情，或许当初在一起只是一次激情，没有感情，毕竟她也说是为了报复前任。

她问我能否打个电话给那个军校男生，劝他多给一点钱。因为，现在她只要一和那个军校男生通电话，双方就会大吵。

我拒绝了。因为我不客观，只听了片面之词。何况我根本不认识那个男生，贸然去这样做，双方都觉得莫名其妙。

她说我可以用教会的名义去打电话，我拒绝了。

"孩子尿床了，我得去收拾一下。"她匆匆挂断了电话。

七年来，我以为她的生活已经走上了正常轨道。现在看来，远非如此。而且，她以后的路会更艰辛。但是，既然她当初选择了这条路，种下了这个因，就要收这个果。

因为，这是她自己的选择，没有人强迫她。

团圆

深圳机场到达大厅门口，我很着急地张望着，等待着第一次乘坐飞机的父母出现。

我两眼一直盯着屏幕！可是，飞机着陆半个小时后，我依然没有看到他们的影子。

姐姐、外甥、外甥女、姐夫的电话一次次打来，我都掐掉了。我知道他们要问什么，但是我给不了他们准确回复。

我的电话响了。

母亲让机场保安打通了我的电话，说是在某个出口等我。

我一路小跑。看到手里拎着大包小包的父母站在门口时，我心中突然有种难以言说的酸楚感觉。

排队等候了四十分钟，没有打到的士。我们只好改乘大巴，再转的士。刚上的士，司机就说有种怪怪的味道。我问母亲，母亲说是从老家带来的自制咸菜。说到这里，她提到了在飞机上的一幕。由于塑料袋坏了，周围的人都说味道有点大，让航乘人员过来喷了一点香水才掩盖住了味道。

我和母亲都笑了。我埋怨母亲，说那么远从老家带咸菜过来没有必要。而且，这里的天气不像老家一样冷，味道会散发很快。

到家，把包放下，房间里也是咸菜的味道。

母亲把玉米面、煎饼、咸菜等包包袋袋的东西都拿了出来，摆了一地。他们来之前，我提醒不要带很多东西。从结果看，我的话没有起到任何作用。

去机场接他们之前，我已经把饭菜做好，不想让他们到家没有吃的。

第二天，我陪他们去了莲花山。从公交车上下来时，母亲说车走走停停，晃得有点恶心。从此，只要能打车，我就很少让他们再坐公交外出。

去大梅沙海边之前，我把车预约好。父母第一次看到海，很是开心。

万象城、地王大厦、荔枝公园、红树林、园博园、海岸城、市民中心、大学城、海上世界、华侨城、世界之窗、我工作的地方……只要是能去的，我尽量带他们去走走看看。

每次出去都是打车，母亲觉得浪费钱，开始"罢出"。只要我说出去逛逛，母亲都会说不去。有几次，我好说歹说后她才答应出去。当然，出去之前，我会先下楼把打车费给司机。否则，母亲又会一次次问我花了多少钱坐车，觉得浪费儿子的钱。

吃饭结账时，我劝母亲去一下洗手间，不想让她看到账单。我不觉得自己是一个浪费钱的人，只是想让他们在这里生活得尽量舒心一些罢了。毕竟，对于他们来说，来一次深圳实在太费周折了。

母亲说我每个晚上那么辛苦地出去挣点钱，当然不能浪费。对于母亲而言，打车和外出吃饭是一种浪费。对于我而言，让父母吃得好一点，轻松一点，花再多的钱都是值得的。

我尽可能让朋友和学生来家玩，陪父母聊聊天，不让他们觉得孤寂。

在老家，母亲是一个闲不住的人。到了城市里，她却天天在房子里待着。与母亲不同的是，父亲经常出去溜达一下。

每天晚上六点，我离开家的时候，母亲都会坐在窗户旁边看着我离去。我走到楼下，抬起头，看着窗户旁边的母亲，笑着挥挥手。

我问母亲，每天不下楼是不是会觉得无聊。

母亲说坐在床头透过窗户看外面的人，觉得来来往往还蛮有意思的。

母亲这样说的时候，我都觉得是在安慰我，让我不要担心她的心情。我生活在城市里久了，很多行为成了习惯或自然。但是对于父母，他们不见得会习惯。

父亲本来就是一个话不多的人。在这里，我更是和他说不上几句。很多事，父亲都是通过母亲来和我对话。我再大声地跟母亲说，其实是说给父亲听。

父母来之前，我在一次聊天的时候跟朋友说我蛮害怕父母来。因为，父母来了之后，我不知道该和他们如何交流，交流什么。回老家的时候，日子可以在邻居和亲朋好友的陪伴中度过。现在，当三个人面对面的时候，我反而不知道该怎么去做。

春节即将到了，我不知道该不该留父母在这里过年。

我一次次给老家的大姐打电话，问她意见。大姐说，如果父母执意要回，就不要强留。

后来，住了四十天不到，父母回了老家。

奋斗与放弃

花四十元买到了 *Chariots of Fire*，一张我买过的最贵的影碟。

九年前，苏珊放过这部电影。

故事有两个主人公。

Abraham，一个犹太人。为了让别人看得起自己出身的那个族群，他奋力拼搏。Eric，一个苏格兰人。为了自己的信仰，他放弃获得奥运金牌的机会，坚守安息日。

时隔九年，我忘记了太多内容，唯一记住的就是 Abraham 的奋斗意志和 Eric 每次冲过终点线时的姿势。

回头看，我才明白苏珊为何会选择这个影片放给大三时候的我们。

一个人要有奋斗的目标，就如 Abraham 把 Eric 看成自己要挑战的目标一样。

但是，一个人也要学会有所放弃。

很多人问我怎么学好英语的。

十几年的学习过程，一两个小时是说不清的。即使有什么说的，也是如Eric 说的那样，"I have no formula of running. Everyone has his own way."

"你愿意背诵每篇课文吗？"

"你愿意一次次默写单词吗？"

"你愿意多看文化书吗？"

"你愿意每天学习几个小时吗？"

"你愿意多查字典吗？"

"你愿意拿出五年或者更长的时间吗？"

"你愿意……"

看到这些问题的时候，很多人应该会望而却步。殊不知，成功的恰恰是那些奋力前行而不放弃的人。

我们欣赏在某一个领域成功的人，可很少愿意去付出他们所付出的，很少想到他们经历过的艰难和辛酸。

初三那年春节，我一个人待在墙上写满公式的东屋里背英语第六册的课文。姐姐和她的伙伴们站在门外，兴奋地聊着天。

高三那年，每天早读，我都会让英语老师（一个漂亮的女老师）在我旁边站上一段时间，因为我有太多问题要问。

大学四年，我每周去外教那里练听力，和苏珊一起学习经典，去英语角，看英文小说、历史故事、文化书籍，去教堂练习赞美诗……

工作后，经常有人问我三个月能把英语学得如何。

对于这样的问题，我不想回答。因为他们不知道自己在问什么，更不知道要学什么。

我问他们的目标是什么。

几乎没有人能给我一个答案。

有的人第一次见我的时候夸夸其谈自己的学习计划和要努力的方向。可是，不多久，他们就没有了踪影。

做任何事情，要有目标，有奋斗的精神，当然还要学会放弃。

想背单词，又想逛街、睡觉、看电视、上网聊天、听音乐、发信息……

"有舍才有得"的道理很多人都懂，可真正做到的又有几人？

正如电影里的 Eric 一样，他放弃了一百米跑金牌，守住了安息日。看似有所失去，但是他接着又获得了四百米跑金牌。

我们不想失去，因为我们害怕失去，害怕失去了就不会再有。

我们忘记了，在失去的同时，得到的可能会更多。

渐行远去

"你的飞信签名档什么意思？在想谁？"

"飞信我已经很久不用了，签名档我也没有再修改过。所以，那只代表过去。"

"呵呵。你从中走出来了，可我好像把爱当成了生活的一部分。"

"每个人都不一样，只要你开心就好。"

"爱到现在才明白，爱一个人到最后是一个人的事情，只是爱上了另一个自己罢了。"

"即使是爱自己，也要让另一个自己吃得好一些，穿得好一些，爱上一个物质不贫乏，精神又富有的自己。"

有的感情，在刚萌芽的时候，就注定是一场悲剧。

只是，自己不能穿越时空隧道，走到未来提前去探视一下那或喜或悲的结局。

如果真能看到结局，人生好像又失去了味道。或许，正是因为生命过程中有那么一点点未知数，我们才会一天天活着，期盼着明天的到来，期盼着属于自己的那份幸福或财富。

如果真能看到结局，有多少人会抱头痛哭，又有多少人会喜笑颜开。

活着是为了什么？就是希望生活里或多或少地出现一些奇迹。钱财、爱情、家庭、事业，每一个方面的奇迹，都会给自己活下去的勇气和动力。

如果真能看到结局，有多少人会提前放弃自己那愚蠢至极的行为。

很多人，明明知道结局，却还在固执地守护着自己的坚持，像鸵鸟那样把头埋起来，让自己麻醉，让自己劳累。勾画一个貌似完美的结局幻想，让自己意淫在其中，不可自拔。

过去的我如此，现在的 ZY 亦如此。

我不想评论 ZY 的感情，也没有资格去评论。在深圳，和他第一次聊到感情话题的时候，我就知道他的那份感情已经死亡。而他，从那个时候开始，就已经活在了对方的影子里。

他学会了拒绝，学会了逃避，学会了伤害……

他去了北京，又回了一次老家。

只是，心里的魔没有随着地域和时间的变化而有丝毫远离。如今的他，一个看似理性大于感性的男人，已经把爱对方理解成了一个人的事，看成了自己生活的一部分。

我看过他的博客，唯美的文字，唯美的照片。我以为他是一个什么都不在乎的人。现在，我才明白，他和原来的我一样，把"在乎"当成一种毒药，喝下去就不想再要解药，而要沉睡或者永远中毒下去。

有的事我已经遗忘，忘在了书本里，落在了忙碌里。

而他，还在一遍遍回忆。

他或者在回忆自己是否做得不够，或者在回忆曾经拥有的开心和伤心，或者在回忆曾经一起走过的每一个地方，或者在回忆曾经有过的每一次拥抱和牵手。

我不能说 ZY 傻，更不能去指责他的"中毒"。因为，他所经历的，我都经历过。

我也曾把爱当成过意淫，当成了毒药，当成了放纵的理由，把爱嵌入了自己的生活，理解成一个人的事。

"不要怕我影响你的生活，不要把我当成你的负担和累赘。我不需要你的同情，不需要你的回应。我只想让你知道，在你受到委屈的时候还有个人在世界的某个角落惦记着你，爱着你。爱你是我的自由，选择不爱是你的权利。"

一切已经成了回忆，在星巴克香草星冰乐的味道里渐行远去。

随笔与诗歌篇

三病根

崇祯九年，三科武举陈启新上奏章，言及朝廷有三大病根。

第一病根是以科目取人。

乡试，会试，殿试，参加人员写的文章大多是妙笔生花，动不动就言及尧舜或孔孟。但是，在从政之时，他们却放纵，却贪婪。

一切写在纸上的妙笔文字只不过是空谈，只不过是给自己做了一件嫁衣罢了。

人为什么会这样？

哪个家庭不希望自己的孩子能够跳龙门，哪个老师不希望自己的学生能够高中。毕竟，"书中自有颜如玉，书中自有黄金屋"。因此，不管是父母还是老师，在教育孩子的时候都说读书可以让自己富贵，让自己飞黄腾达。因此，到了真正飞黄腾达的那一天，人往往想到最多的不是黎民百姓和社稷，而是自己。

中国的考试，不管是八股文，还是如今的三段论，很大程度上都在折磨着学生的精神，让学生的灵魂变得狭窄甚至扭曲。作文，小说，甚至是报告，都要抛弃人的本性，故意遮掩人的私心。

古代的考试标准是孔孟之学，稍有违背即名落孙山。现代的考试也是如此，稍微出格就被判为异类。

浏览一下个别学生的各种申请书，看看里面的措辞，可笑又可悲。可笑的是，里面的豪言壮语把人格提得那么高尚；可悲的是，所写的文字基本上都是废话和空洞之言。

有的人确实是为了自己坚定的信念而去写申请，但是为了背后的"颜如玉"和"黄金屋"的也大有人在。对于那些人，写完之后，纸面上的豪言壮语早就被他们抛在了脑后。

如今的公务员考试如火如荼。很多考生，包括曾经的我在内，在写申论的时候，也是写得中规中矩，赞扬这个好，弘扬那个妙，写自己若成为领导会有何计划。只是，录取之后，上任之后，又会是什么姿态呢？还是否会践行文章中的观点呢？不得而知。

白纸黑字可以考出文字功夫，但考不出文字背后所隐藏的心。

第二病根是以资格取人。

"英雄不问出身"，这是大明王朝开始时的景象。因此，那个时候，秀才都可以当尚书。到嘉靖之时，三种录取人的方式依然并用。然而，到了崇祯之时，情况有所变化，"贡士官止于贡，举人官止于举"。每个档次的用官标准都是固定的，不能犯规。在明知没有希望升迁的情况下，贡士之官多捞一点是那样，少捞一点也是那样，结果肯定是多捞一些；举人之官清廉是那样，贪也是那样，肯定要贪；进士之官认为天下之大官掌握在自己手中，结果会沆瀣一气，打成一片，即便别人有什么怪诞之行为也不会大加阻拦。

在此情况下，又怎么会官不贪吏不污呢？

即使有一个清官自爱之人出现，别人都会认为他是异类，结果就是不排斥走那个人不罢休。

当今社会距离此奏章的时代已经接近四百年了，情况又如何？

多少的官员会奋力"拿"一个学位过来在自己的资历上贴金。如果是真才也就罢了，可是不少人所拿的学位仅仅是为了增加砝码。当然，只责怪那些官员是不公平的。

第三病根是以推知行取科道。

官为民所用，本该是为民负责。

一个人初入官场时，或许会害怕老百姓告自己的状，因此会小心翼翼。或许，他自己也想着纠正上层领导的错误。但是，久而久之，他会发现自己的前途完全掌握在上层官员的手里，而决定自己升迁的标准又在于自己的行为。因此，他知道了当官秘诀是在上而不在下。那么，他就可以虐民、杀民、辱民，可以视他们如无物。至于和上层的关系，他会尽力维持，不去也不敢得罪。

因此，他与上层拧成一股绳。

因此，老百姓会说官官相护。

因此，老百姓会申冤无门。

陈启新说，读书的时候，多少人是朝不保夕，可是一旦考试得中，又哪里有什么穷举人。中了进士之后，更是"肥马轻裘，非数百万则数十万"。

这些钱又是从哪里来的呢？

众所周知，在总量不变的情况下，财富不在下则在上。

在百姓手里，政府可以通过加赋税而犹有输入之日。在最高政府手里，犹有今天赈灾或明天拨款的输出之时。而崇祯之时的财富尽数为中层所藏，也就是大多被官僚一层所占有。如此一来，财富又如何能流通于世呢？

作为政府的官僚，他们本身就享有很多豁免权和特权，比如税收和徭役。同时，他们还庇护那些非法获得财富之人。这些人的财富，即使有所出，也无非是买地皮，买升迁。投入一分，回报肯定是不止十分。

因此，富人越来越富，穷人越来越穷。

如今，一个芝麻大的官员贪污或者财产都以千万来计算。作为一个普通官员，他那么多不可思议之财的来源无非是贪和经商。当然，经商的话，他们也有天然优势，毕竟资源掌握在他们手里。

有了财富之后，他们又会做什么？肯定不会帮助穷人，因为穷人只会给他们带来负担。他们要么把财富藏在海外，要么买官，要么投资。

四百年后的今天，某些行为模式并没有进步多少，只不过是手段更加隐蔽，方式更加多样罢了。

随后，陈启新又写出了洋洋洒洒五千言的对策。

崇祯很是感动，特给其嘉奖，升其为给事中。在新官职上，他确实按照所写的做了，"不逢迎上意"。然而，他并没有受到信任。

八年之后，明朝灭亡了。

重复

崇祯登基时，大明王朝已是一辆摇摇欲坠的破车。尽管刚上任的皇帝想励精图治，大有一番作为，但已经无力回天。

按照中国历史固有的规律，积蓄的力量终于在崇祯在任的时候爆发了。威力如同火山一样，地动山摇，让他意识到了人民的力量是多么可怕，让他知道多少的御林军在人民战争的汪洋浪潮中都只不过是沧海一粟。

在官府眼里，普通百姓总是温顺的，总是逆来顺受的，总是不足称道的。因此，在相当长的时间里，它可以欺骗他们，玩弄他们，践踏他们，无视他们，甚至是屠杀他们。

只是，当百姓忍无可忍的时候，觉得横竖都是一死的时候，决意动一下的时候，一个小小的火星都可以带来一场燎原大火，将官府烧得一干二净。

崇祯二年，这场火终于被点着了。它不仅迅速席卷大地，而且"烧死"了皇帝本人。

当然，在燃烧之前，暗火已经积蓄了多年。

过去的事情，我们把它称之为历史。我们不止一次告诉自己或者他人，要忘掉过去，甩掉包袱，轻装上阵，开创一片新天地，活出一番新光景。可是，阳光之下无新事。若是我们忘掉过去，又如何以史为鉴？

因此，我们才会犯一次又一次的错误，才会以为自己生活在最幸福的时代，以为幸福就是穿着西装，聊着 QQ 与微信，开着宝马，喝着咖啡，浏览微博。

明末大起义发生在崇祯二年，起于陕西。

彼时，中国北部边防有九边，陕西占半。因此，陕西的稳定关乎着全国的稳定与否。正是在这样一个不能乱的地方开始了埋葬大明王朝的动乱，把崇祯送上了煤山，把"日""月"的江山送给了入关的满人。

为什么是陕西？

为什么会有造反？

为什么星星之火最终燎原？

这次近乎四百年前的起义让我们学到了什么？

第一是政府裁撤驿站。本来，按照政府明文规定，每一个等级的官员到了驿站该享受什么待遇清清楚楚。可是，官员向来对策多多，如把证件借给他人，如要挟驿站人员铺张浪费等等不一而足，说白了就是吃、拿、卡、要。在一位大臣的建议下，崇祯下旨全国裁撤驿站。这样一来，确实为国家减少了不少财政支出，但更严重的后果是原来在驿站的工作人员立马下岗失业。本来还可以靠运输草料，靠当挑夫来挣点钱补贴家用，现在突然之间断了财路，一家老小没有了吃喝来源。

这些失业人员，一是对政府不满，二是要寻找活路。

据说，李自成正是这些失业人员中的一个。

由此看来，失业问题不仅在如今是一个让政府头疼的问题，在古代亦然。人可以不浪漫，可以不谈理想，可以不擅长琴棋书画，但是总要吃饭。

第二是军饷问题。

想要陕西稳定，得靠军队。

明朝开国时候的军队本来是屯田军，就是军队自力更生，丰衣足食。在明成祖定都北京后，军队慢慢变成了营军，也就是花钱请人来当兵。

因此，当兵成了生计的一部分。当兵的人，先是为了吃饭，然后再想着去伺候别人。自己没有饭吃，伺候别人都是胡扯。

此时，军饷就成了军队的核心问题。不过，每次发军饷的时候，克扣成了惯例。本来国库就不富裕，拨给的银两都不足。即使如此，那不足的数目仍要再层层被盘剥。最终，到达军人手里的薪酬可想而知。

为国家干了一年活，最后面临的是领不到工资或者是打白条的局面。军人的脾性众所周知，说不干就不干，直接撂挑子走人或者"军哗"。

但是，撂下之后怎么办？终究还是要谋生的。

正道走不了，那就只好走邪道。而且，这些脱军的人是训练有素的人，是对政府深恶痛绝又了解政府潜规则的人。

第三是天灾。

崇祯二年，陕西大旱，庄稼颗粒无收。一切问题，最终又回到了吃的问题，也就是温饱问题。没有吃的人总要想法找吃的。最初，没有人想造反，毕竟那是抓起来灭九族的罪。所以，他们会想尽办法来维持生存。吃土，吃树皮，最后甚至到了吃父母，吃孩子。

生活残忍到这个地步，在结果都是死的情况之下，铤而走险是板上钉钉的事情。

有人会问，既然人都要饿死了，政府为何不赈灾。

政府当然会赈灾，但赈灾的款项又同样遭到了层层盘剥，结果就到了民不聊生、官逼民反的地步。

中国每年都会有或多或少的灾难，但是持续长久、影响面广的灾难除了五六十年前出现过，近三十年发生的好像不多。

尽管不多，在仅有的区域性天灾面前，政府的赈灾真正落到实处的又有多少？只要暗查一下，稍微一问本地的老百姓就明白了。

天灾让人无奈，人祸让人愤懑。

第四是隐瞒。

报喜不报忧的行为，放在一个家庭之中，或许会让亲人少了牵挂和担心。但是，如果放在一个国家之中，只会让有些人飘飘然，让有些人倍感绝望。

陕西刚开始零星动乱时，当地的官员处处瞒报，拍着胸脯说："我以孔夫子教给我的话保证，本地绝无造反。只是一小部分不明真相的老百姓被一群不法分子利用，造谣惑众，惹是生非。"

就这样，大事化小，小事化了。其实，真实情况是小事拖成大事，最终酿成大祸。

如今，不管是矿难、地震、透水、在押人员死于监狱，还是闹事人员冲击政府或与执法人员冲突，都会有不少官员拍着胸脯说："我保证本地绝对没有那些事情，绝对是有人造谣。"

殊不知，这样的言行或许一时可以让政府觉得没事，控制住局面，最终的结果却是灾难性的。

下面水深火热，上面得到的消息是形势一片大好。时间过去了几百年，这一点到底有没有进步是值得商榷的。

第五是清兵入侵。

清兵当时并没有多大气候，至少在绝对数字上和明朝军队相比是不在一个等量级上的。但是，前者的每次进攻都会让崇祯如坐针毡。其实，清兵当时的进攻，掠夺性大于颠覆性。最初，它并不是一定要取代明朝，而是要首先顾及自己部族的生存。

每次遭到进攻，尤其是京师附近遭到进攻，崇祯都会号召各地勤王，把远方的军队调到京师。

京师的危险暂时解除了，地方上的造反在政府军被调走的情况下死灰复燃，更加猖狂。

关外的清军之乱最多是臂膀之痛，暂时砍掉一只不伤命。陕西的造反才是心腹之害，如果处理不当就会伤及性命。崇祯政府非要两方都顾及，结果是在双向夹攻之下断送了大明江山。

谁又知道满人不是在看到崇祯政府无力镇压造反的情况下才利用这个时机有了进攻中原的打算呢？

如今，我们没有外来的进攻威胁，但在很多事情上我们还是看着外国人的脸色说话。很多时候，我们为了让某些异域国家开心而置国内事务于不顾。在平常时刻，是不会有人较真这些的。但紧急时刻，就不一定了。那时，外部不仅不会对我们有所同情或帮助，还可能会过来踩两脚。

该发生的已经发生了，没有发生的我们希望它不要发生。忘记了历史教训或者人为去掩盖一些历史教训，历史上发生过的事情注定还会发生。

看"文人"

提到理学，我们一般都会讲宋明理学。

宋是理学的创始或者兴盛阶段，明则是理学在整个国家推广的阶段。

提到明朝理学，就要提到王阳明的"心学"。如果说朱熹和二张是宋朝理学鼻祖的话，那王阳明则是明朝理学的关键人物。

谈到明朝，人们除了会想到荒诞不经的皇帝外，还会想到明朝官吏身上所表现出的"气节"。那时不如现在，只有知识分子才可以登高阁，其他所谓的"商人"或"粗人"是没有地位之人，更不用说进中央政府了。因此，某些明朝官吏表现出来的气节背后就是知识分子所有的气节。

"一方水土养一方人"，这是一个千古不变的道理。对知识分子而言，一方文化或者一方思想也会培育一方人，至少在表面上看是这样。至于理学能否从内在除去人的自私与贪婪，禁止人作恶，好像没有定论。

不管是"某学"或者"某思想"，如果只是奉为一种理论，而不去和实际生活接轨或者融入人生当中去的话，都是空中楼阁、海市蜃楼。结果，人的恶也就会一次次前赴后继地呈现在他人面前。

在明朝或者更早的宋朝，儒家思想是风行社会的主流思想。"仁义礼智信"和"三纲五常"是社会的一种规范或准则。因此，王阳明的理学并没有得到大范围推广。在他去世之后，弟子才自立门户，创建了各种学派。

所以，在某个时期，在某一些人比如张居正的眼里，王阳明的"心学"并不受欢迎。

王阳明在世的时候，大明王朝已经走过了不短的路程，或者说是有开始走下坡路的迹象了。

那么，此前的知识分子又是如何生活或思考的呢？

透过永乐时期的文人吴与弼，我们可以对明朝早期知识分子的特性有更多的直观感受。从他身上，我们可以感受到明朝文人的性格、心酸、迂腐和无奈。

第一，可以从仕但不从仕。

吴与弼出生在江西抚州崇仁县，父亲是一个政府官员。据记载，在他出生的时候，有吉兆出现。他八九岁时"已负气岸"，十九岁时到京师南京看亲戚，师从名人杨文定。从那时开始，他"谢人事，独处小楼，玩四书、五经"，"不下楼二年"。这样的家庭背景，这样的教育环境，这样的个人勤奋，在当时的明朝应该是很容易成为一个人才的。但是，他却没有参加任何考试，而是去乡下体会生活。戴着斗笠，披着蓑衣，拿着榔头，在田里耕作。

可是，这样特立特行的人想不出名都不可能。因此，天顺初，权臣石亨为了保住自己的地位，在一个名叫李文达的参谋下，给皇帝上奏章说要把吴与弼召到京师做官。皇帝派人到崇仁去请他，并问李文达给他什么职务。李文达答曰"辅佐东宫"，就是做太子老师。吴与弼到了金殿，坚辞不就，"力疾谢命，不能供职"。皇上不答应，给他送吃送喝，还送珠宝。求见他的人更是不计其数。他三次坚辞都没有得到批准，最后只好说自己病势严重，一定要回去。

皇上说："必欲归，需秋凉而遣之，禄之终身，顾不可乎？"

吴与弼依然坚辞。

见此情况，皇上只得放行，同时赐他书画和银币。

在一个很多人都求之不得的机会面前，吴与弼却数次坚辞，不愿从仕。这其中或许有他说的原因在内，即他看到了权臣石亨得宠不会长远，因此不想招来杀身之祸；或者如当时传言所说，他是因为皇帝对他的礼遇没有自己所期望的高而坚辞。无论是哪个原因，我们都可以看出其特立特行的风格。因为，坚辞到政府做官的无非两类人。一类是看破红尘的人，一类是旧王朝的知识分子。但是，吴与弼好像是一个另类。

第二，坚持内省和甚笃。

文人一向都自视清高，因此总会忧国、忧民、忧人生。

尽管吴与弼文化素养较高，但他并没有著书立说，并自奉著述"有害无益，故不轻著述"。

从京师一路旅游，拜过老师之墓后，他就回到老家，继续自己的田园生活。但是，在田园生活里，他依旧没有放弃文人求知的本性。在饭后、雨后，或者是半夜里，他都会读书。他认为，自己"之所以不能如圣贤……察理不精，躬行不熟故也"。

他一直把圣贤当作学习的榜样，认为"惟学圣贤为无弊"。其实，学圣贤无非是学他们为人处事的方式。就如我们今天的粉丝对偶像一样，处处模仿他们的穿衣打扮。但是，圣贤没有流传下来影像资料。因此，后人只能从行事准则上去接近圣贤讲的道理。吴与弼说："欲责人，须思吾能此事否？……吾学圣贤方能此，安可遽责彼未尝用功与用功不深者？况责人此理，吾未必皆能乎此也。"由此，他想到了自己平时责人的时候犯错比较多。因此，尽管别人用狡猾虚伪之心对待自己，自己也要正大光明地对他们。这个道理就如耶稣在《圣经》里提到的"看到对方眼中的木刺，却没有看到自己眼中的大梁"一样，就如"别人打了你的左脸，你要伸出右脸给人打"一样。七十二岁时，他还坚持践行朱熹说过的"一日不死，一日要是当"，"今日多四五更梦醒，痛省身心，精察物理"。

一个人不管做了什么，最重要的就是要内省和甚笃。内省可以知道自己的缺失，甚笃可以坚定自己的信念。就如信徒每天晚上要祈祷一样，不同的是，信徒祈祷的对象是神，而吴与弼祈祷的对象是圣贤或是一个茫茫无边的天。

第三，在病患贫困中悠然自乐。

除了物质世界外，一个人总得给自己寻找一个精神世界。

吴与弼从京师回去后，以务农为生。虽然也教一些弟子，但当时的教育毕竟还没有产业化，因此生活每况愈下。

他说，自从京师归来，"后十余年，疾病相因"。

"兼贫，无药调护……"

"思债负难还，生理寒涩。"

"近晚王临仓借穀，因思旧债未还，新债又重，此生将如何也。"

"遇大雨，屋漏无干处。"

"十一月单裘，彻夜寒甚。腹痛，以夏布帐加腹，略无厌贫之意。"

"昨晚以贫病交攻，不得专一于书，未免心中不宁。"

"累夜乏油，贫妇烧薪为光，诵书甚好。"

一个受过皇帝召见的人沦落到去邻居家借吃的，沦落到没有被子盖，没有钱买药，没有钱修葺房屋。在这个时候，如果说还能悠然自乐，或者说处之泰然，只能说这个人要么是精神有问题，要么是虚伪。在此情况下，众人都会认为温饱问题是第一位的。可是，吴与弼又是如何面对的呢？此时此刻，他或许想到了在京师的光阴，或许想到了自己的面子问题。但是，从字面上看，他并没有在困难面前跌倒。

"爱养精神以图少长。"

"若舍至难至危，其他践履，不足道也。"

"上不怨天，下不尤人。"

"徐觉计较之心起，则学之志不能专一矣……若再苟且因循，则学何由向上？此生将何以堪？穷通，得丧，死生，忧乐，听于天，此心须澹然，一毫无动于中。"

"人须于贫贱患难上立得脚住……上不怨天，下不尤人，物我两忘，惟知有理而已。"

"男儿须挺然生世间。"

"虽贫穷大甚，亦得随分而。"

"贫贱之分当然也。"

"勿以妄想戕真心，客气伤元气。"

看到吴与弼的想法，现在的人或许会觉得有点可笑，或者是对他充满同情之心。在很多人眼里，他如阿Q那样，用精神胜利法来鼓励、安慰自己。在这样想的同时，我们要明白，物质的世界也许可以相同，精神的世界绝对没有相同的。因此，或许吴与弼是真安然自得地生活在那样的日子里，我们却还在用固有的逻辑去思考他。就如我们认为和尚的生活清苦、索然无味一样，他们也许觉得我们生活在欲望横流的世界里无法自拔呢。

吴与弼可以向圣贤看齐。在今天，文人该向什么看齐呢？

没有了文化土壤，又怎么会产生真正意义上的文人。

如果我们认为吴与弼有点迂腐，认为他是一个傻傻的、憨憨的知识分子，那么只能说今天的文人或知识分子距离"不为五斗米折腰"时代越来越远而逐渐变成犬儒派了。

得宠与失宠

魏忠贤，原名李进忠，河间府肃宁县人。他本姓魏，继父姓李。得宠后，因避明朝三大案之一的"移宫"事，改赐名忠贤。

宠魏忠贤的是明朝第十六个皇帝熹宗天启，其父亲是光宗泰昌，爷爷是神宗万历。

光宗名为朱常洛。因为母亲得不到父亲的垂青，朱常洛并不受待见。相反，万历更喜欢自己宠爱的郑贵妃所生的福王朱常洵。为此，光宗十三岁才出阁上学，等了二十六年才登上帝位。（万历十年出生，万历二十二年出阁，万历四十八年登基。）

爱屋及乌，既然父亲不受爷爷喜爱，作为孙子的天启更是被冷落一旁。此时，进到膳食房的魏忠贤开始接触到天启，对他照顾有加。在一个倍受冷眼的孩子眼里，魏忠贤成了最善良的人之一。

一个人在落难的时候，如果有某人帮一把，哪怕只是给自己一碗水喝，自己都会对某人感激不尽。

更何况是长在深宫中的皇太孙。

按照常理，魏忠贤本没有机会升到后来的位置。他善待天启的时候，自己已经五十岁左右。此时，光宗还没有继位。正常情况下，三十九岁的光宗正值壮年，当十年八年的皇帝不成问题。因此，等到天启登基的时候，魏忠贤应该是年近古稀了。

可是，历史有时候就会跟人开玩笑。

因为纵欲过度加上用药不当，光宗登基不到一个月就驾鹤西去了。为此，还闹出了"红丸案"。

　　至此，十六岁的天启顺理成章当上了皇帝。本来没有希望大红大紫的魏忠贤平步青云，扶摇直上。加上他与天启的奶娘客氏扯不清的关系，魏忠贤变得可以呼风唤雨，不可一世。

　　当时的朝政可以说是黑暗一片，魏忠贤的势力权倾朝野，其本人被称为"九千岁"。

　　但是，"路见不平有人铲"。在任何时代，不管多么黑暗，总有一些人透过黑暗发出光芒。

　　其中之一便是杨涟，万历三十四年的进士之一。因为"移宫"一案他被迫告归，后被复用，任都御史。

　　天启四年，杨涟看不惯魏忠贤和客氏的专横，上了一道著名的弹劾魏忠贤的《二十四大罪疏》。结果，弹劾不成，自己反被下狱致死。其死状之惨，令人发指。

　　在该疏中，杨涟从朝政到后宫，历数魏忠贤罪状。坐实其中任何一条，魏忠贤都会是死罪。得知奏章的事后，魏忠贤在天启面前哭哭啼啼，试探皇帝的态度。接着，他又匆忙下狱杨涟，将其致死。

　　奏疏开始，杨涟简单述说魏忠贤的发迹史，告诉世人"忠贤"二字本来是好字，但是对魏忠贤而言，"小忠小信以悻恩，既乃大奸大恶以乱政"。

　　前七罪，杨涟直指魏忠贤对朝政的干预。

　　第一，滥用"票拟"之权，"径自内批"。"政事之堂几成关市"，"假若夜半出片纸杀人，皇上不得知，阁臣不敢问，害岂渺小？""坏祖宗二百年之政体。"

　　第二，剪除顾命大臣刘一燝、周嘉谟，"不容皇上不改父之臣"。

　　第三，光宗一月驾鹤西去，肯定有不可告人的原因。对此，礼臣孙慎行和宪臣邹元标提出要一探究竟。魏忠贤却纠结言官弹劾二人，以去照顾自己的党从。"是何亲于乱贼，何仇于忠义"，"容不下先朝老臣"。

　　第四，对于功臣王纪、钟羽正，魏忠贤陷害二人，使之离开朝堂。对于趋炎附势之人，却破格提拔。"是真与我善者为善人，与我恶者为恶人，必不容盛时有正色立朝之直臣。"

　　第五，对于"枚卜"，魏忠贤一个人说了算，滥用私情，阻碍士人晋升。

　　第六，对于"廷推"，魏忠贤颠倒有常之"铨政"，掉弄不测之"机谋"，"一时明贤不安俱去"。

　　第七，天启登基之初，文震孟等九人言辞忤魏忠贤，魏忠贤就尽然将他们除斥。"皇上之怒易解，忠贤之怒难饶。"

接着三罪，杨涟直指后宫。

第八，宫中有一贵人，天启非常喜欢。魏忠贤利用皇帝南郊之时，将其掩死，"是皇上不能保其贵幸矣"。

第九，天启的裕妃有喜，魏忠贤勒令她自尽，不让她见皇上一面，"是皇上不能保其妃嫔矣。"

第十，皇后有喜，已经成男，后宫应该保护，但是魏忠贤等人却使得后宫胎儿不保，"是皇上不能保其第一子矣"。

接着，杨涟提到先帝身边的太监王安。

第十一，光宗在东宫四十年，只有王安为伴。可以说，他没有功劳，也有苦劳。即使他有罪，也应该交给相关部门查问，让天下共见之。但是，魏忠贤却私传圣旨，杀王安于南海子，使其身首异处，肉喂狗吃，"此后内臣无罪而擅杀擅逐者，不知其数千百也"。

随后，杨涟提到魏忠贤个人的生活。

第十二，在河间府毁人居室，建造牌坊，坟茔规制超过朝官，僭越朝廷陵寝。

第十三，随便提拔人，亵渎了朝廷名器。"金吾之堂，口皆乳臭；诰勒之馆，目不识丁"，"不知忠贤有何军功，有何相业？"

第十四，枷死皇亲家人数命，是对朝廷的公然蔑视，动摇"三宫"。

杨涟接着指责魏忠贤草菅人命。

第十五，良乡生员章士魁因为煤窑伤到了魏忠贤家的坟脉，魏忠贤说他是开矿而将他处死。"赵高指鹿为马，忠贤煤可为矿。"

第十六，如果王思敬、胡遵道真的侵占牧地，应该交给有关部门审理。但是，魏忠贤却动用私刑，致使他们体无完肤。

然后，杨涟弹劾魏忠贤罗织之罪。

第十七，监察本是科臣的职责。但是，魏忠贤对敢于直言的周士朴却停其升迁，且告知吏部不能重新起用。"遂以成中官之尊大得矣，而圣朝则何可有此名色？"

第十八，开罗织之罪于缙绅。"大明之律令可以不守，忠贤之意旨不可不遵。"

第十九，对于朝廷任命的阁臣魏大中，魏忠贤几次三番不让其就职。"玩弄言官于股掌，而皇皇天语，提起放倒，信心任心，今后视皇上为何如主？"

第二十，东厂原来的任务是察奸细，缉非常，不是扰平民。"自忠贤用事，鸡犬不宁"，"片言违欢，则驾帖立下"。捕拿中书汪文言，"不从阁票，不会阁知，不从阁救。当年西厂汪直之横，恐未足语此"。

最后，杨涟坦言魏忠贤有谋逆之心。

第二十一，东边战乱未停，京城仍在戒严，东厂匆忙缉拿众人又为何事？韩宗功潜西安打点，就是为了魏忠贤。事情败露，才得以终了。如果韩宗功的奸细事成，敌人攻到城下，那么魏忠贤就是"首功之人"。同时，他又用银子九万两建造新的县城，却置京城百姓于不顾。

第二十二，地方之王分在四方，祖制是不蓄内兵。即便有侍卫，也是不操练。这样做，本是有深刻意义在内。但是，魏忠贤等却创立内操，安插亲信。如果有大盗、刺客、东鲁、西夷人化名为家丁，又会如何？如果乘机作乱，后果不堪设想。但是，魏忠贤却散财结交此类人等。"招纳亡命，安插亲信"，"魏忠贤意欲何为"？

第二十三，魏忠贤去涿州进香，奢华的场面让人以为是皇上亲临。回来的时候，改驾四马，"羽幢青盖，夹护双遮，则已俨然乘舆矣。"

第二十四，魏忠贤在大廷之内骑马。"宠极则娇，恩多成怨。"魏忠贤春天骑马之时，皇上曾经射杀了他的马。魏忠贤不仅不请罪，反而有傲色，有怨言，耿耿于怀。"从来乱臣贼子，止争一念放肆，遂至收拾不住。"如真有此事，皇上为何要养虎为患，即使千刀万剐魏忠贤也不足为过。

读完此二十四罪，魏忠贤应该倒吸一口凉气。好的是皇帝毕竟听自己的话，所以自己还有翻盘机会。结果，举报人的材料最后转到了被举报人的手里，举报人的下场可想而知。

现在这个时代，我们不知有没有魏忠贤这样的人物权倾朝野。但是，权倾地方的比比皆是。

稍有不慎，大大小小的"魏忠贤"就会在我们生活的空间里不时出来搅和一下。

可惜的是，读到类似《二十四大罪疏》这样入木三分之文的机会是没有了。

英雄是非

提到李自成，大多数人马上会想到农民形象，想到起义，想到他这样一个英雄究竟是何等相貌堂堂。

在历史课本上曾经有一幅图片，李自成戴着斗篷帽，骑马进入北京。那个时候，按照课本上说的，李自成是农民领袖。在他的领导下，农民军把大明王朝送到了尽头。

英雄不问出处。可是，对于这样的一个英雄，应该让人知道他的出处，知道他究竟为何会走上造反之路。

李自成原名李鸿基，陕西延安府米脂县人。

李家务农，几代单传。到了李鸿基这一代，情况有了变化。李鸿基的父亲叫李守忠，有两个儿子，大儿子叫李鸿名，次子是李鸿基。据说，李鸿基出生的时候，有流星自西北入东北，而且还接连地震两次。

李鸿基出生于八月。李鸿名在九月有了儿子，取名李过，即李鸿基的亲侄儿。这个侄子，据说后来在李自成的事业中作用不小。

不幸的是，这一年十一月，李鸿名死去。

李家又成了单传。

三年之后，李鸿名的妻子改嫁。李守忠夫妇抚养两个同岁的男孩，一个是李鸿基，一个是李过。

八岁的时候，他俩一起到小学读书。可是，他们不喜欢文的，只喜欢武的。"酷嗜拳勇"，不相上下。

中国有句俗话："好男不当兵，好儿不打钉。"李守忠也期望着他俩能好好学习，天天向上，考取个功名，挣个一官半职。因此，老爷子屡屡责备他们不要不务正业。不过，收效并不大。

李鸿基十三岁的时候，母亲去世。

从此，李鸿基和李过经常偷偷出去和朋友饮酒作乐。其中，有个朋友叫刘国龙，和他俩同岁。一天，他们三人到一个乡村小酒馆喝酒，边喝边说："成大事，读书何用？"

第二天，他们在关帝庙前，模仿桃园三结义称兄道弟。三人之中，李鸿基最为厉害，尤其是臂力。在一座道观比试后，一个道士看到李鸿基的能耐后大为惊叹，认为他有这样的能力是"汝父行善"。

李鸿基说："大丈夫当横行天下，自成自立……前三岁曾梦伟将军呼予'李自成'，今即改名李自成，号鸿基。"

"李自成"三个字就这样出现了。

看着三人整天吃吃喝喝，不求上进，李守忠自然伤心。想来想去，他有了一个好办法，那就是请老师约束。

古代的老师可比现在的厉害，有规矩，有威望。不像今天的老师，畏畏缩缩，什么也不敢过问。可是，还没有等到把老师请来，李自成就偷跑到延安拜师学武艺去了。

教武的老师姓罗，以前当过兵。李自成跟着他开心得不得了，还写信给李过与刘国龙说："汝二人速来同学，不可虚废岁月。"

看到信后，李守忠跑到延安去找他。望子成龙心切，但也可怜天下父母心。自然，李自成不想跟父亲回老家。在李守忠苦口婆心的劝导下，在罗老师的劝说下，他最后才同意回去。可是，留得住人，留不住心。思前想后，李守忠决定把罗老师请来当家教，让李家叔侄和刘国龙三人同学。

想让一个调皮捣蛋、不合时俗、有点个性的男人变乖，还有一个好办法就是给他找个老婆，让他结婚，有个家，有个牵挂。这样，有了老婆、孩子、热炕头，看看他还能怎样折腾。

李老爷子一拍脑袋，主意拿定，先为孙子李过娶了一个姓邓的老婆。李自成要求比较高，不是美女他不要。所以，半年之后，他才结婚。

李自成的老婆叫韩金儿，是一个不简单的女人。

韩金儿"艳而淫"。十四岁的时候，她嫁给了西安一个老头当妾。后来，因为行为不端被休了。接着，她嫁给延安一个监生当妾，又被抛弃了。

李自成是她的第三个男人。

儿子刚结婚，李守忠就做了一个噩梦，说是李家自此就有祸。因此，李守忠就与李过一起到泰安进香还愿。

他俩刚走了一个月，李自成就去了延安，留下老婆在家独守空房。不久，韩金儿与一个叫盖虎儿的二流子通奸。又过半月，李自成从延安回家。路上夜宿旅店时，他做了一个梦，梦到老婆和一个年轻男子在睡觉。黎明回到家后，所见情况与梦里一样。他举刀就砍，韩金儿被砍死，盖虎儿逃之夭夭。

出了人命，李自成被押送到官府。

官府的人说："汝妻不良，杀之固当。但捉奸须双，今止杀妻，与律不合。"打了李自成二十大板，把他投进监狱。李自成委托人行贿二百金，活着走了出来。但是，官府的文字却是这样说："因妻韩氏不良而杀之，却无奸夫同杀为证，何以服人？……俟获奸夫再审。"

李自成一看就生气了，问："奈何受金而罪我？"一气之下，他杀死了当官的，逃跑到了甘肃。

当时，清兵几次逼近北京，崇祯帝号召各路勤王，李自成顺势参了军。那个时候，西北多强盗，别人去处理都办不成事，而李自成去总能平息。因此，在军营里，他很快得到了升迁。李自成觉得做强盗的不一定都是狗熊，说不定自己哪天也用得着。因此，他就结识了那么几个，其中就有被称作"闯王"的高如岳。随后，俩人"欢如鱼水，同至土山，结为兄弟"。

军队里，李自成是一把好手。但是，去勤王的时候，自己却没有当上先锋。他和一个叫刘良佐的人心里都不服气，说"宁为鸡口，不为牛后"。

刘良佐说算了吧，并拿郭子仪举例子，说郭子仪也是一个普通兵，后来还不是做了天下大元帅。

李自成说："大元帅何足道？汉高祖，刘知远，我太祖皇帝，岂祖宗传天下？亦是凭空做成事业者。"

后来，因为一点小事，李刘二人联手杀了先锋官。

事情由此变大，因为这相当于"军哗"。

此时，李自成想到了自己的结拜弟兄高如岳，便投靠到他门下。当时，高闯王抢了五个美妇：邢氏、赵氏、余氏、安氏、邬氏。其中，邢氏最美，也是高闯王的最爱。可是，为了兄弟感情，他硬是把邢氏让给了李自成。

既然兄弟感情这么深，李自成自然二话不说，服服帖帖地跟着高闯王，直到高闯王死后，自己当闯王。

由此看，李自成年轻的时候，身世颇为曲折。放到现在，他也就是很多人眼里的一个混混，或者说是鸡鸣狗盗之徒。不过，在中国历史上，这样的人也未必就不能青史留名。不过，细看他的身世，尽管李自成家祖祖辈辈务农，可他好像和农民没有多大关系，而且从来不靠农业吃饭。

透过李自成年轻时的二三事，每个人对历史，对我们曾经想当然的历史，应该会得出一点自己的体会。

对英雄，我们无须顶礼膜拜。歌颂李自成的丰功伟绩，也就是说要很多人学习他年轻时那些摆不上桌面的事儿。当然，这是很多人不愿意看到的。所以，我们学习的东西，往往都是支离破碎，残缺不全。崇拜了很久才发现："哦，是这样的啊！"

在历代农民起义中，领袖被称为"闯王"的只有此次。迷信的说法是，"闯"字是"马"出"门"，在五行当中属"火"。明朝的皇帝姓朱，就是"牛"加一撇一捺。"牛"属"土"，火克土，就是"马"克"牛"。

因此，闯王进北京好像成了注定之事。

另外，"闯"是"马出头"。马出头，就是"主子"在"马"上定天下。因此，李自成马上取天下，但不能坐称"主"。也就是说，"闯王"只不过是马上皇帝。所以，李自成进北京之后，不到三个月就被逼离开北京，流窜各地，戎马一生。

命也，天也!?

隐像

　　一个学生在作业中说他不明白中国历史上为何有那么多太监，为何太监能够成为皇上的"红人"，为何皇帝和太监走得那么近，为何众多官员要讨好太监。

　　太监现象不独中国有，在《新约圣经》上就曾经提到过"eunuch"，翻译成汉语是"阉人"。国家地理电视频道上有一期专题节目叫 *The Hiding Gender*，介绍了印度社会里存在的太监。

　　"太监"一词形成比较晚，在明朝才出现。"太监"二字也是从那个时代才正式登上历史的舞台，并形成了二十四监。之前的太监并不被称为"太监"，而是被称为"宦官"或"阉人"。历史上，太监多出于河北和福建。

　　据历史考证，第一个有名字记录的宦官叫"竖刁"，生活在春秋时代。为了表达自己对主子的忠心，表示自己对主子的后宫没有任何威胁，他自愿"阉"了自己。所以，从一开始，宦官的意义就与主人分不开，是特有文化下的产物。

　　当然，那时的宦官并不一定都是阉割之人。据说，秦始皇身边的赵高就没有阉割自己。

　　至于说皇帝为何会选择与太监或宦官而不是宫女亲近，原因不外两个。一是皇帝作为九五之尊，不能轻易和宫女接近，何况还有那么多正式的老婆在后宫。试想一下，如果皇帝天天像一个市井无赖一样，到处与宫女苟且，皇家尊严又会在哪里？二是让阉人在宫廷里走动比较安全。如果正常男人出入后宫，无论是和宫女或者后宫受冷落的妃子都可能会传出风流秘史。毕竟，常人都有七情六欲。如果他们和宫女有了私情，皇帝要是过问的话，怕是忙得根本无暇顾及国家大事。如果他们和哪个妃子有了私情，那皇帝的脸面何在？而且，当时又没有高科技进行亲子鉴定，说不定何时皇家的血脉就变了种。

　　皇帝或执政者之所以用阉人，出发点不过如此。

　　只是，既然皇帝要防止阉人，为何很多时候又被他们欺负或者威胁，为何他们能成为皇帝的"红人"呢？这还要从皇帝本身说起。皇帝是"真龙天子"，从小就受正统教育。但是，他们同样是人，心里不免有孤独。吊诡的是，在很多人眼里，皇帝又有"神"的身份。因此，他不能随便把自己的私事告诉大臣或后宫，即便是告诉自己的母亲或者皇后也不可以。否则，他们就会失去"神"的形象。在深宫大院里，他们能接触到的只有阉人。自然，他们也就成了皇帝从小到大的伙伴。试想，一个陪着自己长大的人，自己还要提防他什么呢？久而久之，皇帝信赖阉人就顺理成章了。

当然，并不是每个皇帝都会受制于阉人。在中国历史上，宦官或者太监猖獗的时代有东汉、唐朝后期、明朝中后期。宦官猖獗的时代就是皇帝软弱的时代，如东汉后期的几个皇帝都因为年幼而成了宦官手下的牺牲品，唐朝后期都是皇帝在登基前受到太监的资助而后来受控于他们，明朝中后期的太监成了皇帝幼年时的伙伴或者没有奶水的"奶爸"。

作为一个男人，自己有痛苦不能跟后宫说。此时，身边有一个人，不会威胁自己的后院，又是自己的伙伴，还有什么不能相信的？可以说，宦官或者太监的"红"和皇帝的心理是分不开的。

在宫殿里，皇帝一个人批阅奏章时，陪伴在皇帝身边的只有太监或者宦官。

当然，并不是每个太监都能"红"。能够称为皇帝"红人"的太监，肯定有自己的过人之处，比如刘谨的素养、李莲英的手艺和嘴皮子功夫。而且，他们走"红"绝非顺利之事。首先是牺牲了做正常男人的权利，然后又成了皇宫的仆人。在这样的环境里，他们要想有所为，肯定要付出更大的代价。

既然阉人可以"红"到控制皇帝，那他们又为何不在合适时机取而代之呢？一是因为他们虽然可以杀了皇帝一个人，但是却得不了天下人的心。与其这样，不如让一个可以得人心的皇帝做自己的傀儡。二是他们也会想到得了帝位之后又会如何，毕竟自己没有子孙。虽然据说魏忠贤有意于让侄子登基，但那毕竟不是自己的直系后代，没有多大意义。

因此，虽然阉人在历史上一度掌权，但从来没有一个杀掉皇帝而更改国号的，倒是那些正常的男人打着各种旗号改朝换代。

宦官也好，太监也罢，他们失去了做正常男人的权利，无论是心理上还是生理上都承受了不小的打击。因此，就像某些人说的那样，即便他们有点心理扭曲也是可以理解的。

一提到"阉人"，我们就会想到高力士、赵高、李莲英、刘谨等行为有污点的人。其实，在历史上，对社会或政治有正面影响的阉人也为数不少，如郑和和蔡伦等。

对于历史上每次宦官或太监和大臣的相争，我们总是倾向于同情大臣而归咎于前者。可是，不要忘记，大臣也是为了自己的地位着想，阉人也是为了自己的地位着想。他们二者相争，归根到底还是为了"权力"二字。

谁是谁的谁

一六四四年春天，寒冷比平时来得早了一些。

如同一个老人一样，走过了二百七十六年的岁月之后，在内忧外患的纷扰之下，朱明王朝在崇祯手里走到了历史的尽头。

最后那晚，崇祯挥剑砍伤女儿，逼死皇后。他手拉着太子和另外两个皇子，告诉他们从此之后就不再是帝王家人，嘱咐他们出了皇宫，见老人叫"翁"，见年轻一点的叫"叔伯"。此时此刻，崇祯那种父爱的关怀让人心酸。

可是这又怪得了谁呢？

站在景山上，当他把头放进绳套的时候，当他把头发弄散以示无脸见祖宗的时候，他是否还有疑问？

为何自己锐意改革十七年，却越改越失败，最后还亡了国？

为何自己几十万的军队却敌不过关外的那一点点清军？

为何名正言顺的朱姓两百多年的威望却抵抗不了反贼的进攻？

为何唯一还有希望拯救自己的吴三桂却迟迟不到来？

吴三桂他不仅没有拯救朱明王朝，还要把朱姓最后的皇家血脉逼死来显示自己对新王朝的忠诚。

明朝是诸王朝中士大夫节气较烈的一个朝代。可是，他们在亡国时候的表现却又很让人失望，很多士大夫的表现还不如识字了了的太监和宫女。

任凭崇祯再骂那些高官厚禄的人无情无义，一切已经无济于事。那个时候，真的是"任凭你天皇老子，我才不管！"

吴三桂比谁都聪明。他知道，在那个时候，任凭老天爷怎么显灵都救不了大明王朝，所以只能让崇祯"望穿秋水""肝肠寸断"。

不管是为了自己的美人陈圆圆，还是仅出于让自己活下去的本能，吴三桂向多尔衮发去了求助信，也就是投降信。最后，虽然有了救兵，但吴三桂让太子登基的天真愿望却没有能实现。

李自成是被赶走了，但是清军却再也赶不走了。

其实，吴三桂真的会为了一个陈圆圆而眼睁睁地看着自己家人被李自成处死吗？应该不会！一个女子，在那个时代，怎么会有那么大的魔力，让一个将军冒着"不忠""不孝"的罪名去贸然行事呢。

　　不过，也说不定。男人为了红颜而愤怒，或者拼命，或者不要父母的还少吗？想到女人在自己枕头边的柔情似水，什么父母的养育之恩，什么皇帝的"皇恩浩荡"，都可以抛到一边。

　　就这样，崇祯死了，吴三桂的老父亲也可怜巴巴地死了，陈圆圆也不知所终。

　　唯一确信的是，吴三桂受到了新王朝的垂青。

　　那个时候，人活着比什么都重要。

　　吴三桂本可以振臂高呼，毕竟大明江山还有很多不在清军手里。但是，他没有这样做。其中原因，谁又能说得清？其实，用不着拔高吴三桂的精神，安逸的日子谁不愿意享受呢？

　　朱明王朝在北方是倒台了，可是逃到南方的朱姓子孙并不甘心。曾经，他们的老祖宗太祖皇帝朱元璋把蒙古人赶到了大漠，元朝的子孙一个劲地往北逃窜。现在，风水轮流转，轮到自己了。只是，逃跑方向相反。这次是往南跑，经过南京、浙江、福建、广西、云南，最后竟然跨出边境跑到了缅甸。

　　崇祯的同辈兄弟朱由榔也就是永历帝，本以为可以在远远的地方安享余生，可吴三桂还是追来了。

　　对于故主的独苗，而且其家室对自己有恩，吴三桂不会狠心下毒手吧？如真要交差的话，弄个假人头代替，作弊一下不可以吗？

　　朱由榔那么想，我也那么想，可是吴三桂不那么想。

　　朱由榔太单纯了！

　　吴三桂和清朝的将军逼着缅甸首领交出朱由榔。由此，一封让人肝肠寸断的信流传了下来。

　　写信人是朱由榔，收信人是吴三桂。

　　在信中，朱由榔先和吴三桂套近乎，说先帝待他不薄。只是，国家遭此患难，内反外乱，将军你开始是要与我们朱家共存亡的。将军你是大人物，何必要狐假虎威，帮助新的朝廷呢！

　　朱由榔说自己作为皇室血脉，为人所立，但是却一再失败，最后才到了南安。在此，他只是想"与人无患，与世无争"。

　　可是，将军你不仁不义，忘了我们家给你的恩典，把我追到云南，"覆我巢穴"。因此，我横穿沙漠，暂时借住在缅甸。在这里，山高水远，言笑谁欢，我所有的只是伤悲啊！既然失去了山河，我苟活于世也觉得是一种幸运。可是，将军你还是带着十万大军，追我这样一个"逆旅之身"。天下那么大，你都看不到，怎么就看上我了呢？

朱由榔又是诉苦，又是奉承，又是批评，想着你吴三桂还不放我吗？

"岂天覆地载之中，独不容仆一人？"这是朱由榔的感慨，也是他的第一个发问。

"我家待你不薄，你还非要杀我去邀功吗？"

"你毁我的家，又想杀我的孩子，难道没有恻隐之心吗？"

"将军你是受过皇恩的人，你不可怜我，难道不可怜先帝吗？不念先帝，不念我的列祖列宗吗？不念我的列祖列宗，你不念自己的祖宗和父亲吗？"

"不知道大清对你有什么恩德，我又和你有什么恩怨仇恨？"

"史有传，书有载，他们会如何说将军你呢？"

"我现在是一个人，没有还手之力，将军你杀我那是小菜一碟，我也没办法。"

"如果能转祸为福，或给我寸土容身，真是不敢奢望。"

"如果我有了太平，即使有亿万之众，也肯定给将军你，听你的话。"

"将军你伺候大清，也不能忘记老主人给你的好处啊，不能辜负先帝的恩典啊。"

朱由榔说的话真是让人同情之心油然而生。

你看看，我都这样求你了，你还不能放我一马吗？

"我听你的话还不成嘛？"这样酸的话，皇室血脉都可以说得出来，可以看出朱由榔的求生欲望和绝望。

然而，吴三桂毕竟是吴三桂，最后还是没有放过这个央求自己的老东家的子孙，用弓弦把他勒死，把头割下送到北京邀功。

他们谁对谁错？

看看吴三桂以后的命运和最终归途，谁又比谁更幸运呢？

至少，在此时吴三桂的脑海里，如同李自成的人要处死父亲吴襄的时候那样，只有一个念头：

谁是谁的谁！

兄弟之间（一）

说起雍正，很多人都会联想到吕四娘。只是，吕四娘刺杀雍正的故事是后人杜撰的。原因很简单，雍正的言论政策在一定程度上得罪了当时的士人。

说起雍正，很多人都会想到二月河写的《雍正王朝》，由此改编而成的电视剧在二十世纪九十年代红极一时。

说起雍正，很多人都会想到所谓的篡权，他把本属于十四阿哥的皇位夺了过来。只是，这个所谓的传说已经被大多数历史学家否认。

说起雍正，很多人都会想到康熙诸位皇子为了夺得储君之位而展开的血雨腥风、尔虞我诈的争夺。从直观上看，很多人认为雍正是一个城府很深又渔翁得利的人。

在康熙的众多儿子中，"太子党"和"八阿哥党"是最先争斗的两党。可惜的是，太子不争气，被康熙两度废掉，而八阿哥也因为自己的出身以及拉帮结派为康熙所厌恶，继而支持二次复出的太子。

令人意想不到的是，最后皇位为不显山不露水的四阿哥夺得。

说起雍正，很多人都知道他在登上皇位后对自己兄弟的残忍和宽厚。残忍是指对曾经与自己对立的兄弟，宽厚是指与自己站在一起的兄弟。至于残忍，很多人都会想到雍正给八阿哥、九阿哥起的有点下贱的"猪狗"之称；很多人都会想到在康熙死后，他不让自己的亲弟弟十四阿哥进京吊丧，惹得母亲落泪大哭。其中缘由，很多人都应该可以猜得出。至于宽厚，就是在自己登上皇位之后，他重用十三阿哥等曾经帮助过自己的人。

对于雍正和八阿哥以及被废掉的太子之间的矛盾，无须多言。尽管登基后他惺惺作态地重用八阿哥，后来还是对他及家人狠下毒手。

只是，对自己的亲兄弟下手，必须师出有名。对于八阿哥这样有"司马昭之心"的人，他处理起来可以说是不费吹灰之力，但是对别的阿哥又要找什么借口呢。

其实，皇帝的借口比我们普通老百姓的高明不到哪里去。

允祉在康熙的众多皇子中排行第三，也就是雍正的三哥。对于自己的三哥，雍正所列举的借口可谓是五花八门，超出一般人的想象。

第一，雍正说三哥在六岁的时候"尚不能言"，每次见到康熙之时总是"惊怖啼哭"。

第二，雍正说三哥随着年龄的增长，在康熙面前"不义不孝"，对于自己的母后过于放肆。其实，所谓的"放肆"也就是三哥在母后死后不到百日理发了，其实为此他已经遭到康熙的批评了。

第三，雍正说三哥在对待自己的兄弟方面"刻薄寡恩"，"诸兄弟皆深知其人而鄙弃之"。

第四，雍正说三哥在对待朝臣方面"倨傲无礼"，对待下属贪得无厌，"中外所共知"。

第五，雍正说三哥在太子被废之后以"储君"自命，对八阿哥扬言说："东宫一位，非我即尔。"

第六，雍正说在父亲身体不好的时候，自己"侍奉汤药"，忧心忡忡，而三哥竟然"无忧戚之容"，还有高兴的意思，可谓"天良今泯，一至于此"。

第七，雍正说父亲曾经将东宫太子礼仪制定得比较详细，三哥竟然谩骂说，"如此则何乐为皇太子乎？"三哥这句话是在暗示自己就是储君，否则不至于批评太子的礼仪制度。

第八，雍正说在父亲死的时候，他让三哥管理内事，但是三哥竟然"私自外出"与别的兄弟见面。

第九，雍正说三哥在父亲活着的时候就私藏钱财，并且有欠债。为了照顾三哥，自己还赐了十五万两银子给他，但三哥还是为了一点小钱到处追要。

第十，雍正说三哥挑拨离间他和臣下的关系，上奏说："此辈皆欺罔之人，无一人可信。"其实三哥是故意这样做，让自己失去好的助手。与此同时，三哥笼络与皇帝对立的人。比如，在十四阿哥被革去郡王和其儿子被革去贝子之时，三哥竟然在"乾清门为之叹息流涕"，竟然"肆无忌惮"如此。

第十一，雍正说三哥的儿子过于放纵，举动"非法"，也就是没受到很好的管教。自己为了好好管教他，下令禁锢他一段时间。但是，三哥竟然"衔恨在心"。为了溺爱自己的儿子，三哥竟然连"尊君亲上"也顾不得了。

第十二，雍正说三哥两面三刀。在对待八阿哥等人的事情上，三哥竟然说："若交于我，我即可以置之死地。"雍正说自己是皇上，三哥这样说是"越位"，说三哥这样对待自己的兄弟"不知何心"。

第十三，雍正说三哥每年来见自己的时候，自己总是赐座，告诉他勤政爱民的道理，但是三哥从来不置可否，连头都不点一下。不仅如此，三哥还告诉自己一些传闻趣事，让自己倦怠朝政，"以遂私愿"。

第十四，雍正说在对待八阿哥的处罚问题上，所有的臣下都为自己痛惜，但是三哥竟然显得比平时还高兴。

第十五，雍正说弟弟怡亲王病逝，自己很伤心，所有的臣子也伤心，但是三哥竟然"幸灾乐祸"。三哥素来和众兄弟不和，但也不至于有这样的行为。三哥这样"尚得有人心者乎？"雍正说自己赏赐给怡亲王奖励，向众人宣示时，三哥竟然看都不看，"傲然而去"。这样的行为，"谓有君上者乎？"

此后，雍正说尽管自己和三哥是兄弟，尽管三哥没有做成大奸大恶之事，但是他在兄弟死的时候"丧天灭理如此，是法不知畏，恩不之感，以下愚之人，而又肆其狂诞，势必为国家之患"。雍正说自己在列祖列宗面前受父亲康熙托付，不能再"隐忍姑息，贻后患于将来也"。至于定罪，雍正说还是交给相关部门处理吧。

雍正处置三哥时，理由可谓是费尽心思。时间跨度之大，空间跨度之广，让我们今天读来都错愕不已。

如果把"雍正"和"三哥"两个人换掉，在时下的社会里还可以运用。当然，我们可以说那样的人是挑刺。但是，如果"挑刺"的人是自己的上司，那结果就是自己走人。

可悲乎？可笑乎？

兄弟之间（二）

雍正继位，一直流行的观点是雍正篡改诏书，把"十四阿哥"改成"于四阿哥"。

至于康熙在畅春园驾崩时，到底谁在场，是康熙让隆科多颁布的诏书还是隆科多等人自行写的诏书，也因为历史的篡改而失去了原来的面目。

但是，四阿哥，也就是后来的雍正，和十四阿哥是同父同母的兄弟这是公认的事实。

十四阿哥叫允禵。康熙驾崩的时候，他在西北当将军。有的人说，这是康熙为了以后传位于他而故意让他去磨炼。然而，在雍正看来，父亲如要传位于允禵，岂能让他在"边远数千里之外"。雍正说："圣祖欲以皇子虚名坐镇，知允禵在京毫无用处，况秉性愚憨，素不安静，实借此驱远之意也。"在这里，且不说康熙本意是否如雍正所说，雍正贬低自己的弟弟如此，实在令人汗颜。他这样说的原因无非是当时有人替允禵打抱不平。

在贬低弟弟的同时，雍正不忘抬高自己，说自己自幼蒙父亲器重，在各个兄弟之上，而且这是宫中人人都知道的；说自己在父亲病榻前接受遗诏，各个兄弟都"俯首称臣"，不敢有异议。当时允禵在边疆，不在现场，但是竟然在人群中流传尊允禵的话，实在是侮辱"朕躬"，并且侮辱了父亲的旨意，亵渎了先帝。因此，在雍正看来，那些人遭到天谴是罪有应得。

康熙死后，雍正说父亲死时没有看到允禵在身边，实在是没有福气。他说自己当初的本意是要宣召允禵到北京，"尽子臣之心"，没有防范他的意思。但是，话机一转，雍正又说，"允禵庸劣狂愚，无才无识，威不足以服众，德不足以感人"，而且，在陕西边疆，还有年羹尧与他在一起，允禵所有兵力只不过几千人，岂能对自己构成威胁。所以，雍正说，所谓自己不让允禵进京的流言实在是无稽之谈。在这里，雍正又一次说到弟弟的能力和品德问题。如果事实如此，那岂不是要怪父亲有眼无珠、能力低下？

但是，允禵还是进了京。雍正说，允禵进京之后，到文礼部咨询觐见雍正时候的举止让全朝惊骇。见到雍正的时候，他"举止乖张，词气傲慢，狂悖之状，不可殚述"。尽管如此，雍正说自己还是容忍了。这里，雍正把他亲弟弟批判得好像一无是处。

接着，雍正说自己建议母后接见允禵。但是，母后不允许接见，说"我只知皇帝是我亲子，允禵不过与众阿哥一般耳"。后来，雍正建议允禵和别的阿哥一起接受接见，母后才答应。在这里，雍正所说的和其他记载不吻合。世面上流传的是皇太后很想见允禵，但是被雍正阻拦。雍正说，母后在接见众多阿哥的时候，没有对允禵多讲一句话。不知道是太后碍于压力不敢讲，还是真的如雍正所说十分讨厌同是亲生儿子的允禵。按照人之常情，对待自己的亲生儿子，一个母亲不会这么绝情的。

雍正说，允禵后来在他面前咆哮，母后知道后严加训斥。但是允禵为何咆哮以及咆哮的内容，雍正并没有提及。没有十足的把握，允禵不会不知道得罪皇帝的后果是什么吧。

众所周知，允禵后来被雍正派去守陵。世上流言说，雍正没有让母后见允禵，而是直接让他去了守陵的地方。雍正说，允禵是在母后死了三四个月之后才去的。但是，在这之前，允禵是否见到了母亲，雍正没有说。

雍正说，自己派遣允禵去守陵，母后"欣喜嘉许而遣之者"，说母后是知道这件事情的。试想，一个母亲的两个儿子，一个儿子做了皇上，自己却很欣喜地派遣另一个儿子去郊外守陵墓。这于情于理也是无论如何也说不通的。即使她同意时是真的"欣喜"，谁说不是受到了周围的压力呢？后来，在母亲死的时候，允禵才得以又一次进京。

雍正说，自己再见到允禵的时候，又是悉心教导，让他痛改前非。后来，允禵又回到陵寝之处守陵。但是，这次是允禵自己去的还是被逼无奈，又未可知。

雍正说，在雍正四年的时候，有人向允禵院子中投书，劝他谋反。这个时候，雍正才把允禵召回京拘禁起来。为何四年过去了还有人劝说允禵谋反，这也是雍正没有提及的。但是，结论已经很明显了，和别的阿哥一样，允禵是叛臣。

雍正只有这一个亲弟弟。然而，在为自己辩护的时候，他时时不忘攻击自己的一奶同胞。中国是一个"半部《论语》治天下"的国家，如果说允禵真的如雍正所说那样差劲，那雍正自己的话也证明他比兄弟好不了多少。所谓的"仁、义、理、智、信"只是在潜意识里还存在，是统治的一个招牌罢了。到真正遇到现实利益的时候，人才不管那一套虚的教条。

一些法则，当只去讲而不去做的时候，约束的永远只是表面的行为，并不能约束人内心的欲望。当然，也不能排除个别人坚定地去信奉和实践它们。只是，那样的人实在太少，因为那些法则和实际生活脱离太远。

古今亦然！

绝命诗

五十年来梦幻真
今朝撒手谢红尘
他时水泛含龙日
认取香烟是后身

这四句诗是和珅自尽之前写的绝命诗。当他把三尺白绫悬上梁头的时候，心中滋味应该是如五味瓶一样。

鸟之将死，其鸣也哀；人之将死，其言也善。

这四句诗给人的感觉是和珅的确看透了人生如梦一样，可是他没有想到梦醒得是如此之快。

正月初三，太上皇乾隆死去。半月之后的正月十八，自己就走到了人生末日。所谓的尚书、九门提督、侍郎等头衔，一夜之间尽革去。

他没有想到，新的万岁爷在韬光养晦了四年之后，收拾起自己竟然如此神速。自从乾隆四十多年自己由一个门卫受宠以来，他平步青云，步步高升。转眼之间，二十多年歌舞升平的岁月就这样溜走。

虽然他住的宅子在历史上来看是一座凶宅，但他还是毫不犹豫地一住就是几十年。

他知道，乾隆爷死后，新皇帝肯定会收拾自己。但是，应该不会这么快，更不会让自己死。毕竟自己也算皇亲国戚，自己的儿媳和新皇帝还是兄妹关系。

然而，在权力面前，他小看了年近四十的新皇帝，高估了自己的身份。

读史可以明智。和珅不是不知道历史的人，虽然他文化程度不一定特别高。

他应该清楚，在中国历史上，只要是权臣，无论忠奸，最后好下场的屈指可数。乾隆曾祖父顺治时候的鳌拜，祖父康熙时候的明珠，父亲雍正时候的年羹尧，其下场一个比一个惨。尤其是雍正之于年羹尧，蜜月期的时候，雍正对他如兄弟，批语可以说是奉承一片，但杀起来时却一切如过眼云烟，不复存在。

才过去几十年的光景，和珅不是不知道。只是，人在权力和光芒四射的舞台上，很容易迷失自己，看不到自己只是飘在空中。

看多了王刚演的和珅，一想到这个名字就想到了滑稽可笑的和珅。听多了中央台《百家讲坛》上北师大附中历史老师讲的和珅生平，一想到这个名字就想到了他的一些逸闻趣事。其实，历史上的和珅究竟如何，早已经距离真实很遥远了。

王刚演的和珅是无稽之谈，正史记载的和珅也距离真相甚远。毕竟，新皇帝让大臣写和珅传的时候，不会纵容史学人士把和珅写得多么正面，否则只能证明自己父皇的昏庸。所以，只能把他往反面写，写他奸诈欺君，写他玩弄权术。

就这样，和珅到底是什么样的和珅，我们越来越不清楚。

按照当时隶属于清朝的朝鲜国使臣的记载，称和珅为阁老。阁老，岂是一个只会说笑而没有才能的人所能做的。就如我们一想到魏忠贤就想到阴险狡诈一样，我们很少想到他求人割掉生殖器时候的疼痛，很少想到他到处求人让自己进宫，很少想到他三十年的默默无闻，很少想到他做马桶工和食堂管理员时候的敬业，很少想到他对于从小受冷落的皇太孙照顾有加，很少想到他和同事之间关系的处理。

人需要机遇，但是机遇也只留给那些有能力的人。

魏忠贤如此，和珅也是如此。

一世英明的乾隆在六十多岁的时候还不算很老。他不可能去宠幸一个一无是处而只会幽默的男人。和珅的体贴，和珅的书法，和珅的管理能力……这所有的一切造就了历史上的和珅。

当然，还有就是他具有和很多所谓的"清廉官员"一样的那种"贪"。

有的人贪，但没有能力；有的人有能力，但是没有什么可以贪。

而和珅，又有能力，又有机遇，又有贪。

新皇帝没有发布所谓的乾隆帝遗诏，而是把它偷偷藏了起来，重新拟发了一个。

在新诏书里，不像旧诏书里说的一样，他处处提到世事艰险，父亲为小人愚弄。

其中，首当其冲者便是和珅。

君与臣

明朝十六帝中，嘉靖皇帝算是比较特殊的一个。他特殊在不是以皇子的身份继承帝位，入继大统的仪式却比皇子继承帝位还要隆重；特殊在为了给没有当过皇帝的父亲正名分，不惜痛打臣子屁股；特殊在自己深居大内，看似不理朝政，却熟稔一切于股掌之中；特殊在看似倚重权臣，却又能在朝夕之间把他们扳倒；特殊在正是由他开始，明朝的命运开始日薄西山。

嘉靖之后为隆庆（在位六年），之后为万历（在位四十八年），之后为泰昌（在位一月不足），之后为天启（在位七年），之后为崇祯（在位十七年）。

没有嘉靖长达几十年的荒废朝政，明朝的命运也许会长久一些。正如孟森先生所言，一个王朝，如果只是上层之间的争权，不与民夺利，那么这个王朝在短时期之内还可以延续。到了政府与民夺利之时，也就是一个王朝行将覆灭之时。因此，尽管嘉靖之前有几位荒诞不经的皇帝，有那么多臭名昭著的太监，明朝政府的机器还在正常运转。嘉靖之后，与民夺利日趋嚣张。尽管崇祯说自己不是亡国之君，可是大明王朝还是在他手里走到了尽头。

说嘉靖就该提海瑞。

嘉靖朝的诸多儒士臣子中，直言谏书之人多得是，但海瑞算是名留千古的一个。他之所以名留千古，主要是因为他的直谏。很多人了解海瑞也是因为他的清廉或者耿直，或者是因为他抬着棺材去给嘉靖皇帝上奏折。虽然海瑞并不如人们心中所想象的那么清廉，甚至牺牲自己妻子和儿女的幸福来博得自己的名声，但普通大众对此知之甚少。因此，在人们心里，海瑞是一个不折不扣的包青天似的人物。

一边是看似昏庸的皇帝，一边是"名节"至上的臣子。在那个"名节"重于其他的社会里，海瑞抬着棺材上金殿这一幕出现才成为必然。海瑞到底在奏章里说了什么让嘉靖看了之后勃然大怒？

其实，按照现代的眼光来看，海瑞所说的只不过是几句大实话罢了。

第一，海瑞指责嘉靖二十多年之内大兴土木，不上朝，纲纪荒废。

第二，海瑞指责嘉靖乱收费。

第三，海瑞指责嘉靖相信"二王"不能相见，因此数年不见已是太子的儿子，"薄于父子"。

第四，海瑞指责嘉靖猜疑臣子，乱杀大臣，"薄于君臣"。

第五，海瑞指责嘉靖一心炼丹，不幸后宫，"薄于夫妻"。

第六，海瑞让嘉靖思考如今天下贪官横生和民不聊生的原因，"今日天下为何如乎？"

第七，海瑞指责嘉靖荒唐的行为，多数臣子竟然"顺之"，"无一人肯为陛下正言者"。

第八，海瑞指责嘉靖最大的问题在于求长生不老之术，并以自己为例子，说自己从来没有听说过有人长生。教嘉靖丹药之术的国师都死了，还有什么长生之术可言。"仲文则既死矣，彼不长生，而陛下何独求之？"

第九，海瑞指责嘉靖赏罚不明，任用严嵩，结果是"昔为同心，今为戮首也"。

第十，海瑞建议嘉靖："日御正朝，与宰相侍从讲求天下利害，使诸臣亦得洗数十年阿君之耻，天下何忧不治？此在陛下一振作间而已。"否则，照此捕风捉影下去，"臣见劳苦终身而无成也"。

奏章句句属实。只是，每个人都喜欢听好听的，包括皇帝在内。因此，谏言的海瑞丢了官。

只是，嘉靖没有让海瑞死，而是要让海瑞当一个活标本。不处死，也不重用，让海瑞满腹的牢骚化成泡影。可惜，海瑞下牢狱之后不久，嘉靖就死去了。狱卒给海瑞端来好吃的饭菜，他以为是自己的断头饭，没有想到是因为先皇驾崩，新皇帝登基。此时，海瑞痛哭流涕。他是为了先皇死去而哭，还是为了自己不能为皇帝重用而哭，不得而知。

最终，海瑞是忠臣，而嘉靖成了昏君。

如果嘉靖知道是自己成就了海瑞的名声，同时让自己落了一个"昏君"称号，不知他当初还会不会如此对待海瑞。

天空

天空飘着风
雨嘀嗒着
我漫步着
沉思着

路边亮着灯
车狂奔着
我伫立着
回忆着

爱着
恨着
伤心着

哭着
笑着
幸福着

付出着
期待着
为了一个字而彼此伤害着

坚强着
绝对着
为了一个字而彼此幻想着

努力着
失落着

悲伤着一个人的悲伤
疯狂着一个人的疯狂
狂欢着一群人的孤单
孤单着一个人的狂欢

微风吹过的街上

微风吹过的街上

你是否依然独自在游荡
擦干生活给你带来的成熟
和那纷纷扰扰的怅惘

熙熙攘攘的街上
你是否又一次独自忧伤
弹去即将燃尽的烟头
抬头仰望来往人群的模样

霓虹闪亮的街上
你是否想起曾经单纯的时光
泪水伴着笑声
走过了岁月的蹉跎与漫长

陌生又熟悉的城市里
你是否会在夜深人静时
独自面对空无一人的橱窗
窗外繁星点点
遥望着天际线的方向
你是否
闻到了家的芳香

喧嚣浮躁的城市里
你是否依然会一个人离开双人床彷徨
真真假假，流言蜚语的世界里
学会把自己紧紧裹藏
戴着面具故作坚强

给你一杯 tequila
是否会让你今夜遗忘
情不伤人人自伤

那一天

那一天
爹走了
娘还在
我依然有家

又一天
娘没了
我就没了家

曾经的家
深深印在脑海里
没有远去
不曾也不会忘记

庭院依旧深深
只是
再不见那熟悉的身影
唯有两张发黄的大照片摆在中厅
还有
那座矗立在麦田墓碑后的合葬坟茔

一杯浊酒
泪垂两腮

定格

车里放着音乐
王菲的、刘若英的

纯净的宛如天籁之声

手握着方向盘
盯着前方
任由霓虹从车窗两边呼啸而过

M369 路在我的视线里掠过
脑海里浮现出
刚来这座城市时候的模样
101 路、104 路、326 路、325 路……
千百次地带着我在城市的东西南北穿梭

一个人
在这座城市里打拼
十几年如一日

孤独过
流泪过
伤感过
迷失过
悲愤过
无助过
只是
没有放弃过

骄阳似火的日子里
在马路上快步如飞
大雨滂沱的夜里
在泥泞里奔跑
万籁俱寂的夜里
在电脑前任凭思绪天马行空

每一幅场景就如一帧帧画面

定格在记忆库里

生活就是一场经历
青春已过，但没有蹉跎
生活可以坐享其成，没有目标地活着
只是
回头望，消逝的岁月留下的多是空白

一个人努力奋斗的
或许是另一个人与生俱来的
只是，精彩的过程
他不曾体会过

夜色渐深

一

夜色渐深意无眠
泪落衣衫诉苦咸
四载转瞬白驹过
他日可曾忆当年

二

一壶清酒对无言
怒放不羁杯影前
醉里依知身犹客
闲情偶寄语是缘

三

灯熄时分夜色深
斜倚床头思双亲
红砖灰瓦家犹在

但却不见入土人
金纸银钱皆烧去
张张隔世慰远魂
人生恍惚如一梦
唯盼他日再相逢

四

皓月繁星夜色浓
往事俱念皆成空
最忆年少轻狂时
泪沾衣襟叙途穷
梦里醒来犹是客
淡泊名利却从容
真假假真任由去
哭笑笑哭两袖风

五

夜色匆乱风意凉
琼浆玉液诉衷肠
往事如风花落去
吾心依旧为逝殇

六

四载转逝渐成空
重逢烛影心境同
是非恩怨随风过
待看明日花样红

七

上元时节劲风吹
月隐云后听惊雷
散灯初上乍还灭
长空仅飘几许灰

八

夜寒灯孤风中飘
忆昔往时乐逍遥
犬吠犹知家还在
切寄相思把梦捎

九

月上枝头地色明
手握史书梦里寻
悠悠众人皆是客
明朝他日谁识君

有的人

有的人
习惯了一个人的孤单
有的人
厌倦了两个人的纠缠
有的人
疲惫了三个人的琐碎
日复一日
年复一年

有的人
流连忘返于闪烁霓虹
有的人
沉醉忘我于孤灯一盏
有的人
挣扎于孤灯与霓虹之间
日复一日
年复一年

有的人
纵情于幻想国
有的人
哀怨于凡世间
有的人
游走在幻想与现实边缘
日复一日
年复一年

有的人
埋头书写着真相
有的人
努力编织着谎言
有的人
彷徨于真相与谎言之间
日复一日
年复一年

有的人
追求着生
有的人
盼望着死
有的人
忙碌于生死之间
日复一日
年复一年

小说篇

相逢是首歌

第一章

烦躁的晚上，闷热且让人透不过气。

车厢里挤满了人。

她又拨打了一遍电话，第七次。

"喂……"电话里传出熟悉而又陌生的磁性声音，"这么晚了，有事吗？"

"我喝酒了，你为何一次次不接我电话？"她站在人群中摇来摇去。

"我在睡觉啊，没有听到手机声音。"

"我想见你！"她生气地说着，把周围的人吓了一跳，向她投来异样的眼光。

"这么晚了，不是很方便。而且，我朋友就在我身边。"他静静地躺在那里。

"那我去找你，你给我说你现在的地址。"

"不方便！"他依然躺在那里。

"你方便和别人睡觉，就不能和我见一面吗？"她语气急促。

"还是你说地址，我打车过去。"他站起身。

"清凉公园门口。"

"那好，十五分钟之后见。"

车依然在摇晃，她有呕吐的感觉。

她下了车，站在路边等的士，天空中划过几道闪电。

他辞别了朋友，穿好衣服，走出小区，上了的士。

远远的，路灯下，她看见他的身影向她走来。

她一把抱住他。

他却推开了她。

"不要这样，我有朋友了！希望你矜持一点。"他站在那里，微笑了一下。

"我今天去了苏荷酒吧，买了一打啤酒，一字排开，喝光了，还给了那个服务员很多小费。我觉得自己蛮酷的！"

"你怎么了？不要这样好不好？"

"我心里难受。你知道我是爱你的，跟我回家，好吗？"她哭了。

"不要再想过去了，我现在也有了新朋友。我不想让她等太久。"他依然站在那里。

"你就这样刺激我，是吗？是吗？"她疯了一样，狠狠抓住了他的肩膀，拳头如雨点一样落了下来。

"你狠狠地打我吧。我今天绝对不会还手，把我曾经打你的都打回来。"

"你知道吗？我曾经一直恨你，恨不得杀了你，可是我现在觉得离不开你。到今天，我终于明白了，你当初也是爱我的。"她依然哭着，拳头落在他的肩膀上。

惊雷过后，天空下起了瓢泼大雨，闪电一道道划过天空，路上很快有了积水。

雨水和泪水滑过彼此的脸，头发湿湿地贴在脸上。

"你打够了吗？"他问。

她没有回答。

"那我走了，我朋友还在等我，你也回去吧。"

"你就不能再陪我一会儿吗？跟我回去，好吗？我们真的没有可能再在一起了吗？"她近乎央求。

"没有了！我知道，我曾经对你做错了太多，很多已经无法挽回。我不想再生活在谎言的世界里，我想好好地走一段真实的路程。一切的一切，都源于我的虚荣和谎言。或者，从我离开地铁站的那一刹那就注定了。记得我们曾经相逢过就好了。"他转身走了，站在马路边，等着的士。

雨下得让人睁不开眼睛，路上的车辆越来越少。

她有点害怕，站在路边，绝望地看着载他的的士消失在视线之中。

她期望着他能返回来载上她，可是车在红绿灯路口转头而去。

出租车一辆辆绝尘而去，溅起的水有几尺高。

她终于等来了一辆车，师傅好像是可怜她才让她上车。

车子在大雨滂沱中前进得如蜗牛一样，雨刮器已经挥洒不去如箭的雨水。

冷气让她浑身发抖。

爱过就不要说谁对谁错

纵使恨也是曾经爱的结果

雨水飘过

泪水飞过

曾记得相逢是首歌

走过就不要说你和我

纵使陌路也是相知的结果

伤悲过

开心过

曾记得相逢是首歌

第二章

她拿着一把伞，站在公园里，不时地看手机有没有收到信息。

他从阿姨家急匆匆出门，穿上新买的 V 型领口线衣。

尽管老家也是一个省会城市，但是地处西北，相对闭塞落后。来到这座大都市后，他觉得一切都和偏远的老家不同。老家三元一大碗的牛肉拉面在这里卖到八元；在老家，一元公交车费随便坐，在这里起步价都是两元。

离开他生活二十多年的城市时，他不敢看妈妈的眼睛。因为，他知道妈妈肯定是流着眼泪目送他离开的。

对于那座城市，他不想去过多回忆，尽管它已经刻印在了自己的潜意识和思维里：要强的妈妈，一辈子活得有点窝囊的爸爸，让自己刻骨铭心的高中初恋。

新的开始，谁说不是一个新的轮回呢？

"你什么时候到？"她忍不住发了一个信息。

"对不起，塞车。"他刚走出阿姨家门口。

她继续等，撑着伞。

"你到底什么时候到？"一个小时之后，依然没有人影。她有点恼火，又发了一条信息。

"实在对不起，马上，马上。"他初来乍到，坐错了车，赶紧换了一辆。

"你好意思吗？让我等了一个小时！"这是她见面的第一句话。

"这个时候，你又不是不知道到处塞车。从我住的地方过来经过的是闹市区，到处都是红绿灯。实在不好意思，今晚我请客。"

味千拉面馆里，他翻看着菜单。看到一碗面条十八块，他倒吸了一口凉气，后悔自己说过"请客"的那句话。

她不停地接听手机，应付着一个又一个电话。"我说了，没事就是没事，你不信就自己去查，不要再打电话给我！"

他觉得她的生活有点复杂。

或许，这个城市的人都这样，因为整座城市都是浮躁而复杂的。

"你下午从哪里过来的？"他吃了一根泡黄瓜。

"哦，我陪一家公司在会展中心参加了一个展销会。结束后，就直接打车去了约好的地方。"她还有点生气，"你住的地方就在这里吗？怎么会那么远？"

"是的，就在四川南路，是一个比较破旧的小区。"

"没关系，刚来这个城市的人都是这个样子。能养活自己都不错了！"她要了一碗特辣面。

他盯着她看了几眼，并不是那么漂亮。尽管说话个性十足，可是却掩饰不了内心的空洞，或者说是朴素。

她觉得眼前的他好像就是寻找了很久的那个人，有一种让她内心怦怦直跳的感觉。

"你知道吗？春节的时候，我和一个大哥在我家喝了好多他从韩国带来的清酒。他讲着他的婚姻，我讲着我的心酸。他骂男人，我男人女人都骂。最后我俩都嚷嚷着不谈什么感情。"她愣了一会儿说。

"那你还来见我干什么？"他有点疑惑。

"不知道！或许，人总是不死心吧，总有那么一点点期待。女人呢，总是渴望一种浪漫，心也是软的。所以，最后决定还是出来见见好，否则我就真成'宅女'了！"她笑了一下。

他看到她笑得是那么勉强。

她拿出一个小盒子。

"这是今天下午一个外国老板送我的瑞士奶酪。我们第一次相逢，算是我送给你的见面礼物吧。不要嫌弃哦！"她把那盒写满外文的蓝色小盒放到了他面前。

"谢谢你！"他拿着盒子看了看，没有看懂，"先放你那里，我没有放的地方，走的时候我再拿走。"

他和她坐在街面上的石凳上。

微风吹过人的脸，让人觉得有点睡意。

"对了，你说你住在附近，我去你家看看吧。"她突然问他。

"不要了，我家很破。"他很心慌。

"再破也总是一个家吧，我又不介意。"

"真的不好，没有什么看的。"

"就几分钟，好不好？"她有点撒娇。

"实话告诉你吧，我是和别人合租的。"他心里更虚了。

"那又怎么样，我去看看又不会打扰你的室友。"

"怎么办？"他在心里问了自己十遍。

"可是他女友来了，真的不方便。"这是他的最后一个理由。

"那你早说好不好，我又不是不通情达理的人，害得我和你浪费了这么多的时间说这个。"她又有点生气。

他没有说话，因为不知道该说什么。从网络的世界到现实的世界，他好像有点转不过弯儿来。

十天里，他一边找工作，一边上网到处和人聊天。

十天里，他一边跟着阿姨找房子，一边投简历。他和阿姨去看过四川南路的那套房子，是几十年前的老楼房。公用厕所，窗户没有玻璃，租金还要一个月一千一。

他不想寄人篱下，可是又别无选择，只能跟着阿姨回家。

或许，他和她相识就是命中注定的一种缘分。

"要不，你到我那里去吧。"她突然说出了这样一句话。

他愣住了，惊诧又突然，一阵子没有说出话来。

"别误会，我没有别的意思。"她连忙解释。

"不了，改天吧。"他不敢相信眼前的这个女人。

"你是怕我吗？"

"没有，没有，改天我一定去……"

她从钱包里拿出一张名片，撕得粉碎。

"你为什么撕掉？"

"一个差点成为我男友的人，不过已经没有了意义。"她把纸屑扔得满地都是，旁边就是等公交的拥挤人群。

他知道她想证明什么，没有言语。

"我走了，家距离这里比较远，改天我们再见。"她站起来。

"你生气了?"

"没有啊。"

"那我送你走吧。我家距离这里比较近，可以走回去。"

她上了一辆的士离开后，他跑了很远的路去坐公交回阿姨家。

她打开包看到了那盒奶酪，叫司机赶快停车。

"喂，答应送给你的见面礼，我忘记给你了。"她爬过人行天桥，又拦了一辆的士。

"啊?!"他已坐在公交车上。

"我现在打车给你送去，你再走到我们刚才分开的地方，我们在那里见。"

"啊?!"他赶快下了公交车，打了一辆出租，到了四川北路路口下车，佯装急急忙忙走回去。

"你走到家了吗?"她看着他满头大汗。

"刚到家。没事，我家距离这里比较近。"

她把奶酪递给他，又上了一辆的士。

他手里拿着奶酪，惊魂未定地站在那里目送着她离去。

茫茫人海中
我与你相逢在这里
陌生的两颗心，
仿佛没有了距离
城市的万家灯火下
我逐渐找不到自己

繁点星空中
哪两颗属于我和你
万水千山的路程

让你我相遇

若即若离的情感里

我已不再是原来的自己

第三章

阳台上，他站在那里，眺望远处的风景，思考着过去和未来。

陌生的城市，陌生的住所。尽管他曾经在城市里生活二十多年，但来到这里依然谨小慎微。

她几次三番请他到客厅里坐着，可他却一直站在那里，心慌意乱。

她不知道的是，就在他刚进门的时候，已经把她的住处扫视了一遍，像扫描仪一样。

他长吁了一口气，进入到客厅。

"在外面看到了什么？楼下的环境那么吵，你却看得那么入神！"她打开了一瓶红酒。

"星星和月亮。对了，冒昧问你一个问题，你家有三个房间，为何空一间？"他故意问。

"原来想着结婚用，可是一直没用上。你要嫌弃你那个房子破，可以搬到我家来。"她说。

"你那么放心我？随便让一个陌生男人进来合住，而且连我的底细都不知道。"他心里有点窃喜，可是又不想表现出来。

"凭我的直觉，你也不像坏人吧！再说，你不觉得我蛮喜欢你吗？"她喝了一小杯红酒。

"我也是，觉得你有一种亲切感，如同家人一样。"他笑了一下，也喝了一杯酒。

她给他讲起自己的爱好，自己的家庭，自己的感情，还有工作之中的喜怒哀乐。

在房子里，他觉得她很真诚，如同一个天真无邪的小女孩。与第一面不同，那时，他以为她是一个风尘女子。男人的第六感告诉他她不是那种人，因为一个城府很深的女人是不会如此坦白和毫无保留的。

当一切伪装都褪去，回到自己的世界里时，每个人都是平平凡凡、普普通通的。

可是，他或许从此就要开始不平凡、不普通的生活。

他不讨厌眼前这个女人，可是也没有喜欢到私订终身的地步。一切变化太快，他不知道大城市的人是否都如此开放，还是自己见识太少。

他的美好回忆留给了那个陪他四年的"家教姐姐"身上。此后，他再也没有了激情。他曾经给奔赴异国他乡的"家教姐姐"写了数百封信，可是信件换回的只是她去攻读一个又一个学位，一年又一年的等待。

年少无知、轻狂、自负，都可以用来形容当时的他。

那段青涩的感情戏因为城市的变迁而刚刚闭幕，另一场戏或许刚刚拉开大幕。

第二天，他醒来的时候，躺在她床上，一个人。

她从外面端来一杯牛奶。

"我们昨晚没有做什么吧?"他问。

"好像还没有什么。"她笑了一下。

"好像是什么意思?"

"除了最后一步之外，该有的都有了。你太累了，几杯酒下肚，倒在那里就睡着了。"她哈哈笑了起来，"不过，你可以放心，我可没有怎样你，再怎么说我也是一个女生。"

让一个喝醉的人清醒很难，可是让一个清醒的人装醉却是一件很容易的事情。

他和她一起坐在公交车最后一排。

他回阿姨家。

她去易初莲花市场。

这个男人，或者男孩，她越看越喜欢。

她也不明白为何会轻易说出让一个不知根底的异性搬到自己家里，或许是一个人孤独了太久。当她把自己追了四年的一个男人照片给他看的时候，她依然不能抑制住自己去想他。

最后，她得出一个结论，那就是只有自己最可靠。和大哥在一起喝酒的时候，该骂的都骂了，可是还没有到绝望的地步，依然对感情充满幻想。

可是，感情真的那么快就来了吗? 如果是这样，怎么面对大哥?

女人，在感情面前，总是容易犯糊涂，感性超越理性。

可是，有谁可以看得见将来？

他从阿姨家搬了出来，说是到朋友家里暂住。

阿姨让他注意安全，不要伤害到自己和对方，包括身体和心理。

他搬到了她家，一个暂时的家。

她欢迎他的到来，期待着好好爱一次。

"你在哪里上班？"她问

"FDX 贸易公司。"他答。

谈及家庭，他总是刻意回避。

"那你总可以告诉我是哪里毕业的吧？"她有点不解地问他。

"我是兰州大学毕业的。肯定比不上你，留洋回来的。"他随意说了一句。

子公司的李总给她介绍新来的助理 Mike。

他们握手致意。

这是她第二次见 Mike，第一次是在公司产品展销会上。她跑到 KFC 给参加展会的子公司人员买午餐，把一盒蛋挞送给了 Mike。当时，她比较淑女，Mike 从此记住了这个送蛋挞的女孩。

"我们这个子公司现在急需一个电脑高手给我做后台管理，兼职的。你看你俩谁可以帮助找一个人，解决一下这个棘手问题。"李总在办公室里对她和 Mike 讲，抿了一下耳边的头发。

女人可怕，女强人更可怕。作为一个三十多岁的女人，李总掌控着这个几百人的公司。除了外在实力外，能力更能证明一切。

在她眼里，李总是个不错的女人。只是，她不喜欢一个三十多岁的总经理穿着超短裙坐在椅子上对员工唤来唤去，两只硕大的乳房绷得紧紧的。

好的是，她不需要天天和李总打交道。

她推荐了他，想让他多认识一些人，给李总介绍说是她"表弟"。

李总像是盼来了救星一样，渴望着他能十分钟内帮助完成任务。

"我想让这个兼职长久下去，有办法吗？"他在家里对她讲。

"怎么说？"她问。

"后台管理我可以弄好，很容易，但是客户联系方式必须归我管理。这样，我接到客户再转接给她，按比例分成。"他诡笑了一下，"这样，我就可以积累资源！"

突然之间，她觉得他有点不简单。

"这样的话，李总肯定不愿意。"

"那就一次性买断，一千二百块。李总现在只给两百块打发我，我又不是傻子。再说，当时也没有签订合同。"

"你疯了吗？这样的事情，她也可以让别人搞定，不一定非得用你。"

"那样的话，她就要把后台管理毁掉重来，损失会更大。"

"你还是算了吧，毕竟你是我推荐给她的。如果你这么做，我会很没面子。"

"这么说，你不站在我这一方是吗？"他有点生气。

"可是，你这样做有点不道德。"她也有点生气。

"反正事情就这样两个选择，你自己看着办吧！"

他和Mike成了好友，交换QQ，MSN。

Mike一直讨好他，也以"表弟"称呼他。

感情和事业，她不知该站在哪一方。

有选择，就有失去。

很简单的事情变得如此复杂，竟到了选择站队的地步。

这一切超出她的所想，不知为何李总在他眼里成了一个"老妖婆"。

她无法理解他的想法，不知道为何刚毕业的人会如此处事。

他去洗澡。

她坐在床上听音乐。

楼下炒粉店里，他和她坐在那里等老板娘上菜。

店面很小，就如一个大排档一样，菜也只有那么几种，可是他觉得特别温馨。

他第一次做饭，炒了一个蒜薹，糊了。他很尴尬，借口说是锅不好用。

她很开心，拿出酒来庆祝。

望着眼前的她，他心里为之一动。

难道自己真的爱上她了吗？

每天回家后，他都尽量等她回来一起吃饭。只是，她加班的时候多，很少按时下班回家，而他又是一个害怕孤独与寂寞的人。

他不喜好文字的东西，一看书就会睡觉。虽然喜欢图片，但不喜欢看电视。他渴望身边有个人陪他，因为从小身边就没人陪过他。

一个人在家的时候，他会在网上聊天，和未曾见过面的人天南地北地侃。

他不想让自己的思绪飘很远。

"你知道 Mike 喜欢你吗？"他从饭桌上抬起头。

"不知道！"她有点吃惊，"怎么可能呢？"

"你有这么笨吗？我早看出来了。他一直委托我和你这个'表姐'好好套近乎，撮合你俩！"他笑着说。

"不会吧！他人是很好，可是我觉得不适合我。再说了，我还一直给他说我单身。你现在最好别挑明我和你的关系，等时机成熟我自己对他讲吧。"

"他是不错，我试着先'撮合'你俩！"他半开玩笑地说。

他知道，自己会在某一天离开她，为她找一个归宿并不是一个坏选择。

"你不要拿这个开玩笑。你知道我对你什么样，我可不想伤害 Mike。"

李总把他叫到办公室，和他讨价还价，针锋相对。

李总说要报警。

他不知道从哪里来的勇气，说自己爸爸是黑社会，后台硬得很。

李总从包里甩出五百块钱扔在桌子上，当着 Mike 的面。

Mike 已经和他站在了一条战线。

他走出办公室，打电话给她问怎么办。

她说不要闹得太僵，见好就收吧。

为了证明自己没有"背叛"他，她给李总发了一封信，建议李总不要逼人太甚，否则也不好收场。

李总把她叫过去，语重心长地对她说 Mike 和他不是那么简单对付的人，告诉她要保护好自己，否则肯定会受委屈。

她没有转述李总的话，不想让他发飙。

随后，她在上班时收到了李总转发的信。

信是他写的，内容尽是讽刺和挖苦，当然包括评论大胸和撩人的姿势，说李总已不再年轻，别再故作清纯。

她惊呆了！

如果不是李总转发，她不敢相信眼前的文字是他写的。

"知道吗？当时那个女人就软了！"他不无开心地说，"不过，当时我也蛮害怕的。毕竟，我说的是唬人的，我爸可不是黑社会，就是一个窝囊废。可是，那个女人竟然相信了！这五百块咱们保留着当个纪念吧。哈哈哈……"

她觉得自己再也没有脸面去见李总了。

这也许就是爱的代价。

他的"家教姐姐"从东京学成归来，飞机经转广州。

他以为自己有了一线希望，渴望去见她一面。他只想要个说法，或得到一个承诺。纵使不能在一起，他也会心满意足。

"我明天要去一次广州。一个同学从国外回来，说是要见一面。"他对她讲。

"哦，是吗？好啊，什么时候出发？"

"周五下午，周日回来，在那里住两晚。"

"你可以陪你同学去逛街，看电影，广州有不少好玩的地方。"

她现在是什么样子？还会记得那么多信件吗？还会答应和我在一起吗？哪怕是一晚！他的心情很激动。

他和"家教姐姐"说过自己找了新朋友，"家教姐姐"祝福他。可是他却忘不了他们在一起学习的场景，忘不了在学校亭子上的初吻，忘不了曾经有过的激情。

"广州有什么好玩的？"他发信息问她。

"有天河城、上下九、北京东路……"她发了几百个字给他当导游。

他觉得对她有点残忍。

在旅馆里，他试图亲吻"家教姐姐"。

"你还是好好和现在的她生活吧，我和你已经没有了任何可能，也不想和你有任何可能发生。""家教姐姐"对他冷冰冰的。

"可是你忘记了我一天天等你的来信吗？忘记了我对你的痴情吗？你说两年，我等两年；说三年，我等三年。可是，我等到最后为何是现在这个样子？

虽然我来到了现在的城市，但我并没有忘记你。你难道就忘记了我们曾经一起吃烧烤，一起到黄河岸边，一起到学校假山上去玩吗？"他有点哀求。

"可是你也把我折磨得够惨了。我不敢想象，如果在一起，我会老到什么地步。你是对我好过，可是你忘记我们一次次打架了吗？忘记了你在学校门口揍我的拳头吗？"

他没有吱声。

"那几年，我的白发添了多少，你知道吗？我一味地迁就你，可是你却一次次的……你还小，有很好的青春，我可没有。更何况，你已经有了她。"

他几次试图和她亲近，都遭到了拒绝。

"你要是再睡不着，那就不用睡了。我办公，你做你的事情。""家教姐姐"有点生气。

深夜，他俩分床而睡。

岁月蹉跎
你已不是原来的你
我却还是昔时的我

时光如梭
爱过，恨过
一起都随风而过

空悲切
转成空
才知相逢是首歌

第四章

他带着一颗伤透的心从广州回来。

她笑脸问他在广州如何陪老同学的。

知道他在 News Building 上班后，每次路过时她都会抬头看看那座高耸入云的建筑，虽然不知道他在哪一层。

爱一个人，有时没有任何理由，甚至可以失去理智。

热恋中，如果两个人都理智，或都疯狂，那么就可以互相接受；但如果一个人爱得理智，一个人爱得疯狂，不管是哪一方，都注定在这段感情里痛苦生活。

"陈乐文是谁？"他拿着她的手机问她。

"你为何看我的手机？"她有点吃惊。

"先不说这个，你先说他是谁！"

"一个厦门大学的男生，老家在这里。有问题吗？"她很爽快地回答。

"你们见过吗？"

"没有！"

"那你和他发这些信息什么意思？"他满脸怒气。

"只是想帮帮他，因为他不是一个很喜欢学习的人，我希望能鼓励鼓励他。"她依旧平静。

"你还真是高风亮节、大公无私啊！你也老大不小了，有意思吗？"他嗤笑着说。

"你什么意思？我倒是要问你，你至于计较吗？"她反驳，"再说，我和他早就认识了，又不是一天两天。"

"那是，说不定是老情人了。谁知道你们原来做过什么事情。"他依然嘲笑。

"你既然这样说，现在我给他打电话，你可以问他。"

她拿过手机，拨了号码，大骂了一通，警告对方不要再与她联系。

他如同胜利者，躺在那里。

她愤怒地把桌子上的护肤品一扫而空，瓶瓶罐罐摔得地上到处都是。

他呆住了。

她哭了，呆呆地坐在那里。

看着她手上的血迹，他拿了一片酒精棉小心翼翼地擦着。

她冷若冰霜。

擦干眼泪后，她拿过扫帚打扫地板。

望着眼前哭泣的女人，他知道是自己的心在作怪。或许，他找到了一种快感。因为，在他眼里，她是一个异常优秀的人，无论是学识或者财富。他心里不平衡。为何自己每天过着百无聊赖的生活，而她却是一个公司的管理层？为何他每天所做的事情只是上网聊天，而她却忙忙碌碌于各种应酬和会议？

他向她道歉，说自己是因为在乎她才会去看她的信息。

望着那张看似单纯的脸，在他温柔的话语和炽烈的亲吻中，她好像忘却了刚刚有过流血的痛。

突然之间，他有了一种不安全的感觉，好怕失去眼前这个女人。

她感冒了，发高烧。

他和 Mike 一起送她到一家小诊所诊治。

回来的路上，Mike 试图搀扶她的胳膊，她赶紧脱身而去。

她高烧不止，他和 Mike 一起送她到市里最好的医院的急诊科。

她坐在沙发上输液，他还没有吃饭，忙前忙后。一切归于平静时，他跑到路边要了一份外卖，Mike 在旁边守护着她。

清风徐来，他们三人走在医院的走廊上，他搀扶着她。

"你感觉怎样了？" Mike 问她。

"我好多了，谢谢你，Mike。" 她有点虚弱。

"回去后，多让'表弟'照顾一下你。如果有什么情况就给我电话。对了，忘记说了，我搬家了。我现在住的地方距离你家很近，千万不要和我客气。" Mike 拥抱了一下她。

"你想知道我为何不愿意提及家庭往事吗？" Mike 走后，他搀扶着她。

"怎么了？" 她有点疑惑。

"因为我从小没有了父亲。" 他突然有一点哽咽。

她愣住了。

"在我六岁那年，父亲在回家的路上出车祸去世了。此后，妈妈一个人拉扯我长大。读高中的时候，我认识了'家教姐姐'。可以说，她给了我很多安慰。我妈妈是一位医生，经常加班不回家，没有办法陪我。我从来没有如此喜欢过一个人，那种感觉真的很美好。当时，她要考试托福，我给她出考试费。我也知道，给了她考试费就意味着她会远赴他乡，离开我。可是，我喜欢她，愿意为她做这些事情。" 他长长叹了口气。

"你怎么不早点告诉我你家的事情？" 她睁大了眼睛。

"我不想你来可怜我，也不想别人来同情我。" 可是，他知道她会同情的，因为从她的眼睛里可以看出来。

她紧紧搂住他的胳膊，好想弥补一点他曾失去的幸福。

他换了工作，从 News Building 搬到了"商会中心"。

他很想闯出一番事业，有一番作为，可到了现实中才明白自己曾经渴望的梦想不是那么容易实现的。他很想成功，短时间内在她面前成功，让她看得起自己。她在他面前提到过自己的薪水和福利，给他的感觉是在示威和炫耀。

艳阳高照的下午，天气炎热。

公交车里，他和她并肩坐着。

他们要去海边。

他突然提议和 Mike 一起去。

她不想，可又不想让他不开心。

Mike 急匆匆下楼，乘坐公交，到达他俩所在的站点。

海风吹着碧蓝的海水，沙滩上行人如织。

她懒洋洋地躺在 Mike 腿上

他下海了，虽然怕水。

Mike 很开心。为了她，Mike 与女友彻底分手了，搬到一个距离她住处近的小区。只是，她好像对 Mike 所做的一切熟视无睹。

他在浅浅的海水里做着各样动作，问他们他在水里清纯不清纯。

"你这个'表弟'啊，可真有意思！"Mike 笑呵呵地说。

她没有言语。

夜灯初上，他们三人站在公交站旁，上了一辆新开通的旅游线路大巴。

车绕了一个半小时，穿过了整个市区，依然没有到达目的地。

他的脸色越来越难看。

她也在小声地骂着："该死的破车！"

Mike 不时安慰着他俩。

"这不是我的错，我也不知道会走这条路，你的脸色至于那么难看吗？"她有点生气。

他没有答话。

花姐菜馆里，他依旧脸色阴沉。

她没有心思吃饭。

Mike 更不知道该如何是好。

"你到底怎么回事？"她把筷子往桌子上一甩，"我就犯了那么不可饶恕的错吗？我只是推荐了一条新线路，你至于一直这样郁闷吗？"

他突然哭了起来。

"怎么了，'表弟'？你怎么这样和'表弟'生气呢？"Mike 慌了神。

"我姥爷昨晚去世了。"他依旧流着泪。

她和 Mike 都愣住了。

走出饭店，她拎着剩余的饭菜。

突然，她用最大的力气把饭菜甩了出去，摔在二十米之外的路上。

"你这是怎么了？"Mike 有点疑惑。

"没事，只是不想吃了！"她语气低沉地说。

他刚收到"家教姐姐"的信息，说已到了南京，准备开始新生活。

路灯下

影子里

心里想的都是你

睡梦里

醒来时

嘴里念的都是你

曾经的渴盼

转瞬间逝去

让你我

生活在

曾经的回忆里

第五章

她逐渐变得不爱说话，开始怀疑当初留他入住的选择是否正确。

　　和大哥喝酒的那个晚上，大哥告诉她保护好自己，不要再在错误的路上越走越远。正是从那个时刻起，她决定放弃曾经的生活，积极振作起来。
　　她不想轻易陷入一份感情。可是，在他面前，她好像没有了免疫力。
　　如果这是命运，她只好认命。
　　人在某个时刻认识某个人，和他有一段难舍难分的情分，都是前世注定的。

　　一段感情一旦开始，除非一方把另外一方折磨得心力交瘁。否则，就像永动机一样，它不会停止下来。

　　她原谅了他，不想在他失去亲人的时候给他增加痛苦。
　　"你知道我今天用你的电脑时发现了什么吗？"他坐在电脑前面。
　　"什么？"
　　"你和之前的男友留下的证据。"他叹了一口气，"你不觉得过分吗？"
　　她突然明白了他在说什么。
　　"知道吗？你电脑里和相机里所有的东西都已经不再是秘密，打开它们对我来说易如反掌。"
　　"你难道一点隐私都不给我吗？是的，我是有过感情历史，但那都是过去，我不狡辩什么。"
　　"我希望你明白，我在乎是因为我爱你！"他又叹了一口气，"只是，我没有想到你这样有头有脸、高傲的人会……"

　　她向他说出了她的过去，他明白了她的软肋是什么。
　　他站在阳台上给"家教姐姐"打电话，诉说着自己的发现。

　　"其实，我也蛮感谢你的。我在这里住，又不用交房租。在这样的城市，能有我一间房，而且是免费的，我觉得自己还蛮幸运的。"他躺下来，"对了，你电脑上的那些资料，我拷贝了一份，免得你弄丢了。"
　　她的心颤抖了一下。
　　"你要是觉得免费住在这里有点过意不去，可以表示一下。"她冷冷地说。
　　"好的啊！多少？说吧！"
　　"一百五。但是，请你明白，我是希望你能知道这是一个家，不是你借宿的旅馆。这么久以来，你从来没有过问一次水费，没有看过一次电费，没有关心过家里的一点一滴。"

"没问题，不就是钱吗！我付就是了。"他笑了一下，"再说，这么大的房子，在外面租的话，每个月下来至少也要一千多。如果自己租房子，我也要支付的，你说是不？"

她没有言语。

"对了，你看我纯不纯？"他笑着问。

"你很纯，是这个城市里最纯的人。"

他笑了，激情地吻着她。

他站在新办公楼里，向远处眺望，风景尽收眼底。

他不想守着每月四千块收入的工作。或许，在某一天，他会升为经理。可是，还有多久才可以升职，他不清楚。

办公室经理对他很好。当然，在他眼里，那只是一种利用关系。在他的意识里，利用才是最真实根本的。自己有被利用的价值，公司才会招聘你。至于经理对自己好，那是因为自己在工作中表面工作做得好，勤勤恳恳。

经理在大屏幕上讲着公司的业务，他在思考着自己的将来。

她气喘吁吁地跑到地铁站，迟到了十五分钟。

他一脸忧郁地站在站台，转身跳上了即将离开的列车，朝相反的方向走去。

她望着他消失在拥挤人群中的背影和慢慢消失在远方隧道里的列车，眼前剩下的只有光怪陆离的广告。

她迷迷糊糊走过一站又一站，穿过一个又一个地下隧道。

他打电话，她没有接。

"亲爱的，不要生气了。回来吧，我在家等着你。"他坐在家里的电脑前，发去一条短信。

"我想一个人走一会儿，不要管我。"

在熙熙攘攘的人群中，她漫无目的地走着。

她觉得家好像不再是自己的家，不想再回那个家。

风吹着她的脸，泪水流了下来。

开会的时候，她趴在桌子上，一句话也不想说。

Mike走过来拍了拍她的肩膀，望着她奇怪的表情，笑了笑走开了。

他知道自己在地铁站生气地离开并没有任何理由,只是想看看她生气的样子。这样,他才能心里更快乐一点。

在事业上,他自认为不如她。但在感情上,她的智商就如五岁小孩子的一样。

风吹之后,她的身体异常虚弱,病倒在床。

他向经理请了假,回家喂她吃药。搂着她发烫的身体,他轻轻拍打着。

"亲爱的,你康复之后,我们一起搜索来写一篇文章。"他笑着说。

"我多少年没有写过东西了。你要文章干什么?"她小声地问。

"哦,经理非要让我弄一篇文章发表一下,证明一下我的实力。其实,我也不会写,只有实战经验。对于文字的东西,你也知道,我只是三脚猫的功夫,不值一提。"他笑着说。

在她熟睡的时候,他依然会跑到阳台给"家教姐姐"打电话,不止一次地问"家教姐姐"他是不是还和当年一样"清纯"。

"你啊,是很纯,可是折磨人的功夫也很了得。我算是摆脱了!现在倒好,你又有了新目标。我是怀念当初和你的感觉,但再让我回到那种日子里,我是不会愿意的。""家教姐姐"如是说。

"可是,你是我的第一个,我真心付出的第一个。只是,我知道一切都没有可能了。现在,我和你就是亲人。哪天我没饭吃了,你可一定要管我。"他有点撒娇。

"你这家伙的嘴上功夫是一流的,我说不过你,只能为你现在的朋友祈福。希望你好好对她,不要再像当初对我那样来对她。我们彼此都珍惜过,但是没有缘分。"

他问她,如果自己到了无法生活的那一步,她是否会管他。

她毫不犹豫给出了肯定答复。

他问她最难忘记的是谁。

她打开一个笔记本,拿出一张发黄的照片。上面是一个面目清秀的男孩子,她说那是她曾经的初恋。那个男孩子在十年前去了美国,后来患癌症死在了那里。从此之后,她把他的照片一直放在笔记本里。

"我的位置现在还不能替代他是吗?"他好奇地问。

"这个不是说替代就能替代的吧！就如你的'家教姐姐'，你现在依然不能忘记。得知他死亡的消息后，我哭了很久，很遗憾最后一面也没有见上。我曾经想着去一次美国，可是一直都没有成行。后来一想，再去又有什么意义?"她若有所思地说。

"所以，你才会心灰意冷，才会在工作上那么要强，才会有的行为让人无法接受。"

她没有吱声。

"我一定让自己取代他的位置，"他苦笑着说，"无论通过什么方式。"

"你也真是，和一个死去的人都要斤斤计较。"

"我就是要你忘记不了我，永远不会忘记我。"

忘记的
只是模糊的日期
不能忘记的
是那刻骨铭心的事

春来秋去
岁月飘走
留下的只是发黄无法褪去的回忆

你我的相遇
是一个奇迹
连风儿都给我送来爱的讯息

你我的分离
是一声叹息
时间抹去我们曾经拥有的一切
那些假以爱的名义

第六章

每次，她下班回来的时候，他都会赶快把电脑盖上，QQ下线。

她从来没有多想什么，更没有去看他聊天记录的想法。

每次，他回到家后都会觉得孤独，都想找人聊天。每次，他都希望她能陪他，但他看到的都是她满脸憔悴的表情。

"你为何总是愁眉苦脸，就不能对我笑笑吗？"他问。

"我在外很辛苦，忙于应酬。回到家，我只想轻松一下，不想有任何掩饰。而且，我也不是卖笑的。如果我在家还伪装起来过日子，有什么意思！"她一边脱衣服，一边回答。

"你的意思是说我是嫖客吗？"他一脸怒气，"我只是想让你多陪陪我。你知道，我是一个害怕孤独的人。可是你的脑子里全是钱、钱、钱……"

"没有钱，我怎么在这个城市生活？你以为我愿意加班工作吗？我只想多挣点钱，给自己一点安全感。多少次我都是尽力早点回来，多陪你。我的辛苦你知道吗？回到家还让我对你笑！"她也生气了。

突然，他把她推到客厅的墙上，用手掐着她的脖子。

她没有反抗，直直盯着他。她觉得他像一个魔鬼一样，张牙舞爪。

他们躺在床上。

"你知道，我是爱你的，每天都想看到你。可你只是忙着挣钱！我心里很想你，真的。刚才是我一时冲动，你能明白我的心吗？"他搂着她。

"可你也要明白我的辛苦，我只想让你我的生活好一点。或许，我确实忽略了你的感受。"

他深深地吻着她。

再一次的时候，他跑到厨房拿来了一把菜刀，用刀背顶着她脖子。

这次，她没有流泪，很镇静。

她突然有了让他搬出去的想法，因为这份爱让她太累。

酒桌上，他和她，还有 Mike。

她喝了好多，醉得一塌糊涂。

Mike 搀扶着她走到楼下，他走在身后。

她在一棵树下吐了几次，突然对着他跪在了地上。

"你走吧，我求你了！装行李的箱子我给你买好了，不要再在我这里住了！"

Mike 站在那里拍打着她的后背，不知道她在说什么，只是一直安慰她。

他扭头径直走进了小区。

"我告诉你，老子红得很，你以为我找个住的地方很难吗？"他倚在门上。

她躺在床上。

"我今晚就走！东西先放你这里，明天来拿！"他冷冷地看着她，没有任何反应。

接近凌晨时，他出了门，走出小区。

他不知道自己该到哪个地方住一晚上。

他点着一根烟，在路边吸着。

他很想给"家教姐姐"打电话，可是他知道肯定是遭到一阵痛骂。

他觉得心里真像有一个魔，有时候自己也控制不了自己。

"回去吧。"她站在他身后，"外面很冷。"

他知道她会来的，因为他知道她爱他，深深地爱着他。

她拉着他回到了家。

数次打骂之后，他都会威胁说自己要离开，可她一次次把他拉回。

她觉得自己好像失去了灵魂，在工作上魂不守舍。

李总批评她不是一次两次了，她没有辩解，因为不知道该怎么说。面对Mike 的时候，她更不知道该怎么说起。

他站在窗户旁边，端着咖啡。有时候，他也不知道自己是谁。换了一个城市之后，自己怎么会依然那么粗暴？难道自己的要求很过分吗？如果不是，为何她就满足不了他？

空调坏了，她把风扇放在他的脚头去吹，说自己不怕热。

他埋怨她小气、抠门，不舍得花钱去买一个新空调，让自己受委屈。

她工作繁忙，让他做主买一个空调回来。

小饭馆里。

"空调我们 AA 制，总共是一千六。"他拿出收据。

"好的。"她望着他，掏出了八百。

当着她的面，他点着那八张红头钞票。

她觉得自己受到了羞辱，一种莫名其妙的羞辱。

他告诉她要回老家一趟，因为很想妈妈，机票都买好了。

临走前一天，她在家做好饭等他回来。

只是，他一直没有出现。

"我都等你那么久了，你不是说十二点半回来吗？为何现在一点半了还不回来？"她有点生气。

"哦，我的经理知道我要回家后非要请我吃饭，为我送行。我不好意思拒绝，你也知道他对我很好。"他在巴蜀风餐馆里。

"可是，你给我一个信息告诉我都不可以吗？让我一个人在家傻傻地等！"

"我本来想早点吃完就回去的，一转眼把时间忘记了。"

她把电话挂了。

她打算送他到机场。

他拒绝了，说是自己要去见一下阿姨，然后直接坐机场大巴去机场。

天阴沉沉的，下着小雨。

她嘱咐他路上走好，到了机场之后给她打一个电话。

她等他的电话，可一直杳无音讯。拨打电话，关机。

"或许手机没电，或许已关闭舱门，或许……"她百无聊赖地猜想着。

他坐上了到广州的火车，到一个陌生女人的家里睡了一宿。

天亮的时候，他拿着那个女人买的机票从白云机场飞上了蓝天。

到达兰州机场，他给她报了平安。

从公司回来的路上，她在车上几乎睡着。

他打电话说自己正在和一帮朋友吃饭喝酒，说自己在老家的日子多么潇洒，说自己和妈妈见面多么温暖。

"你为何走的那天晚上关机，连一个信息都没有？"

"我……我……告诉你，你千万不要生气好吗？"他有点喝醉。

"我不会的，你说吧！"

"那天我骗了你，我是从广州机场走的。因为一个朋友给我买了一张特价机票，省了很多钱。"

"告诉我一声不可以吗？我难道不想你省钱吗？你为何总是把我当成不存在

一样!"她再也没有睡意,"男的,女的?"

"男的,阿姨的一个亲戚!我以后再也不骗你了,真的!再也不骗你了!相信我!我会给你一封电子邮件,我会在信里给你解释清楚的。"

"你保证?!"

"我保证!"

通话之后,她觉得有点头晕。

他的坦白让她摸不着头脑。

她跑到了酒吧,很久没有去过的地方。

在那里,她和一个未曾谋过面的人喝酒。一片痴情换来的是无尽的谎言,她觉得什么人都不能相信。

酒精的麻醉让她有点亢奋,那个酒友也是。

酒友提议在外过夜。她很想去放纵,去疯狂,忘掉让自己伤心的一切。最后,理智战胜了情感。她只是存下了对方的电话,知道他叫小趣,是名牌大学的博士。

有时候,陌生人远比自己身边的人诚实。毕竟,陌生人之间无须掩饰什么。

风打着雨

雨拍着泥

雨中没有你

我一个人走在夜色里

一次次

默想着你曾经给我的言语

云追着月

月照着地

月下没有你

我一个人走在清风里

一次次

幻想着你我一起的日子

蝶恋着花

花依着枝
枝花的美丽
已悄无声息在我的记忆里

第七章

他给她发来了一封邮件，信中委婉地诉说着自己的初衷、自己的清白、自己的无奈。

躺在家里床上的时候，想着她对自己的好，他心里舍不得离开她的家。在一个陌生城市里，能够对自己好的人，能够一次次宽容自己的人少之又少。

他跑到黄河岸边的洪福寺给她求了一个铃铛。

她读了几遍信，相信句句都是他真实的表达。

一个人不善于交流的时候，可以用信件来表达。只是，一个人写在信上的语言未必都是真的。

"我好怕！"他突然叫了起来。

"你怎么了？"她搂着他。

"我看见爸爸的灵魂了，他在天花板上看着我。"他浑身颤抖着。

"你不要吓我。"她拍着他的脸，安慰着他，"不要吓我……"

漆黑的夜里，她没有开灯。

"真的！在爸爸去世两周年时，我在一个公园里看到过他的灵魂。这是我第二次看到他。我知道，他一直在观察着我的一举一动，在保护着我。"他依然颤抖着。

"不要这样想，你好好地活着，他会开心的。不要怕，还有我。"她紧紧地抱着他，让他一点点平静下来。

他躺在她的怀抱里，没想到自己会演得如此逼真。这么拙劣的游戏，她竟然不会怀疑，还一次次安慰他。

她从书架上拿下《新约故事》，给他读了浪子回头的故事。

"谢谢你，我希望做那个浪子，也会永远记住这个故事。"他在几乎睡着的时候说着。

"其实，我也犯过太多错误。有的错，别人不知道，但是自己的良心知道，神知道。我不信上帝，但是，我相信每个人心里都有一个尺度和标准。"

他呼呼睡着了。

他解开了她电子邮箱的密码，看着她曾经和朋友写过的信件。

她却对此一无所知，依然单纯地想要一份稳定的爱情。

"你知道我最喜欢什么首饰吗？"她问。

"什么？"

"戒指。我曾经渴望某个人送我一对，塑料或者绳子编的都可以。可是，买了之后，他却再也没有机会送给我。"

"不用遗憾了，哪天我去买一对送给你。"

"即使你送给我，我也不会戴上，只会保存着吧。你说我是不是太虚荣了？不过，女孩子好像都有点虚荣心。"

他到商场买了一个戒指，一千二百元对他来说是一笔不小的开支。

他给她戴上。

"我希望你永远不要摘下来！"

她的一切怨气好像没有了，紧紧地拥抱着他。

"我处理好公司的一些事情后会回家一次。"她对他讲。

"是吗？大概要多久？"

"也就是十天左右。"

"我的生日呢？你不和我一起过了吗？"

"我看看票的情况吧。实在不行的话，等我回来再给你补过生日。"

他依然在聊天的时候撮合着她和 Mike。

Mike 依然相信着"表弟"的话，幻想着有一天和她在一起。

她订好了回家的机票，在他过生日之前回去。她一次次解释，因为假期太短，实在没有办法来得及和他一起过生日。

"爸妈年龄大了，我们都还年轻，以后一起的日子多得是，又何必在乎这一次。"

他在网上搜着她交往过的朋友，不时地和别人发信息问及一些她和对方的事情。

她在他面前越来越透明。

"其实啊，你一个月让我交一百五十块钱，这点钱真的是连一顿饭钱都不够。有时候，想一想，觉得你真的好伟大。"他在她面前窃笑。

"你这是什么意思？"她不明白。

"我觉得自己捡了一个大便宜啊！有你收留我，真的很感谢你。说实话，当时我还不怎么喜欢你，可是现在真的很怕失去你！"

"我希望你不要这样刺激我好吗？既然你那么有钱，觉得一百五只是你的一顿饭钱，你可以多付出一点。"

"哎哟，你又要涨钱啊！好啊，我给你三百可以吗？"

"可以啊，你那么有钱。我不止一次给你说过，我让你拿一百五是提醒你这也是你的家，你该尽到一份责任，可是你却把它看成旅馆一样的地方。你为何每次都这样说？我缺你那一百五吗？"

"什么也别说了，我拿三百块不可以吗？"

"不管你拿多少，我都希望你明白这个家也是你的家，希望你明白我的用心。"

他送她到车站。去之前，他们到五洲宾馆和 Mike 告别。

"你回家好好休息一段时间，我会想你的。"Mike 终于当着"表弟"的面说出了这样一句话，然后拥抱了她一下。

他就站在那里，看着 Mike 和她。

他继续百无聊赖地在网上和人聊着，一边想着自己跳槽的事情。自己到底该干什么，他好像有点迷失，也从来没有和她商量过。

对于她，他一直保持着警惕的态度。

他感冒了，有点咳嗽，并没有大碍。即便如此，他依然在网上联系着自己要联系的人，一次次给"家教姐姐"打电话。

她的家真的成了他一个人的家。

在家时，她突然接到 Francis 的电话，一个曾经喜欢过自己的人。

"他为何问我那些问题，问我和你做过没有，和你做的感觉爽吗？"Francis 怒火十足，"他变态吗？你还是原来的你吗？我们认识那么久，你现在怎么成了这个样子！你的自尊，你的高傲都跑哪里去了？你一直告诉我说找到了你想要的幸福，找到了你稳定的感情。可是，我觉得事情不是那样。难道这是报应吗？"

　　她无语，不知道该说什么好，只想尽快问清楚事情原委，问他为何生病还和别人谈这样的话题。

　　他突然变了脸色。

　　"你这是在骂我吗？你在帮他说话是吗？你在责问我是吗？"

　　"我没有责问你。当初，我把自己的往事说给你听，不是让你去追问什么。你觉得问一个你都没有见过面的人那些问题很刺激吗？很有意思吗？你有没有想过对方的心理，想过我的心理？"

　　"我问问怎么了？我生病了，你还这样对我是吗？你有种！你厉害！"他不依不饶。

　　她一直给他解释，可他却一直责怪她偏心，不顾自己的死活。

　　她拿着电话在老家院子里给他打电话。

　　他在一边聊天，一边工作，一边不依不饶地骂着她。

　　早上，她刚刚端起早饭，他又打来了电话。

　　她一次次掐掉，他又一次次打来。

　　"你说吧，你要我怎么做你才满意？"她问。

　　"你回来给我在地上磕头，给我道歉！"他得意地说。

　　她脸色变得苍白。

　　"我告诉你，那是不可能的！"

　　"那好，你等着！我今天就去找人，录视频，给你听，给你看！"他挂断了电话。

　　"随便你！"

　　她突然没有了言语。

　　她关上门，不想让爸妈看到自己的悲伤。

　　她打开电脑，开了视频，给他看着自己的样子。

　　他看见她泪流满面、一脸憔悴的模样。此时，他好像觉得自己做得太过分，太残忍，把她折磨得如此悲惨。

　　"你怎么成这个样子了？"他问她。

　　"你知道我这几天是怎么过的吗？"她擦拭着脸上的泪水。

　　"看到你这个样子，我真的觉得自己错的太多了。我病了，没有一个人在身边帮我，我也很难受。我的嘴唇都裂开了，可是连个给我送一杯水的人都没有。在那个时候，你还帮着别人说话，我真的很窝火。"

　　她关掉了视频，擦干了眼泪，打开了门。她想了很久，给他写了一封长长的邮件，提出分手，经过深思熟虑之后的分手。

　　此时，他正在和自己的"家教姐姐"诉说着苦衷。

雨
轻轻敲打我的心门
我一次次地追问
爱
究竟何人读懂

风
温柔吹过我的脸庞
我一次次地彷徨
恨
究竟从何时启航

爱恨的滋味
交织在心头
让我欢喜让我忧

感情的纠葛
没有对与错
到尽头
才知相逢是首歌

第八章

　　看到她流着泪写的信，他抽着烟坐在电脑前很久。

　　他一再拨打她的电话，她不接。

　　她不想放弃。但一想到他在电话里的蛮横和自己一次次的伤心，她又决意放弃。

　　一段感情，如果真的付出过，努力经营过，想要忘却并不是一件易事。两个人开始一段感情，很少是奔着分手去的。

可是她与他的感情是注定没有尾声的，注定要在悲剧中落下帷幕的。

她很想找一个人诉说自己的苦闷。
她跑去了北京，见到了在酒吧遇到的小趣。
小趣问她为何会一个人跑到北京，她说自己在家会疯掉。
他们逛清华园，欣赏清华的荷塘月色，去故宫，去清华小西门吃西门鸡翅。

"你在哪里？"
"我在和朋友吃东西。该说的我信上都说清楚了，我们还是分手吧。"
"是我不对，好吗？你不要在外面好不好？"
"我真的很累。"
"你现在和谁在一起。"
"和我朋友小趣，可以吗？要和他通话吗？"
"不用了，希望你不要做傻事。"
她挂掉了电话，大口喝着啤酒。
他愤怒地砸了一下桌子，烟灰散落得到处都是。

小趣对于她的感情没有做什么评论，只说自己在准备申请出国，快的话会在半年之内离开中国。
她很羡慕小趣可以自由自在地生活。自从初恋死后，她就没有再想过出国，只是幻想过和自己的爱人到异域去度假或者度蜜月。
他和她都在做着相同的事，又在做着不同的事。

他领着表妹 Winnie 到她的房子里做客。表妹刚从兰州过来，一直听他说有一个她，有一个落脚之处。
他和表妹在房子里天南海北地聊着。表妹很羡慕他有这么好的朋友对他，自己也梦想着在这里找到个理想的爱人安家落户。

他一再保证会在她假期回来之后好好对她，不再惹她生气，不再对她做出格的事情。
她的心再次失去了平衡。
他在车站接她，给了她一个拥抱。

　　"看了你的信，才知道你对我是如此好。我也不知道自己为何会走到今天这个地步，'家教姐姐'也骂了我一顿，说我对你太差了。你如此信任我，把整个家都交给了我，可我却一点都没有体谅你。"他和她坐在咖啡厅里。

　　"其实，没有给你过生日，我也很难过。我早就说了我也不想那样，只是实在不凑巧。我在家这十几天，可以说没有一天不是在泪水中度过的。"她直直地看着他。

　　"那几天，我病了，真的很孤独，才会做出那样的傻事，说出那样的傻话。我肯定会好好对你，好好珍惜你的。你不要离开我，我真的很爱你。"他一边说着，一边想到了自己吹着空调，和人聊着天，忙着工作同时刺激她的场景。

　　他觉得她好傻，竟然听不出咳嗽是假装的。

　　"我说过我珍惜和你的这一段感情，不想再轻易错过。"

　　他从包中拿出一束玫瑰，摆在她眼前。

　　她接了过来。

　　她依然忙碌着工作。

　　他忙着辞职，准备自己开一家网络服装店。

　　"你给我回来。"他在电话里大声地吼着，她正在办公室。

　　"又怎么了？"她有点莫名其妙。

　　"你看看你的聊天记录，你可真贱。我给你半个小时的时间，你回来给我解释清楚。"他又有了发火的证据。

　　"你为何不能给我一点隐私？你又要怎么样？我现在就回去！打车，二十分钟。"

　　他指着电脑上下载的聊天记录，她坐在沙发上。

　　他一次次说着恶劣的话语，她一再解释着，质问他为何一次次解开自己所有社交媒体的密码。

　　他"啪"的一巴掌打在了她脸上，拿过电话威胁要告诉 Mike 自己和她的关系。

　　"喂，Mike……"他拨通了电话。

　　"喂……'表弟'……"Mike 睡意朦胧。

　　"你想知道我和……"她一把抓过电话，挂断了电话。

"你想干什么？你想让我和 Mike 连朋友都做不成吗？你不用威胁我了，我今晚去告诉 Mike 好吗？你放心，我一定会和 Mike 说清楚的。这不就是你想要的结果吗？这不就是你的目的吗？你要让我失去我曾经的每一个朋友，而你的朋友我一个都不认识。"

"好，你有本事，有出息。我今晚就走，不回来了！"他甩开门离开了房间。

这一次，她没有再去追他。

她约 Mike 到了米罗咖啡。

Mike 很开心，这是她第一次主动约自己。

她对 Mike 讲了和他认识的全过程，说他不是自己的"表弟"。她知道，当说出这一切的时候，她和 Mike 已经基本没有可能再做朋友。

"我不介意，真的！虽然有点意外，但是想想你俩曾经的表现，我没有觉得非常震惊，觉得蛮正常的。我不在乎别人对你怎样，只在乎我心里的想法。" Mike 看着窗外的车。

"可是我在意，你知道吗？你让我以后怎么面对你？"

"就当作什么事都没有就可以了！我还是喜欢你，真的。不开心的事儿就让它过去吧，你也不要太担心我的想法。"

望着 Mike，她觉得自己好像一个贼一样，偷了别人的心。无论怎么说，她和 Mike 之间都不会再有结果。

凌晨的时候，她和 Mike 分别。

她回到了家，他不在。

Mike 打电话说租的房子已经被房东从里面锁上，自己没有带钥匙。

她劝他叫醒房东。

Mike 说那么晚不好意思，要么在花园里睡几个小时，要么来她家休息一下。

"你是住户，交钱的，为何不能叫醒？再说又不是经常这样。"她有点着急。

"关键是房东有个 baby，叫的话会把他吵醒，哭个不停。要是你那里不方便，我就在这里的长凳上睡一晚上，没事的。"

她犹豫了很久，最终答应让 Mike 到她家借宿一宿。

"我知道我和你不会有结果，只希望和你有一次就满足了。可以吗？" Mike 走到她的房间，突然说出了这样一句话。

"我说了我们之间不可以有什么，你为何还要这样？"

"不可以吗？我知道你会看不起我，可我至少是真心的。答应我，好吗？"

望着眼前的 Mike，想着愤怒而去的他，她有一种报复的心态。那么久以来，自己付出的结果是打打骂骂、哭哭啼啼、伤心欲绝，连一个为了她而搬到距离自己附近居住的男人也成了牺牲品。

Mike 疯狂搂住了她，吻着她。

他抽着烟，正在和一些朋友搓着麻将。

爱的滋味
犹如一杯苦咖啡
让自己清醒
也会让自己麻醉

第九章

清晨，他从外面回来，在小区门口看到了要去上班的她。两人会意地看了一下对方，没有说话，彼此走开。

他回到了房间，感觉到了异样。

突然之间，他又好像没有了恨意。或许是自己作孽，要不然为何会一次次撮合着 Mike 和她的事情。

或许，他又多了一个威胁她的借口，多了一个让她痛不欲生的理由，多了一个控制住她的手段。

"你太小看我了，小看我的反侦察能力。我回去一看就知道发生过什么事情。"他悻悻地说。

"是的，我和 Mike，不可以吗？你不是一直要撮合我们吗？"她反问。

"你就是贱！"

"是的，我贱，贱到相信你说的一切。我乐意，可以了吗？试问你一下，到现在，我知道你什么？工作在哪里？月薪多少？天天在干什么？我都不知道！我和你生活在一起那么久，就是一个同住的室友也不会是这样吧。你把我当成了什么？床上的玩物？"她好像有了底气。

"那好，我们今天一起死。"他突然跑到厨房，搬来了做饭的煤气罐打开。

房间里弥漫着煤气的味道。

"你怎么能这样！"她赶快关上了煤气。

他又一次打开。

她打开了窗户。

"怎么了，你怕死是吗？"他看到她把煤气关上，很开心，因为他没有死的勇气。即使她不关上，他也会关上的。

一切平静下来。他打开窗户，提议出去走走，等待煤气散去再回来。

刚走出门，她借口忘记带了东西要回去拿。

进到屋里的一刹那，她关上了房门，跑到房间打开了煤气罐。

他用力踹开门，跑到卧室把她像死猪一样拽了出来，一直拖到电梯门口，狠狠地用拳头捶了她几下。

"你要干什么？想死吗？!"他气急败坏。

"是的，我不想活了。真的，我觉得活着一点意思都没有。"她坐在电梯门口。

"我只不过是吓唬一下你，你怎么就那么傻？"

"可我是认真的。"

"你对得起你父母吗？"

"这样生活下去，我就对得起父母吗？"

他和她在外一直坐到凌晨。

早上，他看到她头顶的头发掉了一片，露出了头皮。

他不知道是什么症状，她也不知道。

她去医院检查，他打电话给在兰州的妈妈。

医生第一句话就问她最近是不是精神一直受到刺激而感觉到紧张。

妈妈问他的朋友是不是最近一直比较抑郁。

此时，她才知道得了"鬼剃头"，学名"斑秃"。

医生说她的病是精神受刺激引起的。

妈妈说他朋友的病是精神紧张引起的。

他知道首要原因就是自己，赶忙给在医院的她打电话说自己错了，说听到妈妈的第一句问话就知道自己作孽深重。

"没有，或许是最近工作压力太大。你也知道，我最近老是挨领导批评，还让你陪着我写检查。"她在医院平静地说。

　　她拿药回家，医生说要至少半年才会痊愈。如果继续受刺激，会严重到全身。

　　"亲爱的，我以后再也不气你了。当妈妈问是不是病人受到刺激的时候，我就知道是自己错了。我天天给你涂药，直到你康复的那一天。"
　　"我没有期望着你天天涂药，只是希望你不要再威胁我。"
　　"我怎么会！我一定好好伺候你，让你康复。"
　　"你还是出去租一个房子吧，租金我出。你可以一周去两次或者不去都可以。"她说。
　　"你这是要驱逐我吗?"
　　"我没有驱逐你，也不舍得。你也知道，我们在一起还会吵架，还会生气。你先去找个地方，我没有说让你完全搬出去。"
　　"你就是在驱逐我，把我赶走!"
　　"就算是暂时为了我的身体健康都不可以吗?"

　　他死死抓住了"驱逐"两个字眼。
　　她觉得分开也许会对两个人都好一点，至少不会再争吵那么多。

　　她陪他在家旁边的小区找了一个房子，租住其中一间。
　　看到那一间房的时候，他觉得自己好可悲，竟然被"赶了"出来。
　　他打电话给"家教姐姐"，"家教姐姐"说他活该。
　　她把床单和铺盖放好，躺在了上面。
　　"床有点晃，不过还可以。"
　　他一肚子火气。

　　他并没有在租来的房子里睡，还是回到她的家为她涂药。
　　"你今晚可以到那里去睡吗?"她试探着问。
　　"怎么了?"他坐了起来。
　　"我很烦，想安静一下，不想让你看到我不开心的样子，以防你再生气。"
　　他突然站了起来。
　　"你又驱赶我，一步步赶我走。"
　　"我没有赶你走，你为何老说我赶你走，我希望你替我想想好吗?"
　　"是的，你没有赶走我，那是因为你在赚我的钱，一个月赚三百块。"

她突然有点眩晕，没有想到他会说出这样的话。

"我就缺你这三百吗？"她拿出他给的三张钞票撕得粉碎，"我再让你说我赚你的钱，再让你说我赚你的钱！"

钞票在房间里飞舞。

"你一点同情心都没有，房间里的那个床都摇晃了，你还说蛮舒服！"他又加了一句。

"你为何把我想得那么坏？"

"你背着我和别的人不清不白，还驱逐我。"他"啪"的一巴掌甩了出去。

她用胳膊挡着脸，不小心划到了他的鼻子。

她的手腕受了伤，他的鼻子有一点破皮擦出了血迹。

她跑去为他擦拭，他赶快找了一个镜子看自己的伤口，不希望自己破相。

她安慰着他只是一点皮外伤，不会留下伤疤。

他说如果自己毁了容，绝对不会放过她。

他躺在床上，她坐在椅子上，谈判。

他威胁说要在半夜三更打电话给她父母。

她苦苦哀求，流着眼泪。

他睡着了，她一个人傻傻地坐在椅子上，直到天亮。

他去上班。

她在中午休息的时候跑到市场买了一个新气垫床。

他俩坐在 Dicos 快餐店里，说笑着头一天晚上的不愉快。

爱你爱得深
爱你爱得认真
失去了自己微笑的心

爱你爱到心碎
爱你爱到流泪
失去了世界的所有都无所谓

酸甜苦辣
哭笑皆非

你我都曾慢慢地去体会

转瞬间
才明白
生活本来就充满了是是非非
待某日
化成藏在心底的滋味

第十章

Mike 约她去爬市内的一座小山，在那上面可以欣赏城市夜景。
她没有犹豫，因为她想再次和 Mike 说清楚，拒绝他的感情。
她告诉了他要与 Mike 约会的安排。

他打电话质问她："你们还没有说完吗？"
"没有，我们刚说了几分钟。我来的目的就是要和 Mike 说清楚，还没有谈完。"
"我限你现在立刻回来，否则我马上冲过去。"他在电话里歇斯底里。
Mike 知道是他打来的电话。
"Mike，我谢谢你的好意，谢谢你的感情。但是，我无法答应你，我们还是不要见面了。"她无奈地说。
"为什么？你和他没有结婚，我有追你的权利，你就不能强硬一点吗？"Mike 很生气。
他又打来电话质问。
"我有我的自由，难道和朋友见面都不可以？"她也生气。
"好！你不回来是吗？我现在立刻过去，你等着！"

他在公园门口见到了她和 Mike。
"Mike，我求你了，你走吧，好吗？"她央求。
"我不走，我为何要走？我难道没有追你的权利吗？"Mike 回应。
"你先回去好吗？我和 Mike 说完可以吗？"她劝他。
他一动不动。
"好！你们都不走是吗？我走！"她把手机狠狠摔在地上，在路灯下疯狂地向远方跑去。

他在后面追赶，Mike 站在原地一动不动。

她靠在栏杆边，他跟着她，一辆辆车从身边呼啸而过。

她累了，他也累了。

"我送你回去，好吗？"他小声地问，"不要再闹了。"

"我不会回的，我想到海边去看看。"她一脸疲惫。

"把你安全送回去，我再走可以吗？"

"不需要！"她斩钉截铁。

"那你送我走可以了吧！不会再纠缠你！"他很不想离开。

"好的，你说吧，去哪里？"

"白石村。"

他和她一起到了白石村村口下车。

他倚在路边的栏杆上，呆呆地望着她。

"可以了吗？我可以走了吗？"她问。

"你非要逼我到别的女人家去睡吗？"他口气变了。

"怎么成了我逼你？到这里来是你说的，现在为何又成了我逼你？"

"是你逼的。你现在打车再把我送到对面的'太阳花城'小区，我到经理家去睡。"

"可以！"

"你为何就不能让我再去你那里？你怎么就那么狠心？"

她没有说话，拦住了一辆出租车。

"我可以见见你的经理吗？把你安全送到，我也放心！"在车上，她问他。

"不可以！你有什么资格见我的经理？"

"既然是你的经理，我为何不能见？"

"就是不能见！"

车在一个高档小区门口停下。

他打电话，给对方说是十分钟之后到。

"可以了吗？"

"让我和你一起回去吧，我离不开你！"他央求。

"你知道你今晚对我的伤害吗？"

"可是我也控制不了自己！我们一起回去好吗？我保证再也不伤害你。"

"无论你说什么，我都不会让你再回去！"

"好，你不要后悔！"他突然一巴掌把她的眼镜打在地上，又踩碎。

"你为何踩碎我的眼镜，为何踩碎我的眼镜？"她和他厮打了起来，也是第一次打他。

他的鼻子出了血，她的长发乱得一塌糊涂。

一位出租车司机跑了过来。

"喂，你们俩好好的，打什么！年纪轻轻的，有什么不能好好商量，非要用打架来解决！"司机分开了僵持的他们。

"我就是死在这里都不会让你再回去！"她上了出租车。

他一个人站在车窗外看着出租车绝尘而去，扭头开始打电话。

一个女人从小区门口走了出来。

在司机面前，她哭得很伤心，诉说着自己的委屈。

"有什么需要我帮助的，给我说。"司机好心劝她。

"不用了，谢谢你。"她给了车费。

"你给的太多了。"

"算小费吧，谢谢你！"

他躺在客厅沙发上，翻来覆去难以入睡。

早晨，她正在镜子前面梳头，他打来了电话。

"有事吗？"她问。

"你知道我昨晚在哪里休息的吗？"

"不知道，也不想知道！"

"我昨晚在大街上溜达了一个晚上，感冒了。你害得我有多惨，你知道吗？"

"那不是我的本意！"

"你还觉得你做得对是吗？"

"你做得对吗？"

"好！你给我等着，我现在马上过去！你给我等着！"

"好啊，你来吧，快一点，我还得上班！"她已经没有了恐惧，电话里传出他和司机商谈车费的声音。

客厅的电话响了，是一个女人的来电。

"你和他到底怎么回事？"女人问她。

"你问他吧！你是谁？怎么有我家的电话？"

"从他电话记录里看到的。"

"他昨晚睡在你家了是吗？"

"是的，在客厅里。"

他到了，一脸怒气的样子，打开卧室的门。

"你不要再装了，那个女人已经打电话来了，说你没有去大街上溜达！"

他突然什么话也不说了，没有了底气。看着她从自己面前得意离开，他觉得自己的一切把戏都已没有了意义。

他离开了她的家。

她躺在床上，不想再忍耐下去。

她爬起来，准备去找他的阿姨。除此之外，她想不到别的方法。

她曾经和他一起去过阿姨家一次，说自己是他的同事。因为只有一次，她不记得楼房是哪一栋和具体门牌号。

她打车跑到了阿姨家小区门口，把阿姨的模样和大概的工作单位讲给保安听，保安也不知道。

她央求保安让她进到小区看看，但进去走了一圈也一无所获。

突然，她想到了和他一起进小区时的车牌号登记在管理处。

终于，他找到了阿姨儿子的电话。保安说是业主隐私，不给她。

"如果你不给的话，就要出人命了！"

保安看了看她着急的样子，让她在管理处拨打。

她在电话里跟阿姨的儿子说让阿姨好好劝说一下他，否则真的会出人命的。

"你是谁？"

"我是他的一个朋友。"

阿姨就在儿子的身边，只是没有接电话。

儿子把她的话告诉了阿姨，阿姨一脸着急。

"喂，你怎么回事，都要出人命了！我当时都说过，你要是不谈感情就不要欺负人家，可你却弄成现在这个结果。"

"我没事，阿姨。"他在办公室。

"你等着，我现在就去找你！"

阿姨看到了他受伤的手。

"是谁把你弄成这样？那个女孩子也太狠心了！"

"没事的，阿姨，你放心吧。"

阿姨放心不下，带着他表妹去她单位调查，又来到了她的住处，因为他表妹来过。

她们走到她楼下，他也到了她楼下。

阿姨和表妹没有看到他，按了门铃。

他给她提前发了信息，说赶快想个办法应付阿姨。

"阿姨，你先回去吧。今天我们几个正好在这边玩，那个女孩不好意思见你们，觉得刚和他闹过矛盾。我回头好好劝说她，不会让他们打架。你都这么大岁数了，不用为此操心了。"她满脸笑容地说着。

"这个孩子从小没有受过委屈。他的手都擦伤了，那个女孩也太霸道了吧！"阿姨说着，表妹也跟着掉眼泪。

"男女的事，说不清楚的。阿姨，你先回吧。"

"好的，那就拜托你了。"阿姨再三感谢她。其实，阿姨已经知道了她就是那个女孩，只是不想当面揭穿罢了。

他站在楼下与她谈判。

"我今晚不回去了。"他坐在台阶上。

"不可以！"她还是斩钉截铁，"今晚有同事在我家玩。"

"好的，你有本事！"他突然变了脸，"你把我阿姨气得心脏病都快复发了，这就是你做的好事。"

"你以为我想吗？可是我又能怎样？"

"如果我阿姨在公交车上有个三长两短，你脱不了干系！"

"你为什么不想想你做了什么？"

"你不是要请你那些同事来玩吗？我今晚就去你家把你的那些事情，你与我的关系都告诉他们。"

"现在都可以！"她已经厌倦了这一套，"我今晚要去上海，一天都不想在这里了。"

他出席了在她家举办的 party。

趁着他人寒暄的时候，他把她叫到卧室里，摁着她的头抵在墙上质问她。

她反抗。

Party 结束了，他没有在众人面前有夸张的举动。

当众人都散去的时候，她去楼下送人，他躺在了她卧室的床上。

刚上楼，门铃又响起来。

她开门，大吃一惊，门外站着 Mike。

"你怎么来了？"她语无伦次地说。

"我来看看你，顺便把那个摔坏的手机给你。"

他打开门，看到 Mike，张口就骂。

"你有病吗？"Mike 回应，"你赖在人家家里不走，你要脸不要脸？"

"我就是不要脸，怎么样？"

她坐在客厅里，听着两人谩骂。

第十一章

她在家里的一张发货单上看到了他表妹的电话，打了过去，约见一下。

见面地点在这座城市最出名的大学校园里，因为 Winnie 那天在大学里学习成人高考课程。

"Winnie，你的姑父也就是他的父亲还活着吗？"

"你为何这样说话啊？当然活着了，活得好好的，身体健康着呢！"

听到这句话，她一下子失控了。她站起身，把手里的一瓶可乐扔了十几米远。

她觉得被骗了太久、太多。

"你怎么在这里？"她平静了一下，看到他在家门口坐着。

"我想你了。"他的眼睛里有些许渴望，"你的手机为何一直关机？"

"我的手机没电了。"

"那你为何这么晚才回来?"

"我出去吃了一点东西。"她打开门,"进来吧,早点休息,我也累了。"

他和她仰望着天花板。

"我希望你好好生活,好好对你父亲和母亲。"她加重了"父亲"两个字的发音。

他突然坐了起来,因为听到了有点不一样的含义。

"你什么意思?"

"我没有什么意思,只是说让你对得起父母,有错吗?"

他慢慢躺了下来,再也没有了睡意。凭直觉,他知道肯定有事发生了,她肯定知道了自己的什么事情。

"应该不会,因为自己做得很完美,一切掩盖得都很好,不会有那种可能性的。"他心里安慰自己。

天亮了,他一夜无眠。

天亮了,她若无其事。

她上班了。

他躺在床上。

他给 Winnie 打电话,提醒她不管什么人问关于他家的事情都不要说。

Winnie 说不明白他到底要隐藏什么。

"你昨晚到底什么意思?"他在电话里生气地问她,"我又哪里做错了,你这样对我!"

"你什么都没有错,你一直都很对,都是我的错,可以吗?"她笑着说。

放下电话,他又一次预感到她知道了自己的什么秘密。

他抽了几根烟,疯狂跑回到自己住的地方,随手拿了几件衣服,买了到南京的火车票。

或许,"家教姐姐"那里才能给自己一点自由的空间,给自己一个逃避现实的地方。

坐在火车里,他望着窗外的景色。

"该怎么走以后的路？怎么去面对以后的生活？怎么去面对这个城市？"他思忖着。

黑夜里，他坐在椅子上。

"我正站在扬子江边。我知道你已经了解了我的秘密。从你的眼神中，我已看了出来。其实，迟早有一天你也会知道，只是我没有想到会如此快。"他给她发信息。

"没有什么，都过去了，希望你以后善待你父母，因为他们并没有错。"她回复。

"你太让我吃惊了，连个响声都没有打就跑过来。你是不是又做了什么对不起人家的事没脸面对了？""家教姐姐"一见面就噼里啪啦说了一大堆。

"我知道迟早会有这么一天的。"他满脸无奈。

"你啊，我是太了解了！若不是别人抓住你的把柄，你是不会如此狼狈的。"

网络上，他遇到了她。

他说自己在南京，准备和黑社会大哥在一起从事毒品生意，不会再回她所在的城市。

她劝说他。

他一直纳闷，为何她对自己的话向来深信不疑。

"你知道了我的欺骗，你终于满意了吧？"

"我真的不想知道，宁愿生活在谎言里。"

他警告她不要有什么想法，否则黑社会大哥会收拾她。

她不知道他说的是真是假。一起生活相处那么久的一个人，她觉得对他什么都不了解。

他看到"家教姐姐"的护肤品是从日本带回来的，想着这对治疗她的皮肤有帮助。

"拿我的东西去充当好人，你还是省了吧！"

麦当劳里，她约了他的大学同学 Bob。

他走了之后，一切生意都是 Bob 打点。

她问了 Bob 很多关于他的事情，也算是第一次深入地了解他。

　　"他上次回去是参加毕业论文答辩，因为他当时还没毕业。那次回去，他玩得很疯。"

　　"当时，他告诉我说是想念妈妈才回去的。他是兰州大学毕业的吗？"

　　"不是，我们是兰州工学院毕业的。不过，他的'家教姐姐'是兰州大学毕业的。"

　　"他为何要那样告诉我？"

　　"或许是他不想让你看不起他吧。他这个人，虚荣心蛮强的。不过，他真的很在乎你。前段日子，天天在我面前提到你。他这次离开，连我都没有告诉。"

　　说话的时候，她把手放在 Bob 的手臂上。她太紧张，想控制住自己的情绪。

　　Bob 给他说了和她的见面。

　　"现在，我在你面前就如一个赤身裸体的人一样，什么自尊都没有了。"

　　"可是，我并不希望那是真的。尽管我约了 Bob，那也是一次偶然谈话，没有想过要去求证什么。随着谈话深入，我才知道了很多我不知道的事情。"

　　"我就是一个骗子。你原谅我好吗？现在，我再也没有欺骗你的必要了，也没有秘密了。"

　　她没有说话。

　　阿姨把他的父母从兰州叫了过来，名义是请他们来旅游。

　　他也从南京返回。

　　在父母面前，他一直诉说着她的好处。

　　他的妈妈很想见她，让他邀请她。

　　"我不想见你妈。事情到了这个地步，你觉得有见的必要吗？难道要我诉说你怎么对我的吗？"

　　"见见吧。我妈妈只是想感谢你对我的帮助，没有别的意思。"

　　兰州面馆里，她和 Winnie 在吃面。

　　她很紧张，不知道该怎么面对。

　　"没事的，我姑姑是一个非常好的人。"

　　阿姨家。

她，阿姨，还有他妈妈。

他一个人在自己租的房子里。

他妈妈流着泪，说自己都不清楚他的性格。

她面无表情地坐在那里，说到自己因回家看父母而被他折磨得以泪洗面时，泪水差点流了出来。她极力控制住自己的情绪，不想露出自己的脆弱。

"真的很感谢你，真的。要不是你在这里帮助他，或者说，要不是遇到了你这样好脾气的人，他现在是生是死都还不一定。"他妈妈擦了擦眼睛。

"可是，他对我的影响太大了，真的太大了。现在，我对一切都没有了兴趣，感觉都是虚假的。"

"真的对不起。"

"阿姨，都过去了。我希望你们千万不要再批评他了。"

"我看得出来，他非常喜欢你。这几天，他天天说的都是你。我从家里带了一点特产，他第一个反应就是给你留着。他说你很快就去出差了，要今晚见你，去为你送行。"

她没有说什么。

他很开心她去见了妈妈，一次次打电话催她结束谈话出来见面。晚上，他打开电脑，又一次看着她曾经写给自己的信。

春节的时候，他每天都写日记给她，证明没有再骗她。

她很希望看到他的消息，却又怕看到，因为心里有莫名其妙的恐惧。

第十二章

亨哲是一个有艺术细胞的男生。虽然在异地读书，但又会在假期和她生活在同一个城市。他们没有见过面，仅靠书信联系。

她犹如一个怨妇，诉说着自己和他的点点滴滴。

亨哲听着那一段一段恍如来自世外的传奇。

亨哲是个清澈透水的男生，总是对未来充满着美好向往。

她却是一个遍体鳞伤、对感情死了心的女人。

亨哲劝说她忘掉过去，开始新的生活。

她说她忘不掉。

又是一个春暖花开的季节。

他又回了兰州。

回去之前，他没有任何征兆地向她说起往事。尽管给她写过信，可是信里从来不会提及自己的感情私事，只是一味地说做一个不撒谎的人是多么幸福和开心。

她希望他在家开开心心地陪父母。

他拍了妈妈老家的小学给她看，叙述着自己在家的感动。

她幸福地享受着很久没有过的感动和平静。

返回前一天，他在兰州的一家肯德基里给她打电话。

"有个银行的女人追我，一直对我很好。"他说。

"你答应了？"她问。

"我觉得她有钱，而且经常开车接我，也追了我好久。"

"你才回去不到一周，就告诉我这样的消息？这就是你说的不骗我吗？"她挂上了电话。

那一晚，她疯狂喝酒。

他从兰州飞了回来。

她很想去他住的地方看看他的生活。他不答应，说自己住的条件太差，没有空调。

"交往那么久了，你觉得我还会在乎你住宿条件的好坏吗？"

他有他的"难言之隐"，因为他和 Henry 住在一起。

Henry 喜欢过她，但是被她拒绝了。他做服装生意的时候，她介绍他俩认识的。那时，Henry 没有工作，做他的帮工。

他给 Henry 说自己如何收拾她的。

Henry 很惊讶，说自己当年如何被她不屑一顾。

他搬到了香榭丽舍，一个高档小区。

因为付不起租金，Henry 没有去，只能住在旧房子里。

她正在忙着移民到美国，准备远离。

"你又骗我！"他拿着她移民的材料往桌子上一摔。

"要是骗你我就不会给你看到这些东西。"她坐在床上。

"知道吗？我不让你去我住的地方就是因为我和曾经被你甩的 Henry 租住在一起。"

"你现在做什么我都不奇怪。正好，你可以和他炫耀你怎么折腾我的。"

"那是当然，早说了，所以 Henry 恨死你了。"

"谢谢你，多亏你的功劳。"

看到她要移民出去的材料，他知道自己也该死心了。只是，他又撒了一次谎。

他说他甩了那个银行的女人，不想让别人"老牛吃嫩草"。

"有个 Miss Liu 在追我，要不哪天你给我参谋一下？不过，我还没有决定好。请你记得，我这是被你逼得没有办法才做的。是你不要我的，是你驱逐我的，是你让我生活那么惨的。"

她的心在隐隐作痛。

加班后，她正要准备回家。

他说和 Miss Liu 在一起吃饭，请她过来聊聊天。

"让我去是为了突显你的委屈吗？在你所有的朋友里，我就是一个罪人。"她在电话里说。

最后，她还是去了，不甘心但又想再见到他。

Miss Liu 是一个没有什么姿色的女人。

按照她对他的了解，他应该不会做出这样的选择。当然，如果 Miss Liu 对他做生意有利用价值的话，另当别论。

路边的烧烤店里。

他买了饮料，三个人坐在那里，很是尴尬。

他又诉说起她如何驱逐他离开。

她把桌上的饮料"啪"的甩到地上，溅到了三个人身上。

"你要脸吗？到现在还这样说！你能不能客观一点？你能不能在别人面前给我一点面子？"

Miss Liu 坐在那里，一言不发。

她跑到路边打了一辆的士。

他和 Miss Liu 照旧喝酒、吃肉，好像什么事都没有发生。

半路上，她又折回。

他知道她会回来。

她问是否可以上楼。

他说不方便，因为 Miss Liu 在他家。

"我陪你那么久，难道还不如你刚认识的一个矮胖女人吗？"她有点歇斯底里。

"真对不起，我不想打扰人家休息。"他若无其事。

"那好，麻烦你给我五十块车费。我身上没有现金了，暂时借你的用一下。"

"不用还了。"他递给她。

出租车上，她哭了，心里骂着"感情什么也不是"。

他搂着 Miss Liu 安然进入了梦乡。

她把一次次的绝望说给在异地的亨哲听。

亨哲说放假后去看望她，她说不想再把悲观的情绪传染给任何人。

"我不想你生活在痛苦里。"

"你拯救不了我。"

放假后，亨哲遵守了自己许下的诺言，到了她家。

她匆忙去上班，留亨哲一个人在家，说他随时可以离开。

按照她记在墙上的电话，亨哲用家里座机给他打了一个电话，劝他不要再纠缠她。

他张口大骂亨哲。

他打电话质问她为何把钥匙又给了一个男人。

她解释是误会，从没有把钥匙留给任何人。

他又是张口大骂，一直到她下班。

"你为何要打电话给他？为什么?！难道你还觉得我不够痛苦是吗？"她在电

话里怒问亨哲。

"我没有别的意思，只是希望你不要再这样痛苦下去。"

"你知道他的脾气吗？你知道你这样一个电话会让我遭受到什么吗？"

"我这是为了你好。"

"你给我滚，马上给我滚！永远给我滚！"她大声叫着。

"好，我滚，可以了吗？"亨哲放下电话，离开了她家。

她到另外一家公司谈业务，他又打电话质问她。

她歇斯底里地和他争吵着，周围的同事都在用异样的眼光看着她。

"如果你有什么私事，请不要在这里讲。"对方公司老板说。

"对不起。"她拎着包离开了办公室。

亨哲给她道歉，说没有想到事情会是这样的结果。

亨哲六点起床，拿着一大束玫瑰，跑到她家送给她表示歉意。

她很诧异。

"我也知道吼你不对，可是你这样做的结果反而会更差。我希望你不要再联系他了。你假期后可以返校，留下受苦的只有我。你这样不仅没有帮忙，反而是在害我。"

她要出国了，选择在他生日前一天。

她病了，仍然坚持跑到蛋糕店给他订了一个蛋糕，想弥补曾经欠他的生日礼物。

天空下着雨。

他到她家为她送行，挎着一个包。

她插上蜡烛，切蛋糕给他吃。

"谢谢你，你这次让我很感动。"他一边吃，一边说。

她很想搂着吻他，可是他却避开了。

"我有朋友了，你不要这样。"

"难道你就变得如此冷漠吗？"

"真的，请你原谅我，因为我不想再背叛。没有你，我也不会认识到自己那么多错误。你为我牺牲蛮多的，就像铺路石一样成就了今天的我。不过，你也要感谢我，因为你从我这里学会了保护自己。"

她没有再说什么。

"选择 Miss Liu，是因为她送给了我这个包，还有一个非常昂贵的 Zippo 打火机。"

她咬着嘴唇。

他送她到海关。

飞机在洛杉矶着陆。

她到了一个崭新的国度。

北京时间 23 点 59 分，在机场到市区的出租车上，她给他发了一条信息：在这个特殊的时刻，我祝你生日快乐。

酒吧里，他正在和 Miss Liu 喝着酒，手中接过新礼物。

她家楼下。

Mike 仰头喊着"我爱你"。

后记

201 路公交车站边，一头长发的年轻男子弹着一把破吉他。

他坐在圆凳上，嘴对着破旧的话筒。

我看不清他的脸，因为天空飘着灰蒙蒙的尘埃。

或者是在华强北，或者是在地铁站旁边，总能看到和他差不多的年轻人在展示着自己的才华。不知道他们中有多少是靠此谋生，或者他们只是给自己找一个舞台，如《海角七号》里的那个阿伯一样，要的就是上台的感觉。

这个年轻人的表演是我听过的或者见过的最差的。无论是先天具有的声线，吉他发出的响声，还是话筒传出的歌声，都是如此。

他身边没有一个观众，连我都是站在远处偷瞥几眼，不想给他被人同情的感觉。

陈楚生的《有没有人告诉你》从他嘴里飘出的时候，味道与我在 KTV 里听的感觉迥然不同。或许，此时此刻，他更能体会歌词的意境。

心酸和痛苦能告诉自己什么？灵感和升华？

也许，到某一天，当他回想起自己在街头的这段岁月时，会有更多的感慨和回味。

这也是我为何还在这个城市疲于奔波的一个原因。没有辛苦，我体会不到生活的无奈和真实；没有痛苦，我对生活的体会也不会如此深刻。

包括陈楚生，他的巅峰也许只能停留在那首歌曲上，因为它写出了他的灵魂。

这个时代是浮躁的时代，浮躁到让每个人都不想安心下来；这个时代是放纵的时代，放纵到天昏地暗的时代；这个时代是无法无天的时代，无法无天到谁都不在乎的时代；这个时代是消费的时代，消费到不去思考或者懒得去思索的时代。

走了一程又一程，我始终没有找到卖影碟的摊位。摊主好像都消失了一样，或许又在和城管练习"躲猫猫"。

我很失望地走在大街上，街道两边传来的都是促销的噪音。第一次来这个城市的时候，坐在公交车上，我分不清东南西北，经过的也是这一条路。

朋友阿帆在从老家回来的车上告诉我，越靠近这个城市越觉得距离这个城市遥远，越觉得这个城市陌生，甚至有点害怕回到这个独自闯荡的地方。

我也有过那种感觉。

坐上机场大巴，穿过高速，一切熟悉而又陌生。那时，我也问自己"为何还要来这个城市？"

随着岁月的流逝，我慢慢适应了这座浮躁的城市，甚至是融入了其中。只是，融入不代表认同。我只是知道了选择去逃避什么，选择去面对什么。

《相逢是首歌》写得我很累，让我心力交瘁。构思、想象、整理、筛选……不知让我的多少脑细胞死去。

写作，就如一段感情一样，有了开始，就要有一个结尾。

没有给男女主角起名字，因为不知道该称呼什么，因为"他"或"她"的故事每天都在不同的地方上演。语言有点平铺直叙，缺少了虚伪的言辞和海誓山盟，一切都是那么赤裸裸。其实，生活本来就是赤裸裸，如同我们的身体一样，被我们裹上了一层层衣服。只有在黑夜之中，我们才能回归到自我，品味着自己的真实。

　　或许是我们都体会过生活中太多的酸甜苦辣，所以才期望看到美好华丽的语言和完美的故事结局。

　　只是，生活不是那个样子，所以我无法用华丽的语言去修饰。

　　生活就是生活，没有华丽的外衣。

　　如果有，那也只是自我安慰、自我麻醉罢了。

一念之间

楔 子

　　海的蓝色和天的蓝色在远处汇合成了一道线，海鸥在低空中掠过。船只在海面上穿梭，渔民近海养殖用的网子在水里横七竖八地缠绕着，露出一个个的圆球显示着不同的分界线。

　　林熙俊走下车，坐在一个礁石上望着远方，仿佛看见了在天使中间端坐着的上帝。天堂的影子向他袭来，天使在向他招手。

　　"我知道这样结束自己的生命是不对的，可是我实在不知道怎样继续生活下去。你给我的生命是独特的，可我却在撒旦的驱使下一步步走到今天。我希望你能赦免我这最后一次的过错。阿门。"

　　泪水从林熙俊眼里慢慢流了出来。

　　慢慢地，他站起来，拍了拍身上的灰尘。

　　他没有发出声音，跳了下去，砸起的海浪惊得海鸥向高空飞去。

　　他在水中慢慢下沉，挣扎着，哆嗦着，抽搐着。

　　如同电波袭过大脑一样，过往的岁月像幻灯片一样一张张在他脑海里闪过。父亲、母亲、哥哥、男人、女人、金钱、玫瑰……

　　慢慢地，周围的一切静了下来，悄无声息。

　　他眼前好像出现了万道彩虹。他拼命地抓，可是任凭怎么努力，那些彩虹还是离他越来越远，越来越远……

　　逐渐，他的眼前出现了一道白光。

　　朴湉儿坐在办公室里，小心翼翼打开着那封没有发信地址的来信。上班路上，她隐隐约约觉得今天会有事情发生。当她看到桌上放着的信封上写着"朴湉儿收"的时候，心里咯噔一下。她展开带有玫瑰香的信纸，上有"Love will last forever"的字样。

　　亲爱的湉儿：

　　你好！这是我第一次在你的名字前加上"亲爱的"，也是最后一次。当你看到这封信的时候，我也许已经离开了这个世界，或正在挣扎着离开这个世界。

很惭愧，我没有按照你说的那样去好好生活。我尽力了，可是我不能。

我很想再次去面对你，静静地坐在你对面望着你，傻傻地望着你抬头的动作，抿嘴的笑颜。可是，我没有勇气，也害怕你会拒绝。

这么多年来，我奋斗过，上进过，也放纵过。可是，我希望你能知道，经历过这么多，你才是我生命中的唯一。

我很对不起自己的父母。我为了他们生活过，可现在却不能再继续。我知道，世界不会因为我一个人的离开而改变什么，可是我父母的生活会因此而完全不同。湉儿，我希望你能在以后的日子里帮帮他们。这是我对你唯一的请求。

《圣经》上说，一个人赤身来到这个世界，也赤身离开这个世界。我只不过是提前走了这一步。就如贾樟柯的电影《任逍遥》里那个男孩所说："人活那么大岁数干吗，三十几岁死了就算了。"看到那句台词的时候，我觉得他好像是在与我说话。

为了你，我伤害了很多人。我惭愧、内疚，但求上帝对我的宽恕。如果不能，我甘愿承受那地狱火湖的煎熬。

选择这条路，不仅仅是因为我无法承受对你的爱，也是因为我无法再在这样一个环境里生活。我苦闷、恐惧、忧郁。到底是因为这些而选择离开这个世界，还是离开这个世界就是为了这些，我也无法解释清楚。你明白，只有你明白我为何会迈出这一步。

湉儿，我希望你能好好地生活，快快乐乐地生活。我相信你会的。

不管是在天堂还是地狱，我都会永远为你祝福。

来年清明，记得为我向天空飘洒一束玫瑰花。

> 相识相知由是缘
> 缘到尽头分两边
> 隔世恍惚勿相忘
> 往事如烟一念间

我爱你！

林熙俊绝笔

朴湉儿觉得时间好像凝固在了那里。办公室里的人不知道发生了什么事情，只是看到她僵在了那里，脸色惨白，泪水把早晨刚刚化的妆洗得一塌糊涂。那张信纸飘落在了桌上。她知道会有这一天到来，只是没有想到会这么快，快得让她窒息。

第一章

九月。

九月是秋天的开始，是收获的符号，是成熟的象征。

火车慢慢驶入了青山站。

天还没有亮，林熙俊在睡意朦胧中醒来，紧紧抓住哥哥林熙正的手。

林熙正就坐在地上，背靠在身边的座位上，头歪着，发出轻微鼾声。

林熙俊扭过头看了看窗外，一座座高楼向后走去，工地上的灯光还在闪烁。与火车道平行的一条公路上的路灯还没有熄灭，早班公交车已经飞驰在路上，卖早点的人开始忙着生火。

此时，车厢里开始有点忙乱，乘客开始搬拿自己的行李，孩子哭声不时传来。

"哥，哥，到了。"林熙俊推了推林熙正的胳膊。

林熙正猛然醒了过来，揉了揉眼睛。

"你看我，还真睡着了。到了是吧，兄弟？"

"嗯。哥，咱们也把行李拿出来吧，人家都开始拿了。"

"好的，兄弟。"林熙正把蛇皮口袋从座位下抽了出来递给林熙俊，又抽出了一个黑色背包。

林熙正提着包走在前面，林熙俊扛着口袋跟在后面。

下车后，望着来来往往的人群，他俩有点茫然。

"哥，咋走啊？"

"我也不知道。"

"我们跟着人家走。你看，那么多人都往那个方向走，那儿写着出口。"

"嗯，咱试试看。"

他俩跟着熙熙攘攘的人群走过地下通道。前面的人停了下来，他们也停了下来。

"哥，车票好像还要用呢，检票口的人还要检一次。在哪里呢？"

"哦。等等，我拿出来。"林熙正在口袋里摸了半天，找到了那两张票，还有林熙俊的大学录取通知书。

走出了检票口，林熙俊长长舒了一口气。

"哥，咱终于站在青山地界了。"林熙俊回头看了看写在车站楼上的"青山"两个大字。

"是啊，折腾了这么两天，真的是累坏了。不管咋的，咱们还是顺利到站了。"

车站出口到处是接人的牌子，在刺眼的白光下像是一个个墓碑。甚至，有的大学在门口摆上了桌子。

"请问你们是到哪个学校的？"一个学生模样的男孩走过来问林熙俊。

"华东大学。"林熙俊没有任何犹豫就说了出来，林熙正扯了一下他的衣角。

"那跟我上车吧，我们是学校专门派来迎接新生的。"

"嗯，谢谢你。"林熙俊用那满是地方口音的蹩脚普通话应声着，"哥，咱上这个车吧。"

"通知书上不是写着坐哪个车吗？没有说接啊。"林熙正用怀疑的眼光看了看眼前那个男生。

"没事，只要能到就行。"林熙俊拉着哥哥跟着那个男生上了一辆大客车。

车上已坐了几个刚下火车的家长和孩子，男男女女。林熙俊和哥哥找个座位坐了下来。

"哥，你坐哪里？"林熙俊把包放好，"要不，你坐在靠近窗户的座位吧。"

"嗯。"林熙正应了一声。

车启动的时候，太阳已露出了红色下巴，车站的周围开始有了忙碌的迹象，对面街道上的公交车渐渐多了起来，骑车上班的人带着睡意慢悠悠地蹬着自行车。火车站旁边就是汽车站，到各地的长途车整齐地停在各自的位置。再远一点的地方就是码头，一排排集装箱堆在那里。

"大家好，我是华东大学中文系学生，很荣幸有机会迎接大家到学校。因为这是学校车队的车，所以还要向大家收取每人一元车费，希望配合一下。另外，我会在路上向各位介绍一下沿途经过的主要景点。谢谢！"

"你看，他们也是要收钱的。"林熙正嘟囔着说，"我想着也没有那么好的事。"

"这样也行啊，哥。这样的车直接到，在路上不停，省时间。"

林熙正没有再说什么。

车走上高架桥的时候，林熙俊透过窗户向外看了看。高楼林立，大型的户外广告到处都是。楼好像是家乡的山，路好像是家乡的河。

林熙俊想家了。

老家是一个五十万人口不到的小县城。村庄距离县城有五十公里远，中间隔着一座大山，两条大河。每次到县城上学，他都要先走六里山路到镇上，然后乘坐三轮车到县城。

开学前一天，母亲把行李给林熙俊收拾好。这是他第一次出远门，母亲有点不放心，很是不舍得。他陪着母亲坐到深夜十一点，母亲把安慰的话说了一遍又一遍。

"小俊，到了青山要好好照顾自己，别想家。"母亲看着林熙俊。

"知道了，妈。"

"你哥也在那里待不久，我也很好，你不用想家。"

"嗯。妈，要是姐姐有啥消息就告诉我，我会往家写信的。"

"家里的事，你就别操心了。信也不用多写，要好好念书，知道不？"

"知道了，妈。"

父亲把钱从柜子里拿了出来，递给林熙俊。

"明天记得拿给你哥放好，别丢了。需要钱的时候就给家里说一声，别在吃饭上省钱。"

"嗯。"林熙俊没有说别的。

第二天，林熙俊穿上嫂子做的新布鞋，邻居都来给他送行。

母亲眼里流着泪。

"妈，哭啥？我又不是不回来了。"林熙俊安慰母亲。

"就是啊，妈，俺兄弟很快就回来了。"嫂子在一旁拉着母亲的手，"俺兄弟上大学走了，不是还有熙正在嘛。"

"是的啊，婶子，俺熙俊兄弟又不是去坐牢，是去上大学啊。咱这里轻易走不出去一个大学生，你该高兴才是。"邻居杨大嫂劝说母亲。

"嗯，就是。"母亲用衣袖擦了擦眼睛，"熙正，在路上好好照顾小俊，知道不？"

"知道了，妈你放心吧。"

父母和众人一直送林熙俊到村后。林熙俊没有回头，和哥哥向镇上走去。他知道，母亲一定在后头望着他。他害怕回头会看到流泪的母亲，也害怕自己会流泪。从今天开始，他回到这个村庄的机会将越来越少。这是他这么多年一直努力的目标，可是在离开养活自己十八年的故土的时候，他发现自己的根扎得如此深。村后那片树林和那条还乡河离自己的视线越来越远，他不知道以后是否还会有机会和兴趣来这里玩耍。靠近还乡河的那个大坑曾经给他带来了无限乐趣，他和伙伴在里面挖化石猴、游泳……

"你咋了，小俊?"林熙正推了推弟弟。

"哦，没啥。"林熙俊回过神来。

"那你咋流泪了，是不是想家了?"

"没有，眼睛累了，昨晚在火车上没有休息好。"林熙俊揉了揉眼睛。

"各位，"那个中文系学生站在车门口向大家介绍说，"大家随着我的手向右看，这是中国银行大楼，是青山比较有代表性的一座高楼，建筑风格比较特殊，像一个'中'字。我们马上就要走过南山路，是青山有名的步行街。我相信，各位新生以后都会有机会来这里逛逛的。"

当车走过海边的时候，林熙俊一直注视着他从来没有看到过的景色。轮船驶过，汽笛鸣响。海里的小岛还在开发之中，一座座楼房周围都是脚手架。

"哥，这海和咱村后那个大坑没有什么区别，只不过是宽了一些，里面有船。不过，我也在咱们那个坑里放过纸船!"林熙俊笑着说。

"嗯。"林熙正有点疲惫地回应了一声。

车走过一个高坡，又穿过一片树林。

"我们的终点站华东大学马上就要到了，下车后大家到自己所在的院系报到。谢谢大家一路上对我的配合和支持，预祝大家在新的环境里学习进步，生活愉快。"

"小俊，你看人家这大学生的口才真好。到时候你也要好好锻炼一下，别整天只知道学习。"林熙正不无羡慕地对弟弟说。

"嗯。"

车停在了学校门口，林熙俊和哥哥拖着行李下了车。此时，门口内外都是人。林熙俊抬头望了望大门，觉得还没有高中大门威严。大门一边是矮墙，一边是两个柱子，墙上写着"华东大学"四个字。学校里面旗帜飘扬，各个院系把自己的旗子竖立了起来，下面站着一长队等候注册的人。

"哥，咱拎着行李往里走吧，找外语系就可以了。"

"嗯。"

"哥，你看，外语系在那里!咱过去吧。"林熙俊拉着哥哥往前走，穿过熙熙攘攘的人群。

到处都是私家车：鲁、豫、京、沪……

林熙俊在名单上找到了自己的名字，签了字。

"同学，在这里签字之后，到财务处去缴学费，然后就可以到宿舍领被褥等用品了。你的宿舍号码是二号楼328房间。"

"嗯，谢谢。"

林熙俊回到哥哥面前。

"哥，走，咱们去缴费。"

一切手续办完后，时间近中午了。此时，校园里的人已经不是那么多。由于天气炎热，送学生的家长三三两两坐在树荫下。每个路口都站着一些学生在推销东西，包括水瓶、衣架、镜子、梳子等一些小物品。

"小俊，你要不要买点东西，比如牙膏之类的？"林熙正问弟弟。

"不用了，哥，不着急。安顿好后，我再去买吧。"

路两旁的法国梧桐枝繁叶茂，旁边是修剪整齐的草坪。天是蓝的，树叶是黄的，草是绿的，柏油路是灰色的。整个学校的建筑墙壁是青白色，房顶是深红色。

"喂，你们是哪个宿舍的？"刚到宿舍楼前站定，看门的老头就过来冲他俩喊，"过来，来这里登记，领东西，拿钥匙。"

"哥，你在这里等我，我去拿。"林熙俊把行李放在哥哥面前。风透过宽敞的玻璃门吹了过来，林熙正站在那里尽情享受着风的凉意。

"好了，哥，咱们走吧。"

"小俊，回头你把钥匙放好了，别弄丢了。你记性不好，经常丢三落四。"

"知道了。你看你，又在说我了！"林熙俊笑了笑。

宿舍楼是"丫"字形的，中间部分是公用洗手间，楼梯位于中央，旋转着上升。站在底层往上看，有一种爬螺旋的感觉。

"哥，你不是会建房子吗？会不会盖这样的？"林熙俊开玩笑似的问哥哥。

"我咋会？人家这都是专家建的，哪里和咱家里一样，都是'人'字形的。"

328 的房间门虚掩着，林熙俊轻轻推开了门。里面有四张上下铺铁床，六个床位都有了行李。靠近窗户的一张床上铺空空的，布满了灰尘。

"小俊，咱们来得最晚。我说让你早点来，你就是不来，非得在家多住一天。"林熙正不无责备地说。

"不晚啊，哥。来，进来吧。"进门之后，林熙俊坐在下铺床上。他抬起头时，看到一个人趴在门后的柜子上装东西。"哥，有人。"

　　林熙正也抬头望了望。一个看起来有二十好几的男孩，皮肤黝黑黝黑的，头发有点卷。他个子中等，从高高的鼻梁和细细的眼睛就可以看出他来自南方。看到林熙俊和哥哥向自己看过来，他打了一下招呼。

　　"你好，你是哪里的？"男孩问林熙俊。

　　"哦，我来自山西高平，一个小地方。你呢？"林熙俊又开始了他那不太熟练的普通话。

　　"我是从广西来的。"

　　"广西？很远啊。不过，广西很好，有桂林山水。这是我哥，来送我的。"林熙正朝那个男生点了一下头。

　　"都知道桂林山水，不过我家在丹山，距离那里很远。你有家人来送还不错。不像我，一个人坐了三十多个小时火车，一路颠簸才来到这里。"

　　"嗯，广西到这里是蛮远的。其他同学呢？"

　　"我是第一个来的，你是最后一个。他们都出去了。"

　　"嗯，我叫林熙俊，你呢？"林熙俊一边打开自己的包，一边问那个男生。

　　"我早看到你名字了，就在我上铺，床架上有每个人的名字标签。我叫李安奇。"

　　"小俊，我得歇息一下，好像在火车上受凉了。"林熙正打断了他俩的谈话。

　　"嗯，好的，哥。要不要我去给你买药？"林熙俊看着哥哥有点通红的脸，心里一酸。

　　"别了，我睡一下就行了，昨晚受凉了。等一会儿你把行李放在床上铺好。"

　　"好的，哥。那我去买饭，你先睡吧。"

　　"行，我吃了饭就准备回去了。"

　　"你不在这里多住一天？"

　　"别了，在这里还得花钱。再说，快秋收了，你嫂子一个人在家忙不过来。"

　　"那好，我买饭回来再说。"

　　林熙俊把两个蛇皮口袋摆在桌子上，轻轻走了出去。林熙正把穿着一双棉布鞋的脚搁在床一头的钢筋架上，慢慢睡了过去。窗外，宿舍楼后面的柳树在风的吹拂下起舞，再后面是一排排笔直的白杨。

　　林熙俊来到宿舍楼前那片卖饭的地方。

　　他本打算到食堂去，可食堂已经关了门。这片卖饭的地方是两排平房，周围是针叶松。卖的东西不算少，其中有炒菜和饼子。路没有修，灰尘很多。虽然是饭后时间，但还是可以看到不少吃饭的人群。不过，很多都是来歇歇脚的，一会儿就走了。他走了几家，买了三个鸡蛋饼，两碗粥，顺便给哥哥买了返程路上吃的葱油饼和一瓶水，总共花了十块钱。

"哥，哥。"林熙俊站在床边小声叫着。这个时候，宿舍里已经没其他人了。

"嗯。"林熙正醒了过来。"小俊，你回来了。"

"嗯，哥，要不咱到外面去买点药吧。你看你……"

"不了，不要紧，等回家后再吃药吧。饭买了？"

"嗯，就买了鸡蛋饼和粥。"

"行，能吃饱就行。"林熙正拿过来就吃。

"小俊，咱包里不是还有路上没有吃完的火腿肠吗？拿出来吧。"

"那还能吃吗？"

"咋就不能吃呢？才过了一晚上。"

林熙俊把瘪瘪的火腿肠拿了出来，放在桌子上。

"哥，你回去后好好照顾咱爸妈。"

"知道了。"林熙正嘴里都是鸡蛋饼，顺手把一块饼递给了林熙俊，"你也别亏待自己，没有钱就给家里说，我给你邮。"

"知道。"

吃过饭后，已经是下午三点了，太阳开始向西倾斜。林熙正和林熙俊走在宿舍后的大路上，来来往往都是人，说说笑笑，手里提着大包小包的东西。林熙正手里拿着空空的蛇皮袋，林熙俊在后面默无声息地走着。

"哥，你都没有到海边去看看。去不去？"

"大海有啥看的，咱来的时候不是见了吗？就是那样。"

公交车站就在学校门口外，只有一班车到火车站。出租车在马路另一旁零散停着，没有多少乘客。车站广场上站满了送别家人的男生和女生。就在几天前，还是家里人送自己，现在却反了过来。有的女孩趴在父母的怀里哭泣，不舍得父母走。

"哥，你知道大学校门朝哪个方向吗？我好像搞错了。"林熙俊摸着自己的脑袋对哥哥说。

"朝西啊，你以为呢？"

"我觉得是朝南。后来，车开到学校里的时候我发现太阳怎么从北边出来了。"林熙俊笑了。

"你肯定是迷方向了，再过几天兴许就转过来了。"

"嗯。"

车从慢坡上过来了，是一辆中巴。人越来越多，没有秩序，黑压压地围在那里一片。

车"嘎"的一声停了下来，不等上面的人下来，站在那里等候的人已经急不可待了。刚才哭的女孩子已顾不上擦眼泪，开始帮助父母挤上车。

"哥，你快上去吧，否则等会儿连站的地方都没了。"林熙俊催着哥哥。

"不急，你还怕我走不了啊！"虽然这样说，林熙正还是向车旁走去，挤进了已经塞满人的车厢。

看到哥哥那瘦弱的身子挤在人群里，林熙俊意识到哥哥真的要走了。这一走，不知道他什么时候才有机会再来青山，或许一辈子都没有机会了。毕竟，以后的四年里，青山除了和自己有关之外，与哥哥是没有任何关系的。

车开始启动，林熙正往外看了一眼。

"快回去吧！"林熙正朝弟弟挥挥手。

车慢慢驶出停车场，拐上大道，向斜坡爬去。从后面看，那辆车像是一个蜗牛，动作迟缓。

林熙俊站在那里看着，直到"蜗牛"越过斜坡向下冲去。他知道，在这一个陌生的地方，自己也会像蜗牛一样慢慢爬行。他不知道自己什么时候才会上坡到达坡顶，更不知道什么时候才会下坡到达平坦大道。

第二章

林熙俊拖着沉重的腿回到了宿舍。

当他进门的时候，宿舍里其他人都已经回来了。他冲着别人笑了笑，这是他一贯打招呼的方式。爬上床，他用报纸把上面的灰尘轻轻擦掉，把铺盖铺好，躺在了那里。他很累，慢慢闭上了眼睛。

太阳快要落山，房间的光线暗了下来。

在半睡半醒之间，林熙俊听到有人喊自己的名字。

"林熙俊。"

林熙俊睁开眼睛，看到一个男生站在床旁边冲他笑。

"咋了，是想家了，还是累了？我睡在你对面的下铺。起来吧，咱们都来认识一下。这样就不会想家啦。"

林熙俊坐了起来。

"来，兄弟们，我们来好好认识一下，毕竟从今往后的四年我们都会在一起相处。我先来个自我介绍，我叫凌峰，来自陕西榆林。"

林熙俊仔细看了看凌峰：一个胖胖、憨厚可爱的男生，短短的头发紧贴着前额。

“俺来自陕西，喜欢吃羊肉泡馍，俺那里的婆姨漂亮得很。”几句地道的陕西话把大家都逗乐了。

“我叫朴吉利，来自北京。”床位在凌峰上铺的男生说着。他皮肤白嫩，留着小平头，眼睛小小的。

“我叫安子强，来自山西高州。”安子强一个人睡在第四张床上铺，下铺放着行李。他是典型的山西人，高大的身材，国字脸，肥肉比较多，给人一种家里是“暴发户”的感觉。

“我叫李安奇，是第一个来宿舍的。大家都知道了，我来自广西。”林熙俊第一眼见到的男生介绍了一下自己。

“我叫陈军强，家就是本地的，距离青山不远。”陈军强的床位在林熙俊对脚。他留着分头，脸胖胖的，穿着一件粉红色短袖T恤衫。他朝林熙俊看了两眼，又向外看去。

“我叫刘庆男，来自河南。”他故意把后鼻音拖得很重，这是河南话的特色。“今天是俺爸妈送俺来的，不舍得他们啊。”刘庆男的嗓音有点沙哑，也有点尖。他面目清秀，是一个典型的奶油小生。

最后一个是林熙俊。他害怕张口，又不得不说。他唯恐别人笑话他的普通话，不过保持沉默绝对不该是现在的态度。

“我叫林熙俊，和来自山西的安子强算是半个老乡了。他家在南部，我家在北部。我的普通话不好，你们别笑话，因为我在以前读书的时候没有说过普通话。”林熙俊憋足一口气说出了这么多。

“那有啥啊，方言更有特色呢！咱们以后就是兄弟。再说了，你说得并不错。”凌峰拍了拍林熙俊，“好了，兄弟们，咱们这就算认识了。”

宿舍里传来一阵笑声。

朴湉儿下午的时候才来学校报到，办好一切手续从哥哥车上下来的时候，天色已经不早了。

“把东西都拿上。”哥哥朴恩男打开车门，“我就不上去了，你嫂子还在家等我吃饭。有什么事情你给家里打电话就可以。如果需要我周末接你回家，提前给我说。”

“知道了。”朴湉儿把爸妈准备的各种生活用品拿上，抱着进了宿舍楼。

宿舍是六号楼621。

站在楼梯下，她抬头望了望那螺旋楼梯，吸了一口凉气。她捋了一下长长的头发，一步步向上爬。女生宿舍楼要比男生的热闹，楼梯口站满了来找老乡或者帮女生搬运的男生，有欢呼声，尖叫声，嬉笑声，还有吃零食的声音。

朴淏儿推开宿舍门的时候，里面安静了一下，转而又是一阵欢呼。五个女孩已经各自收拾好了自己的行李，桌子上堆满了各种零食，五颜六色。

"哎呀，朴淏儿，我们几个都以为你不来报到了！你咋这么晚才来啊？"一个留着短发有点像男孩的女生大声说着，"我们刚才还在议论叫这么好听名字的到底是什么样的女孩子！这不，你就来了。"

"哦，我家就在青山，所以没有来那么早。你们不会罚我吧？"

"是要罚你。我们还以为只有五个美女，害我们伤心难过。"那个女孩拉着朴淏儿的手说，"对了，我叫吴熹微，来自浙江。过来，淏儿，我给你介绍一下咱们宿舍的人。"

吴熹微拉过来朴淏儿。

"这是曾丽珊，来自山东。这是萧紫嫣，来自浙江，我的老乡。这是栗佳楣，来自山西。这是高素芹，来自河北。听说男生宿舍是七个人，相比之下还是我们住得舒服。"

朴淏儿一一打了招呼。

"咋样啊，淏儿，咱们宿舍都是美女吧。"吴熹微一句话把宿舍的人逗笑了，"特别是我这个浙江老乡，那可是顶呱呱的美女哦。"

朴淏儿看了看萧紫嫣：一个身材不高但是脸蛋好看的江南美女，和卡通里的宝贝差不多。

"大家如果逛青山的话，就来找我。我给你们当导游，怎么说我也在这里生活十几年了。"

"好啊，好啊。"其他五个女孩又是一阵欢呼。

"对了，听说今天晚上要到文科楼前面的广场集合，统一领系服。"萧紫嫣说。

"还有系服？那咱们一起去，顺便认识一下咱们班里的男生。"吴熹微嘿嘿笑了一声。

文科馆楼前。

"同学们，我是你们的辅导员王老师，代表外语系欢迎你们的到来。从明天开始，我们就要进行为期一周的军训。现在，每个班派一个代表跟我去领系服。有大、中、小三种，在领之前先把各自班级里需要的型号数统计一下……"

男生和女生快速分成了两排。328宿舍的人凑成一堆，站在那里。

"凌峰，你要啥型号的？"李安奇问。

"我这个身材，一看就知道是小号。你这是明显让我自卑啊。"

林熙俊领的是大号的，1米75的个子穿上刚刚合适。

"咱们的系服很丑啊，还是藏蓝色的，裤子像是老婆婆的裹腿布。这可怎么穿！"凌峰又来了一句。

校园里的灯光有些昏暗，临近文科馆的湖面在灯光下让人觉得有点死寂。湖边道上的垂柳在尽情展示着自己最后的那一抹绿色，高高的钟楼矗立在湖的岸边，哥特式的尖顶给人一种宛如西方大学的感觉。

钟慢慢敲响了九下。

"湉儿，有没有看见什么帅哥？"吴熹微在回来的路上问朴湉儿。

"没有。"朴湉儿有点不耐烦，不想回答这个问题。

"说的也是，晚上黑灯瞎火的，看也看不清楚。是不是啊，各位？"

"熹微，看你着急的。刚开学你就这样，以后的日子长着呢，慢慢发现也不迟。"萧紫嫣拍了拍吴熹微。

"明天早上八点准时到操场去军训，大家别忘了。"陈军强在镜子面前抿了抿自己的小分头，"咱们可不要迟到。"

"听说军训很苦的，而且是一个星期。你说这军训初中搞，高中搞，大学也搞，真的是没完没了。"李安奇把箱子从床底拉了出来，整理自己的东西。

"咱们还好，听说有的学校要军训一个月，还要拉练。前几年，有的新生还专门被拉到河北去军训。比较起来，咱们算是不错的了。"朴吉利在床上闭目养神。

林熙俊躺在床上，没有吱声。他对军训知之甚少，更不知道军训要干什么。读高中的时候虽然也有，但都是形式大于内容，跑跑步就算完事。这是在大学的第一个夜晚，但他始终没有高兴的心情。他不知道哥哥现在是否已经上了车，感冒是否好了些，是否又睡在了座位旁。

"林熙俊，怎么还不去洗漱一下？明天要早起。"凌峰提醒了林熙俊一句。

"哦，我忘记买洗漱用品了。"林熙俊不好意思地说着。

"先用我的，我有备用的旅行套装。"凌峰说。

"非常谢谢你！"林熙俊跳下床，趿拉上鞋，接过凌峰递来的洗漱用品，从门口盆架上拿了脸盆向洗手间走去。

"向右看齐。"

操场被划分成了很多块，一个班占一块，有点军阀割据的意味。由于人多地方小，连那没有修葺塑胶跑道的篮球场都被利用上了。

英语专业二班军训的位置就在一块篮球场上。

阳光有点夏天的味道，没有一点风。透过学校的围墙向外看，过了一片小树林就是蔚蓝色的大海，站在操场上就可以闻到海的味道。

教官喊口号的时候，学生都已经集合完毕。从高到低排成两队，林熙俊排在第一排第三个。

"大家好，我叫贾生，来自青山军分区 3201 部队。这次由我来带领大家进行为期一周的军训，希望大家积极配合我。此外，我会到宿舍教大家整理内务。谢谢大家。"

全班给他以热烈的掌声。

"好，现在开始报数。"贾教官用那短促的声音喊道。

"1、2、3、4……"

全班三十八个人，十二个男生，二十六个女生。

"好，今天，我们开始第一个环节，练习正步走。大家听我口令，一，一，一二一……"

"挺胸，收腹，双手自由摆动。"

林熙俊小心翼翼地做着每个动作，脚上穿的是临开学时在集市上买的十五元钱一双的"双星"球鞋。在立正的时候，他仔细看了看贾教官：黑黑的脸上没有任何表情，长满了青春痘。尽管教官的年龄也就二十岁左右，但看上去像三十多岁。林熙俊不喜欢这样的"冷血动物"，一看就讨厌。

"哎呀，累死了啊！"李安奇抱怨着。

上午的任务一完成，大家都像是散了骨架一般。

"今天中午，我要好好吃一顿。"刘庆男摇摇头，"我是受不了，太辛苦了。"

"哎，林熙俊，咱们一起去吃饭吧。"凌峰招呼了一声。

"好的。"林熙俊笑了笑，"我回去收拾一下。"

宿舍楼前的那片小饭店前站满了人，男男女女围在饼子与盒饭摊前。

"好累啊。"萧紫嫣一到宿舍就倒在了床上，"高考以来我就没再运动，没想到结果会是这样啊。你们说谁规定的非要军训啊？"

"你知足吧！人家韩国大学生还要服军役一年哪！要是换成你，还不得自杀啊！"曾丽珊说道。

"是啊，不就是一个星期吗？很快就挨过去了。再说了，咱们那个教官还是不错嘛！"高素芹插了一句。

"啥啊！贾教官就是'假教官'哦！"吴熹微又亮开了嗓门。

"哈哈……"大家哄堂大笑。

朴淏儿拿着脸盆到了洗手间。

"大家有没有看到咱们班的帅哥啊？"吴熹微猛地站起来。

"现在刚来，看不出来的，因为高中的稚气还没有脱掉。帅哥是需要培养的。你啊，就知道帅哥，花痴一个。"萧紫嫣指着吴熹微说。

蝉在窗外的杨树和柳树上尽力叫着，知道自己的时限快要来临，在那里上演最后一场戏。窗外没有一丝凉气，让人觉得郁闷和压抑。

"看到没有，这样叠，和普通被子叠的要求不一样。先用手量一下，然后用手折叠好，再用手修饰一下。"贾教官在328宿舍指导新生叠被子，周围站满了人。

林熙俊站在外围，全神贯注地看着。转眼之间，一个看似软绵绵的被子在贾教官手里成了一个"豆腐块"。

"凌峰，你学会了吗？"贾教官走后，林熙俊问凌峰。

"凑合吧，反正就是那么回事。你呢？"

"我恐怕叠不好，原来没有见过这样的叠法。"林熙俊摇摇头。

被子叠好之后，林熙俊怎么看怎么不顺眼。虽然用手拾掇了一下，但还是有点皱巴巴的。他看了看别人的成品，陈军强的最漂亮。

林熙俊站在操场上，四周到处是喊口令的声音。他站在队列里望望天空，特意朝西南方向看了看，那边云彩特别多。

他的家乡就在那个方向。

"林熙俊，你家里有几个弟兄姐妹？"晚饭时候，凌峰问林熙俊。

"我最小，一个哥哥，一个姐姐。"林熙俊咀嚼着手里的饼，"你呢？"

"我有个弟弟，现在读高中。"凌峰回答。

"你咋报考了这里？"

　　"我才没有报，那么远，是把我调剂过来的。我报的是武汉大学，但没有录取上，所以到了这里。本来想复读的，但最后还是没有去。高三太辛苦，不想重复。"凌峰谈到这个话题有点生气。

　　"嗯。"

　　"你呢?"凌峰问林熙俊。

　　"我觉得这里挺好的，靠近海边。来之前，我和家里人专门看了看地图。"

　　"是啊，既来之，则安之。"

　　"凌峰，以后我和你在一起吃午饭吧。"林熙俊试探着问凌峰。

　　"可以啊，这样就好多了，不孤单了。"

　　"明天我们干什么啊?"吴熹微痛苦地问周围的人。

　　"还不是'稍息''立正'。"朴淯儿回答。

　　"要是能下雨就好了，最好是下大雨。这样我们就可以不军训了。秋天会有台风吗?"萧紫嫣高兴地说。

　　"是啊，下个四天，那多爽!"栗佳榴笑了。

　　"你们整天就会做美梦，这才一天，你们都这样。国家还指望我们去报国，这样的思想怎么要得。"高素芹趴在床上展开被子。

　　第二天早晨，林熙俊是第一个醒来的。他蹑手蹑脚下了床，拿着自己的热水瓶出了门。

　　秋天的清晨是清爽的，人在距离草坪很远的地方就能闻到草的味道。晨练和晨读的人已早早起来开始了一天忙碌的生活。

　　走过宿舍区，穿过一片小树林，林熙俊跟着前面一些打水的人来到水房。

　　回来路上，他顺便到了打饭的地方买了一碗粥。

　　到宿舍的时候，大家已经都起来了，开始刷牙，整理被子。

　　"林熙俊，你起那么早?"看到拎着水瓶的林熙俊，李安奇有点吃惊。

　　"哦，睡不着，就去打水了。"

　　陈军强还坐在床上，看着林熙俊从他面前走过，觉得眼前这个男孩好像隐藏了很多心事。

　　"今天上午，我们接着昨天的练习。"贾教官站在前面开始今天的训练，"立正，稍息。现在先把昨天的复习一下。起步，走! 一，一，一二一……"

两队人来来回回走了十几遍。

"你，给我站出来。"贾教官在众人立正的时候把朴吉利从队中喊了出来。

朴吉利有点害怕。

"你怎么回事，嗯？欠扁啊，你的腿迈对了吗？你不觉得和别人不一样吗？"

朴吉利低着头。

"站好，别动，看着别人怎么走。"

其他人看到这个阵势，有点无所适从，只能更加认真地对待练习。朴吉利在大大的太阳下站着，汗水一会儿就流满了他那白嫩的皮肤。

林熙俊有点害怕，害怕自己的脚也会走错。如果自己也被叫出去的话，那会很丢人。

"立正！哎，你这小伙是站不直还是怎么的？"贾教官怒气冲冲地向林熙俊走来。他由于只顾看自己的脚，没有抬头，被贾教官给看到了。

"啪！"贾教官狠狠地拍了一下林熙俊的背，双手压了压他的肩膀。"你给我站直了！听到了吗？"

林熙俊没有说话，咬咬嘴唇。

中途休息的时候，贾教官站在学生中间。

"咱们今天开始练习歌曲，因为最后一天要拉歌比赛。我们今天学习《团结就是力量》，我教一句，大家唱一句。下午的时候，我把歌词复印好，发给你们。现在我先给你们唱一遍。"

大家鼓掌欢迎。朴吉利除外，他还在太阳下站着。

团结就是力量

团结就是力量

这力量是铁

这力量是钢

……

"今天收获不小，学了首歌曲，还是革命歌曲。"一回到宿舍，李安奇就嚷了起来。

"是啊，这力量是铁，这力量是钢。"刘庆男尖声唱着。

"吉利，你没事吧？"安子强问。

"没事。"朴吉利摸了摸脸。

"教官有点过分啊。"安子强自言自语。

"那有啥过分，谁抹黑就该惩罚谁。"陈军强嚷了起来。

午饭后，林熙俊爬到了床上，躺在那里一动不动，不知道下午还要面临什么样的惩罚。

"今天咱们贾教官真厉害。"女生宿舍开了锅。

"是啊，你看那个胖胖的男生多可怜。那么好的皮肤，可惜啊。"萧紫嫣在镜子面前看着已经有点暴皮的脸蛋。

"是啊，还有那个瘦瘦的男生，也被教训了一顿。可怜！不过那个男生蛮好看，文文弱弱的。"吴熹微笑笑。

"你心疼他，那你去帮他啊！"朴淊儿说话了。

大家都笑了。

午睡之前，林熙俊在宿舍里练习正步走。他害怕自己出错，可每次在正式上场之后依然会出错。

"你这小伙有毛病啊，给我站直了。再低头，我扁你！"接下来每次练习的时候，这句话都会在操场上空响起。

每一次，林熙俊脸上都会泛起汗珠。为何要这样对我？那不是读书造成的吗？拼命读书，拼命加班加点，到现在这个样子。

每个当兵的人好像都在部队里受压抑太多，想在自己手下身上找到一种满足和欣慰。

团结就是力量
团结就是力量
这力量是铁
这力量是钢
……

老天终于改变了自己的脸色，秋老虎不再发威。一连三天，天空都是不见太阳的影子，从海边过来的凉风带着海藻的味道徐徐袭来。但是，贾教官的脾气并没有因此而改变多少，张嘴闭嘴就骂人。

"明天就要进行会演了，今天我们好好休息一下。"贾教官站在众人面前，"我们联欢一下。"

"噢！"

同学都席地而坐，贾教官是"花心"。

"我们来进行盲猜，点到谁就由谁来唱歌，好不好？"

"好！"

林熙俊没有反应，像个木头人一样机械地做着一些动作。该欢呼的时候他没有欢呼，该鼓掌的时候他没有鼓掌。

一个人背转过去喊数字，贾教官在圈子里点人。数字停的时候，贾教官的手指到谁就是谁唱歌。

出于不相熟的人之间的紧张情绪，还有人的羞怯心理，特别是学生在受过高中教育之后的难以在众人面前表现自己的"内羞"，被点的人站起来时总有一点不自在的神态。这个时候，贾教官就会领头起哄。

"叫你唱，你就唱，扭扭捏捏不像样。"

"一二三四五六七，我们等得好着急。"

一曲《心雨》，朴淉儿把它演绎得晶莹剔透。

一首《流浪歌》，让李安奇获得了雷鸣般的掌声。

流浪的人在外想念你
亲爱的妈妈
流浪的脚步走到天涯
没有一个家
……

当林熙俊穿着那双蹩脚的旅游鞋站在中央时，他脸色通红，两只手在摩擦着。他不敢看周围的人，觉得他们都会挑剔自己。

朴淉儿抬起头，看到了林熙俊胆怯的眼神。眼前这个男生，清秀的面孔上一双忧郁的眼睛看着远方，嘴唇上的胡子微微露出茬。从他的眼神里，朴淉儿看到的不是一个年轻人应该有的朝气，而是老气横秋的眼神。

"叫你唱，你就唱，扭扭捏捏不像样。"

"那好吧，我给大家唱一首老歌《大约在冬季》吧！"林熙俊知道自己过不了这一关。

"好！"众人鼓掌。

　　轻轻地我将离开你
　　请将眼角的泪拭去
　　漫漫长夜里
　　未来日子里
　　亲爱的你别为我哭泣
　　……

林熙俊的声音有种说不出的沧桑。陈军强看了看这个有点农家气息的男生，心中有种说不出的感觉。同情还是怜悯，他自己也说不清楚。

林熙俊从小就喜欢唱歌。第一次登台演出是在小学三年级，他靠在黑板墙上唱程琳的《信天游》。那个时候，他只是觉得好玩。为了学这首《信天游》，他从邻居家里借来了收录机，天天听。走路的时候也哼哼，吃饭的时候也哼哼。

　　我低头
　　向山沟
　　追逐流逝的岁月
　　风沙茫茫满山谷
　　不见我的童年
　　……

大一点的时候是"一把火"烧红中国的时候。看着街上的年轻人拎着录音机，穿着喇叭裤，蹦着迪斯科，他也有想学跳舞的欲望。可是，他没有老师。哥哥中学联欢的时候，他就跟在哥哥后面，挤进拥挤的人群，看着那些大人们扭来扭去。那个时候，他还想学习唱戏，可是乡村没有戏班。在家里没人的时候，他披上被单，站在床上，把蚊帐用钩子挂上当作戏台，一个人在那里甩水袖。

再大一点的时候，他学会了齐秦的《大约在冬季》、王杰的《回家》。为了模仿王杰的发型，每次洗头之后，他都会梳成那个发型。可是，头发干了之后又是一堆乱草。他那时候的梦想是拥有一个吹风机，把头发吹成任何他想要的发型。

高中的时候,由于学习压力,一切欲望都不敢再有。在联欢的时候,他听着别人唱郑智化的《水手》和《星星点灯》。每次走在回家的山路上,他都会把《水手》大声唱出来,再聆听大山的回音。

时针终于走到了军训的最后一天。

一周的时间虽然短暂,但是经历七天的风吹日晒之后,每个人的脸上都暴了皮。白的黑了,黑的更黑了。就连皮肤嫩白的朴吉利,也黑了一层。

"我们下午就要去比赛了,可还有一些人练习得并不标准。为了取得更好的成绩,我决定让一些人'休息',不参加下午的演出,也就是说观摩就可以了。"贾教官在进行最后一次训话,"我希望这些人以大局为重,以集体荣誉为重,不要有思想包袱。"

朴吉利是第一个被拉出来的,第二个是林熙俊,第三个,四个……被拉出来的女生都哭了。

每个人都知道"休息"的含义是什么。

林熙俊很想问贾教官为何自己没有资格参加,为何在练了几天之后连这个机会都没有,为何要以集体的名义来伤害个人的自尊心。然而,他没有这个勇气。站在太阳下,他觉得背后的眼光是可怕的。他知道,背后有人会议论他。即使不在这里,也会在别的地方。

会演的台子早早搭好了。可是,这一切都与林熙俊无关。他眼睁睁地看着同学从自己眼前走过,心里生出了恨,对教官的恨。

会演在轰轰烈烈进行,尘土飞扬。大喇叭上一遍遍广播着各个班级的成绩,可是林熙俊的心却静得要死。他又向西南方向看了看,特别伤心,一种带有羞耻感的伤心。

"回去吧。"贾教官挥挥手,站在绿色的大卡车上,"希望有机会再见,地址我已经留下了。"

女孩子流泪了。

"教官,你要记得我们啊。"萧紫嫣拉着教官的手。

"还有我!"高素芹也哭了。

朴涓儿站在后面,没有动任何感情。她长长的头发扎在后面,脸色黑了不少。

林熙俊和凌峰站在一起，没有流泪。

"凌峰，你说值得哭吗？"林熙俊问凌峰。

"不知道，反正女生就是这样，见不得分别的场面。"凌峰有点木讷。

贾教官的车走了，带走一溜烟，带走了一些人的心，也带走了一些人的痛。

这是一个时期的结束，也是一个时期的开始。

海风吹来，还是咸咸的味道，只是明天已与今天不同。

海风的味道是如此近，可是又让人觉得海是如此远。

西边是七彩霞，东边是蓝色大海，中间是绿色的大山和红红的房顶。收工的渔民在忙着收网，家里的炊烟已经冉冉升起。玩耍的孩子在沙滩上追逐，笑声伴随着海风把海鸥惊得不敢停留。

第三章

林熙俊、凌峰和李安奇分到了第一组，朴涛儿、萧紫嫣和吴熹微分到了第二组。

"哎，凌峰，你说咱们怎么上课？"林熙俊在宿舍里问凌峰，"一个班级为何要分组上课呢？没有遇到过。"

"不知道。应该是有的课分开上，有的课合起来上吧。陈军强，你知道吗？"凌峰在收拾东西。

"我咋知道？"陈军强还在镜子面前照着自己的分头，"对了，这个周末要开班会，据说是要竞选班干部，谁要是想参加可以考虑一下。"

"哦。"凌峰犹豫了一下，"我没有那个打算，听说没有意思，不过我倒是想参加一个书法协会。"

"是吗？你还有这个才艺啊，凌峰？"林熙俊有点吃惊。

"中学时候随便学了一丢丢。我爸在老家给人经常写对联，是他教我的。你呢？"

"我也许会参加一个音乐协会吧，因为我喜欢音乐。"林熙俊有点难为情。

"参加音乐协会是要有音乐细胞的！你以为他们什么样子的人都收吗？"陈军强冷不丁说了一句。

"听力是没法学了，我一个都听不懂。"上完听力后，李安奇很生气，把书扔在了床上。

"怎么了，老李？慢慢来。"凌峰捡起书。

"怎么来？在高中时根本就没有学过。"李安奇点着了一根烟，"整天刷笔试试卷！"

"这就是了，没有练习过，谁会？我也不会。"凌峰安慰李安奇。

林熙俊也是听不懂，不知道磁带里放的什么内容。那个教听力的老师姓沈，很有教学经验，是外语系有名的教授之一。其实，不仅是听力不懂，就连每周八节课的基础英语老师说的英语林熙俊也听不懂。上第一节课的时候，老师把自己的"邹"姓写得大大的，然后就是自我介绍。林熙俊一点也听不懂，后来才知道是留学美国回来的博士。

上课时，林熙俊坐在第一排。同桌名字叫李霞，来自湖南。虽然没有规定每个人坐在哪里，但林熙俊每次上课都坐第一排，凌峰和李安奇总是坐在最后一排。

"陈军强，你选的外语名字是什么？"凌峰在宿舍问陈军强，"今天外教上课给每人起了一个名字。"

"我选了 Jimmy，你呢？"

"我选了 Billy，李安奇选的是 Andy。熙俊，你选的什么来着？"凌峰问林熙俊。

"Andrew。"林熙俊趴在桌子上写信。

"哦，是 Andrew。"

教林熙俊的外教有两个，一个来自美国，名字叫 Lisa，一个来自英国，名字叫 Cathy。为了称呼中国学生方便，在口语课上，Lisa 让每个学生选择一个英文名。林熙俊觉得很新鲜，没想到叫了十几年的名字在外籍教师那里就要作废了。Lisa 是一个金发碧眼的美女，每次上课都喜欢咀嚼口香糖。林熙俊坐在前面听她上口语课，看似很认真，其实并不知道她在讲什么。

林熙俊的信是写给家里的。开学这么多天以来，他还没有给家里任何消息。他心里很苦闷，又不知道该怎么和父母讲。中秋节快要到了，秋收的季节也要到了。田野里又会是一片繁忙景象，烤地瓜的烟雾又会冉冉升起。

爸，妈：

你们还好吗？哥哥一家都还好吧？

开学已经十几天了，由于事情比较多，直到今天才给家里写信。我在这里一切都安顿好了，你们不用担心。我们也开始正式上课了。

快要收获玉米和高粱了，你们二老不要太累。有的活就让哥哥和嫂子忙活。

我在这里不缺钱，你们不要担心。同学对我都挺好的，老师也是……

　　"林熙俊，在写什么？那么认真！"凌峰凑了过来。

　　"给家里写信。"林熙俊没有抬头。

　　"老土！现在还有谁写信啊，给家里打个电话不就得了。"凌峰笑了。

　　"我们家里没有安装电话，只能让家人去邻居家接。那样更麻烦，还要让别人传话，让家人专门去等着。"

　　"哦。"凌峰没有接着往下说。

　　朴涴儿的英文名叫 Pearl，和她的汉语名发音很像。她喜欢这个名字，不仅仅因为 pearl 是珍珠的意思。

　　"涴儿，你会在班会上参加竞选班干吗？"吴熹微问朴涴儿。

　　"我不参加，你呢？"

　　"我当然要参加了，准备竞选体育委员，你看我这体格还可以吧。"吴熹微亮了亮她的胳膊。

　　"你啊，大肥猪一个，呵呵。"朴涴儿笑了，"你要是当了体委，我们还不得都像猪一样啊。"

　　"不会的，我肯定会带领大家好好锻炼身体。说真的，大家可要投我的票啊。"吴熹微有点着急。

　　"知道了！肯定会，放心吧。"

　　林熙俊站在图书馆后郁郁葱葱的松树林里面，天色渐渐暗了下来。他来回踱着步，心里很紧张。他想把自己的竞选文稿写出来，又觉得没有必要，只把自己准备要说的话在心里默念了好多遍，最后提着花书包走了出来。天已经完全黑了下来，图书馆里灯火通明。

　　林熙俊到达班会教室的时候，里面已经坐满了人。他找到了凌峰，在旁边悄悄坐了下来。

　　"你跑哪里去了？"凌峰小声问林熙俊。

　　"没有到哪里，出去锻炼一下。"

　　"你的竞选稿呢？不是要竞选吗？"

　　"我没有写，随便说说就可以了。你以为会有人选我吗？"林熙俊很紧张。

　　"大家静一下，静一下。"王辅导员走上了讲台，"我们开学已经几周了，今天晚上在这里竞选班干。我希望大家踊跃参加，为专业服务，为班级服务。我们主要竞选八大班委，就是班长、副班长、团支书、生活委员、文艺委员、体育委员、学习委员和组织委员。每个参加竞选的同学把要竞选的职位和打算说一下，也就是自己的竞选词。然后我们投票、唱票、公布结果。现在，竞选正式开始。"

下面寂静得很，没有人敢上去第一个演讲。大家你看看我，我看看你。

陈军强拿起早已写好的稿子，走上了讲台，台下响起热烈的掌声。今天的陈军强特意把小分头用摩丝梳理了一遍，精亮精亮的。

"大家好，我叫陈军强，竞选的职位是生活委员。我们来自全国各地，将要开始为期四年的大学生活。大学里，除了学习之外，吃饭应该是一个很大的主题。我想为大家在生活方面服务。我是一个生活比较讲究的人，相信自己在维护大家生活权利方面会做得比较好。我在高中阶段就做过生活委员，也得到了同学的一致好评。大学生活和高中生活是不一样的，我知道这个职位会面临更多挑战。但是我不会畏惧这些挑战，相信自己会做好这个和大家三餐息息相关的职位。希望大家给我一个机会，多多支持我。选择我，没有错！"陈军强伸出了双臂。

"林熙俊，你看老陈，还是很有一套的。嘿嘿！"凌峰笑着说。

"嗯。"林熙俊很紧张。

"你呢，准备竞选什么职位？透露一下。"凌峰诡秘地笑了笑。

"等等你就知道了。"林熙俊有点不好意思。

"大家好，我叫吴熹微。朱熹的'熹'，微服的'微'。生命在于运动，大家对这句话是再熟悉不过的了。刚才那位陈同学竞选的是与'吃'相关的职位。不过，在我看来，大学里除了要有'吃'之外，还要有'动'，否则大家岂不是又像高中一样整天趴在那里学习！说到这里，大家应该知道我要竞选什么职位了吧。那就是体育委员。我的优势，大家一看都知道：体格健康，生性好动。如果我当了体育委员，一定会组织各种赛事，为大家的大学生活增添光彩。希望大家踊跃支持我。"吴熹微站在讲台上一口气说了这么多，把下面的同学都逗乐了。从同学的表情里可以看出，体育委员已经非她莫属。

等到林熙俊上场的时候，竞选已经过半。当走上讲台的时候，他在松树林里准备的演讲词已忘得一干二净。凌峰给了他一个支持的手势，冲他笑了笑。看着林熙俊走到讲台，朴湉儿有点吃惊。

"大家好，我叫林熙俊。"林熙俊用粉笔在黑板上写下自己的名字，"康熙的

'熙'，俊美的'俊'。可是我没有康熙的才能，也没有俊美的外表。我今天本来要打算竞选班长的，但是又临时改变了注意，决定竞选学习委员。不竞选班长并不是说我不能胜任班长这个职位，而是因我认为在大学里还是应该以学习为主。学习委员应该是和学习打交道最多的职务，所以我想竞选这个职位。如果我当上了学习委员，一定会为大家创造一个好的学习氛围。希望大家能够支持我，谢谢大家。"林熙俊脸上出了汗。

朴涓儿为他使劲鼓掌。

"熙俊，你说的还行嘛!"凌峰拍了拍林熙俊的肩膀。

"哪里啊，紧张死了。"

"没关系，重在参与。"

竞选活动到九点才结束。

林熙俊落选了，陈军强顺利当上了生活委员，吴熹微当上了体育委员。

众人散去后，林熙俊默默走出了教室。凌峰和李安奇他们儿个都早早走了。沿着两边是花坛的柏油路，林熙俊一个人走着，三三两两的人从他身边走过。竞选失败，对他而言是一个耻辱。虽然凌峰安慰他不要在乎这个结果，但自己还是觉得不是滋味。他拿着花书包，拖着长长的影子在秋风里走过，法国梧桐的树叶已经被风吹落了不少。

"你好。"一个女孩子的声音从背后传了过来。

林熙俊扭过头，看到一个扎着头发、瘦长脸蛋、穿着一双凉鞋的女孩。

"你好。"林熙俊觉得这个女孩是自己的同学，但又不敢确认。

"我叫朴涓儿，看起来你很失望。"朴涓儿拢了一下头发。

"没什么。"

"其实你还不错，不要那么在意结果。"

"是我准备得太不充分了，没有提前好好写出来演讲词。你呢?"林熙俊和朴涓儿并排走着。

"我没有参加，觉得没有意思。在我看来，管好自己就行了。"

"嗯。"林熙俊木讷地回答。

"我知道你叫林熙俊，我们认识一下吧。从军训的时候就觉得你好像有很多心事，一脸的忧郁。"

"嗯。没什么的，可能是刚来这里不是很适应吧。"

"你走路好像不看前方，只看脚下，是不是一直想捡钱啊?"朴涓儿笑了。

"没有，习惯了，谢谢你的提醒。"林熙俊抬起了头。

"我们交个朋友吧。我家就住在青山，有什么事我说不定可以帮帮你。"朴涴儿伸出了手。

"谢谢。"林熙俊有点犹豫地握住了朴涴儿的手。

"其实，一个人在外面生活挺不容易的。我没有到外面独自生活过，可能体会得不够深刻。"

"嗯。"林熙俊总是一个字。

"你就会一个字？"朴涴儿笑着问林熙俊。

"不是，当然不是。"

"不要太在乎这个结果了，开心一些。"

"谢谢。"

长长的路灯把二人送到宿舍楼前。此时，卖夜宵的灯比路灯亮得多。

买夜宵的、送女友的、找同学的……宿舍周围一下子热闹起来。

"回到宿舍别再想那么多了，也希望我们能成为好朋友。"朴涴儿站在宿舍楼前和林熙俊道别。

"谢谢你。"

"别客气，再见。"

林熙俊看着朴涴儿转身走进了宿舍楼，自己也慢慢走回了宿舍。他能感觉到朴涴儿的真诚，和她说话就像和姐姐说话一样，虽然不知道谁的年龄大。走上宿舍楼梯的时候，他的心情轻松了不少。

进门之后，林熙俊把自己的洗漱用品拿好，准备洗漱。陈军强坐在床上，还在梳理着他的小分头，沉浸在成功的喜悦里。李安奇在阳台上抽烟，凌峰在打理着自己的东西。

"哎，林熙俊，你今天说的那句'不是说明不能胜任班长这个职位'是什么意思？"陈军强叫住正要出门的林熙俊。

"没有什么意思。"林熙俊没有想到陈军强会问他这个事情。

"没什么意思？你说话的意思不是明显看不起这个职位吗？你让人家那些竞选班长的人怎么想啊。"

"我没有那个意思。"林熙俊把脸盆放了下来。

"你没有那个意思，可是别人听的就是那个意思。你说话很拽嘛！真看不出来！"陈军强有点生气，"没有能力就别那样做，否则说的话让别人不高兴、不待见。知道吗？"

"你为什么要这样说？我那是随口说的，你怎么说我不看重那个职位？"

"你以为你说话很牛吗？那你怎么不成功？从选票上就可以看出来，你得了多少？哈哈……"陈军强坐直了身体。

"我是不行，可以了吧！"林熙俊不知道该怎么回答。

"你不行可以啊，可是你不能侮辱了班长这个职位。你在军训的时候连个被子都叠不好，还能说什么？"

"我怎么侮辱了？"林熙俊很生气。

凌峰感觉到了他们二人之间的紧张气氛，停止了收拾东西。

"陈军强，你怎么这样说林熙俊？"

"我怎么了，他就是不会说话，不会办事。怎么了？"陈军强从床上跳了下来。

"林熙俊，你快去刷牙。"凌峰推着林熙俊。

"你说话讲不讲道理？我没有那个意思，你凭什么说我有那个意思？"林熙俊没有往前走。

"我就说你，怎么了吧！"陈军强的嗓门更大了。

凌峰推搡着林熙俊出了宿舍，安子强正好从门外回来。

林熙俊站在洗漱间，一直等到熄灯之后才回宿舍。他搞不清楚陈军强为何会对自己这样说话。

"难道自己真的做错了吗？要不，陈军强怎么会这样挑剔自己？在陈军强的眼里，他林熙俊就是一个无能之人。这个局面该怎么收场？自己要向他道歉吗？可是自己没有做错什么。"

他端着脸盆回到了宿舍，一句话都没有说。他慢慢爬上床，睁着眼睛躺在那里，没有想到刚到大学就遇到了这样的事情。此时，舍友的呼吸声渐渐传了过来。可是，林熙俊怎么都睡不着。

明天，他不知道该怎样面对陈军强。

"吴熹微，今天你该满意了吧！"萧紫嫣笑着对吴熹微说。

"是啊，大家以后要支持我，监督我。"吴熹微有点兴奋。

"那是当然，我们的锻炼还要靠你！"

朴淠儿从门外走了进来，把包放在了床上。

"淠儿，怎么这么晚才回来？"高素芹问朴淠儿。

"哦，有点事情。"朴淠儿端着脸盆出去了。

躺在床上的时候，卧谈会正式开始。

"今天的很多竞选都是众望所归啊。班长就是咱班最高那个，团支书就是能歌善舞的那个。"萧紫嫣在床上伸伸腿。

"是的，咱们班长还是够帅的了。这样多好，班长是男的，团支书是女的，男女搭配，干活不累。哈哈!"吴熹微笑了。

"还有那个军训时候被叫出去罚站的小书生，不过他落选了。"吴熹微又添了一句。

"他不是竞选学习委员吗? 可能准备得不够充分。"高素芹插了一句。

"好了，不早了，大家睡吧，明天还要上课。"朴淋儿大声说着。

一连三天，林熙俊都没有和陈军强说话。每次回到宿舍之后，他都是默默一个人躺在床上或者站在阳台上往外看。

树叶越来越黄，只有针叶松还是一片葱绿。外面好像是一个童话世界，只是生活在这个世界里的人已不再是天真烂漫的儿童。

林熙俊心如针扎。事情到了这个地步，他不知道该如何收场。他把饭盆拿到了食堂，这样就可以减少回宿舍的机会。每天早晨，他第一个起床。晨跑之后，直接到食堂去买一碗稀饭和一个馒头。

"林熙俊，你最近怎么了?"凌峰跑步后叫住了林熙俊。

"没什么。"林熙俊低头走路。

"那你最近怎么不回宿舍?"

"这样可以多点时间学习。"林熙俊还是一直往前走。

"是不是因为陈军强? 你别太放在心上了，你也看得出来，他就是那个脾气。"凌峰拍了拍林熙俊的肩膀。

"知道了，谢谢你。"林熙俊停了下来，回过头看了看凌峰。

"我和你一起到食堂吃饭吧。"凌峰提议。

"嗯。"林熙俊走上了食堂的台阶。

天刚擦黑，月亮从海上升起。林熙俊拿着花书包推开了宿舍的门，陈军强和安子强在宿舍。

"陈军强，你有时间吗? 出去走走好吗?"林熙俊试探着问。

"嗯?"陈军强直盯盯地看着林熙俊，有点吃惊，"哦，可以。"

月亮挂在半空，陈军强和林熙俊走在通向操场的路上。

"我今天把你叫出来的目的就是想给你道歉，那天是我不对，我不该那样演讲。"林熙俊叹了口气。

陈军强愣了一下，没有想到林熙俊会来和他道歉。在他的判断里，林熙俊应该是自尊心很强的男生。此时，这个道歉反而让自己不知道该怎么回答。

"没什么，只要你知道那样演讲是不可以的就行了。"陈军强的口气有些冰冷。

"我知道了，会慢慢改的。"林熙俊觉得这句话有点言不由衷。

"我的脾气就是那样。其实，我知道你这几天不理我就是为了这个。"

"我……"林熙俊张了张口。

"你的脾气也不小啊。"陈军强笑了笑，"我们都低头不见抬头见的，没有那个必要。有什么话，直接说出来就可以了。"

"嗯，是我不好，可是你那样说话确实太伤人了，我根本没有你说的那个意思。"林熙俊还要争辩。

"好了，不说了，都过去了。"陈军强打住了林熙俊的话。

"嗯。"

"你还有事吗？"陈军强问。

"没有，等等就去自习。"

"那我先回去了。"

陈军强一个人先回去了，林熙俊面对着湖面，静静坐着。他不知道自己这样一味地去道歉是不是过于懦弱。他不想看到陈军强的模样，甚至有点厌恶他，可是每天又要面对他。不过，道歉之后，他觉得很轻松，毕竟可以用这种方式来结束尴尬的局面。想到这里，他的心里又是愉快的。

钟楼上的时钟在一闪一闪地走过每一秒钟，他一个人坐了半个小时。

自习教室里的人并不是很多，林熙俊随便找了一个座位坐下。当把板凳往后移动的时候，他看到坐在后面的就是朴淏儿。教室里静悄悄的，林熙俊没有和她打招呼，径自坐了下来拿出书学习。

"林熙俊，这么巧。"朴淏儿用笔敲了敲林熙俊的板凳。

"嗯。"林熙俊扭过了头，冲着朴淏儿笑了笑。

"看什么书？"

"预习基础英语。"林熙俊指了指书。

"下自习后聊聊天？"

"嗯。"

九点半是下晚自习的时间，整个教学楼里乱哄哄的。学生从各个教室里出来，向门口涌去。

收拾好之后，林熙俊和朴淯儿走在图书馆后面的花坛边。花坛中央是一个巨大的花盆，两条路把整个花坛分成了四块。走在其中，有一种花香清幽的味道。

"你快乐吗？"林熙俊问朴淯儿。

"还可以，怎么了？你不快乐？"朴淯儿有点吃惊。

"嗯，也许吧。我从来没有体会过什么叫快乐。"林熙俊叹口气。

"不要那么看待生活。其实，只要不是那么较真，生活还是蛮有乐趣的。"

"小学盼望着中学，中学盼望着大学。到了大学，还是这个样子。人就这样不停地追一辈子，有意思吗？"林熙俊低着头。

"林熙俊，你怎么了？"朴淯儿站了起来。

"没什么，只是不知道为何不能让自己快乐起来。在高中，学习是我最大的快乐，其他什么都可以不去关注。可是，现在不能这样。"

"每个人读高中都是那样的，我也是。"

"你准备入党吗？"林熙俊问朴淯儿。

"没有想过。你呢？"

"在考虑。现在，党员的身份找工作好像比较好使。"林熙俊说。

"就为了这个？"

"嗯。高中时候，妈妈让我信基督教，我不信，觉得那是迷信。"

"是啊，有时候我也觉得生活蛮盲目的。"朴淯儿说。

"一个人没有做错，有必要道歉吗？"林熙俊问朴淯儿。

"没有错道歉干什么？你这样做了？"

"哦，没什么。快到中秋了，听说系里还有活动。"林熙俊转移了话题。

"是的，听说好像是什么聚会之类的。"

"你国庆节干什么？"林熙俊问，"回家吗？"

"我肯定会回家的，这么近。你呢？"

"我没有想好，也许会回老家，可又觉得太远了。"

"是的，那么远，想清楚再决定。"

林熙俊回到宿舍的时候，已经十点半了。宿舍的人都在，陈军强并没有像林熙俊想象的那样对自己热情多少。

朴淯儿躺在床上，回想着在花坛边和林熙俊说过的话。她不知道林熙俊的背后有多少故事，不知道林熙俊最近到底发生了什么事情。可是，从林熙俊说话的语气里，她知道自己和林熙俊的生活态度有着极大的不同。

第四章

随着中秋临近，林熙俊思念家乡的心情也越来越浓。他想念家里的高粱和玉米，想念家里的父母，想念每天早晨醒来那漂浮薄雾的味道，想念和小侄子在玉米地里比赛掰棒子的游戏，想念踏着夕阳回来时从灶火里飘来的地瓜香味。可是，现在，这一切好像已经变得不再可能。

自从他离开家到县城上高中的那一天起，就注定他会距离这种生活越来越远。按照老家人的说法，他一只脚已经踏进了龙门，已经不再是村子里的一员。每次学校放假，村子里的人都会用一种异样的眼光看着他，好像他就是注定要成为状元一样。每个周末回到家，哥哥一家都会赶到父母家里和他一起吃饭。饭桌上，他一句话都不说，只有小侄子嬉闹的声音。每次母亲都会给林熙俊的碗里多夹些菜，他头也不抬。

林熙俊躺在床上，想着在家时候的往事，突然有了回家的冲动。可是，家距离学校毕竟有两千多里远，乘坐火车需要二十二个小时，坐汽车需要的时间更长。他把枕头放在头上想睡着，可是无济于事。床下的李安奇在修理着自己的胡须，朴吉利躺在床上看着修身养性的书。

门"砰"的一声开了，陈军强从外面走了进来，手里拎着书。

"今天晚上六点到大操场集合，中秋聚会，各自带好自己的马扎。"陈军强把书撂在了床上。

"哦？是吗？是不是有月饼和苹果发啊？"李安奇问。

"我怎么知道？可能有吧。到时候大家可要准备好自己的节目，据班长说要做游戏。"

"好的，可是想家啊，特别是在这个时候。怎么能高兴起来？"李安奇坐在床上，有点伤感，点着了一根烟。

"老李，你怎么又抽烟了？要抽就到阳台。在这里熏死人，照顾一下别人的感受好吗？"陈军强有点抱怨。

李安奇皱了皱眉头，没有吱声，把烟熄灭了。

林熙俊没有吱声。

"大家都听到了吗？吉利，宿舍其他人回来后，你和他们说一声，我先去打水了。"

"嗯，知道了，知道了。"朴吉利点点头，没有抬头。

五点半不到，林熙俊和凌峰就拿着马扎到了楼下，女生也从宿舍楼里走了出来。

太阳刚刚落山，月亮从东方露出了脸。

穿过夜宵点，走过松树林，大家来到体育场。渐渐地起了风，每个班级各自在学校划定的地方坐了下来。

"大家好！"班长站起来致辞，"这是我们在一起过的第一个中秋。对于很多人来说，这也是第一次没有和父母一起过中秋。我们既然有缘分聚到一起，就应该珍惜这样的机会。'独在异乡为异客，每逢佳节倍思亲'，我希望借着今晚的活动能让大家的恋家情绪减少一点。今天，学校给我们每人发两个月饼，两个苹果。希望大家不要拘束，在一起玩得愉快。"班长是一个又高又大的人，从军训的第一天起好像就注定了他是班长。因为他高大，大家都称之为"高班"。

"首先，我们有请凌峰同学为大家表演笛子独奏《故乡》。"当高班说出这个节目的时候，林熙俊吓了一跳。

"凌峰，你还有这个本事？"林熙俊问凌峰。

"嘿嘿，在家里老爸教的。"凌峰站了起来，"大家好，那我凌峰就在这里献丑了。"

当悠扬笛音响起的时候，林熙俊又望望西南。家里的父母是不是也在开始准备中秋的柿饼和月饼？小侄子是不是又蹦蹦跳跳地跑到左邻右舍家讨要苹果？给逝去亲人送月饼的仪式是不是已经开始？

借着月光，林熙俊看到了坐在安子强旁边的朴涴儿。

"朴涴儿，你喜欢笛子吗？"安子强问。

"喜欢，你也喜欢吗？"朴涴儿没有看安子强。

"我也喜欢。凌峰是我们宿舍的，他这小子个子不高，才能不少，还会书法啥的。"

"那你会什么？"

"我？什么也不会。"安子强笑了笑。

"哦，那你还不多报几个社团学点东西？"

"我没有那个天分。我老家那边煤多，不干这个。"安子强答非所问。

"是吗？那也不错。"

安子强看着朴涴儿，月光下的她显得很恬静。自从开始上课的那天起，安子强就觉得朴涴儿是那种与众不同的女孩，有想和她交往的冲动，可是不知道该怎么和她开口说话。

第二个节目是林熙俊的同桌李霞独唱《妈妈的吻》。

"在那遥远的小山村，有我亲爱的妈妈……"

"朴涴儿，聚会结束后有事吗？"安子强试探地问。

"没有。"

"一起到海边走走吧，吹吹海风。"

"这……好吧，不过不能太晚。"朴涴儿犹豫了一下。

"好的。"安子强心里特别欣喜。

看着安子强和朴涴儿说话的样子，林熙俊心里有点不高兴，没有心思再欣赏节目。看到朴涴儿向这边看来的时候，他故意把双眼投向天空。

"林熙俊，你怎么了？"凌峰觉得林熙俊有点奇怪。

"没有怎么，觉得今天月亮特圆。"

"是不是又想家了？老林，我觉得你吃饭太不注意了。不要那么节省，那样对你身体不好。其实，在吃饭上是很少能省钱的。"凌峰搂着林熙俊的肩膀。

"嗯。其实我吃得很少，不是省钱。"

"你还这样说，我几次看到你连咸菜都不舍得吃。"凌峰责怪他。

"不说这个了。凌峰，晚上我们到海边吧。学校距离海边那么近，我还没有到过海边。你呢？"

"好啊，我也很少去，仅仅开学时和老乡聚会去过一次。结束后，咱们一起去。"

陈军强看到林熙俊和凌峰亲密的样子，不明白林熙俊为何会和凌峰走得那么近。

出学校东校门，几步远就是一片渔民的房子。由于年代久远，房子已经不再使用。紧靠着房子的是一片松树林，里面黑乎乎的，什么也看不清楚。穿过几座房子就是沙滩，几块大石头静静地矗立在海边，环海公路的路灯像一条长龙伸向市区。

"林熙俊，你和陈军强谈话了？"凌峰问林熙俊。

"嗯。你怎么知道？"林熙俊有点吃惊。

"陈军强说的。即使不说我也看得出来，你们的关系有所好转，那就说明私下里肯定有动作。"

"是的，我给他道歉了。我不想搞那么僵，那样不好。"林熙俊弯腰玩起了沙子。

"你没有错，为何要道歉？那次明明是他不对。"凌峰有点生气。

"那我又能怎么样？我这个人好像就喜欢给人道歉。这样就会免掉很多尴尬。"林熙俊无奈地说。

"可是，你这样做，以后很难在他面前做人的，知道吗？"凌峰有点着急。

"没什么，我不轻易得罪他就可以了。"林熙俊直视着远方。

"你这样不是在解决问题，而是在逃避问题。"

"我总是这样的，我喜欢这样。"林熙俊有点哽咽，"我向来都是这样，小学、初中、高中都是这样。小时候，我和叔叔家的孩子打架，明明不是我的错，可是我母亲却踢了躺在地上的我好多脚。到现在，我都无法忘记。"

"你……"凌峰觉得不好意思，让林熙俊想起了伤心往事。

"不说了，不想像个女人一样。凌峰，我们到那个小船上去吧。"林熙俊快速地跑上了小船，站在船上大声"啊"了几下。

海水还没有涨潮，月亮挂在正上方，照得海水有点发白。远方轮船上的导航灯一闪一闪亮着。

"你疯了啊？"凌峰问。

"哈哈，是快疯了。凌峰，你说海的对面是什么？"

"海的对面是韩国、日本，是美国。对不对？"凌峰笑了。

"完全正确，加十分。凌峰，到时候咱们出国。"林熙俊也笑了。

回宿舍的路上，路灯在月光下显得昏黄，虫子在松树林里发出自己的声音。从海边散步回来的情侣手挽手地走在路灯下，有的在路灯下接吻。

"安子强，你怎么在这里？"凌峰看到安子强和朴涓儿走在一起。

"哦……没什么，出来转转，宿舍太闷了。"

"这不是朴涓儿吗？怎么有空和我们的小强在一起啊？"凌峰诡笑了一下。

"没有什么，说说话呗。你们也出去玩了？"朴涓儿看到了林熙俊。

"是的，和林熙俊一块儿到海边了。"凌峰拉了一下林熙俊，林熙俊一句话也没有说，"老林，咋了？"

"没什么。咱们回去吧。"林熙俊看了看朴涓儿。

"那好，小强，我们走了。你们接着聊，嘿嘿。"凌峰又笑了一下。

"别忘记了给我留点热水。"安子强回了一句。

安子强十点半才回到宿舍，此时灯已经熄灭了。

"小强，听说你和咱们班的朴涓儿出去了，是不是有那个意思啊？"刘庆男阴阳怪气地问。

"谁胡说的啊？根本就没有那回事，我可是第一次和人家说话，你们可不要八卦。"

"有了第一次，就会有第二次。早就听说了，在大学里，谈恋爱可是必修课。没有想到你开始得那么早。"刘庆男笑了，"到时候，成功了可要记得请客！"

"胡说吧，你们。人家可是说了，不会在大学里谈恋爱，都在父母面前立过军令状的。"安子强端起脸盆。

"女孩子都那个样子，故作矜持，死缠烂打就可以了。这是我的师兄和老乡的经验之谈。"陈军强插了一句。

"谢谢忠告哦。"安子强出去了。

林熙俊躺在床上，默不作声，脑海里始终在想刚才见到的安子强和朴淯儿在一起的画面。他在床上辗转反侧，说不清楚自己是怎么了。经历过高中苦行僧般的生活之后，他觉得自己好像对感情失去了兴趣。那个时候，他觉得考试是最重要的。小学五年级的时候，他觉得一个女生特别善良温柔。后来，那个女生考上了初中，他自己却没有考上。为了偷偷看一眼那个女生，他专门跑到中学里，趴在窗户上看了一眼。去之前，他特地穿上大哥的毛领衣服，把春联的红纸撕下一块，用唾液湿一下，把自己的脸蛋涂红。等到他上中学的时候，那个女生已搬家转学了。

在他心里，那不叫初恋，至多是单相思或者好感而已。

"淯儿，你怎么又回来这么晚？"吴熹微问。

"今天到海边去玩了一下。"朴淯儿漫不经心地回答。

"这么黑的天，你不怕啊！"吴熹微坐了起来。

"月亮那么大，和白天差不多。你这个胆小鬼，亏你身体那么好。"朴淯儿笑了。

"淯儿，你不会谈恋爱了吧？"萧紫嫣问了一句。

"不要胡说，我来上学前都给父母说了决不会在大学里谈恋爱的。"朴淯儿斩钉截铁地说。

"什么话都不要说得那么满，淯儿，计划赶不上变化。你没有听说过女人是用水做的吗？啥意思？就是善变！"吴熹微笑着说。

"我说你这个人怎么懂这么多，你高中都学习什么了？老实交代！"朴淯儿问。

"我这叫全面发展，知道不？嘿嘿。"

"照我说啊，这恋爱真不能谈。感情都是骗人的东西，有时候还会杀人。你们都知道有个叫顾城的诗人吧，为了自己和第三者的感情，把原配妻子杀死，又自杀。那个惨啊!"高素芹发话了。

"那个诗人是精神变态,诗人的感情没有一个是完美的。"萧紫嫣说。

"其实,每个人追求的感情都是不一样的,人心又是复杂的,尤其是诗人更难以让人理解,捉摸不透。"朴淼儿分析着自己的理由。

"别说了,这都跑题到哪里去了!说得那么恐怖,我就坚信感情是可靠的。"

"等遇到不可靠感情的那一天,你恐怕连哭都找不到地方。"萧紫嫣笑了。

"我会哭?哈哈!恐怕这几年会让你失望。"吴熹微又坐了起来。

"好了,好了,别说了,睡觉吧!明天还要上该死的基础英语。"高素芹招呼大家。

林熙俊参加了"音乐协会"。从小对音乐情有独钟,所以他毫不犹豫地报了名。他觉得大学里的"音乐协会"一定可以教会自己很多音乐方面的知识,比如怎么谱曲,怎么作词,等等。此外,他觉得可以通过参加协会来打消学习与生活的顾虑和忧愁。

"林熙俊,今晚有什么事情吗?"凌峰问林熙俊。

"今晚学校有迎新晚会,你不知道吗?"林熙俊反问凌峰。

"吃饭回来的路上,我走过布告栏,但没有仔细看。我倒忘了,现在有什么信息应该通过你才行。"凌峰笑了。

"今晚六点半,在第一食堂。去不去?"林熙俊有点得意。

"好的,可以去看看。咱们班有什么节目没有?"

"有老李的节目,独唱《流浪歌》。"

"哦?是吗?那咱可要去给他加油。"凌峰有点激动。

"我可不行,我要服从上面的安排,不能到台下和你们一起看。"

"知道了,你现在是内部的人。呵呵!"凌峰从床下把马扎拉了出来。

全校迎新晚会在第一食堂准时举行,林熙俊听从着各个人物的号令。

"林熙俊,快点把那个屏风从前台往后拉一下。"一位干事叫住他。

"林熙俊,你到后台把演员的道具快点拿来。"

"林熙俊,你去把水放到前排座位上。快点,那是领导的。"

"林熙俊,你到办公室把旗子拿来,要快一点。"

……

当林熙俊把一切都忙好的时候,身上已是汗水淋漓,那单薄的身体看上去有点要倒下去的感觉。他躲在屏风后面,偷偷看着出场的每一个人。在霓虹灯下，演员是如此靓丽。他在想自己站上去会有什么感觉，会不会倒在台上。在读初中的时候，他参加过一次学校的文艺活动。站在台上唱的时候，他忘记了歌词。最后，他坚持把它哼完。现在，面对这么多人，那又会是什么样子？

"我们千里迢迢，甚至是万里迢迢来到这个学校求学。在这样的日子里，我们想念亲人的心情不言而喻。下面有请来自外语系的李安奇为大家带来一首《流浪歌》，大家欢迎。"

李安奇打扮得特别靓，西装笔挺地站在台上。

"大家好，我叫李安奇，来自广西。在这里，我想念我的妈妈，想念我的家人。我把这首歌曲献给我那在远方的妈妈。"

台下响起热烈的掌声。

流浪的人在外想念你
亲爱的妈妈
流浪的脚步走遍天涯
没有一个家
……

台下有个女生跑上台给李安奇送了一束鲜花，李安奇激动地握了握那个女孩的手，拥抱了一下。

晚会结束后，食堂一片狼藉。林熙俊和其他会员一起搬弄桌椅，扫地上的垃圾。他没有想到"音乐协会"会是这个样子。音乐知识没有学习到，杂活干得不少。他拖着扫帚一下下扫着地，心里很不是滋味。

走出食堂的时候，已经十点多了。林熙俊一个人走在熟悉的柏油路上，秋风吹得树叶呼呼作响。他走过书报栏，看了看那些通知，都是一些寻物启事和出售二手东西的布告。他感觉很累，很无奈地捋了一下湿湿的头发。

他突然想到自己还没有吃晚饭，便赶快去夜宵点买了一袋快餐面。快要走上宿舍楼台阶的时候，他看到了朴涓儿和安子强。朴涓儿好像和安子强在说着什么，安子强在那里站着，有点害羞。朴涓儿转身回了宿舍，安子强转身回来。林熙俊不想和安子强打照面，扭头快速上了楼。

宿舍门开了，陈军强开的门。看到满脸汗水的林熙俊站在门外，他有点吃惊，很想递过去一块毛巾让林熙俊擦把脸。

"林熙俊，你终于回来了。累坏了吧？"凌峰躺在床上看报纸。

"是的，没有想到是这样，就像个杂工一样，什么也学不到，就是个跑腿的。"林熙俊抓了毛巾擦了脸。

"是的，据说在学生会里干的人都要过这一关，否则是当不了官的。"凌峰说。

"早知道这样我就不参加了，以后再也不去了。什么会议之类的，都是表面形式。"林熙俊叹了口气，"老李呢，他今天表演得不错，很动情。"

"他啊，想家了，在阳台上伤感哪。"凌峰指了指窗外。

林熙俊向外看了看，李安奇趴在阳台的栏杆上抽着烟，火光一闪一闪的。

"林熙俊，你明天把床收拾干净。你的床单那么皱，上面书那么多。上次宿舍检查的时候就说你的床不合格，你可别再给宿舍整体形象抹黑了啊。还有，你那不穿的鞋都拿到阳台上去。气味太大，臭死了！"陈军强发话了。

林熙俊没有搭话，爬上了床，把枕头放在脸上躺在那里。他不明白，为何自己在陈军强眼里那么差劲，好像一无是处。

"还有，你个人的事情我不管，但是你要每天把自己该做的做好，听到了吗？"陈军强又说了一句，"别以为自己累了就什么也不想干了，每个人都很累！"

林熙俊还是没有搭话。他不想和陈军强理论，因为他知道理论的后果就是自己再次道歉，再次受到打击。

门开了，安子强走了进来，脸色有点难看。

"小强，你又干吗去了？约会去了？"凌峰笑着说了一句。

"再说我扁你！"安子强把书包扔在了床上，端着脸盆头也不回地走了出去。

"今天都是怎么了？有的伤心，有的劳累，有的生气，看样子今天不吉利，虽然宿舍里有个'吉利'在。"凌峰摇摇头，接着看他的报纸。

朴湉儿躺在床上，心里很乱。她感觉到安子强在有意和自己接近。从外在方面看，安子强是个不错的男生，可是她不想过早去和一个男生交往。当她再次说出不想在大学期间谈恋爱的时候，她看到了安子强脸色的变化。安子强对她说只是想交个朋友，可她知道这样下去的结果会是什么。

"最近还好吗？"朴湉儿在食堂里见到了林熙俊。

"嗯。"林熙俊吃着饭，抬头看了朴湉儿一眼。

"怎么了？那么饿吗？"朴湉儿坐在了对面。

"嗯。"林熙俊吃着自己的饭。

"我在这里等你，吃完后到湖边走走怎么样？"朴淠儿问。

"可以，不过晚上我要自习。"

"我没有说要占用你自习的时间。你怎么吃得这么差，连点荤菜都没有，我去给你买点。"朴淠儿径自走向卖小炒的地方。

"不……"林熙俊的话还没有说完，朴淠儿已经走开了。

　　图书馆前面的草地上坐了不少人，有学习的，有聊天的，有几个人团坐在那里打牌的。西天的彩霞红彤彤的，有点火烧云的感觉。图书馆门口已经站满了人，等着晚上开馆，因为每个人都生怕自己占不到自习座位。

"你心情好点了吗？"朴淠儿和林熙俊站在湖边，看着水里的鱼儿。

"可以吧，就是觉得宿舍有点憋闷。"林熙俊叹了一口气。

"你不是报了一个协会吗？感觉怎么样？"

"没有意思，真的没有意思。我还以为能够学习一点音乐知识，没有想到做的全是杂活。我不想再去了！"林熙俊盯着远方。

"这也不奇怪，学生会里的那些人复杂着呢，所以我才不参加。一个人轻轻松松地生活蛮好的，像鱼儿一样自由。"朴淠儿指了指鱼。

"是吗？你最近不是经常和别人在一起吗？"林熙俊回过头看了一眼朴淠儿。

"你是说安子强吗？你多想了，我和他之间没有什么。来大学之前，我跟爸妈说过不会在大学里谈恋爱的。所以，我和安子强不是大家想的那样。"

"哦，那是你的私事，我无权过问。"林熙俊说话有点生硬。

"你家里兄弟姐妹多吗？感觉你很不开心。"

"我有一个姐姐，一个哥哥。"林熙俊回答。

"你最小，应该是宠儿吧。"

"没有什么宠不宠的。我家是农村的，条件不好，看看我这双鞋就知道了。"林熙俊指了指脚上的布鞋。

"那有什么，农村有什么不好的？"朴淠儿反问。

"农村穷，没有发展前途。我为了走出农村花了十几年时间。"

"你心里怎么这样想？"

"难道你不这样想吗？你在农村生活过吗？也许你到农村春游过，但你没有在农村生活过。春游是蜻蜓点水，走马观花，了解不了农村真实生活的。"林熙俊悲叹地说。

"你有点极端。我是没有在农村生活过，可是并不代表不了解。"朴淠儿有点急，"我也不是什么大家闺秀。我爸爸原来是开工厂的，后来厂子倒闭了。一个人是不能选择自己出身的，但是可以改变自己的将来。"

"我不是那个意思。其实，我特别自卑。我来自农村，有很多缺点。我以前觉得自己还挺不错的，蛮自信的，可那是学习方面，现在我觉得我好像一无是处。"

"你怎么了？"朴淏儿有点惊奇。

"没什么。"林熙俊有点无所谓地叹了一口气。

"和宿舍人的关系不好？"

"我觉得自己什么都做不好，到处都是毛病。我怎么做都不能满足别人，达不到别人的期望。"

"你怎么了？"

"没什么。你要说的道理我都懂，可我就是说服不了自己。我不知道陈军强为何老是挑剔我。"

"陈军强？就是那个小分头？"朴淏儿有点不解。

"嗯。我真的有点不知道该怎么处理了。"林熙俊有点无奈。

"你根本没有必要别为了他而活着，那样会很累的。那个人一看就是爱挑剔的人，我们在一起上课我知道的。别那样焦虑，多想想自己的父母。"朴淏儿安慰着林熙俊。

"我想的不少了，觉得生活有时候真没有意思。谢谢你的安慰，真的很感激你。你多大了？"林熙俊问朴淏儿。

"十八，你呢？"

"十九。"

"那你比我大一岁啊，还这么悲观！对了，说说你姐姐吧。"

"我不想提，可以吗？"林熙俊的心颤抖了一下。

"当然可以。"

"以后我可以经常找你说说话吗？"林熙俊问。

"可以啊，很乐意，我希望你能活得真实快乐。"

林熙俊坐在教室里，没有心思学习。

他想着和朴淏儿聊的每句话。提到姐姐，他觉得痛心。姐姐和喜欢她的一个男孩私奔了，据说是到了厦门。父母为此一下子衰老了许多，在众人面前一直抬不起头来。哥哥和父亲把偌大的厦门找了个遍，也没有结果。直到现在，姐姐还是没有消息。他不想提自己的姐姐，觉得那是丢人的事情。当初，姐姐跑了之后，他都不敢在人群中走过，感觉每个人都在背后议论姐姐。可是，他知道自己是没有能力堵住别人嘴的。哥哥结婚了，姐姐跑了，家里的希望落在了他肩上。从那个时候起，母亲就开始神神叨叨，父亲更加沉默寡言。

朴淯儿走出自习教室的时候，安子强在教学楼外面的台阶上等她。

"学习累了吧，我们聊聊天如何？"安子强站了起来。

"你怎么在这里？专门等我？"

"是，也不是，我也是看书累了，在这里坐一会儿。英语单词我都不会，枯燥，很没有意思。"安子强笑了一下，"我没有语言天赋。"

"只要尽力就行了，再说还有好几年的时间才毕业。"

"走走好吗？就当是散散心，别多想。"安子强说。

朴淯儿没有拒绝。

他俩朝着钟楼旁边的那条路走去。

林熙俊站在教学楼的窗户后面，默默看着他们向远方走去，注视了几分钟。他快步走回教室，端坐在那里看起了书。

"林熙俊，你这个人怎么回事啊，开水又没有打！你到底还算不算我们宿舍的一员？这点事情都做不好！真不知道你怎么长这么大的！"看到吃过晚饭回来的林熙俊，陈军强张口就说了一通。

"谁说我没有打水？我中午打了，当时你不在。"林熙俊急忙解释。

"反正我没有看见。你别给自己找理由了，行不行？就是找的话，也找一个高级一点的。"陈军强又发了脾气。

"你没有见并不代表我没有打！"林熙俊也生气了。

"你就是没打，要是打的话，怎么会没有水？"看着林熙俊生气的样子，陈军强有点窃喜，觉得他此时特别可爱。

"你怎么不讲道理？"林熙俊不知道该怎么说才好。

"我就是不讲道理，那又怎样？你只要把自己该做的做好，我就讲道理。"

林熙俊坐在凌峰床上，一言不发。随后，他趴在了桌子上，有点头痛。

"你有能耐再去找别人倾诉啊。"陈军强冷笑了一下。

林熙俊想冲上去给他两个巴掌，再端上几脚。突然，他又想到了姐姐，不知道姐姐是不是在厦门也会有这样的遭遇，是不是也会和自己一样不会反抗。他想到了父母，自己花着父母的钱，却是在这样活着。

"怎么了？你俩又咋了？"凌峰推门进来，看到林熙俊趴在桌子上，"林熙俊，你怎么了？"

"他没有打水。你说这像话吗？当初定的规矩，不能让他给破坏了。"陈军强说了一句。

"有水啊，中午时候老李洗头用了，说是下午有老乡聚会。"凌峰把手里的足球放了下来。

"那可能是昨天留下的吧。"陈军强又冷笑了一下。

"老陈，你说话也得注意。"凌峰叹了口气，"都是一个宿舍的，何必那么刻薄。"

"我怎么了？我知道你们好，可以了吧！"陈军强走了出去，门"砰"地关上了。

"林熙俊，林熙俊……"凌峰听到了林熙俊的啜泣声，"别哭，别哭，男孩子哭多不好啊。"

林熙俊趴在那里没有动。

凌峰收拾好之后，林熙俊还是一动没动。

"林熙俊，"凌峰推了林熙俊一把，"走吧，今天车队广场上放电影，我们去看。你没有错，这个老陈也真是的，怎么就和你过不去。"

林熙俊抬起了头，眼睛红红的。

"我去洗把脸，然后再出去，今天不学习了。"林熙俊一边说着，一边站起来去拿脸盆。

"还学习什么，心情那么不好。"凌峰叹了口气。

车队广场其实就是一块水泥地，紧靠着路边的几棵柳树。三面都是车库，停放着各种车辆。广场上坐了不少人，放映的是《真实的谎言》。凌峰和林熙俊没有带马扎就走了出来，蹲在那里，一直看到结尾。

林熙俊一句话也没有说。

安子强又是晚上十点半才回来，林熙俊知道他去了哪里，和谁在一起。他躺在床上，灯已经熄了，可又是睡不着。他几次坐起来看看睡在对脚的陈军强铺位，此时的陈军强已经进入了梦乡。

如果自己有把刀的话，现在就想把刀扎在陈军强肚子上，看着他流血死去。然后，我躺在宿舍的桌子上，四周挂满白纸条当作幡祭，把宿舍变成白色的海洋。这样结束生命是不是很壮观？想到这里，林熙俊有点兴奋，又有点恐惧。死后的世界到底是什么样子？真的如《西游记》里所描述的那样吗？一想到父母，他又不敢再把这个想法继续下去。面对这个结果，父母肯定活不下去。

他睡不着，一点困意都没有。

最后，他把手放在胸脯上，慢慢摩擦着，嘴里小声嘟囔着学过的英文单词，在神经疲惫之后才渐渐睡去。

第五章

"林熙俊，听说你到过外教那里了，感觉怎么样？说说看。"上课之前，李霞好奇地问林熙俊。

"人蛮多的，可我听不懂。我连咱们中国老师的英语都听不懂，怎么能听得懂外国人的？在那里，就好像在水边不会游泳的旱鸭子一样，蛮难堪的。"林熙俊有点惭愧。

"哦？是不是什么人都可以发言啊？"

"是的。不过，我去的是一个叫 Donna Wang 的华人老太太那里。她的父母来自中国，自己出生在美国，属于 ABC。她人挺好的，很善良。我去得比较迟，别人笑我也跟着笑。"

"是吗？听起来很有意思！找个时间也带我们去，怎么样？"李霞笑了。

"这有什么带不带的，任何人都可以去，而且可以到任何一个外教的房间去练习口语。"林熙俊打开课本。

第一次走到国际学术交流中心时，林熙俊有点胆怯。那是一座红色房顶的三层酒店，兼用于留学生宿舍和外教公寓。他忘记了 Lisa 和 Cathy 上课时说过的房间号码，直接冲上了三楼。看到 304 房间的门开着，他就进去了。房间是单室的，床就在客厅里。由于房间太小，地上坐满了人。林熙俊站在那里一个小时，听不懂又不好意思当着众人的面离开。尴尬与无奈让他有点羞愧难当。

从此，他每天下午四点半左右都会去。每次，他都会看到 Donna 笑脸欢迎大家。每次，Donna 脸上写满的都是慈祥和善良。有几次，他想与 Donna 说话，可由于自己的羞怯和英语水平，没有好意思张口。

每个外教的办公开放时间不同，林熙俊五点半前去一个外教那里。结束后去吃晚饭，回到宿舍收拾一下，六点到七点到另一个外教那里。

Donna 的房间里有很多书，大大小小放满了两个书架，墙上挂着一张美国地图和中国的蓝色绣花方巾。房间里弥漫着一种淡淡清香的味道。林熙俊从来没有闻到过这种味道，很是好奇。他一直想找到味道来源，可是没有发现。他为 Donna 的那种"高兴"所吸引，一直在思考这个老太太整天开心的原因是什么。因为她来自美国？因为她是老师不得不这样？还是因为她的钱比较多？如果不是这些，到底是什么让她那么开心？

"Donna，My name is Andrew. I am a freshman of Foreign Language Department. May I ask you a question?"在众人走后，林熙俊一个人留在 Donna 的房间问她。

Donna 拢了拢头发，扶了扶眼镜，眼前这个男生的眼里充满了焦虑和不安。不过，他不是她的学生，否则她会认出。她本以为这个男生又是留下来向她借书，很自然地笑了笑。

"Sure. 你也可以说汉语，我可以听懂的，我的父母是中国人。"Donna 示意林熙俊坐下。

林熙俊坐在 Donna 对面，中间放着一盏台灯。

"对不起，我的英语不是很好，所以怕表示不清楚。我来这里好多次了，就是不敢说话。我想问的是'Why are you always so happy?'我每次来到你这里都觉得你很快乐。"林熙俊不知道自己这样说是否有点冒昧。

"Oh，your question is very good. You are not the first one to ask me this question. I'd like to share this with you. Because I believe in God. 是上帝给了我这样的喜乐。"Donna 笑了笑。

林熙俊愣了一下。

对"上帝"这个词他并不陌生。自从妈妈有了神神叨叨的毛病后，他就经常会听到"上帝"这个词。那时，他很自负，年少轻狂，根本不把上帝放眼里。妈妈曾经劝说他信仰上帝，可是他却嗤笑妈妈，说那是迷信。妈妈说他如果信仰上帝就会考上大学，可是他却笑着说不信仰上帝也会考上大学。没有想到，现在 Donna 告诉他上帝会给自己带来快乐。

"God? 我妈妈信，可是我觉得那是迷信。上帝虚无缥缈，看不到，摸不着。如有上帝，他又在哪里?"林熙俊有点迷惑。

"对，很多人觉得上帝是看不到的。风你能看到吗? 爱你能摸得着吗? 有时候，看到的东西不一定是真实的，看不到的东西不一定就不存在。我也曾经怀疑过，可是我最终还是坚信上帝的存在。上帝给我的是喜乐，不是高兴。因为'happiness'是可以随时变化的，而'joy'是内心深处存在的，不会因为外在的变化而改变。"Donna 静静地说着。

"happiness 翻译成高兴，joy 翻译成喜乐是吗?"林熙俊问。

"是的。"Donna 微笑。

"那我也可以得到这种 joy 吗?"林熙俊问。

"Of course. God loves everyone, including you and me. 在上帝的眼里，每个人都是平等的，都是他的孩子。"

"如果上帝爱我，那他为何让我经历那么多苦难?"林熙俊有点不解。

"上帝给每个人的道路是不一样的。有的人会在一帆风顺中认识他，有的人会在苦难里认识他。我知道，在中国，由于各种因素，让一个人信仰上帝是很困难的。但是，那并不代表上帝不爱这里的人。只不过，他给这里人的道路不一样罢了。"

从304房间出来的时候，林熙俊手里多了一本中英文对照版的《新约圣经》。他觉得今天所获的知识与以往的都不同，Donna的话好像给自己点亮了一盏明灯，给自己了一个新方向。

是上帝给自己安排的道路吗？这是巧合还是上帝有意的安排？Donna告诉他《圣经》在教堂是可以买到的，因为是公开发行的，还建议他可以在周日上午到青岛路教堂看看，说不定会有不一样的体会。

"林熙俊，你今天怎么了？那么开心！"凌峰问他。

"没有什么。"林熙俊不知道该怎么回答。他不想让别人知道自己拿到了《圣经》，害怕别人说自己神经病。

朴涓儿明显感觉到安子强的热情和激情。虽然自己和他说过多次不会谈恋爱，但他还是经常在女生宿舍楼下等她。她说不清楚对他的感觉，只是为这个男生的执着而感动。可是，每想到在父母面前许下的诺言时，她就赶快打住了这个念头，不让自己想下去。她也很想让林熙俊快乐起来，但是也清楚自己继续和安子强交往的话，林熙俊是不会快乐的。

"你相信上帝存在吗？"林熙俊和朴涓儿一起坐在湖中间的小岛上。

"不相信。自己还是要相信自己，任何别的东西都靠不住。怎么了，你信？"朴涓儿觉得林熙俊问得有点奇怪。

"你不觉得人生有时候很是无奈吗？我妈信上帝，让我信，我没有信，因为我觉得那是很可笑的事情。受了那么多年教育，我怎么会去信一个上帝?！可是，有时候觉得心里空洞洞的，很没有根基。在高中的时候还可以靠着读书学习而不去想这些问题，现在没有了高中的那种压力，突然之间不知道该怎么做了。"林熙俊叹了口气。

"叹什么气啊，感觉你好像未老先衰。我从来没有想过那些问题，信仰的问题距离我太遥远。当然，有时候我也觉得心里空空的，也不知道该怎么办。"

"据说叹气是缓解压力的一个很好的方法。你还好，可以经常回家和父母说说，不像我一样。"林熙俊不无羡慕地说。

"我也很少回家。父母和哥哥一家住在一起，我有时候不想看到哥哥一家，因为嫂子对我爸妈不好。一个不幸福的婚姻不仅会给当事人带来伤害，还会给自己周围的人带来伤害。"朴湉儿突然伤感起来。

林熙俊想到了姐姐。

"我想找一份兼职工作，自己挣点钱。"林熙俊说。

"是吗？什么工作？"朴湉儿问他。

"帮助一个公司做调查问卷。我以前还没有过打工的经历，想试试。怎么样？"

"可以啊，多点实践经验，但也不要影响学习。"

"嗯。你知道，我对你……其实……"林熙俊突然想说点什么。

"我觉得和你说话蛮好的。"朴湉儿打住了林熙俊的话。她知道他可能会说出什么，不想让自己处在尴尬的境地，"我说过了我不会谈恋爱的。一个人生活多自由，我可不想早早受到约束！"

林熙俊的脸红了，搓着花书包。

安子强站在湖岸上，手里拿着收音机在听 BBC，看到了林熙俊和朴湉儿坐在湖心的小岛上。

林熙俊通过布告栏的广告找到了一份周末到市区做调查问卷的兼职工作。工作期限是一天，挨家挨户敲门征集意见，一份五分钱。

周六早上九点，公司的车先把兼职人员拉到一个小区，然后监工给每个调查员指定好各自调查的楼栋。

"这是你们的调查表。调查完之后，在每一栋的号码上打上记号。记住了吗？你们的工资就是根据你们调查的楼栋数来计算。"监工在开始工作之前给站成一排的调查员讲话，"我会定时抽查。如果发现有弄虚作假的，工资扣除一半。所以，希望你们好好干，不要有作弊偷懒的想法。调查完这个小区，我们再到别的小区。"

调查员们点头。

林熙俊一栋栋爬上去，跑下来。中午时分，他调查了三百多家。他不时擦擦脸上的汗，把成绩记录在登记卡上。他没有吃中午饭，因为胃特别难受。没多久，他有点想吐的感觉，赶快跑到路边买了一个面包，在一棵大树下吃得一干二净。

到下午四点结束的时候，他调查了七百多户。此时，他两腿发软。他不想再跑任何一栋楼，看到楼就有一种眩晕感。收工时，监工给他结账，一共是三十八块。除去面包和车费，净剩三十五块。

在返校公交车上，他坐在了最后一排，靠在座位上慢慢睡着了。醒来的时候，车已经到了学校门口的公交总站。走下车的时候，他的心惊了一下，他看到安子强和朴涓儿正在路边散步，朝自己的方向走来。他不知道该怎么面对他们，赶快扭转了脸，从另一条小道曲线回了学校。

"林熙俊，你干什么去了？一天都没有见你的影子，去不去打球？"凌峰看到林熙俊走进宿舍后说。

"我不去了。我去做兼职了，很累。"林熙俊有气无力地说。

听到林熙俊这句话后，陈军强愣了一下，接着叠他的衣服。

"我说你小子还行啊，会挣钱了。"凌峰笑着说。

"哪里，钱不多，又特别累。不信的话，下次有机会你去试试。"林熙俊躺在床上。

"我还是别了，因为我现在还不至于出去打工挣钱。"凌峰穿好运动服，拿着球走了出去，"林熙俊，要我给你买饭吗？"

"不用了，我不想吃。"

"那个电脑老师可恶死了。我都不懂什么 Windows，什么 DOS 命令，期末考试肯定会挂的。"李安奇、凌峰和林熙俊从计算中心走了出来，"竟然还骂我是猪头，可恶的女人。"李安奇气愤地说。

"我也不会，开机都不会。"凌峰也是一脸无奈，"你呢，林熙俊？"

"我？我也什么都不会。那个女老师往我那里一站，我就脑子里一片空白。什么键盘、命令、根目录、子目录，我都不知道是什么东西。"林熙俊也是一脸无奈。

"我觉得那个女人在家里肯定是受她丈夫的气，要不怎么整天对我们凶巴巴的。在家里哪个老公受得了她那模样啊！"李安奇开玩笑地说。

"卤水点豆腐，一物降一物，说不定在家里还是这个女人说了算。"凌峰说。

"走，林熙俊，凌峰，今天到小食堂吃饭，要个小炒，喝点啤酒。我可不要再去想这个鸟计算机了。"李安奇一边说着，一边走到了小炒食堂。

"听说了没有啊，李安奇找了一个学习德语的女朋友。"回到宿舍，吴熹微向大家宣布了这个消息。

"不会吧，那么快？"萧紫嫣有点不信。

"据说，参加迎新晚会后，李安奇的名声大振，连系主任都注意到了这个来自广西的男生。你想想，别的女生更不用说了。"吴熹微有板有眼地说着。

"你们啊，就会在背后传播这些八卦消息。"朴淏儿把书放在桌子上。

"什么话啊，淏儿。这是好事，你要是恋爱了，我们也会广而告之的。"吴熹微冲着朴淏儿说。

朴淏儿没有吱声。

第六章

日子一天天复始，太阳升起又落下。

万圣节来临之前，青山下了一场雪。雪虽然不大，但给人一种冬天之美即将到来的盼望。冬天来了，春天还会远吗？

"林熙俊，准备去参加万圣节晚会吗？"凌峰在寝室问他。

"哦，可能吧。不过，我没有参加过，在哪里？"林熙俊从床上坐了起来。

"听说是在大学生活动中心，我们一起去吧。我也没有参加过，反正就和中国的鬼节差不多吧。听说很多外教都会到场的，也算去见识一下。"

"好的。"

"淏儿，你喜欢雪吗？"安子强拉着朴淏儿的手走在浅浅的雪地上。

"喜欢，非常喜欢。雪看起来很可爱，贴在皮肤上凉凉的感觉。我真想在雪中跳起来，可是这次下得太小了。"朴淏儿呵着双手。

"下次如果下大雪，我们到学校外的空地上去跳。在我老家，因为污染，雪下到地上都是黑的。"

"真有意思。那岂不是'黑雪皑皑'了吗？"朴淏儿笑了。

"嗯。"

万圣节活动在晚上七点开始，大学生活动中心挤满了学生。各人带着不同的面具，穿着五颜六色的衣服来参加晚会。

林熙俊和凌峰在男男女女中穿梭着。黑白无常、阎王爷、小鬼当家、骷髅……一个比一个夸张。不装神弄鬼的女孩子也打扮得花枝招展，头饰一个比一个漂亮。

"凌峰，我都认不出谁是谁了。"林熙俊笑了笑。

"是啊，早知道这样我们也应该准备一下。"凌峰拉着林熙俊。

"我才不戴，那样穿戴很丑，很难受。"

"林熙俊，走，我们去看看咬苹果的节目。"凌峰拉着林熙俊的手跑了过去。

一个装满了水的盆放在桌子上，几个苹果漂浮在上面。游戏规则很简单，用嘴把苹果咬出来的人就可以享用那个苹果。

"我来试试。"凌峰抹了一把脸凑了上去，试了几次都没有成功，弄得满脸是水。

"哈哈，凌峰，你可出丑了。"林熙俊赶快把旁边的毛巾递给他。

"笑话我啊，小子，你去试试看。"凌峰苦笑了一下。

"我才不。"

"试试嘛！"

经不住凌峰的执拗，林熙俊把脸一点点放到水面上。他看着几个苹果在水面晃动，当去咬的时候却是一场空。水进到了鼻孔里，他忍不住想打喷嚏，赶快从水里出来。

"怎么样？现在不说我了吧！"

"嗯，很难做到。"林熙俊无可奈何地走出人群。陈军强戴着面具在外围看着他俩，眼睛里有一股恨意。

转过身的时候，林熙俊看到摘下面具的朴涴儿。她正在玩蒙着眼睛给驴贴鼻子的游戏，林熙俊想上前给她打招呼，又赶紧把头转了过去。

"怎么了，林熙俊？"凌峰突然问他。

"没什么，有点累了。"

"不会吧，还早着呢。"凌峰拍了拍他的肩膀。

"那我们出去走走吧。"

朴涴儿看到了林熙俊转过身时候的眼神：有一种期待，又有一种无奈。

"Hello, Andrew. Happy Halloween's Day!"外教 Lisa 看到了林熙俊。

"Hi, Lisa! Same to you."林熙俊有点不好意思。

"Where is your mask for the day?"

"I am sorry. I do not know how to make one."

"Ok. I can teach you how to make one next time. Wish you have a good time."

"Thanks. Wish you have a good time, too."林熙俊脸上已经出汗了。

晚会还在继续进行，评选面具的时候气氛达到了高潮。吴熹微获得了最佳面具奖。她骄傲地把奖杯举在手里，一阵嚎叫。

窗外是白茫茫的一片，整个校园沉浸在雪的寂静里。只有这里张灯结彩，人头攒动，从图书馆归来的人不时朝里面好奇地望望。

万圣节、感恩节、圣诞节这些节日对于学外语的学生来说是必不可少的。新中国成立后的三十多年里，学生与西洋节日绝缘，直到二十世纪八十年代初第一批可口可乐在北京上市后，西方的东西才又卷土重来。从那时起的十年里，西方文化越来越"蛊惑"年轻学子的心。

和很多其他城市一样，距离圣诞节还有一个月，青山的大街小巷就充满了节日气氛。圣诞老人被放在各个酒店门口，圣诞歌曲飘荡在城市上空。

"凌峰，圣诞节怎么过？和感恩节一样，这也是我们第一次过。"林熙俊拿着书在宿舍问他。

"没有想好。准备跟你混，可以不？"凌峰瞥了一眼。

"我也没有想好。不过还是有点期望过这个节日的，听说西方国家的人很重视这个节日。"林熙俊用期待的语气说着。

"我们可不要整天想着过西方节日，那是西方人过的。我们是中国人，不要学习了一点外语知识就觉得怎么样了。"陈军强冷笑着说了一句，"这是在中国，不是外国。"

"中国怎么了，中国人也可以过西方节日，这是促进文化交流。历史上，唐朝时候不也是有很多外国人过春节吗？这只能说明某一时期某一个朝代的伟大与否，一个国家的强大与否，一种文化的影响力大小与否。"林熙俊回了一句。

"是的，你说的对。可是，现在有些外国人的初衷不是让我们过节日这么简单的，他们是有目的在背后的。"陈军强没有想到林熙俊会反驳自己。

"什么目的？"

"文化侵略！"陈军强提高了嗓门。

"你们就别争了！"凌峰挥了挥手。

公交车站边。

林熙俊一个人呆呆地站在那里等车，冷风嗖嗖地从耳边吹过。路上的行人很少，傍晚五六点的时候更少有人往外出。

圣诞节终于到来了。他本来想叫上凌峰一起到教堂看节目，可是又不想让他知道自己与宗教有关系。天有点昏暗，天气预报说青山有中到大雪。

一辆车停了下来。林熙俊刚要上车，背后传来了一个声音。

"林熙俊，这样的天气你还出去？"林熙俊回头一看是朴淐儿。

"哦，我有点事情要到市里一趟。"

"这么冷的天气，你路上小心一点。不要回来太晚，否则就没车了。"朴淏儿头上戴了一顶丝绒帽。

"我知道，谢谢你。你也要出去吗?"

"我不出去，刚从家里回来。对了，祝你圣诞节快乐!"朴淏儿笑了，"又要下雪了，我好开心。"

"也祝你节日快乐! 我出发了，再见!"

"再见!"

车慢慢上了坡，又向坡下冲去。林熙俊想到了哥哥走时的那一幕，就像发生在昨天一样。

"平安夜，圣善夜……光华射……照着圣母也照着圣婴……"
教堂里传出了唱诗班的歌声，圣诞节活动正式拉开了序幕。

林熙俊到教堂的时候，人还不多。他出去到了一家兰州拉面馆吃了碗面。回来时，教堂一层已经坐满了人。他走上二楼，找了一个前排座位坐了下来。

灯光都熄灭了，整个教堂在唱诗班手里的烛光下异常安静。巨大的十字架在前方非常突兀，讲台圣诞树上的霓虹灯在闪烁。

这是林熙俊第一次听到圣诞歌曲，有点天籁之音的感觉。他向四周看了看，有不少人在那里静静祈祷。

"我们的救主耶稣基督降生在马槽里，现在我们在这里纪念他。不仅这里，普世的教会都在纪念他。他生得卑微，所行之事却是那么伟大……让我们在这个日子里高唱'哈里路亚'。"在钢琴伴奏声中，牧师开始了平安夜的讲道。

林熙俊坐在那里静静听着，好像到了耶稣出生的小城伯利恒。

林熙俊提前出来了，没有在教堂等待子夜的钟声敲响。走出来的时候，他发现外面已经白雪茫茫。路边的霓虹灯还在闪烁，和雪片勾出了一幅画卷。走出教堂，他突然有点不适应外面世俗世界的嘈杂。从一个灵性的世界回到尘世的世界，空间距离是如此近，只要跨过一扇门就可以。可是，他又觉得是如此远，因为那需要灵魂的挣扎和洗礼，因为一不小心就会又被世俗世界拉回去。

他穿过热闹的夜市，踩在软软的雪上发出咯吱咯吱的响声。路过烤肉店的时候，他买了几串烤肉，又买了一小瓶白酒。他突然想放纵一下，尝尝酒后在雪地里漫步的滋味。仰脖喝下烈酒后，他心里一阵阵发热，体外的寒冷加上体内的燥热使他觉得自己不再是自己。

他穿过几条小巷，沿着柏油路来到了海边。今天的海没有浪，大片雪花飘飘洒洒地落下来，转瞬间与海水融为一体。停在海边的渔船孤零零地散落在那里，好像看海的老人。他坐在海边栏杆之间的铁索上，一口口喝着酒，肉串早已没有了热气。他呆呆地望着远方，有了不想回宿舍、不想回大学的想法。

我一个人站在海边
雪花寂静地从我身边飘下
在这个白色的世界里
我不知道自己的方向在哪里
上帝的声音好像在呼喊着我
可我觉得那是如此遥远

他大声地念着这些语句，来回地走着，身后的脚印转眼间又被雪覆盖。

"安子强，你们宿舍的人际关系怎样？"朴淏儿和安子强在咖啡屋里坐着。
"还好吧！不过，陈军强好像对林熙俊有点意见。"安子强回应了一句。
"那你和林熙俊的关系如何？"
"我和他没什么不好。不过，也许是性格的原因吧，他很少和宿舍人交流。"安子强喝了一口咖啡，"怎么了？"
"没什么，随便问问。希望你不要像陈军强那样对林熙俊。"朴淏儿叹了一口气。
"我不在乎别人，只在乎你。你是我的唯一，我会好好对你的，不允许任何人对你有什么想法。"
朴淏儿没有说话。

"Oh, my God!"看到林熙俊一身酒气推门而入，凌峰吓了一跳，"林熙俊，你这是怎么了？怎么在平安夜成了这个样子？全身都湿透了！"
林熙俊一句话没有说，直接把外套脱下来扔在了阳台上。
"老林，你没事吧？"李安奇吃惊地问。
"没事。"
陈军强扫了林熙俊一眼，酒后的林熙俊有点狂野。这是他第一次看到林熙俊喝醉，走过去给林熙俊倒了一杯热水放在那里。"喝点水吧，酒喝多了会难

255

受的。”

林熙俊看了陈军强一眼，把水放在桌子上，爬上了床。

“听说你在平安夜喝了很多酒是吗？”朴淇儿在路上叫住了林熙俊。

“嗯！怎么了？”林熙俊盯着她。

“为什么？”

“不为什么，难道我喝酒也要向你汇报吗？你又是我的谁？我又是你的谁？”林熙俊冷冰冰地说。

“我没有追问你的意思，只是不想让你伤害自己。其实，每个人都有自己的问题，都有自己的软弱。我不想看到你消沉的样子。”朴淇儿静静地说。

“我不需要你的可怜，知道吗？我不怕失去你，也不怕失去任何人。我喜欢孤独，喜欢一个人，明白吗？”林熙俊径直往前走去。

朴淇儿一个人站在那里。

临近期末考试，自习教室和图书馆里的学生多了起来。为了考试及格，有的人在这个时候通宵达旦、废寝忘食地学习。这是大学生涯中的第一次考试，没有人想在这次考试中挂科。

“淇儿，你平时做的笔记不错，借给我看看。”吴熹微嚷着，“否则，我就会挂了。”

“好啊，不过要收费的。你平时都不记，到现在才想到我，玩的时候怎么不想我？”朴淇儿笑了。

“等我考试过了，请你吃大餐！”

“我开玩笑的，我们宿舍可不准有挂科的啊。”

“凌峰，你说我怎么办？”李安奇走到宿舍楼，把身上的雪抖掉，“我的听力和那该死的电脑肯定不及格。”

“我也怕，听力是我的天敌。你看咱班那些女生整天叽里呱啦，厉害得很。我们男生可就惨了，准备着全军覆没吧。”

“看看考试的时候能不能作弊一下，因为实在没辙了！”李安奇摇了摇头。

“见机行事！”

“那天我做得不对，对不起。”林熙俊和朴淇儿站在湖边的万年青下，天色雾蒙蒙的。

"没事，虽然我不知道发生了什么，但是理解你。我说了，有的事你不要放在心上。我也知道你和陈军强关系不是很好，但你没有必要为了那样的一个人生气。现在这个社会，心理有问题的人越来越多。"朴湘儿呵了一口气。

"我不想失去你这个朋友。"林熙俊叹了口气。

"谁说不当你是朋友了？你整天就会胡思乱想，没有人说要抛弃你。我只是想帮帮你，虽然能力有限。"

"是的，是吗？"林熙俊肯定又否定了一下，"赞美诗真的很好听，你可以有空时去听听。那个晚上，我是太放纵自己了。"

林熙俊苦笑了一下，"不过那种感觉真的很好，以前从来没有过。"

"我才不去听。任何宗教的音乐都会给人以安慰，我不想介入任何一种。我倒是建议你有时间去听听佛教音乐，因为你把这个世界看得太黑暗了。"

"这个世界光明吗？"林熙俊反问。

"好了，不说这个了。你考试考得怎样？"

"还可以，应该都会及格。"

"那就好，我想你也没问题的。"

临放假前几天，林熙俊用打工攒下的钱加上节约出来的钱到市内批发市场买了一双大头皮鞋，又买了一点青山特产糕点带给家人。之所以买军用皮鞋，一是便宜，二是耐穿。

"哎哟，林熙俊，你穿皮鞋了啊！帅得很！"凌峰叫了起来，"贼亮贼亮的，像个军官。"

林熙俊站在那里左看看，右看看，有一种说不出的愉悦。

"多少钱？"李安奇问了他一句。

"九十。"林熙俊羞涩地回答了一句。

陈军强瞥了他一眼，没有吱声。

"放假了，回家后快乐一点，不要老让家里人觉得你还小。还有，不要把自己的悲观情绪带给父母。下学期，有机会到我家去做客，我欢迎你去。"

"嗯，我从来没有和父母说起过我的心情。"看着朴湘儿，林熙俊的眼神里透出一丝复杂的光。

"湘儿，你现在算是我的女友吗？"安子强一边拉着行李，一边拉着朴湘儿的手。

"嗯，这个还不好说，不要让我现在就给你一个答案好吗?"朴淼儿有点生气。

"好的，好的。我会在家里想你的，你呢?"

"不知道。不管怎样，我是不会告诉父母关于和你交往的任何事情。"

"没关系的，我们慢慢来。反正我会一直等你，不允许任何人从我身边夺走你。"安子强笑了。

"贫嘴吧你! 路上小心。"

"林熙俊，你快一点。"老乡站在公交车站边催他。

"嗯。"林熙俊把自己笨重的行李箱提上了车。他很吃力，因为车里挤满了人。窗外天色灰暗，空气潮湿，雪花还在零散飘落着。雪落地之后，地面很快起了一层冰。车上没有扶手，老乡和林熙俊站在箱子旁边，随着车子的行驶而摇晃着身体。

车"嘎"的一声在火车站前停下，全车人都前倾了一下身子。林熙俊差点倒在前面人身上，连声说"对不起"。下车后刚走一步，他"砰"的一声摔倒在地上，疼得龇牙咧嘴。

"快，快点，再晚就赶不上火车了。"老乡赶紧一把将他拉起来。

第七章

林熙俊在县城和老乡分别，坐中巴车回到了镇上。家里的雪比青山还大，天气也比青山冷。他裹紧了衣服，右手提着箱子。

看着半年没有走过的山路和两边光秃秃的山，一切都好像没有多大改变，一切又有点陌生。路上的人非常少，偶尔有推车的人走过。

"哎，熙俊，你回来了?"前面传来一个声音。

林熙俊抬起头，前面站着一个裹得严严实实的汉子，手里推着自行车，上面放着个口袋。

"是啊，大刚。你这是干啥去?"

"嗯，这不要结婚了嘛，我得去丈母娘家送猪肉，老规矩了。"大刚停了下来。

"半年不见，你都要结婚了啊? 你才比我大几岁!"林熙俊吃惊得差点说不出话来。

"两岁，也不小了。我不能和你比，你还要读书，我又不读书。再说，这也是家里的意思。"大刚笑了一下，"反正早晚都要结的，家里的风俗你又不是不懂。"

"嗯。"林熙俊犹豫了一下。

"那行，我先走了，再晚就赶不回来了，等以后再唠。到时候你可得去吃喜酒啊。你也快点回去吧，你妈可能都等急了。"

"好，以后再说，路上小心。"

"小俊，快吃。这么冷的天，肯定冻坏了。你这半年不在家，我还以为你吃胖了，现在反而更瘦了。"母亲在他面前坐着，父亲在旁边抽烟。

"刚在路上见到大刚，他都要结婚了?!"林熙俊吃着碗里的菜。

"他该早结婚一点，家里人都急得不得了。他没有身材，能找到媳妇都不错了。他家想让他早点结婚，免得有什么闪失。过了这个年龄就难了。"母亲叹了一口气，"你也知道，在咱们这山里，还有什么可挑可拣的?"

"几年前还在一起上学，现在他都要结婚了，真是没想到。"

"人到一个地方就得说一个地方的活法。"父亲抽了两口烟，"到时候你把份子钱拿上，不管你以后在不在家结婚，这个礼还是要随的。"

"嗯。"

"你放假多少天，小俊?"

"五个星期。"

"还不短。都说了不让你买东西，你还买东西，净浪费钱。"母亲有点责备地说。

"那是特产，咱这里没有。"

"没有咋了，我没吃、没见过的东西多了，还能样样都买?"

"知道了，妈，我以后不买了。"

"你在那里生活咋样?"父亲问他。

"还好吧，没有什么困难，你不用担心。"

"和别人相处咋样? 该吃亏的要吃亏，别用你那牛脾气!"父亲顿了一下。

"还行，刚开始有点不适应，现在好多了。"

"嗯，人在外边多忍让。咱是乡下人，做事谨慎一点，别让城里人看不起咱们。等会儿，到你嫂子家看看，把特产给孩子带过去。"父亲又说了一句。

"嗯。姐有消息了吗?"

"哪里有，死在外面算了，就当我没有养这个女儿。"母亲有点气愤，"别提她了，你也不要多管她的事，好好念书就是了。"

"嗯。"

林熙俊躺在床上，这是半年之后第一次躺在自家床上。窗外静悄悄的，能听见雪花簌簌落下。他躺在那里，在不知不觉中睡了过去。

大刚的婚事安排在腊月二十九，第二天大年初一。大刚家里张灯结彩，"喜"字贴得到处都是。林熙俊和几个伙伴买了一块喜匾送到了大刚新房里。新房里一片红，几个小孩子在那里来回跑着。灶上浓烟滚滚，大刚的父母和做饭师傅们正在忙碌。看到人来，大刚赶紧给林熙俊他们几个递了水和烟。

"大刚，你家收拾得真不错！"林熙俊笑嘻嘻地说。

"没啥收拾的，就那一点东西，到你结婚的时候根本都看不上。"大刚憨憨地笑了一下。

"哪里会！到你儿子会打酱油的时候，我可能连老婆都没有哪。"

"你是文化人，找也会找有文化的。哪里像我一样，一辈子都没有希望了，只能寄托在下一代身上了。"大刚叹息了一下。

"对了，大刚，听说你老婆是初中同学，这么巧？"林熙俊问。

"嗯。她初中毕业后就没有上学了，经过媒人介绍的，凑合着过吧。"

"人这一辈子大多数都是凑合！你该忙的事情都忙好了吗？"

"嗯，差不多了，等会儿再把娶亲车的油加好就行。天冷，别到明天启动不了。"大刚点了根烟。

"熙俊来了，快坐，我让大刚再去买点蜡烛。"大刚母亲走了进来。

"不用了，我也要回去了。大刚，你先忙吧。需要我帮助的时候，告诉我一声。"林熙俊站起身来。

"好，那我就不招呼你了。明天晚上过来喝酒，别忘记了。"大刚嘱咐说。

"一定来，那我先走了。"

走出大刚家，林熙俊长长吁了一口气。远处传来了鞭炮声，过年的气息越来越近了。林熙俊走在雪地上，细细回味着大刚说的那个"凑合"。是的，人这一辈子怎么着都是凑合。可是，《圣经》上说每个人的命都是上帝给的，都有它的意义，怎么会是"凑合"？如果不是，又是什么？大刚的婚事是不是也是上帝给的？

林熙俊的父母还在灯下张罗着除夕早晨的饺子。母亲擀皮，父亲包。

"小俊，大刚家都准备好了吗？"母亲问。

"嗯，差不多了。妈，别包那么多饺子，又不是很好吃。"林熙俊坐在了母亲身边。

"你还不喜欢吃？想当年，到春节都没有饺子吃。现在有了，还不吃，你这孩子！"

"不是吃腻了，是没有习惯。"林熙俊笑着说。

"也不知道你啥时候能结婚，那样我和你爸才能放心。"

"妈，我才多大啊，你就让我结婚。"

"你说的也是，你和他们不一样。都过春节了，也不知道你姐在外面咋生活。"母亲说到这里停了一下。

"别说了，你不是都说没有这个女儿吗？现在咋又提她？"父亲责备母亲。

"唉，女儿是妈的贴心小棉袄，说不想那是气话。"母亲擦拭了一下眼泪。

"妈，别哭了。"林熙俊劝了母亲一句。

"嗯，小俊，你去外面看看该撒的芝麻秆撒好没有，到前院里给你哥家送一点过去。"

林熙俊走到院落里，把芝麻秆拿出来撒在地上。从他记事起，家里每年都有这个习惯，预示着生活"节节高"。他在院落里来回走了几次，侄子从前院过来，跟在他后面走。

"叔，你在干啥？"侄子问。

"撒芝麻秆。"

"撒它干啥？"侄子又问。

"为了生活更好！"

"这样就能生活好吗？那我和你一起撒吧。"

"嗯。"

雪把他俩刚走过的一大一小脚印很快就覆盖上了。

朴涓儿在家没有事情可以做，天天躺在沙发上看电视。外面天气很冷，她不想出外走动。哥哥和嫂子买了新房，偶尔回来串门，但都是饭前来，饭后走。朴涓儿看他们不顺眼，嫂子看她也不顺眼。她除了见几个高中同学外，没有参加别的活动。每天，安子强都给她打电话。聊电话好像成了他们每天的必修课。安子强每天都会把干的什么事情向她汇报一遍，包括吃了什么、玩了什么、天气情况、衣着打扮，等等。为了不让父母知道她和男生通电话，她偷偷在被窝里接，一聊就是半个小时以上。

　　"洣儿，你也不小了，有的事情我也不好说，但是你自己说过的话你可得遵守诺言。"爸爸在晚饭后和她讲。

　　"我知道了，不就是谈恋爱的事吗？你放心吧。"朴洣儿看着电视。

　　"你看你哥谈恋爱那么早，谈出来个什么名堂？娶个老婆像娶回个奶奶一样，天天养着，孩子她也一天不照顾。"妈妈在旁边插了一句。

　　"可不是！你看嫂子那样子，每次来都不理你，更不用说理我。我才不会像她那样，也不会找哥那样的窝囊男人。"朴洣儿愤恨地说。

　　"人在结婚前是看不出来的，你看你嫂子原来不也很好吗？结果还不是一个样子！唉，本来我和你爸还想靠他们养老，现在没有指望了。"

　　"别担心，妈，还有我。"

　　"所以，洣儿，你要找对象一定要找个好一点的。首先不能找农村的，还有就是不要人品差的。"

　　"知道，妈，相信我吧。"

　　朴洣儿的脑海里突然闪过两个男生，提着布兜的林熙俊，穿着皮鞋的安子强。一个含蓄，一个张扬；一个内敛，一个外向。和林熙俊在一起，她有一种安静舒服的感觉；和安子强在一起，她有被呵护的感觉。到底哪一种是爱的感觉，她却没有了答案。

　　过了正月初三，节日气氛渐渐淡去。早上，侄子都会早早起来叫上林熙俊一起到村后的树林里玩。家里的冬天和青山的冬天不同，根本看不到绿色。父母很想让林熙俊到亲戚家串串门，走动走动，他不愿意。有时间，他更愿意一个人在房子里看看书，写写日记。同学聚会他也没有去，觉得自己在同学之间说不上什么话。

　　家是一个让人魂牵梦绕的地方，一个让人有很多留恋的地方。在家的日子，林熙俊想用无聊来打发自己的时间，想用繁忙来禁止自己思考，想用睡觉来逃避清醒。可每当睁开眼睛的时候，他明白，自己还生活在这个世界，还得面对这个现实的世界。

　　过年的气氛一天天远去，他很害怕，觉得自己在渐渐脱离这个群体。他不想，可又做不到。和侄子站在空旷的田野里，寒风吹得他头皮发麻。他好想站着大声呼喊、狂叫、手舞足蹈，可是那样他在侄子眼里会是一个疯子模样。

　　经历了临别时候的犹豫不决，避开了母亲那期盼的眼神，林熙俊又踏上了远行的路。山路弯弯转转，看不到尽头。镇上、县城、市里、省城，又到青山。这往往复复的路线，林熙俊知道自己还要走很多次。这次回去，他心里有了一个牵挂。他很想见到朴涴儿，虽然见到的肯定是她和别人在一起，但也觉得无所谓。他想念她的淡雅、宁静和美丽。他很想在哪天领着她来到这大山深处看看，两个人坐在山顶偎依在一起看日出日落。

有时，幻想也是一针镇静剂。

李安奇的听力课果然没有及格。他开始经常在宿舍抽闷烟，有时还会买几瓶啤酒上来喝。女友来找他，他也没有给好脸色看。宿舍的人知道，在这个时候，最好什么都不要说，因为这是此刻最好的安慰。大家各自忙着各自的生活，忙忙碌碌，只是目的不同。林熙俊想找朴涴儿说话，可是觉得已经没有机会再接触到她，因为她过的不再是一个人的生活。他想着眼前的一切也许是假象，因为朴涴儿说过她不会谈恋爱的。

他坐在小吃街上的一家面馆里，买了一碗鸡蛋面，抬头看见朴涴儿走进来，后面跟着安子强。看到他俩的那一瞬间，林熙俊赶紧把头低了下去。他不敢直视他们，好像自己是一个贼。匆忙付钱之后，他赶快溜了出去。

外教 Cathy 暑假就要回国了，回国前她执导学生演绎莎士比亚的戏剧《罗密欧与朱丽叶》。班上不少男生和女生都报了名，林熙俊也不例外。经过一番测试后，Cathy 的门上贴出了角色名单。林熙俊出演罗密欧的情敌，朴涴儿出演和林熙俊跳舞的小姐。因为排演时间比较短，每周都要拿出几个时间段来排练。在家庭晚会的那一幕上，林熙俊要站出来邀请朴涴儿跳舞，牵着她的手。每次排练这个环节，林熙俊心里都会紧张，舞跳得有点生硬。

"Andrew, do not be nervous. All right?" Cathy 用严肃的口气对林熙俊讲，"I hope you could be serious about this."

林熙俊不好意思地看了看朴涴儿和 Cathy，似乎有所领会。

牵手的那几秒，林熙俊特别兴奋。当他触摸到朴涴儿的手时，觉得她的手是如此柔软。他好想就这样拉着她走出去，奔到海边去深呼吸。当朴涴儿把手放在他背上的时候，他觉得自己好像掉在了海绵上。朴涴儿望着他笑了笑，他有点木讷，不敢相信这是真的。

"林熙俊，感觉你今天排练的时候陶醉了一样。"凌峰拍着他的肩膀。

"没什么，紧张。"林熙俊不知该如何作答。

　　陈军强还是一如既往地挑剔每个人,说刘庆男在说话时像是个公鸭,说林熙俊像一个女人一样放不开,说凌峰演戏夸张。

　　在新的学期,林熙俊依然每天到 Donna 那里去练习听说。不同的是,他很少再到教堂,觉得教堂里面的环境让自己对人生更加困惑不解。虽然他和 Donna 也探讨人生的问题,但她毕竟是一个在国外长大的中国人,不了解当代中国人的人生观、价值观和生活观。

　　"Donna, many of my classmates write applications to be a member of CCP. How do you think about this?" 林熙俊一脸迷惑地问这个问题。

　　"To be frank, some of them just want to make use of this special ID." Donna 叹了一口气,"人们很多时候都是跟风。根据以往的教训,这种现象不一定是好事情。有的人虽然讲究精神追求,可是在根本上却一直是务实的,没有好处是绝对不做的。如果把 CCP 看成一种信仰的话,那就应该是发自内心地去信它,再去加入它。"

　　林熙俊觉得 Donna 的话与之前听到的都不同。

　　"林熙俊,这是我的朋友李昊煜。"回到宿舍,林熙俊看到陈军强和一个陌生男生在宿舍,"他是我认识的一个朋友,在计算机系。"陈军强对林熙俊有点超乎平常的热情。林熙俊抬头看了看陌生人,是一个很帅的男生。

　　"昊煜,这是我们宿舍的林熙俊。"

　　李昊煜冲着林熙俊笑了笑,林熙俊也笑了笑回应。

　　对林熙俊来说,每次排练戏剧都是一种折磨。他知道那是在演戏,尽管自己希望那是现实,可那不会成为现实。他不想再忍受这种折磨。朴淏儿也明白林熙俊的心情,从心底里喜欢这个有点害羞的男生。可是,面对安子强的热情,她的重心偏离得越来越远。每次排练完,安子强都会在楼下等她,一起到外面的咖啡店坐坐,或者是到海边散步。

　　"今晚能和你说说话吗?"林熙俊搂着朴淏儿的腰,小声对她说。

　　"有事吗?"朴淏儿看着他。

　　"没有什么大事,就是想和你说说话。"

　　"好的。"

　　"那我晚上七点在化学楼下等你。"林熙俊对她讲。

"安子强，今晚林熙俊有点事情找我，你先回去吧。"望着一直在楼下等她的安子强，朴淏儿拉了一下他的胳膊。

"什么事？"安子强皱了一下眉。

"就是朋友之间的聊天。你也知道，他是一个很自卑的人，需要朋友。你就对我放心吧！"朴淏儿挽着他的手。

安子强没有吱声。

湖边的垂柳发出了新芽。春风徐徐吹来，人们感受到了暖意。七点是晚上上课时间，湖边的行人很少，偶尔走过几对恋人压马路。

"排练的这些天，我很开心。"林熙俊往远方望了一下，"有时候，真的想让时间停留在那里。"

"别傻了，熙俊。"朴淏儿叹了口气，"我知道你对我的感情，可我们是不可能的，你不要再浪费时间在我身上。你是一个不错的男孩，会有很好的归宿。现在我们还小，很多事情都不懂。"

"那你和他都懂吗？我不想相信那是真的，可事实让我不得不信。我只想告诉你我喜欢你，而这种喜欢是说不出来的感觉。"

"我和你只是我和你的事情，不希望别人掺和进来。对于他，我也不知道该怎么和你说。也许一切都是命吧！"

"你是嫌弃我的家庭吗？我不能选择我出生的家庭，可我可以去改变它。希望你能给我时间，我会证明自己的。"林熙俊有点着急。

"我没有嫌弃你的家庭，可是我也不想找一个连面包都不能给我的人。你不要多想了，我们还是做好朋友吧。"

林熙俊站在那里一动不动，似乎有所明白朴淏儿说那句话的含义是什么。他自己一直都在努力付出，可现实使他不得不相信有的东西是他不能改变的。

此时，他无意欣赏夜的景色，提议朴淏儿和他一起沿着湖边走走。路上，他很久都没有说话。几圈下来之后，钟已经敲了十下。

"你以后不要不理我。"林熙俊停留在了最初站着的地方。

"怎么会！我们回去吧，天不早了。你以后不要再这样多想了。还有陈军强的事情，你也不要太敏感，关系一般就可以了。"

"嗯，我知道。"两人往宿舍楼方向走去。此时，教室的灯关了，图书馆的灯也关了。

"你们俩说完了没有？没有看到几点了吗？"听到这个声音，他俩都吓了一跳。

"哦,是安子强啊!我们马上回去。"林熙俊苦笑了一下,"没想到时间还有限制。"

林熙俊的话还没有说完,安子强的拳头"砰"的一下砸在了林熙俊的额头上。"她是你妈还是你姐?你什么话都和她说!"

林熙俊往后踉跄了两步,差点倒在地上。"好、好,我退出,可以了吗?"林熙俊两眼冒金星。

"你这是干什么?"朴湉儿带着哭腔拉住安子强,"你再这样,以后不要再理我了。"

"这个人有毛病!"安子强还想打林熙俊,被朴湉儿拉住了。

林熙俊头也不回朝宿舍楼方向走去,背后传来了朴湉儿跟上来的声音。"林熙俊!林熙俊!"紧接着是她的啜泣声。

安子强一个人愣愣地站在那里。

回到宿舍,林熙俊端着脸盆到了洗漱间。他一边洗脸,一边揉着刚挨打的地方。

"都熄灯了,小强怎么还没有回来?"刘庆男说。

"人家现在可忙了,天天陪着夫人。"陈军强不无讽刺地说。

"说不定出去同居了,哈哈!"李安奇笑着说。

"有可能。"凌峰掺和了一句。

林熙俊一个人默默躺在那里,想着刚才发生的一切。他想快点睡着,可是怎么也闭不上眼睛。安子强到现在还没有回来,但愿他不会出什么事情。想到这里,他从床上下来,趿拉着鞋冲到楼下,跑到发生刚才一幕的地方。一切都恢复了原来的模样,但是没有人在。林熙俊有点失望地走了回来,祈祷安子强不要出事。

那个晚上,林熙俊没有睡着。

那个晚上,朴湉儿哭了整整一夜。

那个晚上,安子强在宿舍楼的后门外一直坐着。

第八章

第二天早晨,看到林熙俊脸上的青紫色伤痕,凌峰吓了一跳,问他怎么回事。林熙俊说是晚上不小心撞在了树上。为此,宿舍的人还把他嘲笑了一番。对于安子强的彻夜未归,大家没有多说什么。在他们心里,安子强和朴湉儿出去住是情理之中的事。看着安子强在宿舍进进出出,林熙俊没有理他。

　　吴熹微也不知道朴湉儿为何会哭一夜。第二天醒来的时候，发现她的眼睛都肿了。

　　一连三天，朴湉儿都没有理会安子强。吴熹微还拿他俩开玩笑，说男女朋友吵嘴是正常的。

　　林熙俊也三天没有和安子强说话。每次看到他，自己眼前就会闪过那个拳头。

　　"我知道那晚做得很不对，可是你能给我个机会让我解释吗？"放学后，安子强在教学楼前站着，一直等到朴湉儿出现，拦住了她。两个人一直在那里站着，直到教学楼的灯熄灭。

　　"我不想听！安子强，你太让我失望了，滚远一点！"朴湉儿面无表情。

　　"是，我让你失望了。可是我爱你，我爱你，你知道吗？我承受不了你和别人在一起。你为何不站在我的立场上想想？"

　　"可是，你如果爱我就应该相信我，我是一个独立的人，我有自己的自由，我不是你的宠物，我不想因为你而失去了自由。"朴湉儿又要哭。

　　"可是我愿意失去自由。湉儿，原谅我一次好吗？"安子强有点要发疯了。

　　"你了解林熙俊吗？你知道你这样做对他的打击有多大吗？这种影响会是一辈子的。你根本不了解林熙俊的心理！你们在一起住，你懂他多少？"朴湉儿的泪水流了下来，"我只是想帮帮他，不想看着他消沉。"

　　安子强在那里默默地站着，不敢吱声。

　　"如果你不向林熙俊道歉，就不要理我了。"

　　"我会的，你放心吧。"

　　林熙俊读了不少《圣经》故事，那些故事成了他聊以慰藉的精神支柱。圣经上说，别人打了自己的左脸，右脸也要伸出去给别人打。他不理解，觉得那样做过于软弱。为此，他问 Donna。Donna 说，一个人和另一个人有了过节，解决方法只有两个。一是继续反目成仇，二是握手言和。前者的结果是仇恨继续加深，后者的结果是仇恨得以化解。而且，中国文化里也有"冤家宜解不宜结"的说法。

　　"很多时候，很多事情是没有对与错的。"Donna 微笑着说。

　　下午课上完，林熙俊早早回到了宿舍，其他人还没有回来。他一个人站在阳台，望着楼下的风景。楼下新开了一个超市，来来往往的人很多。柳絮在空中轻舞飞扬，有时候会飞到人眼中，弄得人睁不开眼睛。此时，他又想到了家，想到了父母和姐姐。

"林熙俊，你一个人在那里发呆干吗？去不去健身？"把门打开后，凌峰看到他站在阳台上，吓了一跳。

"不去了，我还有点事。"林熙俊走回了房间。

凌峰换好衣服出去了，和安子强打了照面。

"小强，回来了啊。"

"嗯？"安子强没有想到林熙俊会主动和自己打招呼。

"你有时间吗？我想和你谈谈。"林熙俊又问了一句。

"有，不过我要先换衣服。"

"没问题，我在学校后门等你。"

岸边的大石头矗立在那里，一动不动。春天正是赶海的时候，不时有渔民驾着渔船从海面经过，几艘人货轮停泊在海的深处。他俩踩在软软的沙滩上，向远处眺望。在这个时刻，谁都不想第一个打破沉默。林熙俊紧紧地咬了嘴唇一下，低头看着脚下的细沙。

"安子强，那晚是我不对。"林熙俊的嘴里挤出了这几个字，"我知道自己一直都在打扰你们，实在对不起，希望你和她原谅我。"

安子强愣在了那里，有点惊愕。

"我知道自己没有爱的权利，也没有被爱的权利。我以后不会再有什么想法，只希望你能好好对她。"林熙俊又咬了一下嘴唇。

"没什么，可能是误会吧。"安子强苦笑了一下，"有时候，我们得接受现实。虽然残酷，我们还是要接受。有的事情，并不是自己想控制就控制得了。爱有时候就是这样自私和无情，谁也怪不得谁。"

安子强又冷笑了一下。

"是的，很多事情是不能怪别人的。我不求什么，只希望你们幸福吧。"林熙俊用脚扫了一下沙子，踢出去很远。

"那是我们的事情，好像与你关系不大。幸福的话倒没有必要现在说，因为早了一点。你一个人在这里挺孤独的，别和自己过不去，以后我们还是兄弟。"

"也许没有以后了。"林熙俊用一种绝望的口气说。

林熙俊不知道自己是怎么回到宿舍的。

晚上，他叫上凌峰到一个小酒馆喝酒。凌峰不知道他为何会突然喝酒，以为他家里出了什么事情，一直安慰他。回校路上，他叫凌峰先回宿舍，一个人又去了海边。

海风特别大，月亮特别圆。海风吹来，海浪有几米高，泛起的白色浪花让人发晕。他一个人从礁石走到小树林，又从小树林走到礁石，来来回回走了几次，直到十点的钟声响起。

月光下，我站在海边
冷冷的风吹拂着脸
用心品味那海水的咸
是否比泪水甜

爱你在我心间
想你在我耳边
爱与不爱总是两难
亲爱的你，为何距离我那么远
……

他用心演绎着几句自己编出来的词，在那里手舞足蹈地唱着，直到海浪渐渐平息下去……

朴淸儿和安子强和好如初。尽管她觉得对不住林熙俊，可也明白了自己在安子强心中的位置。她喜欢林熙俊的忧郁，也喜欢安子强的忠诚。在众人眼里，她和安子强已经是天造地设的一双，没有任何人再说闲话。可是，每次在课上看到林熙俊忧郁的模样、帅帅的表情，她心里又有一种说不出的感觉。

“你不再理我了是吗?”在图书馆前的一个角落里，朴淸儿叫住了从自己眼前经过的林熙俊。

“没有。”林熙俊冷冰冰地说。

“你的性格告诉我你不会再理我了。”朴淸儿拉住了林熙俊。

“那我能怎么办？你到底想我怎么样？当朋友，我做不到。做我女友，你又做不到。如果你是我，你会怎么办?”林熙俊咆哮着。

“对你的感觉我也说不清楚，可是我知道咱俩是没有结果的，只希望你能快快乐乐地生活着。安子强告诉我在海边向你道歉了，是吗?”朴淸儿小声地说。

"嗯?!"林熙俊惊了一下,又平静下来,"是的,道歉了。我也想和你说一声,这个学期结束之后,我可能就不再来上学了。我和他说了,不会再打扰你们。"

"啊?"朴湉儿没有想到他会这样说,"你去哪里?"

"我要回老家,从头再来。我的事情我会办好的,你放心吧。在这里继续下去,我会发疯的。"

"你为何一直这样逃避?"朴湉儿问了一句。

"不知道。也许,我还会回来,到时候多找几个兼职挣钱。我会改变一种生活方式的。"

"如果你觉得那样对你好,就去做吧。"朴湉儿摇了一下头,"熙俊……"

她想说什么,可是又不知道该怎么说。"改变一个环境也好,希望你能成功。"

林熙俊头也不回地走了,剩下朴湉儿一个人孤零零地站在那里。

经过三个月的排练,戏剧终于上演了。附近高校的很多老师和学生都过来观看了演出。林熙俊穿着借来的西裤,打着借来的领带,显得更加帅气。只是,脸上的胡子没有刮掉,又有点老成。望着台下黑压压的人群,他有点怯场。尽管他不是主角,可心里还在打怵。

当他上场的时候,眼前一片昏暗。在音乐的伴奏下,他轻轻拉起朴湉儿的手。"I wish this moment will last forever."他小声嘟囔着。

望着眼前的林熙俊,朴湉儿有点动心。

望着台上的林熙俊和朴湉儿,安子强有点动怒。

站在后台的陈军强看着林熙俊的表演,身边站着李昊煜。

演出非常成功,当演员站出来谢幕的时候,耀眼的日光灯照得人睁不开眼。林熙俊知道,这场戏的结束也是他一段生活的结束。

只是,一场戏的结束也是另一场戏的开始。

"林熙俊怎么几天都没有来上课?"朴湉儿在饭堂问安子强。

"我怎么知道!我又不是他肚子里的蛔虫。"安子强愣了一下。

"没什么事吧,他?"

"你可以去问他啊,那么关心他。"安子强冷笑了一下。

"你什么意思?"

"我没什么意思。"安子强猛地站起来,"啪"的一声,他甩了筷子,离开了食堂。

林熙俊一个人离开了学校，连最好的朋友凌峰都没有告诉。

背着行囊在凌晨离开学校的时候，他呼吸着新鲜的空气。他为自己能够离开这个地方而感到轻松，可是对于结果，他心里没底。

背起行囊
踩着阳光
追寻自己的梦想

流泪一方
空虚一场
回到记忆中的故乡

"小俊，你不要太倔了。我们知道你心里委屈，可是咱毕竟已经不错了。再说了，谁能保证你复读一年明年就有好结果？如果不行，你的下半辈子怎么生活？"林熙俊的母亲叹了一口气。

父亲在旁边抽着旱烟。

"听妈的话，还是回去吧。向老师认个错，人家还会要咱的。"

林熙俊站在那里一动不动，小侄子在院子里一个人玩耍。望着眼前的父母，林熙俊觉得自己太自私，太无聊。他好想和父母交流一下。可是，因为没有交流的习惯，他又张不了口。父母一辈子就是盼望着家里出个大学生，可他这个大学生又要主动弃权。对于心高的林熙俊，父母是理解不了的。

"回去吧，就算为了我这张老脸。"父亲说了这样一句。

林熙俊的邻居都说他家里出了他这样的大学生是祖坟上烧了高香，是文曲星下凡。为此，父亲还大摆宴席请邻居来吃酒。可是，这才一年不到，林熙俊的回家就像是让他煽自己的耳光，让他无脸见人。

"你姐，你……"父亲说到这里，打住了。

看到父亲眼里流出了浑浊的泪水，林熙俊也哭了。

那个晚上，林熙俊跑到村后的河边，狂叫了几声。好像没有满足，他又跑到后面山上，站在山顶，张开双臂大口大口地喘气，"啊……"的大叫着。

在街上。林熙俊见到了大刚和他老婆。大刚更加显老了，身边的老婆已经怀孕几个月了。

突然之间，他好像看到了自己的将来，觉得人生好无奈。

他决定返校。

站在学校门口，林熙俊觉得人生和自己开了一个不大不小的玩笑。自己想要逃避的地方，又不得不回来。只是，现实就是如此。他走得很慢，用脚一步步丈量着走回寝室。

盛夏即将到来，蝉儿一个个叫得很欢。这让他觉得更烦躁不安。

"哎呀，这是林熙俊吗？几天不见都认不出来了。"安子强用讽刺的语调说着，好像看到了外星人一样。

林熙俊没有搭话，把背包放在床上。

"以为你出走了，没有想到又回来了。看来还真高看你了，唉。那晚上信誓旦旦，我还以为多有出息哪。切！"安子强甩门出去了。

林熙俊望着晃动的门，孤零零地站在那里。

"林熙俊，你这么多天干什么去了？"凌峰问他。

"家里有点事情，我回去了一趟。"林熙俊面无表情。

"哦，没事了吧？"

"嗯。凌峰，你能教我上网吗？"

"我也比你好不了多少，嘿嘿。要不，晚上我们一起去吧，听说上面好玩的很多，还可以认识朋友。"

"嗯，反正也无聊。"

在心雨网吧，林熙俊和凌峰待到十一点，也可以说是坐到十一点。一个晚上的时间里，林熙俊连一个电子信箱都没有申请成功。不过，面对着花花绿绿的网络世界，他觉得比现实有意思。

都说网络是虚拟的，可是在虚拟的世界里可以找到现实中找不到的满足和情感。

"那不是小强和二嫂吗？"在回宿舍的路上，凌峰和林熙俊碰到了安子强和朴淏儿。

"凌峰，你怎么这么晚还没有回去？"安子强好像没看见林熙俊一样，单独和凌峰搭着讪。

林熙俊一个人站在旁边。

看到林熙俊瘦了几圈的面孔，朴淏儿有点难受。

"我和林熙俊去网吧了。"凌峰笑着回答。

"上面可有很多聊天室和限制级的东西，要注意自律啊。"安子强诡笑了一下。

"哪又咋了？你可以在现实中解决，我们只能到那里去发泄了。不过，我们还是生手，不懂怎么做，你要把经验传授给我们才行。"

"你小子！"安子强打了他一拳。

林熙俊看了朴淏儿一眼，觉得自己像一个做错的孩子一样，站在她面前很不自在。

"好了，不打扰你们的二人世界了。"凌峰拉着林熙俊走开了。

"他们还蛮般配的，是不是？"凌峰在路上问他。

林熙俊"嗯"了一声，没有再多说什么。

第九章

又到了一年中的秋天时节，林熙俊忙碌着找各种临时工。李安奇暑假没有回家，在校园里晃荡了一个假期。陈军强带着李昊煜到自家去度假了。

一个暑假之后，一切看似没有什么变化，可是有的东西又在悄然改变着。

花开花落，云卷云舒。

搜索了林林总总贴在墙上和电线杆上的小广告后，林熙俊找到了 New Magazine 西餐厅的服务员岗位。工作时间是每天晚上的十点到十二点，一个小时十块钱。从餐厅面试走出来时，他有点兴奋，因为领班让他第二天就来上班。如果没有什么问题，一个月就可以到手六百块，可以顺利解决他的生活费问题。

"你们准备怎么过黄金周？"刘庆男一边喝着雀巢咖啡，一边问众人。

"我和李昊煜一起到北京玩。"陈军强梳理着他的头发。只是，现在已不再是中分，而是换成了板寸。

"你和那个人整天腻歪在一起，铁哥们儿一样。"凌峰笑着说，"真的不可思议，两个大男人也能形影不离！"

"你说什么？"陈军强一下子红了脸，"你不是也有要好的人吗？难道只能你有，就不能别人有好朋友？你们不也是差不多穿一跳裤子了吗？"陈军强望了望躺在床上的林熙俊。

"弟兄们，我在长假后要搬出去了。"安子强大声宣布了这个消息。

"为何啊？"大家异口同声地问，除了林熙俊。

"在外面可以好好学习。"安子强晃着脑袋。

"得了吧，你那点心思我们还不知道啊。在外面多好，有嫂夫人相伴，'红袖添香夜读书'嘛，还可以解决个人实际问题。"刘庆男的一句话把大家都逗乐了。

林熙俊在床上突然坐了起来，书从床上掉了下来。

大伙回头看了一眼，又若无其事地开始了说笑。

课后，林熙俊的书里多了一张纸条。

我在学校后门等你，不见不散！涞儿

海风在吹，浪不大。

"我知道你在恨我。"朴涞儿扶了扶墨镜，"可是，我也有自己的苦衷。"

"我没有恨你。"林熙俊咬了咬嘴唇。

"可你的表现就是在恨我！自从你回来之后，一次也没有理过我。你知道我的感受吗？"

"是的，我错了，可以吗？你觉得我有什么资格去恨你？"

"除了男女朋友，难道我们就不能做好朋友吗？"

"我的性格就这样，我做不到。"林熙俊冷冷地说。

"你就不能为我改变什么吗？"

"有意义吗？一件事情，如果已经知道了结果是什么，你觉得做一切还有什么意义吗？我逃避没有成功，还要在这里继续面对。这也许就是我的命，是上帝对我最好的安排。放心吧，从今开始，我不会再去追任何其他女孩，我就不信没有人追我。"他狠狠地说。

"你蛮优秀的，会有人喜欢你的。"

"我也要让人尝尝这样的滋味。"

"你这是要报复别人吗？"朴涞儿着急了。

"那是我的事情，希望你们在一起住得开心，注意保护好自己。"林熙俊头也不回地走了。

林熙俊依然偶尔去教堂。每次听到赞美诗，他都有加入唱诗班的冲动。有时候，他甚至有去神学院读书的想法，然后回到教堂去做全职神职人员。那样可以摆脱一切俗世的烦恼，可是他又觉得对不住父母。

坐在长条凳上，林熙俊和Donna与众人一起见证着受洗仪式的进行。受洗信徒被领下池子，两个牧师站在旁边抬着他的胳膊，把他后仰着放到水中。

"我奉圣父、圣子、圣灵的名义为你施洗。"施洗牧师说道。

会众唱着"哈里路亚"，庆祝每一位信徒的洗礼完成。

"Donna，受洗有那么重要吗？"林熙俊小声问她。

"Andrew，这是一个信徒必须要经历的仪式。从水里出来，表示一个人得到了新生，彻底归向了主。"

"要是一个人在受洗后还做坏事，上帝会原谅吗？"他满脸疑惑。

"会的，上帝会原谅的。一个人不管犯了多少错，上帝都会原谅他。但是，一个受洗的人应该慢慢少做对不起上帝的事。只要心中有信，肯定会这样做的。"

"如果我哪天想受洗，上帝会接受吗？"

"会的。"

林熙俊在西餐厅的工作还算顺利。他去理了一个干练的发型，配上黑色的马甲，白衬衣，看起来更加精神帅气。

在餐厅消费的主要人群是学生，有钱人也偶尔会过来光顾。每个晚上，学校门口都会停着几辆豪车，不时有漂亮女生从学校出来钻进车去。

餐厅的进门处有个吧台，老板不定期邀请调酒师过来表演花样调酒。只要看到这个场景，不管站在哪个角落，林熙俊都会关注一段时间。

"服务生，过来！"安妮招手叫道，"怎么回事啊，你？"望着跑来的林熙俊，她显得有点生气。

"对不起，小姐，对不起。"林熙俊擦了把汗。

"谁是'小姐'？你给我说话小心点！这都什么年代了，你还这样称呼人，不知道有歧义吗？"安妮更加恼火。

"对不起，对不起。"林熙俊一直在那里赔不是。

"算了，算了。走吧，安妮。"朋友李平劝她，"再不回去，就进不去门了。"

"小样，新来的吧？"安妮抬了一下眼皮，"这是几块小费，给你吧。"

林熙俊愣愣地站在那里。

"哈哈,刚才你可真牛!"走出餐厅,李平笑了,"你看把人家那个帅哥给吓得。"

"本来嘛,考试考得又不好,不知道何年何月才能念出来学位,烦死了。他竟然还叫我'小姐'!你说不是找骂吗?不过,我是狠了点哦。这样也好,省得他以后再犯类似错误。"安妮悻悻地说。

"人家一看上去就是挺老实的一个人,你何苦为难他?"

"那以后就多去那个地方看书吧,多买他几杯咖啡,多给他几次小费。"

"你不会吧,安妮!"

两个人沿着上坡的路走去。两个身影,一个胖,一个瘦;一个高,一个矮;一个长发,一个短发。

餐厅里播放着《布列瑟农》,柔和的灯光在闪烁,窗外是川流不息的车流和熙熙攘攘的人群。朴涓儿和安子强坐在靠窗的摇篮椅上,悠闲自得。

"涓儿,和你在一起,我真的好幸福。我的世界里已经不允许有任何人存在,因为满满的都是你。不管以后的路怎么样,我都不会离开你的。"

朴涓儿静静地看着安子强,感动得泪水都快流出来了。

"涓儿,别哭。我没有骗你,我们喝点东西。"他招手叫来服务生。

林熙俊拿着酒水单走了过来,朴涓儿呆住了。

"林……"说了一个字,她停止了。

"请问二位要点什么?"林熙俊站直了身体。

"哦……是林……"安子强换了语气,"你给我们来两杯磨砂咖啡,再来两个朱古力,再来一包纸巾。快一点!"

"好的,请稍等。"林熙俊转身走了。

"你不会客气一点吗?这么刻意!"朴涓儿说。

"我怎么了?我是客人啊,享受服务是正常的,又没有难为他。"

朴涓儿无奈地摇了摇头。

下班后,林熙俊拖着长长的身影走在回去的路上。看着街上稀少的人群,他叹了口气。

寂寞的心

孤独的人

犹如流星一般匆匆

秋天的风
落叶的沉
仿佛冰霜一样寒冷

朴淏儿在宿舍楼门口等着他。

看着她那端庄的神情，林熙俊又有点陶醉，不禁陷入了幻想之中。

"你这么晚才下班，不累吗？"朴淏儿问。

"没事，我喜欢当服务生的感觉，蛮酷的。"林熙俊冷冷地回应。

"今天晚上是他不对，不该那样和你说话。我已经说过他了。"

"没有，我已经习惯了。你们本来就是顾客，是上帝。我为你们服务是应该的，你不要觉得不好意思。再说，每个人都有不同的生活方式，我不怪任何人。"林熙俊还是那个口气，"有些东西真的是逃不掉的。"

"你别这样说，熙俊。"朴淏儿第一次这样称呼他，"以后有什么苦，可以跟我说。我只想成为你的一个知己。你知道，我是放心不下你的。虽然我也一再告诉自己，这样下去会害了你，可是我做不到。对你的感觉真的是不同的，我一方面劝你去找个人，一方面又不希望。我觉得自己好坏。"

"有你这句话，我就很开心了，真的。我也一再告诉自己不要再去想你，可是我控制不住自己。对你的感觉，也许是感激多于爱吧。我这样忙碌也不错，不会让我胡思乱想。你快回去吧，别多想了。让他看见，又会多很多事端。"林熙俊无奈地说。

"你要好好生活，这是我对你最大的期望。"

一下火车，朴淏儿和安子强就乘坐地铁到了上海的南京路。站在这条据说是中国最繁华的商业街上，两个人都很开心。路两边挂满了招牌，一座座商厦矗立在两边。他俩到路边吃了点小吃，又到八佰伴去逛了逛。

站在黄浦江边，凉爽的风吹过。安子强拉着朴淏儿的手趴在栏杆上，看着对面的浦东新区，又回头望望浦西的西洋风格建筑。

"淏儿，我们毕业之后到哪里上班？你喜欢哪里？"安子强问她。

"没有想过，和你在一起吧。你呢？"

"我当然会和你在一起了。你可不准离开我，虽然我知道自己有点俗气，长得丑，配不上你。"

"可是你能给我安全感。"朴淏儿想到了电影《唐伯虎点秋香》里的"小强"，开心地笑了，"以后你就是我的'小强'了。"

"好啊!"安子强兴奋地跳了起来,"结婚之后,我们就买车,买房,在一起开开心心地过日子。我会让你幸福的。"他趁势搂住了朴淆儿。

"谁说要嫁给你了?坏蛋!"朴淆儿捶了一下他。

"你不要动,闭上眼睛!"朴淆儿闭上了眼睛。

安子强把嘴唇慢慢贴到了她脸上。此时,一切好像停止了转动,只有他们两个人存在。在这个熙熙攘攘的地方,没有人注意到他们。在这个纷繁复杂的花花世界里,他们就像是一对幸福的鸟儿。

一连几天晚上,安妮和李平都会出现在 New Magazine,并且特意坐在靠窗位置。每次点东西,她们都会要林熙俊过来服务,而且故意点菜很长时间让他站在那里等。李平在一旁偷偷发笑,安妮强忍着,不时地偷看林熙俊几眼。

"安妮,我快被你逗疯了。你是不是看上这个小男生了?"李平嘻嘻哈哈地问她。

"什么啊,我是想找个人发泄一下而已。那个该死的《英语国家概况》,我要被它折磨死了。一大本的英文,对于我来说就是天书。来到这里多好,还可以赏心悦目。"安妮脸红了。

"这可不是你一贯的风格哦!平时,谁要是得罪了你,那你可是不会见第二面的。还有,我给你打听过了,这个男生叫林熙俊,学语言的,听说不错,就是有点孤僻。要不要我帮你们撮合一下?"李平诡笑了一下。

"好啊,如果你乐意。反正我也无聊得很,这样说不定还会促进我学习!真后悔我当初没有好好学习,弄到现在来参加什么自学考试,头都大了。"

"这可是你说的,到时候看我的厉害吧!"

下班后,林熙俊去了网吧。自从第一次和凌峰到网吧之后,他们一起又去了几次。每次去,他都是浏览一下新闻,消磨时间。他听说过上面有很多交友方式,但一时不知道该怎么去找。每次打开搜索,都会出现很多聊天室。望着里面千奇百怪的内容,他无从下手。

"林熙俊,有人找你。"凌峰对着正在教室里上自习的林熙俊大声喊着,诡笑了几下。

望着眼前这个胖胖的女孩,他好像在哪个地方见过,但是又不确定。

"你好,我有一个朋友想认识你一下,可以吗?"

林熙俊有点不敢相信自己的耳朵。

"可以的，你是……"他问道。

"这个你就不要问了。下课后，你到图书馆前面就可以了，我朋友在那里等你。"

突然，他记起来这个女生就是在 New Magazine 经常见到的两个女生之一。

"好的。"

"她穿一身白色连衣裙，瘦高的身材，长头发。你去了后很容易就找到了。"李平笑了一下。

"好的，谢谢你。"

图书馆前面坐的那个女孩果然是林熙俊猜到的那位。一阵寒暄之后，他们沿着湖走了一圈。

"我知道这样做很唐突，希望你别介意。我想和你交个朋友，可以吗?"安妮试探着问林熙俊。

"可以啊! 多个朋友多条路，我也希望多认识几个人。"林熙俊轻松地说。

"我说的不是一般的朋友。"安妮着急了。

"那是什么朋友?"林熙俊明知故问。

"就是特殊的朋友。"安妮很直接地回答。

"嗯，我知道了。可是我们之前认识都不认识，好像不太好吧。"望着这个瘦高漂亮的白衣女孩，他心里有一种莫名欣喜。

"我知道你的意思，会给你时间好好考虑一下的。有的事慢慢来吧，以后我会经常去 New Magazine 的。你不要有什么压力，我可以在那里学习。"

安妮没有想到自己会表现得如此淑女。

林熙俊没想到一个女孩子会如此直白地给自己表达交往的想法。他有点不敢相信自己的耳朵，可一切都是真的。对比自己对朴湉儿的那种含蓄，他很佩服眼前这个女孩的勇气。

对自己喜欢的人，就应该直白地说出来。

或许，他输就输在了这个方面。

第十章

学校礼堂每周都会放映电影。

每到周末，礼堂前面的牌子上就会写出本周要放的电影名字、时间、票价。每到周末，无论刮风下雨，都会有热恋的男男女女来到礼堂。每到周末，学校门口就会有男生或者女生在张望，等着自己的另一半来。当然，偶尔也会有孤男寡女为了打发无聊，一个人来到礼堂。

天空飘着雨，林熙俊一个人站在礼堂门口。

"嘿，你真的来了。"安妮打着一把粉红色雨伞。

"嗯。"林熙俊答应了一声。

"我还以为你不会来，不会接受我的邀请。"安妮笑了笑。

"不会的，反正我也没有事做。"

"那我们进去吧。"

坐在林熙俊旁边，安妮很开心。她一直给林熙俊吃自己带来的零食，林熙俊显得有点难为情。

"你今晚开心吗？"安妮问林熙俊。

"蛮好的，谢谢你的邀请。来学校这么久，我还没有来过礼堂。"林熙俊木讷地回答着。

"那我每周都邀请你一次吧。你不要看我平时疯疯癫癫的，其实我蛮传统的。"安妮傻笑了一下。

"慢慢了解吧。"

"你喜欢和我在一起吗？"

林熙俊没有正面回答。

"当然，有时候我也会让人烦的，不过我喜欢和你这样傻傻可爱的男生在一起。"

"你会后悔的。"这次，林熙俊果断地回了一句。

雨还在下，林熙俊和安妮在学校门口分开。目送着她离开，雨水打在他的脸上，凉凉的感觉。这种滋味，林熙俊觉得很爽。他喜欢这样的日子，喜欢雨天走在寂静的路上。

"安妮，这几天你和那个小帅哥发展得怎样了？"李平在 New Magazine 里问安妮。

"他不讨厌我，也不说喜欢我，很有深度，是个值得研究的人。"安妮笑了一下。

"嗯，是比那种花心男生好多了。不过要是你家人不喜欢他怎么办，感觉他的家庭配不上你。"李平呷了一口咖啡。

"他给我说起过配不上我，不过我不在乎这个。这样的男生才值得去追，有上进心。再说，家庭是不能选择的，只要他对我好就可以了。"安妮幸福地说着。

"得了，看你那状态，已经陷进去了。我还没有见过你这个样子，你可不要吓坏人家清纯小男生。"

咖啡厅里传来了几声大笑。

哥哥给林熙俊写来了一封信，说是姐姐在厦门的一家电子厂打工，让他不用再担心，在学校好好学习。收到家信的时候，林熙俊一个人坐在教室后面，看了一遍又一遍。哥哥的学历不高，写的错别字不少，还没有标点符号，连邮寄地址都是邮递员帮助写的。

走出教室的那一刻，林熙俊开心地笑了一下，很舒心的那种笑。

随后，他背着书包站在湖边，静静地思索着什么。

图书馆里，凌峰和林熙俊在上网。在几个月的时间里，经过一次次失败，林熙俊的上网水平总算有了不小进步，基本操作能力提高了不少。

"林熙俊，听说你最近有桃花运，有女生在追你。"凌峰在宿舍问林熙俊。

"没有……"林熙俊支支吾吾地没有说出什么。

"有人喜欢是好事。"刘庆男喝着奶茶说了一句。

陈军强瞪了刘庆男一眼，端着脸盆走了出去。熄灯之后，和往常一样，林熙俊到走廊里看书。

"真是的，没有钱还谈恋爱，不可思议。"陈军强嘟囔了一句。

"好了，强哥，人家谈恋爱你也要干涉啊。有钱没钱那是人家自己的事情，你着急干吗！"李安奇跷着腿在床上。

"我哪里着急了，只是觉得他凭什么谈恋爱。"

"你还别这样说。虽然人家林熙俊没有钱，但论长相人家是帅哥，论才华人家也是各方面都比你强。这有什么不可思议？你不会是嫉妒了吧！"刘庆男说了几句。

"我不和你们说了，对牛弹琴。睡觉！"陈军强发了一道圣旨。

宿舍里静了下来。

自从和朴湉儿搬出去住以后，安子强几乎没有回过宿舍。每天早上，他骑自行车载着朴湉儿上课、吃饭，晚上放学后再载着她回到那个弥漫温馨的爱巢里。虽然学校三令五申不让学生在外面租房,更不准同居,然而这些并不能阻挡恋人对自由的向往。自从上海回来之后,他们对彼此的称呼都变了。他叫她"宝贝",她叫他"强"。

"宝贝,我都这样叫你了,你还不能答应我吗?"他们二人偎依在床上。

望着眼前的安子强,朴湉儿把台灯轻轻打开了。

"你会好好爱我吗?"朴湉儿问他。

"我都给你说多少次了,你还怀疑我啊!"安子强抱着一个枕头,呆呆地看着她。

"我就要每天问你一次,这样我才有安全感。"

"我爱你,爱你!会永远对你好,一生一世保护你。"安子强大声地叫着。

"怎么像琼瑶的小说啊,我可不喜欢里面的大呼小叫。"

安子强顺势把朴湉儿搂在了怀里。

雪在窗外悄无声息地落下,灯"啪"的一声关掉了。

他们二人在又一个下雪的夜晚缠绵在了一起。

朴湉儿把一切都给了他,对他充满了信任。

每次回家,朴湉儿总是给爸妈说自己在宿舍和舍友相处蛮好的。在父母面前,她装作在信守自己的承诺。

"湉儿,你有了自己的爱巢也不能不回来看看吧。"在宿舍看到朴湉儿坐着,萧紫嫣说了一句。

"哪里,姐妹们,我心里一直在想着你们的。"

"得了吧,天天和安子强在一起,还会记得我们?鬼才信!"

"对了,湉儿,听说没有,有个女生追求咱们的小帅哥林熙俊,听说还是一个富家小姐。"

听到这个消息,朴湉儿突然不说话了。

"别看人家默不作声,魅力倒是蛮大!"吴熹微嘿嘿笑了一下。

"默默无声的人往往会做出惊天动地的事情,这都快成真理了。"

"有人追你是吗?"朴湉儿在走廊里拦住了林熙俊。

"你听谁说的?"林熙俊一脸疑惑。

"这个你不用管。是不是真的?"

"我不会动感情的,你放心吧。你在我的心里已经扎下了根,我不会允许自己再去爱别人的。我只是想尝试一下被人喜欢的滋味！"林熙俊眼望着远方。

"你这样做很不道德，你知道吗？会害了别人的！"

"可是谁又害了我？我是喜欢你，可又能怎样？我把你放在心里，去尝试一下不可以吗？"

"我不是那个意思，我是希望你找个自己真正喜欢的，不要对不起别人。"

"我知道什么该做，什么不该做，没有必要向你汇报我每一天的生活。再说了，你给我汇报了吗？"林熙俊生气了。

"我和你的事情是我们之间的事情，不要谈到别人。"

"不谈别人，能谈我们的事情吗？我喜欢你，你是知道的。可是我也希望你能放过我，不要再让我一次次承受精神上的折磨。我配不上你，配不上很多人。我试着在调整自己的心态，可是我不能骗自己。"他显得有点语无伦次。

林熙俊扭头走了，瘦弱的背影渐渐消失在走廊的尽头。

人远走
情已留
欲说还休
无尽的苦涩上心头

泪已落
难回首
恍惚一梦
思恋的感觉飘悠悠

林熙俊的电话突然多了起来，每天晚上熄灯之后宿舍里打来的第一个电话肯定是找他的。林熙俊对此感到厌烦，可情况并没有改变。每次电话铃响起的时候，他都害怕听到安妮的声音，不知道该怎么去面对她。

每次通话，林熙俊好像在应付差事。安妮在电话里一遍遍告诉他要注意吃什么、穿什么，以及第二天的天气情况怎样……突然有了一个这样关心自己的人，林熙俊有点不适应。每次接电话时，他尽量小声一点，一是害怕打扰别人，二是害怕自己说错了话被人笑话。

偶尔，林熙俊到教堂。不同的是，现在安妮跟在身后。尽管每次都没有语言交流，可是能看到林熙俊对安妮而言就是一种幸福。在她的眼里，林熙俊有一种与众不同的魅力。

幸福有时就是一种感觉，似是而非的感觉。

第十一章

初夏时节，蝉儿又上了枝头。

选过几门音乐课后，林熙俊成立了"英语音乐自由者协会"。安妮特地送给他一把吉他，希望他好好练习，可是林熙俊没有多余时间。除了在 New Magazine 打工之外，他又找了一份家教兼职。安妮不想让他那么辛苦，说可以养活他，可是林熙俊没有听她的。不管做什么，只要林熙俊选择了，安妮都支持他。

"安妮，你觉得林熙俊现在怎样？我觉得他对你好冷淡，真是不识抬举。"李平拿着书。

"不许你这样说他！他有他的事业，我不想让他为我分心。他一方面要兼职，一方面还要创办自己的协会，很辛苦的。"安妮坐在床上发呆。

"那你不会帮帮他吗？你家里那么多钱，让他那么辛苦干吗？"

"他不要，说是不希望别人给他施舍，你说我能怎么样？就连那把吉他开始都不接受的，最后是我硬塞给他的，弄得我都不好意思了。"安妮无奈地躺下了。

"这样的男生不多见，可是也不好对付。要不，你就换一个吧。"李平劝她。

"你什么心态啊，我是不会换的。我要一直等他，不管几年。即便他是冰川，我也要把他融化。"安妮一下坐起来。

"你啊，真是花痴，要是让追你的男生知道了不伤心死才怪。"

林熙俊成立协会的事情在宿舍里传开之后，好像丢进去一个重磅炸弹。对于此事的议论，林熙俊好像没有什么顾虑。对于安妮，他知道自己不会喜欢她。可对于她的疯狂，他又不知道该怎么拒绝。

"熙俊，你为何不能帮我学习英语？"安妮问他。

"我很忙！"林熙俊回答。

"我给你钱请你辅导我好吗？课酬比别人高！"

"不要！"

"为什么？"

"因为我给别人辅导，别人不会有什么想法，辅导你就不一样了。"

"怎么不一样？"

"你问问自己就可以了！"

对于面前这个冷酷的男生，安妮真不知所措了。俊朗的外表，挺拔的身躯，她怎么也舍不得离开。

"你有自己喜欢的女生是吗?"

"随便你怎么想吧，反正我们是不可能的。不要再对我那么好了，可以吗?那样我心里会很内疚的。"

"我就要，就要缠着你，直到你答应我为止。"

"你不要这样好吗? 尊重我好吗?"林熙俊扭头走了。

"林熙俊，我希望你记住'I love you, not because what you are, but because what I am when I am with you!'"站在林熙俊身后，安妮大声地喊着，但是林熙俊没有回头。

他心里有一种得意，也有一种失意。

从教堂回来，林熙俊一个人走到了蓝星星网吧。在世俗和信仰的生活里，他一步一个世界，在其中来回转换。坐在电脑面前，他不知道该干什么。他百无聊赖地浏览着网页，进入了一个注册交友的网页。

这是一个比较大的交友网站，里面的人素质比较高。林熙俊觉得很好奇，注册了一个网名叫"熙俊的天空"。看着新人的照片和留言，他不假思索地点击了一个叫"开心果"的，给那个人写了一封信询问是否可以交个朋友。在简短的内容中，他提到了自己的信仰和痛苦，说不知道该怎么来解决。

"我知道网络是虚拟的，但也许只有在网络里我才能找到自己毫无顾忌的一面。希望你能给我回信。"

走出网吧，他长长吁了一口气。望着满天星星的天空，他好像做了一件很了不起的事情。突然，他看见陈军强和李昊煜走在他的前面，搂着对方。

"又喝醉了!"林熙俊这样想着。他从他俩身边走过，没有打招呼。

"林熙俊，你现在可是出名了，不用再出去学习了。"望着要出去学习的林熙俊，刘庆男说。

"当然要学习，任何时候都要学习。"林熙俊冷冰冰地说了一句，走了出去。

"不可思议，傻小子。"凌峰苦笑了一下，"现在他忙得都没有时间和我说话了。"

"那是! 有鲜花还有美女，要是我都幸福死了!"李安奇摇摇头。

"陈军强怎么还没有回来?"刘庆男问了一句。

"不是和那个哥们去唱 K 了吗?"李安奇说。

"他怎么那么喜欢和李昊煜在一起?"刘庆男问李安奇。

"我不知道,别问我。"

陈军强"砰"的一声推开了门,浑身酒气。

"来,跳舞,我今天好开心。"陈军强把刘庆男拉了起来。

"怎么了?有什么开心的事情让你兴奋成这样!"刘庆男嚷嚷着。

"就是开心。来,老李,打着灯光,我和刘庆男要跳贴面舞!"他又把李安奇拉了起来。

"这是咋了,疯了吗?"凌峰笑着,"要跳艳舞?我可还没看过。"

李安奇拿着一把手电筒在房间里照着,刘庆男和陈军强搂在一起,发出奇怪的叫声。

"Oh, yeah! Oh, yeah! Come on, baby!"他们俩在那里叫着。

"真是造反了啊,两个大男人在宿舍里跳这么恶心的舞蹈。"凌峰讥笑了一下。

林熙俊一个人坐在走廊里静静地看着书,无视整个宿舍的存在。

"开心果"来信了,这是林熙俊没有想到的。虚拟的世界真的变成了一个真实的世界。他没有想到一个千里之外的陌生人会给他回信。

熙俊:

　　你好!

　　也许,是上帝的安排让我认识了你。你很虔诚,像一只迷途的羔羊。你那漂泊的心让我难以忘怀。也许,你的寂寞和痛苦是上天对你特别的关怀。只有经历过痛苦的折磨,才能知道幸福的可贵。你很年轻,一定会有光明的未来。只要你努力了,就一定会得到应有的回报。人生充满了各种各样的诱惑,过去的就让它过去了。只要你怀着一颗虔诚的心,真正属于你的爱人一定会来到你面前。真正的爱是超越时间、空间、性别、年龄的,它是依托着善良心的。去寻找属于你的一切吧,把握好你自己。

　　Wish you good luck!

开心果

林熙俊对对方一无所知,好像这个人不存在一样。可是,望着眼前的文字,他知道这一切又都是真的。

开心果：

　　你好！

　　我虽然对你一无所知，但是看到你的来信还是让我感到欣慰。我希望我们能成为好朋友，你能给我诉说你的心事，我也能诉说我的心事。这是我第一次收到一个陌生人的来信，真的很让我感动。对于感情，我不再抱有什么期望。对于信仰，我希望自己能够坚强，可我知道那是在逃避。在这个世界上，我感到如此孤独，一个人独来独往。我希望我们能成为知心朋友，也希望你真的如"开心果"那样开心。

熙俊

　　上次生过气之后，林熙俊和朴淓儿有几个月没打过招呼。但是林熙俊对于朴淓儿的那种感觉从来没有消失过。他知道，只要在学校一天，他就不会摆脱她的影子。为了上次的不愉快，他想找个机会向她道歉。他写了一张纸条给她，邀请她去学校外的一家小餐馆吃饭。

　　"你和那个女生还好吗？"望着眼前的菜和酒，朴淓儿问林熙俊。

　　"我不喜欢她，都是她自作多情，我也没办法。她有她喜欢的权利，我有我不喜欢的理由。"林熙俊喝了一口酒。

　　"现在你是蛮出名的，协会也组织得不错，肯定不少 fans。"

　　"那又能怎样？我真的没有机会了吗？"他问。

　　"我们是不可能的，你不要多想了。我们现在这样不是很好吗？其实，我并没你想象得那么好，不知道你为何会喜欢我？"

　　"我愿意，有错吗？以后，不管什么时候，你都是我最爱的人。我不知道这辈子还会不会找别人！"林熙俊猛喝了一口酒。

　　"不要这样，那我就是罪人了。我给你推荐看一部电影吧，名字是 *Legends of the Fall*，也许你会喜欢。其实，有很多事情是没有如果的。如果我不再是个纯洁的女生，你还要我吗？"

　　"要，不管什么时候我都要，即便你七老八十我也要。"

　　朴淓儿的眼里流下了泪水。"你真傻得可爱，可是我怎么忍心？我现在配不上你。"

　　"不要这么说，不管怎样，我都会爱你。我不在乎你的过去，只要我们能够在一起。"

"不要傻了，你还是好好生活吧！毕竟，你是家里的希望。时间过得真快，还有一年多就要毕业了，真的不知道要漂泊到哪里。人生啊！"

"你俩还好吗？"

"还好，也经常吵架。如果我要你偷偷和我出去三天，你会吗？敢吗？"

"我会，你让我做什么我都会做，不管犯什么错误。"

朴淏儿握住了林熙俊的手，吻了一下。

"又怎么了，我的大小姐？"李平问安妮。

"你说林熙俊此时在干什么？"安妮蒙着头。

"你真是不可救药了，简直走火入魔了。"李平走进了洗手间。

第十二章

陈军强坐在床上发呆，一动不动。他的眼睛有点呆滞，失去了往日的色彩，对宿舍里的人来人往都熟视无睹。一连几天，他都是这样。没有人知道为什么，也没有人问为什么。

无论刘庆男怎么和他开玩笑，陈军强都面无表情。

"你不会得病了吧！"李安奇架着烟卷儿。

陈军强遥望着窗户外的天空。

"走走走，我们出去喝酒吧。我最近也不开心，女友要去大韩民国了，英语我又学习不会，真是烦死了。如果老天再给我一次机会，我绝对不读大学。读书读得我失去了青春，也失去了我的清纯，傻了一样。"李安奇拖着陈军强把他拽了出去。

"林熙俊，今天又把你叫了出来，不好意思。我就是想见见你！"安妮和林熙俊在海边的幸福塔下站着。

林熙俊沉默了片刻。

"我觉得这样不好。我知道你的心思，我都明白。这是对你的折磨，也是对我自己的折磨。"

"林熙俊，你不要那么想，这是我愿意的。为了一份感情，就是遍体鳞伤我也觉得值。我会为我的爱人一往直前，只要我喜欢过就可以了。"安妮笑嘻嘻地说着。

"如果我也是这样呢？"

安妮愣了一下。

"好了，好了，不要说这些了。你等着，我去买个一次性相机，我们拍照片。"说完，安妮乐呵呵地跑到了小商店。不一会儿，她又气喘吁吁跑回来。

安妮张开手臂拥抱着大海，呼吸着新鲜的空气，远处的轮船一艘艘驶过。她做捡拾贝壳的动作和鬼脸的动作，让林熙俊一张张拍下来。

"林熙俊，今天你就别当忧郁王子了。来，笑一个!"安妮举着相机，望着站在船头的林熙俊。

林熙俊笑了一下。

"林熙俊，你笑起来更加迷人，嘿嘿!"安妮幸福地笑着。她想拥抱一下林熙俊，他却闪开了。

"今天海边的人好少，要是每天都这样和你在一起就好了。"

"你不觉得你傻吗?"林熙俊反问一句。

"我不知道，但是在爱情面前傻一点还是可以原谅的吧。只要曾经爱过就好了，即便没有结果。即便是凄惨的美，回忆也是幸福的。是不是，林熙俊?"安妮欢乐地跳着。

在林熙俊看来，安妮像是一个可爱的无忧无虑的天使。

酒过三巡，陈军强哭了。李安奇拍着他的肩膀，没有想到平时高傲的他会落泪。

"怎么了，老陈?"

"李昊煜走了，再也不回来了。"陈军强流着泪，喝着酒。

"至于嘛! 走了就走了，天下没有谁离开谁不能生活的。再说了，我们几个兄弟还在，哭什么?"

"你不懂的，老李。也许哪一天，你会明白的，也许你永远不会明白。"

"好了，不要哭了。有的事情我早就看明白了，只要你过得开心就可以了，不要太压抑自己。人活一世，不就是吃喝玩乐嘛! 为何不让自己轻松一点? 该爱的去爱，该恨的去恨。做人不能太委屈自己，就这几十年的光景。别难过了，喝完我们去钱柜唱歌，唱通宵。"

"我的熙俊今天笑起来好可爱哦，喜欢死了。"安妮躺在床上。

"我说你能不能不那么花痴啊，我的大小姐! 你这样会害了你自己的!"李平又生气了。

"我愿意! 你不要嫉妒我! 我打听过了，有好多人喜欢他呢。真没有想到，一个大山里走出来的男生能这样受人待见!"

"快睡，快睡! 一说到他，你就犯病! 再这样下去，你会影响自己学业的。"

"学业学好干什么? 不就是找工作，找爱人，找幸福吗? 现在我就开始了最后一步，呵呵。"

"你是这样想的，但人家不这样想。不理你了! 你再这样疯狂，我可是会找那小子算账的，把你害得这么惨。"李平用枕头盖住了头。

林熙俊和"开心果"用信件交流着，每天到网吧去看信箱好像成了任务。他从来没有想过会对一个如此遥远的人心理那么放松，把每一天的喜怒哀乐讲给她听。每一次读她的来信就如品尝一杯酒，越品尝越有味道。

熙俊:

你好!

很高兴读到你的来信。你谈到了你的协会，看到你为它而自豪，我也为你高兴。你不要以为我总想批评你。其实，你这不算什么虚荣心。人都需要有成就感，人的一生能留下一些值得纪念的东西是很好的事情，也预祝你更加成功。

从你介绍的和两个女孩子的故事看，说明你还是很在乎她们的。你不要因此而把所有的女孩都看得那么坏。你的悲剧在于你太过于在乎自尊，也可以说是太以自己为中心了。虽然你并不觉得，但是我能感觉到。甚至和我，在我们彼此交心之前，你就有所表现。我给你的每一封信都要仔细考虑，生怕万一哪句话不得体又伤到你。我们是不曾见面的人，你都这样表现，何况真的与你相处之人呢!

人没有自尊不行，那还不如动物了。但是，人又不能太要自尊，或者把什么都和自尊联系在一起。你平时在集体活动的时候也许很投入，能得心应手，所以你的工作有声有色。在学习上，你也是一个坚韧的强者。但在感情方面，在心理方面，你太脆弱了，脆弱得不像个二十出头的男孩子。这也许和你的成长历程有关，你从小就承受了太多的压力。在这方面，你太爱钻牛角尖，而且面子太薄，所以你不如意。与其说是自尊，不如说是虚荣心。别人拒绝了你，那取决于别人的好恶。你不能强求，因为审美观是各不相同的。你却太虚荣，觉得别人伤了你的面子。为了留住自己的面子，就干脆统统拒而远之了。另外，你也太软弱。别人打你，难道你连还手之力都没有吗? 也许，那个女孩子就是不能接受你的软弱而离你远去的。这是我的看法，也许不对。不过，感谢上帝，正是你的这些不如意才让你我认识。我对你说过，你的痛苦与寂寞唤起了我的心。

《圣经》上说神爱世人，牺牲他的儿子来挽救人类的罪，其爱心是何等宽广啊！你既然信上帝，就该学会有一颗宽容的心。这样，你的世界才会明亮起来，灿烂起来，对吗？你如何理解"应该爱你的敌人"这句话呢？我对《圣经》的了解不如你多，我的肤浅的理解是不是班门弄斧让你见笑了？

开心果

"Donna，我要是某一天去做传教士可以吗？"林熙俊坐在 Donna 面前，端着一杯水。

"是吗？" Donna 听了眼前一亮，"你怎么有这个想法？"

"不知道，只是现在想一下。"

"这不是一个简单的决定，希望你能好好祈祷。还有，在中国，特别是现代，做这个选择会被很多人不理解，尤其是自己的家人。"

"我会仔细考虑的。"面对这个慈祥的老太太，林熙俊不知道该怎么解释自己的心情。在她面前，他觉得自己好虚伪。"我感觉自己和你一样，是个不会结婚的人。"

Donna 笑了。"这个还是不要向我学习了，因为上帝给每个人的路是不一样的。何况，在中国文化里，娶妻生子、传宗接代是大事。"

"可是，感情之事真的很烦人。"

"只有在神里的婚姻才是最幸福的。在我的人生阅历里，我见过了太多的感情悲剧，太多不幸福的家庭。"

陈军强为了李昊煜的离开而哭泣的事情不知怎么流传开来，说什么的都有。陈军强没有为此多解释什么，只是他往日的气焰一下灭掉了不少。他忘不了到北京送李昊煜时候两人抱头痛哭的场景，忘不了走在东单时他俩肩并肩的场景。为了去送李昊煜，他向妈妈要了八百元钱，说到北京有事。在地铁分手的那一刹那，他们泪流满面。那一刻，世界好像停止了转动，周围的一切都不存在一样。

"你在机场走的时候小心一点，保重自己！"陈军强哭着。

"知道了。"李昊煜撩了一下头发，帅帅的姿势，"你也改一下你的脾气，不是每个人都顺着你来的。等我回国的时候，我们找个机会见见面。"

陈军强没有吱声。

"林熙俊，你为何那么固执，为何不恨我？"朴淏儿吼着。

林熙俊没有见过她这个样子，一句话也不说。

"我什么也没有给过你，你为何要这样折磨自己？你为何不好好地去爱一个人？安妮不错，你为何不喜欢一个那样单纯的女孩子？"

"喜欢一个人是没有理由的。你好不好，在我心里是有分寸的。"

"你这样对我来说也是一种折磨，你知道吗？每次当我和他吵架的时候，我都好想去找你。"朴淏儿流泪了，"每当看到或想到你抑郁的表情时，对我来说都是一种心痛。"

"快毕业了，到时候你我都不会再见到，你也不会再想到我这个表情。"

"即便各奔西东，你会从此彻底忘掉我吗？"

林熙俊没有吱声。

不是你错

不是我错

只是时间把岁月折磨

直到老去的那一天

寻找复活

……

第十三章

陈军强每天都会给李昊煜写一封信，但李昊煜的回信却越来越少。陈军强知道，在分别的那一刹那，结局就已经注定了。所谓的浪漫和幻想在那一刻已经是水中月，镜中花。

陈军强不想放弃。

很多人说，忘掉一个人最好的方法就是重新找一个人。只是，找一个人很容易，从心底里接受一个人却很难。

"淏儿，我给你一个礼物，你看看合适吗？"林熙俊在 New Magazine 门口拿出一个盒子，"我最近发了工资，不知道你喜欢不喜欢？"

朴淏儿打开盒子，里面放着一个别致的蓝色发卡，上面带有花纹。她小心翼翼地拿出来，放在手上。

"谢谢你，我很喜欢。"

"那我可以给你戴上吗?"林熙俊问她。

朴淰儿没有作声,把发卡递给了林熙俊。

"你可能永远都不会在众人面前戴这个发卡,就算放着也好。至少,这是我对你的感情见证。"他一边说着,一边拢起她的长发,轻轻给她戴上,"很漂亮,真的。"

望着林熙俊可爱的样子,朴淰儿一把抱住了他。"为何非要让我们都痛苦。真的,为什么?"

林熙俊一句话没有说,拥着朴淰儿,眼里流出了泪水。

"我们用助学金去喝酒吧。"李安奇在宿舍提议说。

"什么助学金?"林熙俊问了一句。

"就是每个月那几十块啊,这可是毕业前为数不多的助学金了。"李安奇诡笑着说。

"我怎么没有?"林熙俊问。

"不会吧,陈军强给大家都发放了。没有给你吗?"李安奇也很奇怪。

"我的助学金为何不给我?"林熙俊冷冷地问陈军强。

"现在不想给你。想要吗?那就等两天!"陈军强没有抬头,心里很开心。

"你什么意思?那是我该有的!"林熙俊有点生气。

"那就明天请我出去吃饭,否则,不要拿了。"

林熙俊一句话没有说就走开了,陈军强有点着急。他知道,林熙俊几年来的压抑和冷酷并没有什么改变。

酒桌上,林熙俊坐在凌峰旁边,一杯杯喝着啤酒,脸色慢慢变红了。在这个酒桌上,林熙俊觉得没有让自己开心的元素。他觉得自己距离他们好遥远,除了凌峰之外。

"你没事吧,林熙俊?"凌峰问他。

"没事,蛮开心的。"林熙俊嘴角一笑。

朴淰儿坐在安子强旁边,默默喝着茶。

"强嫂,你怎么那么文静。都老夫老妻了,装什么啊!最近,和我们强哥生活还和谐吧?"刘庆男开了一句玩笑,"要不要先来一个交杯酒?大家说怎么样,今天可是没外人。"

"好啊!"大家起哄。

朴湉儿没有动。

"强哥，怎么了？这个都办不到啊？"李安奇也说。

安子强和朴湉儿举着酒杯喝酒的时候，林熙俊借故出去了一趟。

"林熙俊，你陪我个酒，我就给你助学金。"陈军强醉意朦胧。

林熙俊站起身又出去了，再也没有回来。

熙俊：

　　打开信箱，看到你的信，看到有人欺负你而你无力反抗，心里委屈也无处诉说，我心里很难受。我恨不得当时就在你身边，让你有个依靠。那个人之所以欺负你，是因为他摸准了你的脾气，知道你一定会生气，也知道你的软弱。所以，他肆无忌惮，以欺负你为乐。你不要逃避，要勇敢地面对。即使心里有气，也不要在表面上露出来，这样他找不到乐趣，时间一长自然觉得没意思了。如果逼急了，你也可以摆出拼命的架势。你不顾一切，也许他反而害怕了。有一句话说得好，对坏人的姑息就是对好人的犯罪。你和他拼，也许会受伤，也许会吃亏，但是让他知道你也是有血性的人，他就不会再那么肆无忌惮了。吃一次亏不怕，如果一次的损失能换来长久的安全，那也是值得一试的。何况，你的其他舍友不见得都不支持你，你就勇敢些吧。不然，以后你即使换了环境，也还会碰到其他坏人。到时，他们还会利用你的弱点欺负你。你要记住，软弱的结果只会使你自己的生存空间变小。

　　熙俊，生活中本来就有各种各样的人。鼓起勇气，勇敢面对一切。你愿意帮助别人固然好，还要学会保护自己。上帝可以作为一种精神力量，一种在绝望时的精神寄托。但是，《圣经》中有一点思想不知你是否注意到，就是鼓励人要有勇往直前的精神。西方的文明在《圣经》的鼓舞下冲破地域局限，扩展到整个世界，因为信徒们相信，无论走到哪里，无论遇到何种艰难困苦，上帝总是与他们同在。这就是信念的力量，你要好好理解。通过对神的信仰，汲取无穷的力量，帮助你战胜一切艰难困苦。神的力量更多的是在勇者的身上表现出来。一味地只做好人，只会祈求神的保佑而不是按照神的旨意发挥自己的力量去面对世界，只能是一种逃避，也是神所不喜欢的。耶稣基督的崇高，不仅在于他的献身，还在于他面对献身时的从容、镇定、坦然，在于他面对各种妖魔时表现的勇敢与愤怒，对魔鬼的无情斥责和斗争。这才是其精神的精髓，鼓舞后人应该以一种什么样的态度去面对世界。人应该做好人，但不仅仅是好人。

你是个聪明的人，相信你会理解的。

我想尽自己的力量帮助你，也许我对神的理解不太正确，也不符合传统的规范。如果你想哭，就哭吧。让泪水洗去你的怯懦、委屈，塑造一个全新的你。在我面前，你可以永远像个小弟弟，可以撒娇，可以哭泣，可以任性，可以尽情表现你的情感，但在外人面前，要像个男子汉，勇敢些。那样，会有更多女孩子喜欢你。

开心果

林熙俊坐在电脑前，电脑成了他和外界交流的唯一工具。他不知道开心果是一个什么样的人，只是觉得在她面前自己是如此幼稚。

开心果：

谢谢你的来信。我知道，一直以来我都很懦弱，只是在用精神胜利法欺骗自己。今天早上睡到十点，还是感到累，也许我欠的睡眠太多了。然后去洗澡了，中午和一个同学去市里吃饭。我请客，我们早商量好的。下午学习了，晚上去看了电影《与狼共舞》，但是没看完，因为我还要去找外教谈话。在外教那里，我待到了十点。结束后，我又去探访了一个朋友。今天的生活很充实，也很累。

我的毕业论文已改好了，就要最后定稿了。还算可以吧，至少是我的思想。

你有难过的事吗？好像从没给我说过，我不信你没有。是不是不想告诉我？你一直在帮我，我也想为你做点什么。可以吗？

熙俊

"林熙俊，你毕业后准备去干什么？"安妮在 New Magazine 一如既往地等着他。

"也许会去北京吧，那里机会多一些。"林熙俊淡淡地说，"现在，大学生越来越多，就像大白菜一样。我不想回老家，虽然对它有感情。可既然走出来，我就不想回去。我想自由地活着，或者是为上帝活着。"

"那我要是跟着你自由地活着，你愿意吗？无论你做什么工作，我都陪着你，也不让你为我花一分钱，可以吗？"安妮傻傻地望着他。

"不要这样，我怕承担不起这个责任。我心里真的接受不了别人，非常谢谢你。我知道你对我很好，可是我不想伤害你，你会遇到一个比我更好的人。"林熙俊叹了一口气。

"没有关系，你心里也许有喜欢的人，但是我不介意。我等你，可以吗？"

"不要，我不值得你等，不值得。"林熙俊摇摇头。

"熙俊，我说过，你有拒绝我的权利，我有喜欢你的权利。只要是我认定的，我一定不会放弃。好了，不说这个了。我给你买了一个手链。本来想买戒指的，但是又怕你不要，所以我就没有给你买。希望你不要拒绝戴上它，更希望你会在某个时刻想起我。"

林熙俊接了过来。

安妮开心地笑了。

林熙俊在教堂里见到了 Donna。

"Andrew, how about your plan for the future?"

"I hope you can pray for me. I think I am a little puzzled. I come here to talk with the pastor and want to know if it is possible for me to study in a seminary." 林熙俊穿着一件粉红色的衬衫，在阳光下很是英俊。

"That is good. I hope God can use you for His work. If you have time, you can come to my room to talk with me."

"I will."

"你有这个想法很好，但是你一定要清楚是不是上帝的呼召。如果不是，你还是要多多祷告，否则以后会出现很多问题。"教堂牧师听了林熙俊要去神学院的打算之后对他讲，"在中国，最好的神学院应该是金陵神学院。如果有可能，你可以到那里看看。"

"我现在就如一只没有头的苍蝇，有时候心里很想对上帝热忱，可有时候又做不到。也许是受环境的影响，我放弃不下很多东西。"林熙俊坐在牧师面前。

"为上帝所用，不一定非要去读神学。每一个岗位都可以为他所用，主要是看自己的信心。我会为你祷告的。你是一个非常有造诣的人，Donna 不止一次给我提到过你。只是，我看出你还有很多忧愁，心里有很多顾虑。这些我都理解，所以慢慢来吧。"

从教堂回来的路上，一辆辆婚车停在海边。新郎和新娘在海滨广场照相，林熙俊坐在公交车里看着，一脸茫然。

开心果：

今天我写了一首打油作品，名字叫《在车上》，因为是我在车上写的。

我向远方望
是那海水的蓝
几只渔家的小船
漂浮着
我的心像海水
但不平静

天空的骄阳似火
几辆婚车
停在海边
新郎和新娘
在照相
那白色的婚纱
是如此耀眼
我不屑再看
也不敢再看

我不敢想象
我的那一天是何等模样
和谁

也许我永远没有那一天

我故作坚强
可我的心在流泪
我为何会流泪
我的上帝
在哪里
你把我带到这个世界
意义在哪里
让我哭泣吗

夏天很热
我的衣服单薄
但心被裹上了一层
又一层的网

爱的滋味和
被爱的滋味
都是如此痛苦
我清楚

我很想疯狂
脱去这个壳
做我自己的主人
可我明白
一切都不允许我那样

熙俊

"林熙俊，你知道我这次叫你出来什么事吗？"陈军强和林熙俊坐在一个饭馆里。

"不知道。"林熙俊不愿意和他多说一句话。

"给，这是你的助学金。我并不是想要你的钱，只是逗你玩玩。"

"可是你一直逗我快四年了，还不够吗？"林熙俊冰冷地说。

"一切都不说了，我们喝酒。"陈军强打开一小瓶二锅头，一饮而尽，"林熙俊，你一直都看不出来我对你这个朋友是在乎的吗？一直都渴望你能和我走得近一点吗？"

林熙俊愣在了那里，筷子僵在了手上。"你是不是喝醉了？"

"我没有醉，只是想说出来。憋几年了，蛮难受的。很多时候，也许是故意想要你注意我吧。因为我找不到别的方法。关注一个人，要么用友好来吸引他的注意，要么反其道而行之。其实，你是一个好人，身上有很多别人欠缺的品质，善良又上进。只是，几年来你一直都不正看我一眼。后来，李昊煜走进了我的生活。现在，他已经走了。有时候，看到你和凌峰那么好，我就很不舒服，你知道吗？"陈军强有点生气地说。

林熙俊一句话没有说，因为他还没有从惊讶中回过神来。

陈军强和林熙俊站在沙滩上望着大海，谁也不说话。

"我知道你喜欢谁，我知道你生活在宿舍里很压抑。我都知道！我一直希望你能把我当成朋友，可是你没有。我想，以后也没有机会了吧。"

"不要说了，不要说了，我不知道你在说什么。"林熙俊哭了起来，"你们为何都要这样对我？"

陈军强一把拉过林熙俊，拥抱了他一下，头也不回地走了。

第十四章

"林熙俊，我和安子强要订婚了。"朴涓儿望着林熙俊，知道这话的分量。

林熙俊非常震惊，有点无法接受，虽然他知道这是迟早的事情。

"恭喜你！什么时候结婚？我给你送一个大红包。什么时候要孩子？认我当干爸如何？"

"你别这样说。我明白，你很难受，但我也很痛苦。"朴涓儿哭了，"我心里舍不下你，真的。你的压抑，你的辛苦，你的个性我都知道。可是，我现在能给你什么？我什么也给不了你，还给你增加精神上的负担。喝酒聚餐的那天晚上，你借故出去后，我心里像针扎一样。"

"不要说了，我生活得很好，活得很开心。有人喜欢我，不止一个，我为何不开心？你开心快乐就好了，我算不了什么。我只是一个从大山里走出来的穷孩子，一个带有小农意识的自私的男生，一个懦弱不敢反抗的男生。我很清楚自己的局限在哪里。我也看透了，人都很现实，都很现实！"林熙俊有点愤怒与无奈。

"林熙俊，你为何那么冷酷？难道我就那么差吗？"安妮托着腮，看着他那张面无表情的脸。

"没有。你很好，安妮，真的。"林熙俊说。

"那你为何不喜欢我，连一点希望都不给我。李平还说你是不是有心理问题。"

"说不清楚，不过每个人都有或大或小的心理问题吧。"林熙俊望着可爱的安妮，突然笑了，"别的问题，我好像没有吧。难道你要试验一下？"

突然，他搂住了安妮，吻了她额头一下。

"天啊，我的熙俊今天吻我啦！"安妮一回到宿舍就大声嚷嚷起来，"我爱林熙俊！"

"晕死了，你这花痴又犯病了，已经被他电晕了。不过呢，还不错，这是一个好兆头。看来，你的功夫没有白费。"

"那种感觉，我一辈子都忘记不了！李平，快点放那首《最爱你的人是我》，循环播放。"安妮扭动起来。

学校里组织了几场招聘会。由于地域限制，并没有多少人达成就业意向。此时此刻，每个人都在为自己走出校园后的命运忙碌着，都想着把自己推销出去，不管合格与否。

萧紫烟和吴熹微已经准备好了回浙江老家，因此没有后顾之忧，日子过得比较悠闲。但是，很多人并没有她们那么好的家庭条件。

为了不让自己的户口被打回原籍，每个从农村出来的人都忙着先找个城市里的单位挂靠一下户口。户口一回原籍，那就注定几年出不来，即使出来也要托关系。几年的时间虽然不长，但是完全可以把一个人的棱角磨平，把一个人的皱纹加深。

林熙俊在电话里和父母商量户口的事情，父母不明白他在说什么，只是反复说大学生就是国家的人了，应该不会不管。林熙俊知道，在这个社会里，要么是有钱，要么是有势。二者都没有的，那就只能苟延残喘于这个世界。

"每个人都要签个单位，哪里有那么多单位可以签！"李安奇愤怒了，"如果我签不了，难道真的要回到原籍吗？读了四年再回去，有什么意思！"

"辅导员都说了，现在是上面要求签。都是这样，为了数据漂亮。"凌峰说。

"兄弟们，我可不用担心了。我干妈给我找了一个在上海的工作，以后大家去上海就找我玩啊。"刘庆男开心地笑着。

陈军强和林熙俊站在海边，浪花一朵朵。陈军强靠在岸边的石头上，这是为数不多的林熙俊主动邀请他到海边来。

两个人都保持着沉默。

"李昊煜不回来了吗？"林熙俊打破了沉默。

"他本来说一年后回来，可去了之后又告诉我说三年才回来。"他递给林熙俊一根香烟。

林熙俊大口大口地抽着。

"人生、理想、爱情……都是什么东西！都是狗屁！"林熙俊大声骂了一句，吓了陈军强一跳。

"你不是怪我不理你吗?"林熙俊反问了一句。

"嗯。"

望着这个自己曾经恨得要命的人,林熙俊拥抱着他,眼泪唰唰地流了下来。"我很无奈,很无奈。"

陈军强轻轻拍打着他的肩膀。

> 谁的肩膀
> 让自己倚靠
> 停下人世间的纷纷扰扰

> 谁的手腕
> 让自己抓牢
> 一起承担人生里的苦恼

> 一路风景
> 看过才知道哪儿最好
> 风景依旧在
> 岁月早已远走

林熙俊又在网吧给"开心果"写信。

开心果:

又让你见笑了,笑话我的脆弱和无知。我告诉自己坚强,可没有做到。人生的确是一台戏,悲伤和欢乐掺在其中。众多的男人和女人熙熙攘攘,但我是我这部戏的主角。我想告诉你,我的眼泪不是想博得别人的同情。

> 我有点承受不了
> 我想去漂泊!
> 很想!
> 你为何这样?
> 虚伪?
> 坏?
> 你除了学习还有何?

你的朋友在哪里？

你不觉得很孤单吗？

悲哀吗？

不值吗？

你不觉得你和这个社会不容吗？

你不是在浪费你的生命吗？

你不觉得把痛苦带给别人很残忍吗？

你不觉得你很放荡吗？

你不觉得你出生卑贱吗？

你不觉得你很贫穷吗？

你不觉得你很放纵自己吗？

你仔细想过吗？

你不觉得四年后你只是走了一个圈吗？

你不是又回到了原点吗？

你不后悔吗？

你不觉得你不该再麻烦别人了吗？

你不觉得你该一个人走吗？

开心果，上面是我写的无聊的东西。接下来，我也许会到北京去面试吧。那样大的一个地方也许很难容得下我，毕竟我什么也不是。如果不行，我想我会浪迹天涯或者到西部去，到一个人人都见不到我的地方。虽然会对不起父母，可有时候为了别人活着真的太累了。

我依旧在祷告，可是内心却一直在叛逆。也许，换了一个地方，我会变成另外一个人。也许不会改变，毕竟性格决定命运。

这一辈子，也许永远都不会见到你。但是，有你这样一个朋友，我很开心，也很幸福。

熙俊

熙俊：

你怎么写这么一封信呢？你想到哪里去漂泊呢？什么麻烦别人，什么自己一个人走，你什么意思？你有什么承受不了的呢？你是不是觉得我也只是你生命中的一个过客呢？你为什么发那么多感慨？

我跟你说，爱是付出，爱是相互，爱是不求回报的。你如果觉得承受不了，你爱怎么就怎么吧。人不能总生活在过去的阴影里。你是一个年轻的男孩子，应该懂得这些。你要洒脱一些，因为前景是光明的。我知道你很苦，心理负担很重。你为什么不能放下包袱呢？再说什么麻烦别人的话，什么一个人走之类的话，我真不高兴了。用得着这样吗？很多事情你要自己拿主意，不要什么都去问你的老师和牧师。他们不能代替你决定的。要记住，你是你自己的主人，别人代替不了你。

开心果

"马上就毕业了，你想好了怎么办吗？"朴淌儿问林熙俊。

"我也不知道。"

"感觉你和陈军强的关系和好了，是吗？"

"那是我的私事，用不着你管。"林熙俊头也不回地走了。

"请问你找谁？"陈军强打开宿舍门，门口站着安妮，提着一篮子水果。

"我来看林熙俊，他最近心情不好。"安妮有点腼腆地说。

"什么熙俊长熙俊短的。他不在，你是他什么人？"陈军强有点生气。

安妮愣了一下，因为自己也不知道算是林熙俊的什么人。

"哦，我是他朋友。那麻烦你把东西转交给他吧。"递给陈军强后，安妮就走了。她本来要给林熙俊一个惊喜，没有想到遇到一个对她那么冷淡的人。

"林熙俊，你晚上那么晚没有回宿舍，干什么去了？"安妮打电话到林熙俊的宿舍。

"我干什么和你有关系吗？"林熙俊一身酒气。

"我只是想告诉你，不要太为工作的事情发愁。你要是需要我帮助，就给我说一声，我已经给爸爸说了。"安妮小声说着。

"我告诉你，我不需要！我是男人！你不要那么贱好不好。"

陈军强在门外听着。

"好啊，你接着骂。只要你开心，就痛痛快快地骂出来吧。"

"我告诉你，我不需要别人的同情和关心。即便再无能，我也可以自己养活自己。你以后永远都不要理我，永远不要！"林熙俊把宿舍的人都吓住了。

"我不会放弃你的，林熙俊，不会的。我知道，你是一个有感情但又不外露、不善于表达的人。不管你对我怎么冷酷，我相信，终究有一天，当你回头看时会发现我是对你最好的。我会等着你的，三年或者十年我都等。"放下电话，安妮哭了，哭得很伤心。

李平拿了一包纸巾给她。"唉，情啊，真是伤透人的心！"

林熙俊上床睡觉了，没有脱衣服。

第二天，陈军强把电话砸了，砸得粉碎。

第十五章（结局）

安子强和朴涓儿订婚了，仪式在青山丽兹卡尔顿酒店举行。虽然朴涓儿的父母一直反对女儿毕业前订婚，最后还是默认了。安子强的父母从老家山西过来。看到儿子大学没有毕业就确定了终身大事，他们心里乐呵呵的。

安子强给朴涓儿买了一个非常漂亮的钻戒，当作订婚礼物。

"宝贝，让这个戒指做我们相爱的见证，一生一世不分离。我相信我们会幸福美满的！"朴涓儿望着安子强，默默接受着他的祝福。

"还是人家老子有钱啊！你看看，出手多么阔绰，大把大把的钞票拿出来给二嫂当聘礼。受不了！"李安奇有点羡慕地说。

"是啊，老李，你准备怎么对你那个在大韩民国的女朋友，送她什么？"刘庆男问他。

"不要提了，她已经说不回国了。都说天下男人的话不可信，女人又何尝能让人信。我觉得还是孤身一人吧，这样多自由。"

"兄弟们，今天比较忙，我就不招呼大家了，你们玩得尽兴一点。"安子强来到众人面前，用蔑视的眼光看了林熙俊一眼，"来，林熙俊，咱哥俩碰一个。平时也没有机会，今天你一定要开心，必须要开心。"

林熙俊面带笑容站了起来，喝光了酒。

路边，灯光下。

林熙俊和朴涓儿并排坐在地上。

林熙俊紧紧搂着朴涓儿的肩膀，酒店里面依然觥筹交错。

"我看到你今天戴着我给你的发卡了，我很开心。"

朴涓儿没有说话。

"你和我在一起的每一次，我都觉得很幸福。有时候，我想象我们如果在一起会是什么样子。一起做饭，一起逛街，一起去教堂，一起擦地板……你回到家，我说'老婆，你回来了！'你上班走的时候，我给你一个吻别。有时候，我一个人躺在床上就会这样想，不止一次地想。我傻了吧?" 林熙俊吻了一下她的头发，熏衣草的香味。

朴淖儿哭了。

"林熙俊，我相信你是一个好男人，只是没有遇对人。我也相信，以后无论你和谁在一起，那个女人都会是幸福的。我不希望你因为我而毁掉自己的终生。有时候，我真的无能为力，迫不得已。对于将来，我自己都不知道会发生什么。"

"那你爱我吗?" 林熙俊执着地问她。

"我爱你! 可是相爱的人也许永远都不能在一起。我知道，我在感情上亏欠你太多。"

"有你这句话就够了。" 林熙俊紧紧搂着朴淖儿，吻着她。

Donna 要回国了，临别的时候林熙俊去送她。

"Andrew，我一直觉得上帝在你身上有特殊的恩典，希望你能好好地走上帝给你安排的这条路。再次回到中国的时候，我希望看到你有一个幸福美满的家庭。到那个时候，我到你家做客。"

"好的，Donna。其实，在我的生活里，我每天都觉得是在和 devil 做斗争。有时候，我觉得心情舒畅，有时候我又悲观得要命。你放心，我会尽力去做的。如果做不到，希望你继续为我祈祷。不管我们在世界哪个角落，不管我们以后能否再见面，我都很感谢你。"

Donna 拿出一本精装《圣经》交给林熙俊。

"这是我的牧师在我年轻的时候给我的礼物，现在我送给你。"

"谢谢你。"

林熙俊和 Donna 拥抱了一下。他想，如果他和 Donna 之间没有文化的隔阂，结果也许会比现在好多了。

"林熙俊，你还在生我的气吗?" 陈军强问他，"马上就要各奔东西了，你就不要再生气了，有时候我太冲动了。"

"没有，我觉得你蛮在乎我的。不过，宿舍的人骂了我一顿，说是因为我而让宿舍没有电话用。" 林熙俊突然笑了起来。

陈军强呆住了。

"希望你以后找一个好的伙伴吧。"

"林熙俊，我也不知道为何你给我的感觉不一样。我知道这条路是走不长的。但是，曾经拥有过，我都觉得是一种幸福吧。感情有时候就是这么回事，遍体鳞伤之后自己还要去尝试，因为不死心。没有想到，几年之后，我还是觉得你那么特别。其实，我这种人注定是很悲哀的，只能拥有一种见不得光的'爱情'。我有时候想，放纵就放纵，堕落就堕落吧，只是又没有那个勇气。你独有的忧郁和善良吸引着很多人，只是你不愿意去接近别人。有时候，我觉得你太高贵，高贵得让人仰视。别看我有时候对你很差，只是嫉妒你罢了，其实心里还是蛮虚的。人总得找个东西来掩盖一下自己吧。"

林熙俊一句话没有说。

开心果：

已很长时间没给你写信了。现在，又坐在电脑前，突然不知道该说什么。早晨，我看了你写的话，没想什么。

我的脑袋仿佛不会转动，再也学习不下去。我和一个同学聊天，虽然知道那不是好办法，可我又找不到别的法子来逃避现实。我有时真觉得我是在骗自己和他人。我不想是那样的人，可我就在演那样的角色。人有时很可笑，也很可怜。我不知道别人是不是这样的人。为何我要活得这样痛苦和虚伪？到另外一个天地，我想换一种生活方式，绝不是现在这个样子。

我努力使自己忙，可我总有闲的时候。那是我最难熬的时候，我会像个发疯的人四处乱撞。

目前，我在一个电视台打杂帮忙。此时，我才发现我的社会阅历太少，才发现我是一个过于拘谨的人。实习把我那引以为豪的面具打了个粉碎，告诉我一切都要从头学起。不过，幸好有上帝在我心里支持着我，告诉我：别服输，你会做好的！我在人面前是那么要强，可我又真的是那么脆弱。有时，我一个人背着包在大街上走，无助地游逛。那时，要是有个人知道我的心就好了。

宿舍依旧是那样冰冷，虽然已是夏天。我知道，这都是我自己的原因，不能怨任何人。看着他们的欢乐和忧愁，我总觉得我是如此孤独。虽然我有朋友，可又觉得无依无靠。

我一个人躺在床上，眼睛盯着墙壁。我傻了吗？我真想有那么一天是为我自己活的，哪怕只有一天。我的要求是不是很过分？一个朋友说：Andrew，我劝你拿出一天，一个人出去，什么也不干。我何尝不想，可又不可能。如今，这一切都是我自己造成的。

我的负担太多了，上帝说把重担给他，可我很多时候都没有做到。

也许我以后没有机会再给你写信，但我还是会一直祝福你的。人来到这个世界就是受苦来的，我向来这样认为。

开心果，你是一个开心果。祝你永远开心！

熙俊

熙俊：

看了你的来信，我心里很难受。你想的太多了！

其实，你的问题在于你把一切都看得太重，不能放下包袱轻装前进。什么事情都要分出个好坏来，总要看它对不对。于是，你不断地给自己增加压力。而你又太谨小慎微，所以忧心忡忡。你说你背着包走在大街上，无助地游逛，要是有个人知道你的心就好了，难道我不是那个人吗？

我一直担心你把自己累垮了。真要那样，我可怎么办呢？你以前有一封信说你瘦弱的身体再也承受不了，你知道你的话是怎样刺痛我的心吗？

我的眼睛也湿润了。我给你附上一个文章，希望你看了之后有所收获。

七十多岁才开始写作的塞缪尔·尤尔曼在作品《年轻》中这样写道：

年轻，不是人生旅程中的一段时光，也不是红颜、朱唇和轻快的脚步。它是心灵中的一种状态，是头脑中的一个意念，是理性思维中的创造潜力，是情感活动中的一股勃勃生机，是使人生春意盎然的源泉。

年轻意味着宁愿放弃温馨的享乐去开创生活，意味着具有超越羞涩、怯懦的胆识和勇气。这样的人即使到了六十岁也并不逊于二十岁的小伙子。没有人仅仅因为时光的流逝而衰老，只有放弃了自己的理想才会变为真正的老翁。

岁月可以在皮肤上留下皱纹，但若保持热情，岁月即无法在心灵上刻下痕迹。只有忧虑、恐惧和自卑才会使人伛偻于尘世之上。

无论是六十岁还是十六岁，每个人的心里都会蕴含着奇迹般的力量，都会对进取和竞争怀着孩子般的无穷无尽的渴望。在你我的心灵之中，都拥有一个类似无线电台的东西，只要能源源不断地接收来自人类和造物主的美好、希望、欢乐、勇气和力量的信息，你就会永远年轻。

无论什么时候，这无线电台似的东西一旦坍塌，你的心便会被玩世不恭的寒冰和悲观绝望的酷雪所覆盖。哪怕你才只有二十岁，你也会衰老。但如果这无线电台似的东西始终矗立于你的心中，捕捉着每一个乐观向上的电波，那你就会有希望在八十岁告别人世时依然年轻。

开心果

"林熙俊，你马上就走了，就没有对我要说的话吗？"安妮喝着奶昔。

"没有什么要说的，你就恨我吧。"林熙俊还是冷冰冰的。

"我不会恨你的。有时候，我也试着去找过别的男生。可是，找了很久就是找不到你这样能给我感觉的。有天，我坐在超市门口几个小时，看着来来往往的行人，还是觉得你好。我也不知道为什么，你可不要笑话我。"安妮很开心地说。

"得不到的永远是最好的吧。怎么说呢，我和你的心情也许是一样的。只是，有的人接受别的人很快，而我却做不到。安妮，恕我冒昧，你相信爱和性可以分开吗？"

"我不知道。即使你不爱我，如愿意和我生活在一起，我想我也会很开心，因为那样可以天天看见你。"安妮叹息了一声，"当然，这不是我希望看到的结果。"

"如果有时间，明天中午十一点，你到学校后门的海边去见我吧。我在那里等你！"林熙俊停顿了一下。

"真的？"安妮惊讶。

林熙俊点了点头，若有所思。

"李平，明天是林熙俊第一次约我，你说我穿什么好呢？"安妮一套套地换着衣服。

"我的大小姐，你都换一个小时了，好像见总理一样，不至于吧！"

"不，我就要给第一次一个好印象。"

林熙俊和朴淏儿坐在 New Magazine 包厢的角落里，平时是服务员的他今天在享受着别人的服务。

"淏儿，如果哪天我死了，你会伤心吗？"

朴淏儿瞪了他一眼。"你说什么呢？活得好好的，你怎么想到了死？你如果爱我，就不要再提这句话。"

"也许正是因为爱你，我才提这句话。再活几十年，人生也不过是这个样子。当 Donna 离开的时候，我很不舍得，总觉得那会是我们最后一次见面。"

"我们都还有很长的路要走，只是你活得太压抑。所以，即使你有时候放纵自己，我都理解，因为人总得找一个宣泄的渠道。对了，毕业后，你的英语协会怎么办？"朴淏儿喝了一口葡萄酒。

"一切顺其自然吧，只要它能存在下去就可以了。也许，在以后的某个时间，我的名字会刻在那里呢！"林熙俊笑了。

"林熙俊，你笑起来特别帅。在生活里，你要多笑。"朴淏儿望着他。突然，

　　她特别怜悯眼前这个男生，"实习之后，我也许就会在青山上班，或者和他去别的城市过平平淡淡的生活。人这一辈子可能就是这样吧！你的行李邮寄回家了吗?"

　　"邮寄了，我还给父母写了一封很长的信。这是我第一次给父母写那么长的信，不知道他们看了之后会是什么心情。"

　　"也是，我们和父母都有隔阂。"朴渵儿轻轻地抚摸着林熙俊的手。

　　"渵儿，今晚我们不要回去了，就在这里待一晚上好吗?"

　　朴渵儿没有说话。

　　林熙俊疯狂地搂住朴渵儿，轻轻吻过她的脸庞，泪水也滴在了她的脸上。"渵儿，为何我们就不能在一起，为何？你知道，我是爱你的。每当我想到你和别人睡在一起的时候，我的心里都在挣扎。我不想让自己去想，可是我控制不住。"

　　朴渵儿疯狂地回吻着。

　　房间里，轻音乐在播放。

　　你犹如一团火
　　把我燃烧
　　我想躲避
　　却逃不掉

　　我犹如一只缚在线上的囚鸟
　　翱翔天空却飞不高
　　奋力挣脱你的怀抱
　　却紧紧地把自己拴牢

　　你
　　犹如一个城堡
　　让我迷失了方向
　　原来的我
　　再也寻不到

　　第二天，朴渵儿醒来的时候，林熙俊已经离开了。她收拾了一下，匆忙赶到了实习的办公室。

看完林熙俊的绝笔信，她疯狂跑出去拦了一辆的士。

海边，一群人围在那里。
林熙俊的尸体已经被打捞了上来，静静地躺在沙滩上。
安妮在旁边大声地哭着："林熙俊，你为何要这样？为什么？"

林熙俊的包裹和信还在回家的路上。

后记

曾经，第一部短篇小说在七天内写完。与之相比，这部却断断续续写了一年多，最后还以一个有点唐突的结尾来画上句号。文字虽然不多，但是我的心很累。

不管文笔如何，能把它写完，我觉得就是一种毅力的磨炼。

有朋友说看到里面的人物就想到了我的性格。其实，每个人的文字里总有自己的影子，但又不全是。这部小说亦然！遇到的人多了，听过的故事多了，把它们总结出来之后，很多人都能从中找到自己的影子，给自己对号入座，是朴淏儿、林熙俊，或是陈军强……

每次写小说，我总会以悲剧来结尾。在我的理解里，悲剧让人思考人生的东西更多一点。

为何叫《一念之间》？我想，把文字看完的人应该不难体会到其中的青涩与无奈吧。一念之间，可以是他，也可以是她；一念之间，可以成佛，也可以成魔；一念之间，可以进地狱，也可以进天堂；一念之间，可以朝左，也可以朝右。

文字写成于十年前，再次修改却是十年后。十年间，有所变，有所不变。因此，修改的时候会有所保留，也会有所增删。毕竟，十年的生活历练会让自己更好地审视感情为何物，更好地看待当年文字的成熟与不成熟，更好地去把握文章里人物的心理和语言。

言由心生，这十五章内容可以说是来自很多人的内心世界吧。

8 月 22 日初稿完成于山东定陶
2018 年 10 月 28 日修改于美国费城
2019 年 3 月 12 日修改于广东深圳
2019 年 3 月 18 日修改于广东深圳
2019 年 9 月 5 日修改于广东深圳